영화,
뮈토스의
판타지

영화, 뮈토스의 판타지

이호 지음

초판 인쇄 2022년 10월 20일
초판 발행 2022년 10월 25일

지은이 이 호
펴낸이 신현운
펴낸곳 연인M&B
기 획 여인화
디자인 이희정
마케팅 박한동
홍 보 정연순
등 록 2000년 3월 7일 제2-3037호
주 소 05056 서울특별시 광진구 자양로 73(자양동 628-25) 동원빌딩 5층 601호
전 화 (02)455-3987 팩스(02)3437-5975
홈주소 www.yeoninmb.co.kr
이메일 yeonin7@hanmail.net

값 18,000원

ISBN 978-89-6253-547-1 03810

* 이 도서는 한국출판문화산업진흥원의 '2022년 중소출판사 출판콘텐츠 창작지원사업'의 일환으로 국민체육진흥기금을 지원받아 제작되었습니다.

오파츠(Ooparts)의 비평

영화, 뮈토스의 판타지

이 호 지음

"언제나 폴 리쾨르의 말이 위안을 준다. "이 세상에 사랑과 정의가 부족하다는 것은 나도 잘 안다. 하지만 그것보다 더 적은 것이 하나 있는데, 그것은 바로 의미(Bedeutung)다." 이 책은 그렇게 의미를 찾아내려는 몸짓으로서의 해석학을 추구한 기록이다."

연인M&B

머리말 혹은 경고문!

Disclaimer:
이 책은 특정 장르에 관한 '이익 관심'이나 '인식 관심'에 관한 추천이 아니며, 문자 읽기에 소모되는 유무형(돈, 시간, 에너지)의 모든 책임은 독서자 본인에게 있음을 명백하게 고지합니다.

혹시 어쩌다가 이 물질적 형태의 종이 묶음을 손에 쥐고, 두 눈으로 이 서문을 읽기 시작하려는 사람이 있다면, 당신에게 강력하게 권한다. 딱 여기까지만 읽고 바로 건너뛰든지, 대충 훑어보고 그대로 곱게 덮어 두시길 권고한다. 즉, 이 책으로부터 "돔황쳐라!" 몇 줄 더 읽어 내려가다가 당신은 십중팔구 불쾌해지거나 언짢아질 테니 말이다. 이렇게 말하면 호기심이나 오기로 더 읽는 사람들이 꼭 있게 마련인데, 제발 그러시지 말기를….

이 원고 묶음의 수신자는 당신이 아니니 미안해할 필요도 전혀 없다. 더불어 분명하게 밝히건대 이런 글귀는 당신에게 어그로(Aggro)를 끌어서 더 읽게 만들려는 수작이 절대 아님을 천명하는 바이다. 진짜로 불쾌해질 수 있다. 이 머리글은 당신에게 쓰여진 것이 아니라 철저한 독백이고 막말이기 때문이다. 나는 독자에 대한 존중심이나 배려 같은 것을 하고 있지 않다. 그래서 읽지 말 것을 권하는 것이다.

내가 태어나 위치한 이 '시-공간'은 자본주의 장치 속의 '시-공간'이(었)다. 따라서 모든 것은 상품인 세계이고 글쓰기와 소통의 양식도 '상품-형식' 안에서만 전달 가능한 세계(였)다. 따라서 책 역시도 독자-소비자들의 니즈를 채워 줄 수 있어야 하고, 욕구에 부합해야 하며, 욕망 충족에 적합해야 한다. 아니면 창고로 직행하는 종이 더미에 불과할 뿐이다. 나도 그런 것쯤은 알고 있다. 하지만 부디, 제발 이 책을 당신이 돈 내고 사지 않았길 바랄 뿐이다. 이 책은 돈 내고 살 가치는 없어 보인다. 물론 많은 부수를 발행하거나 서점에 많이 깔리지 않았으므로 그럴 가능성은 매우 낮아 보여서 적이 안심이 되고, 따라서 널리 읽힐 일은 없겠지만 그래도 인쇄 매체도 나름 매체인지라 혹시라도 재수가 없으면 독자에게 읽힐 가능성을 완전히 배제할 수는 없겠기에 해 두는 말이다.

이 책은 상품이 아니며, 그저 독백이기를 희망한다. 그래서 쓰여질 때도 철저히 그렇게 쓰여졌다. 오로지 필자 자신을 위해서 쓰여졌고 듣는 사람의 니즈 따위는 안중에도 두지 않았거나, 글쓰기의 본성이 갖게 마련인 '상상 속의 독자'에게 말하기조차도 철저히 배제하려고 노력했다. 당연히 이 머리말도 그렇다. 독자에게 말 건네는 형식이면서 독자를 배제한다는 모순과 거짓말 아니면 역설이라는 것도 이미 알고 있다. 한글이라는 한국 언어의 상징망을 사용하면서도 그랬다는 게 언어논리학적으로 말이 안 된다는 것도 알지만, 뭐 언어로 무슨 짓을 꾸미든 실정법만 어기지 않으면 그것은 나의 자유다. 당신이 이 책을 떠들어 보거나 덮거나 그것이 당신의 자유이듯, 무슨 말을 쓰든 그것은 나의 자유다. 물론 책임질 일 따위는 하지 않았고, 그래도 혹시나 하는 마음에 이런 머리글을 끄적이고 있는 것이다.

따라서 책을 팔 마음이 없으니 언어의 부림도 자유로울 수 있다. 팔리려면 '독자-대중'의 필요를 채워야 하고, 아부해야 하기 때문에 십중팔구 펜이 굽는다. 적어도 나약한 나의 심성은 그랬다. 나 역시도 주문을 받아 원고를 납부한 적이 있고, 예상 독자의 부라린 눈알을 생각해서 차마 할 말을 다 하지 못하고, 꾸미고 과잉-해석을 덧붙여 납품한 적이 여러 번 있었다. 다 먹고 살자고 벌였던 타협 짓이다. 그래서 이 글들은 그저 내가 즐거워서, 내가 즐겁자고 쓴 글임을 천명한다.

그러면 왜 서랍에 넣어 두지 않고 출판을 했을까? 당신과 소통하기 위해서가 아니다. 모아 놓은 글들이 있는데, 연인M&B의 신현운 대표가 출판될 수 있도록 손을 써 주었고, 계제에 나도 물질적 형태의 묶음 책을 인쇄하여 ISBN 바코드를 받아서 상징계에 등록하고 국회도서관이나 국립중앙도서관의 서고에 있다는 책 무덤의 패총에 나도 1권을 더해 주고 싶었기 때문이다.

책은 본디 자신이 알아낸 좋은 정보와 지식을 나누기 위해(보전하고 공유하기 위해) 쓰여지고 전달하기 위해 묶여진 정보의 체계적 묶음이라고 생각한다. 하지만 나의 가난한 어린 시절부터 나는 책을 마치 성공한 장사꾼이 금박 붙은 명함을 돌리며 과시하거나 업적 쌓기용으로 살포하는 '아비투스의 장'에서 자라났기 때문에 이런 생각으로부터 벗어나는 데 인생의 절반을 허비했음도 아울러 고백해 둔다. 뭐 그런 사람들만 있는 건 아니겠지만 아무튼.

그래서 '인쇄매체-책'의 죽음의 시대가 아닐까 한다. (요즘 책이라면 인스타그램이나 유튜브, 아니면 웹툰 그리고 더 나아가 인터넷의 멀티버스들을 횡행하는 각종 '짤'들이 우리 시대의 책이 되어 버린 것이 아닐까 생각한다) 책이 제아무리 쏟아져 나온다 해도 그것이 상품이고 독자의 필요를 제공하려는 한 책의 본질부터가 그릇되었다고 생각하는 바이다. 그렇게 나는 이상주의적 절대주의자(였)고, 본질주의자(였)다. 그런 한에서 '반시대적 인간'이고 소설 지능이 떨어지는 "한심한 영혼"이다. 내게도 '영혼'이란 게 아직 남아 있다면 영혼(Monad)이고는 싶다. 주제에 말이다. 간단히 말해서 이 책은 위인지학(爲人之學)이 아니라 위기지학(爲己之學)의 산물이다.

신현운 대표가 계간 『연인』이라는 종합문예지를 만들면서 그곳에 연재했던 글 가운데 몇 편을 모아 책으로 낸다. 그 시절은 매일 책을 읽고 원고를 쓰고 영화를 보던 시절이었는데, 새삼 그 시절이 그립다. 그것이 도래할 내 미래를 선물(先物)로 끌어와 풀 베팅하며 낭비하던 시절이었다는 걸 알게 된 것은 그보다 한참 후의 일이다. 그 시절 함께했던, 지금은 내 곁에 없는 문우들을 추억하며, 그들에게 이 글을 바치고 싶은 생각은 들지 않는다. 그들은 각자 자기 필요에 따라 자기 '주름'(le Pli)을 펼쳤을 뿐이다. 그리고 나는 아직도 황야에 홀로 서 있을 뿐이다. 모나드에는 창이 없으므로….

어리석고, 그래서 젊었던 시절, 꽤 오랜 시간 동안 '문학-평론가'가 나의 꿈이었던 시절이 있었다. 더 훗날, 내가 되고 싶었던 것은 문학

작품에 대한 평론을 쓰는 일이 아니라 '대문자 텍스트를 해석하는 일'이었다는 걸 깨닫게 됐다. 내가 처했던 인문적 환경에서 가장 논리 정합적이고 세련되며, 감성과 지성을 섞어 놓은 해석학의 판본은 문학평론이 전부였기 때문에 생긴 오인이었다. 세계사의 변방 국가에서도 수도의 변두리 지역에 살았기에 과문해서 생긴 어리석음이다. 그렇다고 나의 지능지수가 면죄부를 발부받을 수는 없을 것이다.

이곳에 실린 영화에 관한 글들은 영화 평론이라기보다는 이야기들(뮈토스)에 대한 주관적이고 자의적인 해석 같은 것들이다. 제7의 예술이자, 종합예술이라는 영화를 이야기의 측면으로만 환원시킨 것도 저자의 부족한 역량 탓이다. 게다가 최근의 영화들도 아니다. 굳이 표현하자면 '리-뷰' 같은 것일 수는 있을 터인데, 쉴 새 없이 쏟아져 나오는 영화들과 넷플릭스의 이야기들, 드라마의 홍수-상태를 생각해 보자면 고색창연하고 시대착오적인 느낌마저 가득한 글들이다. 그러나 오파츠의 뒤집힌 판본이 될 수 있지 않을까 하는 욕심은 있다. 이 글들은 영화를 빌미로 영화를 해석하면서 의미의 집을 짓고 이념의 최면을 강화하는 글(판타지)이지 최신 영화에 대한 트렌디한 캐치업을 하려는 글이 아님을 밝혀 둔다. 아마 영화에 관한 관심이 아니라, 영화를 통해 사유하고 인문학을 하려는 쪽에 더 가까울 것이다.

그러나 주의하자. '이야기'는 인류에게 필수적이며 요긴하긴 하지만 많은 경우 사태의 진실을 가리며 영롱한 이데올로기의 편광을 뿌려주기도 한다. 판타지를 벗어나, 사태와 사물을 충전적으로 인식할 수 없는 것이 인간의 숙명일 터인바, 이야기가 보여 주는 진실은 어떤 극

(劇)의 장(場)에서 연출되는 판타즘에 불과할 때가 많다. 그 이야기 속으로 텍스트의 결들을 따라가는 것이 '해석학'이다. 해석학 역시 이데올로기의 산물일 가능성이 높음은 두말할 필요도 없지만, 언제나 폴 리쾨르의 말이 위안을 준다. "이 세상에 사랑과 정의가 부족하다는 것은 나도 잘 안다. 하지만 그것보다 더 적은 것이 하나 있는데, 그것은 바로 의미(Bedeutung)다." 이 책은 그렇게 의미를 찾아내려는 몸짓으로서의 해석학을 추구한 기록이다.

오래전 누군가가 "찌질하게 무슨 해석질이냐?"고 힐난한 적이 있었다. 그때는 내가 그를 호기롭게 비웃을 수 있었지만, 요즘처럼 그 말이 내 "혼과 영과 및 관절과 골수를 찔러 쪼개기까지" 한 적은 없는 것 같다. 이미 "동물화를 완료한 포스트모던 사회"(아즈마 히로키)에서 무얼 해석하고, 무슨 의미 부여짓을 한다는 것인지 무망하기 짝이 없다는 생각이 파고드는 것이다. 그것은 분명 내게 있던 의미들의 성좌에서 아르키메데스의 점 역할을 하던 북극성이 더 이상 보이지 않게 된 사정과 무관하지 않지만 어쨌거나 지금은 그러한 형편이다.

글을 쓸 때마다, 글은 무인도에서 쪽지를 써 유리병에 넣어 망해(望海)로 띄워 보내는 것과 같다는 생각을 하곤 했었다. 이 책은 바로 그런 쪽지에 불과하다. 그것은 좋은 일인지도 모른다. 이 글의 수신자는 당신이 아니기 때문이다. 오해하지 마시길! 당신이 수신자가 되기를 거부한 것이 아니다. 외견상 그렇게 보이겠지만, 그것이 분명 당신은 '팩트'라고 말하겠지만, 발신자는 나이기 때문에 내가 말할 수 있다. 당신은 애초에 수신자로 설정되지 않았다. 만일 당신이 이 책의 내용을 보고 있다면(Seeing이든 Looking이든) 그저 곁청자(para-auditor)로 흘깃 넘겨보고 있을 뿐이다.

어차피 편지는 목적지에 도착하지 못한다. 대신 이상한 곳에 도착하게 되리라는 것은 확신할 수 있다. 그러나 실상은 편지가 목적지에 도착하지 못한 게 아니라 당신이 목적지가 아니란 뜻이다. 내 못난 문자의 덩어리들은 다른 곳으로 더 멀리 떠밀려 가야 하리라. 나도 내가 난파한 섬의 위치를 몰라서 쪽지에 내 위치를 적어 보내지도 못했다.

적어도 진짜 책이라면 망치로 머리를 후려칠 정도는 되어야 하는데 독자의 머리는커녕 내 발등이나 찍는 서문을 쓰고 있으니 할 말은 이것으로 끝난 듯하다. 나의 어쭙잖음을 지금껏 "서론 길게 깔면서 구라치는 그런" 모습이었음을 굳이 감추지 않겠다. 이 책을 세상에 등록하는데 산파의 역할을 해 준 신현운 형에게 감사하는 마음을 전하며 서문을 마친다.

2022년 9월, The Edge의 남쪽 창가에서.

Ho Lee

| 차례 |

3부: 운명과 자유

1부: 인간과 세계

네 '이름'을 기억하라

—센과 치히로의 행방불명

1. 인간관을 둘러싼 담론 전쟁

인간 역사를 통틀어 모든 집단과 사회는 우주와 세계에 대한 설명 체계를 가지고 있었으며 그 가운데는 인간관도 포함되어 있다. 인간 스스로에 대한 자기 이해는 각 시대의 정치, 경제, 사회는 물론 제도와 문화, 역사의 성격과 내용을 결정지었다. 이를테면 서양 중세의 기독교적 설명 체계에서 인간은 신의 피조물이자 원죄의 굴레를 뒤집어쓴 인간이었기 때문에 현세 부정, 육체성과 욕망을 부정하는 금욕주의를 낳았다. 이후 인간을 이성적 존재로 규정하면서 계몽주의나 민주주의가 성취될 수 있었고, 인간을 적자생존의 법칙 속에서 진화해 온 생물학적 인간(다윈)이나, 자기 보존의 욕구에 따른 힘의 추구(홉스), 계급적 존재로서의 인간(마르크스), 성적 존재(프로이트)로 규정하는 설명 체계들이 20세기를 이끌어 왔다는 것은 주지의 사실이다.

따라서 '인간이란 무엇인가'라고 묻는 질문은 어떤 식으로든 우리 시대의 세계를 설명하는 담론 틀과 조우하는 길로 들어서게 된다. 그러나 현대적 담론의 지평에서 철학적 인간학의 위상은 그리 높지 않다. 인간에 대한 존재 규정의 시도는 매우 불온하게 받아들여진다. 인간을 특정한 존재로 규정하고 서술하는 것은 이데올로기적이며 교조적인 태도로 간주될 여지가 충분하다. 인간존재에 대한 규정은 그 분류 체계에 따라 인간들을 서열화하거나 타자화할 수 있기 때문이다. 특정 분류 체계에 의해 기준에 미달하는 인간은 열등한 인간이 되고, 이 기준으로부터 멀리 위치할수록 타자화된다. 인간을 남성(man)으로 규정하는 순간 여성(wo-man)은 결여나 부가적 존재가 되며, 서구 근대 문명의 척도로 인간을 정의하는 순간, 다른 문화권의 인간들은 미개인으로 타자화되어 계몽의 대상, 착취의 대상으로 여겨져 왔다.

분명히 특정한 인간관과 세계관은 역사적으로 여러 형태의 억압을 전개해 왔다. 그러나 인간성을 규정하지 않는 것 또한 불가능하다. 규정을 내리지 않는다고 하더라도 이미 인간은 자신을 규정하는 관점을 형성하고 있으며, 어떤 식으로든 그것을 작동시키고 있다. 문제는 인간관을 정립하려는 태도 자체가 아니라, 그 인간관을 특권화하는 것이다. 세계는 인간을 둘러싸고 각 담론들 간에 치열한 전쟁을 벌이고 있다. 어떤 인간관을 선택하든 특정한 관점을 선택하는 입장에는 일정한 기준이 전제되어 작동하고 있으며, 좀 더 낫다고 여겨진 인간관이라는 것도 사실 특정한 입장과 이해관계에 의해 이미 오염된 인간관이라는 혐의를 벗기 어렵다. 여기서 우리는 상대주의적 허무주의에 도달한다. 도대체 무엇이 정확한 판단인지 알 수 없는 지경에 이르러, 무수한 신념들의 진열장에서 가장 그럴듯해 보이는 관점을 선택할 수밖에 없다.

그런 측면에서 현재 인간관을 둘러싸고 담론들이 각축전을 벌이고 있다는 말도 틀린 것은 아닐 터이다. 그리고 그 특정 인간관 가운데 이미 세력을 차지한 관점, 그 규정성이 숱한 파열음을 생산하고 있음에도 자기 유지를 위해 그것을 봉합하고 있는 인간관이 있다면, 그것에 대항하려는 인간관이 이데올로기적이라는 비난을 반드시 받아야만 할 이유는 없어 보인다. 만일 하나의 인간관이 과거의 것이었고, 보수적인 이데올로기로 치부되는 인간관이기 때문에 거부되어야 하는 것이라면, 그 진보의 내용이 무엇이든 간에 진보적인 인간관이 바람직하다는 생각은 무엇으로부터 정당성을 얻고 있는 것인지 묻지 않을 수 없다. 오히려 현재 팽배한 인간관에 대항할 수 있는 것이라면 과거의 인간관으로부터 그 항체를 마련하려는 태도 또한 제한적으로나마 유용할 것이다.

철학자 칸트도 인간 이성의 모든 관심은 세 가지 질문(인간은 무엇을 알 수 있는가, 할 수 있는가, 희망할 수 있는가)에 집약된다고 말하며 그에 대한 각각의 답변으로 「순수이성비판」, 「실천이성비판」, 「판단력비판」을 저술했다. 그리고 말년에 「논리학」에서 네 번째 질문을 추가했다. 칸트의 네 번째 물음은 "인간이란 무엇인가?"였다. 칸트는 앞의 세 물음들이 모두 네 번째 물음에 귀결된다고 말했다.[1] 철학사에서 도저히 빼 버릴 수 없는 이 철학자가 긴 연구 생활의 끝에서 제기한 이 질문에 대한 중요성은 아무리 강조해도 지나침이 없을 것이다.

그렇다면 현재 가장 유력한 인간관, 당위적인 차원은 아니지만 현실적으로 형성되고 통용되어 위세를 떨치는 인간관은 무엇인가? 그것에 답하는 방식 가운데 하나는 각 주체들이 자신을 비인간적으로 만드는 조건들을 무엇이라고 생각하는가에 따라서 부정적(否定的)으로 답

1) 김용석, 「서사철학」, 휴머니스트, p.361.

해질 수도 있다. 그 비인간화의 조건들 가운데 무엇이 가장 시급한 것인가를 꼽는 것은 다시 주관성의 함정에 노출되기는 한다. 그럼에도 불구하고 자본주의적 인간관, 인간을 시스템의 일부로 치환해 버리는 기능주의적 인간관의 폭주 현상에 대해서는 이미 여러 가지 비판과 대안들이 제출되어 있으며 많은 이들이 이에 동의할 수 있을 것이다. 인간관을 정립하려는 노력이 위험한 만큼, 은연중에 침투한 인간관 역시 위험하기는 마찬가지며, 이 은폐된 인간관은 자신의 이해지평과 작동 방식을 노출시키지 않기 위해 또 다른 인간관의 탈을 뒤집어쓰기도 한다.

인간존재는 사실 매 순간 '너는 누구냐?'라는 질문에 직면해 있는 존재라고도 할 수 있다. 그것은 특별한 순간에서만이 아니라 우리의 일상과 선택 속에 주어져 있는 질문이고 우리는 그 질문에 의식적이든 습관적이든 '이미-항상' 응답하고 있다. 이러한 인간관에 대한 탐구 방식은 여러 가지 차원에서 가능할 수 있다. 그 가운데 하나는 당대의 서사체들을 분석함으로써 인간관의 문제에 대한 탐구를 수행하는 것이다. 그리스신화를 통해 우주와 인간에 대해 탐사하는 것이 가능하듯 현재의 서사 텍스트들을 통해 인간관에 대해 고찰하는 것 역시 가능하다. 이 자리에서는 〈센과 치히로의 행방불명〉이라는 일본 애니메이션을 통해 우리 시대의 인간관에 대해 논의해 보자.

미야자키 하야오의 〈센과 치히로의 행방불명〉은 자본주의적 메커니즘에 포획된 인간존재에 관해 질문을 던진다. 이 영화는 무엇보다 인간이라는 이름과 그 이름을 기억하기에 관한 영화다. 인간존재에 대해 질문을 받은 한 소녀의 행방을 좇아서 인간이란 무엇인가 라는 서사의 회로 속으로 들어가 보자.

2. 치히로-인간의 이름

부모님과 함께 이사 가는 차 안에서, 열 살 소녀 치히로는 촌동네로 옮겨 가게 된 것이 못마땅해 투덜거린다. 새롭게 이사한 집을 찾다가 치히로의 가족은 낯선 곳에서 길을 잃고 숲속으로 들어서게 된다. 오래된 신사(神社)가 그곳이 다른 세계로 가는 길이라는 것을 이정표처럼 암시한다. 숲으로 이어진 길의 끝에서 치히로의 가족은 낯선 공간, 다른 세계로 접어든다. 어두컴컴한 회랑을 따라 들어간 저편의 세계는 문을 닫아 버린 놀이동산처럼 인적이 없는 텅 빈 마을이 펼쳐져 있고, 그들은 음식을 잔뜩 진열해 놓은 가게를 발견하게 된다. 치히로의 부모는 음식점의 주인이 나타나지 않자, "일단 먹고 주인이 오면 계산하자."라면서 그 '망자의 음식'을 게걸스레 먹어 치운다. 소녀 치히로는 "주인도 없는데, 왜 음식을 먹느냐."면서 부모의 권유에도 불구하고 그 음식을 먹지 않는다. 그것은 치히로의 어린아이다운 도덕적 엄격성 때문이기도 하지만 낯선 곳에서 풍겨 오는 분위기, 즉 조심스러움 때문이기도 하다. 낯선 곳, 낯선 환경에 노출되어 있다는 사실을 망각한 채, 치히로의 부모는 조심성을 저버리고 마녀가 진설한 음식을 먹기에 열중한 나머지 저주에 걸려 돼지로 변해 버린다.

음식을 먹는 치히로의 부모, 치히로, 하쿠

주인 없는 음식을 먹는다는 것은 일종의 도덕적 해이(moral hazard)를 의미하며, 신중함을 상실한 그들의 태도는 매우 경솔한 것이다. 식욕에만 집중하는 태도는 본능적 욕구의 실현에만 관심이 있는 그들 인간성의 저열함을 의미한다. 그들이 돼지로 변하기 전에 이미 동물과 크게 다르지 않다는 것을 그들 스스로의 행동을 통해 보여 주고 있는 셈이다. 여기서 치히로의 부모는 인간성의 중요한 부분을 상실하고 있으며 그들이 돼지로 변하게 되는 것은 차라리 그들 존재 자체의 탐욕스러운 본성에 걸맞는 모습을 가지게 되었다는 것으로 해석할 수 있다.

이제 돼지로 변해 버린 부모를 구출해야 하는 임무가 소녀 치히로에게 주어진 셈이다. 낯선 곳에서, 부모마저 잃고 방황하는 치히로. 이윽고 밤이 되자 혼령들이 활동을 시작한다. 어찌할 바를 모르는 치히로 앞에 '소년-하쿠'가 나타나 치히로를 도와준다. 치히로는 하쿠의 도움으로 혼령들의 '성-온천장'으로 들어간다. 그곳은 마녀 유바바가 지배하는 온천장이자 하나의 성이고 '마을-도시'다. 이 온천장은 자족적인 체계로서 그곳의 모든 '혼령-존재자들'은 자신의 자리에서 맡은 바 '일-노동'과 소비를 해야만 한다. 그것이 그곳의 규칙이다.

소년 하쿠의 도움으로 치히로는 '가마할아범'에게 일자리를 부탁하지만, 그곳에 머무르는 자들은 누구든지 그곳의 주인인 마녀 유바바와 계약을 맺어야 한다. 일하지 않는 자는 모조리 거침없이 동물로 만들어 버리는 마녀 유바바. 그곳에 거하고 싶은 자는 모두 그녀가 정해 준 자리에서 일을 해야 한다는 의미에서 그곳은 단순한 혼령계가 아니라 현실세계의 알레고리로 읽을 수 있다. 유바바는 청소도 마법으로 하고, 스스로는 일하지 않으며 그곳 사람들을 지배한다. 하지만 마녀 유바바도 '성-온천장'의 사람들과 마찬가지로 카오나시의 사금에 현혹당한다.

유바바의 성에서 누구나 일해야 한다는 것은, "일하지 않는 자는 먹지도 말라."는 근대 자본주의 사회의 노동의 규율과 같다. 노동의 명령을 이행하지 않는 자, 일하지 않는 자는 무용한 자이며, 이 세계에서 인정받을 수 없는 불모의 존재자다. 이것은 노동하는 존재로서의 인간을 말해 준다. 그러나 마녀 유바바가 지배하는 세계 속에서의 노동은 자발적이고 건강한 노동이라기보다는 노동-교환체계 시스템 하에서 주어진 어쩔 수 없는 노동, 생존하기 위해 하는 노동, 즉 노동하는 자가 그 노동으로부터 소외된 노동을 말한다. 그런 점에서 노동-서비스의 생산과 공급을 통해서 그곳을 지배하는 마녀 유바바는 현대 자본주의의 자본가 계급, 부르주아의 알레고리로 읽을 수 있다. 유바바는 치히로와의 계약 장면에서 공장의 사용자-관리자처럼 유달리 규칙의 준수를 강조한다. 노동을 통해서만 사회에 참여할 수 있다는 의미에서 온천장은 냉엄한 현실의 질서를 뜻하는 생산과 소비의 시스템으로서의 자본주의 사회로 간주할 수도 있다.

마녀 유바바, 유바바의 언니 제니바, 카오나시

그곳에서 마녀 유바바는 치히로(千尋)라는 이름을 빼앗고, 대신 센(千)이라는 이름을 부여한다. 유바바는 이름을 빼앗아 자신의 영토 안에서 이름의 주인을 노동의 주체로 바꾸어 버리며 이름을 거두어 가고 대신 새로운 이름을 부여하는 방식으로 그곳을 지배하는 존재다. 이름에 관한 많은 통찰이 가르쳐 주듯 이름이란 정체성, 고유성을 의미한다. 따라서 이름을 빼앗는다는 것, 이름을 다시 부여한다는 것은 기존의 정체성과 존재의 고유성을 제거하고 그녀의 온천장-노동 시스템 하에서 기능적으로만 필요로 하는 정체성을 부여한다는 것이다. 온천장의 최고경영자 유바바는 치히로의 고유성(독자성, 千尋)을 말소하고 치히로에게 숫자 가운데 하나, 일련번호 가운데 하나일 뿐인 '센(千)'이라는 이름-정체성을 부여한다.

그러나 치히로의 등장으로 유바바가 지배하는 온천장, 이 견고한 질서체계에 미세한 균열이 일어나기 시작한다. 그것은 '인간-외부자' 치히로가 혼령계에 잠입했기 때문이기도 하지만, 온천장의 노동하는 혼령-주체들, 유바바에게 포섭된 노동자-혼령들과는 다른 룰을 가진 소녀 치히로가 잠입했기 때문이다. 이 지점에서 소녀라는 설정은 아직 자본적 질서에 완벽하게 포섭되기 이전의 인간 상태를 의미한다. 치히로가 성으로 들어오는 동시에 얼굴 없는 침입자, '카오나시'가 그 체계 내부로 들어온다. 치히로의 잠입과 동시에 카오나시가 유바바의 성으로 들어왔다는 점에서 카오나시는 노동과 교환의 시스템 안으로 잠입한 유혹과 욕망을 상징한다.[2] 이 카오나시의 잠입에 대해 유바바는 뭔가 불길한 기운이 침투한 것을 감지하지만, 그것이 어떤 존재인지, 어떤 변화를 일으킬지에 관해서는 정확히 간파하지 못한다.

얼굴(顔) 없는(無) 존재, 카오나시는 욕망이 본질적으로 그 구체성을 갖고 있지 않듯, 형체가 불분명한 자루를 뒤집어쓰고 다니며, 욕망이 구체적 '대상 a', 내용이 결정되기 전까지는 특성을 갖고 있지 않듯이

2) 카오나시가 온천장-성안으로 들어온 외계적 존재인지, 원래부터 성 주변을 배회하고 있었는지에 대해서는 명확히 제시되지 않는다. 이것은 카오나시라는 모호한 덩어리가 노동하는 주체들 주변을 맴돌고 있다는 것을 뜻한다고 해석할 수 있다. "노동할 때 죄를 가장 적게 짓는다."(하이에크)는 말처럼 건강한 노동에 몰두할 때 불온한 욕망은 틈입하지 못한다. 그럼에도 그 욕망은 노동 주체와 노동의 현장 주위를 유령처럼 맴돌고 있다.

명료한 얼굴이 없는 존재, 가면을 쓰고 다니는 존재다. 카오나시는 자신이 집어삼킨 자의 목소리를 통해서만 말한다. 욕망이란 본래적으로 빈 자리이며 구체성(안면성)이 없으며 그 경계도 없다. 욕망은 카오나시가 사람들을 삼켜 버리듯, 어느 순간에 사람의 전 존재를 집어삼킬 수 있는 그러한 운동성이다. 욕망이란 그처럼 친숙하면서도, 그림자처럼 늘 우리와 함께 있으며 괴물처럼 우리 자신을 집어삼킬 수 있는 그런 것 아닌가? 그러나 위험이 있는 곳에 구원의 힘도 함께 자라듯, 카오나시가 들어온 곳에 치히로가 함께 있다.

어린 소녀로서 힘에 부대끼는 노동을 하는 치히로에게 어느덧 응석받이 아동의 모습은 사라지고, 자신의 짐을 묵묵히 지고 가는 '인간'의 모습으로 성장해 간다. 그러던 중 '오물신'이 유바바의 온천장을 찾아온다. 오물신이 풍기는 악취 때문에 성안의 혼령들 모두가 기피하지만 치히로는 그런 오물신을 목욕시키게 된다. 유바바가 떠넘긴 일을 치히로는 불평하지 않고 감당해 내는 것이다. 목욕을 통해 오물신은 정화된다. 원래 유명한 강의 신이기도 했던 오물신은 인간 세상의 온갖 쓰레기를 다 토해 내고는 다시 가벼워진 몸으로 치히로에게 고마움의 표시로 환약(경단)을 주고 떠난다.[3)]

한편 카오나시는 사람들의 환심을 사기 위해 사금을 뿌리고 다니기 시작한다. 카오나시는 무엇이든 생겨나게 할 수 있는 능력이 있는 존재이기도 한데, 온천장의 개구리 웨이터가 사금에 혈안이 되자, 그것이 성안 존재들에게 관심의 대상이라는 것을 알게 되고, 계속 사금을 만들어 내며 그것으로 환심을 얻으려 한다. 그러나 사금으로 그들의 정신을 홀리고는 곧바로 그들을 집어삼켜 버린다. 황금에 홀린 자는

3) 이런 부분은 「바람계곡의 나우시카(風の谷のナウシカ)」(1984), 「이웃의 토토로(となりの トトロ)」(1988), 「원령공주(もののけ姫)」(1997) 등에서부터 지속되어 온 미야자키 하야오의 생태주의적 메시지로 이해할 수 있다. 그것은 기계문명에 대한 비판이자 환경오염에 대한 반성적 사고를 반영하는 장치들이다.

그 양심과 영혼을 잃게 되듯 카오나시의 사금에 홀린 자들은 카오나시에게 잡아먹히게 된다. 성안의 존재들에게 사금은 바로 자기 욕망의 대상으로서 카오나시는 그 환상을 공급한다. 그러나 카오나시가 만들어 낸 사금덩어리들은 실체가 아니었다. 유바바의 언니 제니바의 말처럼 "마법으로 만든 것은 쓸모가 없는 것"이며 헛것에 지나지 않는다. 제니바는 직접 땀 흘린 노동을 통해 창출되는 가치만이 값어치가 있다는 교훈을 전달하는데, 카오나시의 사금이 순식간에 쓸모없는 똥덩어리로 변해 버리는 것과 동궤선상에 놓이는 메시지라고 할 수 있을 것이다.

사금을 주우려고 온천장에는 일대 혼란이 일어나고 카오나시는 치히로에게도 황금을 내밀지만 치히로는 그것을 받지 않는다. 치히로 자신에게 필요한 것이 아닐 뿐더러 정당한 자기 몫이 아니라고 생각했기 때문일까? 치히로가 카오나시의 사금을 거절한 것은 자기 내면의 유혹으로부터 벗어날 수 있음을 의미한다. 뿐만 아니라 사금을 뿌리며 성안의 혼령들을 먹어치우고 있는 카오나시를 위해 강의 신/오물신이 준 환약의 반쪽을 카오나시에게 먹여 준다. 환약을 먹은 카오나시는 먹었던 사람들을 다 토해 내고 다시 온순해진다. 강의 신, 즉 자연이 준 선물은 물신화된 탐욕을 치유하는 힘이 있는 것일까?

유바바의 명령을 받고 제니바의 집에서 도장을 훔쳐 오던 하쿠는 제니바의 분신인 종이 추격자들의 공격을 받게 되고, 공격을 피하기 위해 온천장 꼭대기에 위치한 유바바의 방으로 숨어들게 된다. 그것을 목격한 치히로는 공격받는 하쿠를 찾아서 유바바의 방으로 들어가 거기서 상처 입은 '하쿠-용'을 발견한다. 치히로의 머리카락에 붙어 잠입한 제니바의 분신-종이들은 유바바의 모습으로 변신하여 유바바의 아들 '보우'와 '홀쭉 까마귀'를 두더쥐를 닮은 동물과 작은 새로 각각 변신시켜 버린다. 그러나 유바바는 그런 사실을 전혀 눈치채지 못한다.

치히로가 상처 입은 하쿠-용에게 나머지 반쪽의 환약을 주자[4] 하쿠는 마녀 유바바가 그의 내부 깊숙이 심어 둔 발바닥-혼령을 뱉어내게 되고, 치히로는 그것을 밟아 소멸시켜 버린다. 하지만 아직도 회복되지 못한 채 누워 있는 하쿠를 구하기 위해 치히로는 유바바의 언니 제니바의 집으로, 즉 유바바의 영토 외부로 여행을 떠난다. 여기서 치히로가 하쿠를 구하기 위해 떠나는 동인(動因)은 '사랑' 때문인 것으로 제시되고 있다. 그러나 치히로의 사랑은 남녀 간의 열정적인 사랑을 뜻하는 에로스적인 것이라기보다 자신을 돌보아 주었던 사람에 대한 인간적 애정, 인류 보편애적인 사랑, 그것도 아니면 소년소녀다운 관심과 사랑이라고 보는 편이 훨씬 자연스럽다. 남녀 간의 사랑이라고 보기에 그 둘의 나이와 모습은 너무도 어리고, 또한 그들 간의 애틋함도 이성(異性) 간의 것이라기보다는 돌봄과 연대감에 가까운 성격의 것이다. 이런 지점에서 치히로가 두더쥐로 변해 버린 유바바의 아들 '보우'와 작은 새를 데리고 다닌다는 것, 자신을 따라오는 카오나시에게 동행을 허락한다는 점은 치히로가 보편적 사랑, 돌봄과 희생의 정신을 소유한 자라는 확증을 더해 준다. 하지만 이 사랑은 인간애적인 것이라기보다는 자연과 인간의 유기적 관계, 모든 존재자들의 유기적 연결성(holism)을 의미하는 것으로 볼 수 있다. 하천으로서의 용-하쿠와 인간 치히로의 사랑이란 결국 자연과 인간의 일체성을 상징하는 것이다.

제니바의 집으로 향하는 열차의 행선지는 의미심장하게도 '중도(中

4) 이 중요한 알약을 치히로는 자신을 위해 사용하지 않고 카오나시를 치료하는데 반쪽을, 하쿠를 치유하는데 나머지를 사용한다. 이는 치히로가 자신의 부와 이익관심으로부터 벗어나 아픈 자를 치유하고 돌보는 정신의 소유자임을 말해 준다.

道)'인데 그 열차 안에서 치히로는 성의 내부에 위치하지 못한 채 떠돌고 있는 음울한 여행자들—노동의 현장에서 소외된 자들—을 목격하게 되고 끝내는 제니바의 집에 도착한다.

제니바는 마녀 유바바의 쌍둥이 자매로서 그녀 역시 마법을 부릴 줄 알지만, 그녀의 집은 유바바의 사업체-온천장과는 달리 아주 소박하고 검소하다. 유바바와 쌍둥이 자매이자 언니인 제니바는 자본주의의 경영자인 유바바의 짝패이기는 하지만, 프로테스탄티즘에서 말하는 초기 자본주의의 건강한 노동의 윤리를 보여 준다. 그녀의 주거와 하는 일(바느질), 삶의 방식에서 우리는 자본주의 시스템에 타락하지 않은 건전한 노동의 형태를 발견하게 된다. 치히로는 제니바에게 하쿠가 훔쳐 온 도장을 돌려주고 대신 사죄한다.

치히로가 다시 성으로 돌아가려 할 때, 이미 치유된 하쿠-용이 치히로를 온천장-성으로 데리고 가기 위해서 제니바의 집 앞에 와 있다. 카오나시는 제니바의 집에 남게 되는데 이는 얼굴 없는 욕망, 무정형의 욕망은 제니바에게 훈련받을 필요가 있기 때문인 것으로 볼 수 있겠다. 제니바는 욕망을 절제하고 다스릴 줄 아는 캐릭터이기 때문에 무정형이자 중립적(타락의 원흉이면서도 생산과 동력의 근본)이라고 할 수 있는 욕망은 훈련되고 조절되어야 할 필요성이 있는 것이다. 그리고 치히로는 하쿠-용을 타고 다시 유바바의 성으로 돌아간다. 치히로의 제니바의 집으로의 여행은 유바바로부터 벗어나 자본주의에 나포되기 이전의 순수했던 노동과 생활을 유지하고 있는 정신에 대한 경험과 일치한다.

제니바의 집에서 하쿠-용을 타고 유바바의 성으로 돌아오는 길에 치히로는 어린 시절의 기억 한 조각을 떠올린다. 그 기억은 아주 오래전, 치히로가 마을의 개천에 빠졌을 때 구해 주었던 개천이 바로 하쿠였다는 것이다. 마을 개천이란 바로 우리들이 잃어버린 생태적 환경의 또 다른 이름이라고 생각할 수 있는데, 앞서 '오물신'의 시퀀스에서도 암시되었듯 치히로가 유년 시절의 마을 개천을 상기하는 과정은 결국 인간의 근원을 찾는 메시지, 현재의 인류가 잃어버린 유년의 기억을 찾아야 한다는 생태적인 메시지를 던져 주는 셈이다. 치히로가 그 기억에 관해 말하자 하쿠-용은 오랫동안 잊고 있었던 자신의 본래 이름을 기억해 내게 된다. 하쿠는 자신의 이름이 코하쿠, 즉 '니기하야미 코하쿠누시'라는 이름의 개천이었다는 것을 기억해 내기에 이른 것이다. 이로써 치히로는 하쿠의 이름을 찾아 준 셈이며, 하쿠는 치히로를 통해 자신의 본래성-정체성을 되찾게 된 것이다. 하쿠는 인간이 잃어버린 자연이자 문명과 기술 탓에 잃어버린 순수했던 시간을 의미한다. 하쿠가 강의 신이라는 점은 인간-치히로와 자연-하쿠가 유기적으로 연결되어 있는 존재라는 점 역시 시사한다.

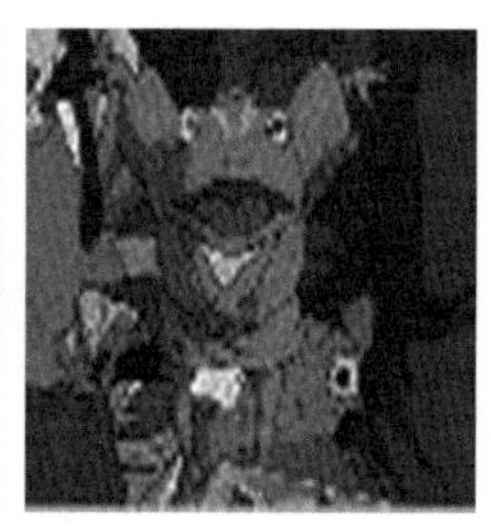

유바바의 아들 보우, 개구리 웨이터, 가마할아범

유바바의 성에 도착했지만, 유바바는 자신의 아들 '보우'를 잃어버려 분기탱천해 있다. 그러나 변신한 돼지-아기를 치히로가 무사히 돌보아 주었던 탓에 다시 본래의 모습으로 되돌아온 아들 '보우'가 엄마 유바바에게 치히로를 인간세계로 돌려보내 줄 것을 요구한다. 그리하여 모든 임무를 완수한 치히로에게 이제 부모를 구출하는 일만이 남게 된다. 그러나 마녀 유바바는 마지막 시험을 준비한다. 숱한 돼지무리 가운데 자신의 부모 돼지를 알아보아야만 그 둘을 데리고 나갈 수 있다는 조건으로 석방을 제시한다. 유바바는 치히로가 돼지 무리 가운데서 자신의 부모를 골라내라는 시험을 준비한다. 치히로는 돼지 무리를 한 번 휘둘러 본 후 그 무리들 가운데 자신의 부모가 없다고 단호하게 말한다. 유바바의 마지막 시험을 통과한 것이다.

어떻게 그럴 수 있었을까? 치히로는 다 똑같이 생긴 돼지들의 무리에서 자신의 부모-돼지가 없다는 사실을 어떻게 알아챌 수 있었을까? 〈센과 치히로의 행방불명〉에서는 그 이유가 제시되지 않고 있다. 제니바가 선물로 준 머리끈 때문이었을까? 영화 처음에 돼지무리들 가운데서 자신의 부모-돼지를 찾지 못해 쩔쩔매던 치히로를 생각해 보면 이는 놀라운 변화다. 치히로는 이미 모든 시험이 끝났고, 그녀의 부모는 돼지로부터 풀려나 있다는 것을 알고 있었던 것이다. 치히로가 자신에게 주어진 임무를 완수했기 때문에 이미 부모들은 다시 사람으로 변해 치히로를 기다리고 있었다. 자기의 본래적 임무를 다한 곳에서, 자신의 인간성을 증명한 곳에서 더 이상 마법의 저주는 통할 수 없기 때문이다. 어쩌면 이것은 자신의 부모를 돼지가 아니라 '인간으로서' 바라볼 수 있는 힘을 갖게 되었다고도 이해할 수 있을 것이다.

그렇다면 다시 처음의 질문으로 돌아가 치히로가 기억한 것은 무엇인지 물어야 한다. 치히로는 자신의 이름을 잊지 않았다. 그러나 영화에서는 이름을 잊지 말아야 한다는 것만 여러 차례 언급될 뿐, 치히로가 자기 이름을 잊어버렸는지, 그렇지 않았는지 묻는(확인하는) 장면은 나오지 않는다. 이것은 단지 치히로의 이름이 고유명사로서의 명칭, 실제적인 이름을 뜻하는 것이 아니기 때문이다. 치히로라는 이름을 기억해야 한다는 것은 자신에게 부과된 자기 임무를 잊지 말아야 한다는 뜻이며, 자기에게 부과된 자신의 본래성을 지켜야 한다는 뜻이다. 자기 가족을 구출해야 한다는 것은 자신이 여기-이곳에 들어오게 된 이유와 역사, 자기가 속했던 곳과 자신이 돌아가야 할 곳에 대한 기억을 의미한다. 동시에 그것은 다시 돌아갈 수 있다는 노력과 희망을 포기하지 않는 것이며, 유바바의 성에서 주어진 노동의 자리에서 자기 처지를 비관하기보다는 용기를 가지고 현실에 충실하면서도 임무를 완수했다는 점일 터이다. 그 과정에서 치히로가 보여 준 덕성은 황금에 사로잡히지 않았으며, 타인을 사랑하고, 보잘것없는 타자들을 돌보아 준 것 등이다. 이것이 자신의 주변의 인물들에게 구원을 베푸는 결과를 가져온다.

3. 인간이라는 이름의 내용

호머의 서사시 「오디세우스」에서 오디세우스는 고향 이타카로 돌아가는 여정에서 마녀 키르케가 통치하는 섬에 도착하게 된다. 물과 식량을 보충하기 위해 마녀의 섬에 착륙한 오디세우스는 부하들에게 그 섬에서 나오는 어떤 음식도 먹어서는 안 된다고 충고하지만, 배고픔을 이기지 못한 부하들은 모두 마녀 키르케의 연밥(lotus)을 먹고 돼지로 변하는 저주에 걸리게 된다. 그 저주에서 벗어나는 유일한 길은 자신이 인간이었다는 사실을 기억하는 것, 자신이 인간이라는 그 고통스러운 자각을 포기하지 않는 것 뿐이다.

돼지가 되어 버린 오디세우스의 부하들에게 찾아왔을, 그 자기 존재의 내면-의식과 현실적으로 비쳐질 외부-모습 사이에 괴리감으로 자리했을 심연의 간격을 상상하는 일이란 어렵지 않다. 말을 하려고 하지만 나오는 소리는 돼지의 꿀꿀대는 소리뿐이며, 그들 내부의 인간성은 고상하게 먹고자 하나 실제로는 주둥이를 킁킁대며 먹을 것에 코를 박고 있는 자신의 모습을 발견하게 될 때 느꼈을 심적 수치감과 고통은 차라리 자신이 원래 인간이었음을 잊어버리는 편이 낫겠다는 생각으로 유도되었을 것이다. 그들은 돼지의 형상을 입고 있기 때문에 돼지로 대접받게 되고, 그들의 자존감 역시 상처받았을 것이다. 스스로 인간이라는 자각, 인간이었다는 기억, 인간으로 되돌아갈 수 있다는 희망, 즉 자기 존재의 본래성(인간성)과 현재의 모습 사이의 비동일적 간극 속에서 그들이 끝까지 인간이었다면 끝없이 괴로워했을 것이다.

과연 이 흥미로운 모험담이 고대 서사시의 삽화일 뿐일까? 우리들 역시 인간으로서의 자존감을 유지하고 싶지만 주변의 현실은 쉽사리 그것을 용납하지 않는다. '나'는 고귀한 존재지만 사람들-시스템은 나를 돼지-부품으로 취급한다. 그 자기 인식과 현실 사이의 괴리와 긴장 속에서 우리는 종종 합리화와 망각을 통해 심리적 타협을 전개한다. 어쩔 수 없다는 포기, 다른 이들은 더 하다는 피장파장의 오류, 인간이란 상황-현실 속에서 규정되는 존재라는 생각이 그 합리화 기제들의 회로다. 인간은 어떤 존재인가 라는 물음은 한가로운 신선놀음일 뿐이라고 여기며 외적으로 강제된 상황 속에만 몰두할 때 우리의 이름은 더욱 아득해진다. 아주 가끔, 자신의 '존재'에 대해 기억이 나지만 이미 이름은 잊어버린 지 오래. 돌아갈 수 있는 길, 인간성 본연의 길로 회귀하는 길은 이 자본주의적 현실이 고통스럽더라도 인간으로서의 자기동일성을 유지하면서 그 고통스러운 현실 속에서 구원의 도래를 기다리며 희망을 놓지 않는 길 뿐이다. 이때 인간이란 몇 가지 규정성을 가질 수 있다. 모든 이들에게 언제나 타당한 규정을 수립할 수는 없겠지만, 적어도 치히로가 보여 준 마음 몇 자락을 내적 규정으로 가진다면 어떨까?

이름이란, 모든 기호가 그렇듯 그 실체의 내용을 본래적으로 가진 것이 아니다. 구조주의적 언어관에서 보자면, 내용은 기표와 자의적으로 연결된 것이다. 고유명사와 본질은 사실상 아무런 공통점이 없다. 이름을 통해 역사성과 기원을 추적하고, 그것을 고정시켜 이해하려는 태도는 이름붙이기를 통해 대상을 인식하고 전유하는 마녀 유바바의 태도와 같다. 원래의 이름을 기억하는 것이 아니라 이름이 비어 있는 것이라는 것, 그 이름은 끝없는 실천과 타자에 대한 보살핌을 통해 능동적으로 구성해 나가며 채워져야 하는 형식이다. 따라서 이름을 기억하라는 것은 이름의 내용을 구성하라는 것, 인간이라는 존재의 규정성을 실천을 통해 계속적으로 채워 넣으라는 능동적 명령어다. 기억이란 회복이 아니다. 원래 있었던 것을 잊지 않는 것이 아니라 적극적 의미의 형성이다.

마녀의 성-자본주의적 현실에 붙들린 우리가 이곳을 탈출하는 길은 치히로가 보여 주었듯, 자신이 인간이라는 사실, 인간이라는 이름을 가진 자라는 것, 그리고 그 이름의 내용을 매 순간 실존적으로 채워 넣는 길 뿐이다. 그것이 인간이라는 우리의 이름을 기억하는 길일 것이다. 인간이라는 우리의 이름, 우리의 이름-내용은 무엇인가? 잘 기억나지 않는다면 치히로의 행동을 다시 좇아가 보아야 한다.

너의 이야기는 무엇인가?
—물랑 루즈

1. 보헤미안, 캉캉, 세속 도시

인류 역사를 통틀어 오늘날처럼 이야기가 (양적으로) 팽창하고 수없이 유통되던 시대는 아마 없었을 것이다. 오늘날 과학-기술에 의해 발전된 매체-미디어들은 온갖 이야기들을 앞다투어 쏟아내고 있다. 영화, TV 드라마, 소설, 광고 등등 수많은 이야기들이 매체를 타고 돌아다닌다. 하지만 이야기의 소통량의 증가가 이야기 자체의 발전을 의미하지는 않는다. 이야기가 전달되는 매체들과 그 소통의 양이 증식되었을 뿐, 해 아래 새로운 것이 없듯 이야기 또한 앞서 존재했던 이야기들의 재탕 혹은 좋은 말로 콜라주일 뿐이다. 그럼에도 이야기는 계속되어야 한다. 이야기가 없이 인간은 살아가지 못할 것이며, 끝없이 새로운 이야기를 찾아 헤매는 것이 인간의 본성이기 때문이다. 그러나 존재하고 소통되는 모든 이야기가 그 자체로 의미 있는 것은 아니다. 거짓 감동과 유사 위안을 제공하는 이야기들 가운데, 독자-관객 자신의 삶과 존재의 조건을 통찰할 수 있는 여지를 열어 놓는 이야기가 있다. 이야기 안에 도사린 담론들과 그것들의 투쟁, 그리고 이야기는 무엇이며 그것은 어떻게 태어나고 살아가는지 생각하도록 하는 이야기도 있다.

그 가운데 하나가 바즈 루어만(Baz Luhrmann) 감독의 〈물랑 루즈(Moulin Rouge)〉(2001)라는 영화다. 이 영화는 일종의 뮤지컬 극영화이며, 널리 알려진 노래와 춤을 삽입하여 많은 사람들이 즐길 수 있도록 만들어진 대중 서사다. 충분히 오락적이고 통속적이면서도 그 안에 음미할 만한 지점들을 내장하고 있는 영화이기도 하다. 이 영화의 서사는 뮤지컬이라는 형식에도 아주 걸맞다. 춤과 대사, 노래 등 다채로운 요소들이 다중적인 이야기와 담론들 속에 펼쳐지고, 하나의 이야기 속으로 통합되면서도 극중극과 현실 사이를 매개한다. 이 영화는 보헤미안적 삶의 양식을 서술했던 앙리 뮈르제의 「보헤미안 생활의 정경」(1845)에 그 뿌리를 두고 있으며, 이 책을 토대로 극으로 개작된 작품들, 지아코모 푸치니(Giacomo Puccini)의 오페라 〈라 보엠(La Bohême)〉(1896)을 원전으로 삼는 20세기 말의 뮤지컬 〈렌트(Rent)〉와 친연성을 갖는 작품이다. 즉, 전(前) 세대의 이야기들을 숙주로 삼아 자기 이야기를 펼치는 영화다. 자, 그렇다면 이제 이 영화를 따라 19세기 말의 파리 속으로 들어가 보자.

때는 1899년, 19세기 자본주의의 수도였던 파리, 크리스천(이완 맥그리거)은 영국으로부터 예술가의 거리 몽마르트르로 찾아든다. "보헤미안의 혁명에 합류하기 위해서" 그리고 글을 쓰기 위해서. 그는 보헤미안이 되려는 사람답게도 사랑에 관한 이야기를 쓰려 한다. 그러나 단 한 줄도 쓸 수가 없다. 사랑을 해 본 적이 없기 때문이다. 크리스천은 아직 써야 할 이야기, 쓸 수 있는 이야기, 즉 자기 서사를 갖지 못한 것이다. 그는 사랑과 낭만을 동경하기는 하지만, 아직 자기 서사를 갖지 못한 인물이다. 그래서 그는 주저한다. 그의 재능을 발견한 난쟁이 배우들은 그를 고무시켜 보헤미안적 생활에 관한 작품을 쓸 것을 권하지만, 크리스천은 아직 자신이 진정한 보헤미안이 아니기에 쓸 수 없다고 말한다. 그러자 그들은 크리스천에게 "미와 자유, 진리와 사랑을 믿느냐?"고 묻는다. 그가 사랑만큼은 믿는다고 말하자, 그로써 그들은 크리스천이 보헤미안의 자식임을 확인한다.[1)]

이곳에서 파리는 예술과 낭만의 도시, 자본의 도시일 뿐만 아니라 죄와 타락의 장소로서의 세속 도시다. 파리가 천박한 성적 욕망(판타지)과 자본의 결합으로 작동하는 물랑 루즈의 도시라면 한편에선 그 도시를 "죄악의 중심지"라고 명명하는 크리스천의 아버지가 있다. 그들에게 그 도시는 죄악이 관영(貫盈)한 곳으로 정의되며 될 수 있으면 피해야 할 곳이다. 여기서 주인공의 이름이 크리스천(Christian)이라는 점에 주목할 필요가 있다. 크리스천의 아버지는 목사인데, 엄격하고 성실하게 살아야 한다는 부성적 목소리("캉캉 댄서에게 홀려 인생을 낭비하겠느냐?")로 등장한다. 크리스천은 책임과 법을 강조하는 아버지의 땅을 피해 자유와 예술의 도시, 낭만과 꿈을 실현할 수 있다고 여겨지는 파리로, 보헤미안의 구호이자 이상인 진리와 자유, 미 그리고 사랑에 대해 쓰

1) "16세기부터 불어로 '보헤미안(bohemien)'이란 단어는 '집시'를 의미했다. 그것은 집시들이 보헤미아에서 흘러왔다는 프랑스인들의 그릇된 신념 내지는 착각에서 비롯된 것이다. 어찌 보면 집시는 지구상의 어딘가에 존재하는 현실인이라기보다, '사회와 격리된 채 자연을 따라 떠돌며 자유와 무소유를 만끽하는 신비롭고 특이한 존재'라는 우리들의 공통된 상상력의 산물이다. 보헤미안은 환상과 현실의 경계가 없을 정도로 자유분방한 집시를 쏙 빼닮기도 하고 또한 전혀 다르기도 하다. 이 보헤미안이 적어도 프랑스에서는 19세기 파리의 라틴 지구에 몰려 사는 젊은 예술가와 반항아들을 지칭하는 용어로 자리매김을 했다. 보헤미아는 중앙 유럽에 위치한 유서 깊은 지역이다. 그것은 현재 체코공화국이 된, 전통적인 서부 체코슬라바키아의 2/3를 차지하고 있다. 포괄적인 의미에서 보헤미아는 과거의 역사적인 보헤미아 왕국(1212-1526)의 전성기처럼, 모라비아와 슐레지엔을 포함하는 체코의 전체 영역을 통틀어 가리킨다. 오늘날의 보헤미안이란 용어는 그가 어떤 언어를 사용하고, 어떤 도시에 거주하든지 이를 불문하고, 일종의 문학적인 집시로 묘사된다." 김복래, 「파리의 보헤미안과 댄디들」, 새문사, 2010, pp.13-20.

기 위해서 "무엇에 홀린 듯 마법의 주문처럼 다가오는 파리"로, 19세기 말 자유분방하고 퇴폐적 유흥장소의 중심인 몽마르트르로 들어선다. 자기가 쓰게 될 이야기가 곧 자기 사랑과 아픔이며, 이야기를 짓는 자가 언제나 낭만적이지만은 않다는 것을 알지 못한 채….

이 영화에 따르면 물랑 루즈는 "나이트 클럽이자 댄스홀이며 매음굴, 해롤드 지들러가 지배하는 환락의 왕국, 돈 많은 권세가들이 젊은 미녀들과 놀아나는 곳"이다. 다시 말해, 물랑 루즈는 욕망이 분출하는 나이트클럽이자, 몸의 자연적 리듬이 욕망과 쾌락의 춤으로 발산되는 댄스홀, 욕망과 돈이 서로 교환되는 매음굴이다. 돈과 욕망이 감겨들고, 자본과 욕망이 펼쳐지는 극의 장. 해롤드 지들러는 이 극장 물랑 루즈의 경영자이니 곧 환락의 왕국(욕망 교환의 장)의 지배자다. 그러나 지들러 역시도 이 왕국의 사제이자 또 다른 신민일 뿐이다. 이 욕망의 장에서 비켜설 수 있는 자는 아무도 없기 때문이다. 그곳은 사교의 장이자, 넓게 보아 세계 그 자체이다. 그가 인간이라면, 그 누구도 욕망 극장, 이야기-담론의 (극)장에서 벗어날 수 없다. 그것이 욕망 극장의 법칙이다. "그곳은 당신이 모르는 채 당신의 진리가 상연되는 극장이다."(지젝) 거기서 우리의 '화자-작가-예술가' 크리스천은 찬란히 빛나는 다이아몬드, 새틴(니콜 키드만)을 만난다.

2. 담론 투쟁의 '극-장'

극장이란 극이 펼쳐지는 장소, '이야기의 장'이다. 많은 사람들은 곧잘 인생을 연극으로, 세상을 극장으로 비유하곤 했다. 이야기들이 서로 부딪치는 곳, 그곳이 바로 극장이다. 다양한 인물들과 계기들이 부딪치면서 이야기가 상연되는 '시간-존재'의 장을 인생이나 세상이라고 불러도 무방할 것이다. 그래서 당연히 이곳에는 수많은 '입장들(positions)'과 이야기들, 주장들이 태어나고 소통되며 펼쳐지는 곳이기도 하다. 그 많은 입장들 가운데 지들러의 극장, 캉캉 댄스의 중심지 물랑 루즈에서 흥겹게 펼쳐지는 춤곡이 권하는 것은 일종의 허무주의적 쾌락주의다. 어차피 "삶은 지루하고 인생의 끝은 죽음이니, 근심과 걱정을 잊고 신나게 흔들자"는 것, 이는 건전한 쾌락주의가 아니라 나쁜 허무주의를 근거로 삼아 현재의 삶을 즐김으로써 그것을 잊자는 일종의 도피주의다. 그것은 삶의 조건들을 횡단하는 건전한 쾌락주의가 아니라 도피적이고 병적인 허무주의에서 기인하는 나쁜 쾌락주의다. 이것이 지들러의 극장에서 권해지는 담론이다. 말하자면 지들러가 지배하는 캉캉 댄스홀, 물랑 루즈는 쾌락의 담론적 실천의 장소다.

그런데 이러한 종류의 쾌락은 판타지와 불가분의 관계를 맺는다. 일상의 지루함과 삶의 현실적 조건들로부터 도피하기 위해서는 그보다 강한 환각이 필요하다. 이를 위해 고안된 극중 장치가 새틴이다. 그녀는 댄스파티의 진행 중에 그네를 타고 조명을 받으며 다이아몬드에 대해 노래하면서 등장한다. 이 노래는 크리스천과 사랑을 하기 전, 새틴의 담론과 그녀의 주체적 형상이 무엇인지 말해 주는 바, "내 진정한 벗은 다이아몬드, 키스가 집세를 내주지는 않는다.", "다이아몬드만이 영원하고 우리가 사는 세상은 물질의 세계"라는 것이므로, 세속적 욕망의 담론, 좋게 말해 실용적 현실주의 담론이다. 말하자면 낭만과 꿈이 달콤하기는 하지만 그것만으로 세상을 살 수 없다는 현실주의적 생존의 담론.

이로써 그녀가 극장에서 일하는 이유, 남성들의 판타지로서 기능하는 이유가 밝혀진다. 그녀는 먹고살기 위해 노동을 하고, 미래를 꿈꾸며 그 일에 자신의 신체를 귀속시킨다. 그를 위해서라면 자신의 존재와 영혼을 돌보는 일은 뒷전으로 미루어 둔다. 그런 점에서 그녀는 크리스천과 난쟁이들의 담론(보헤미안의 담론)과는 대척점에 서 있고, 유사-예술을 상품화하여 (잘)먹고 (잘)살자는 지들러의 담론(상인의 담론)에 가까우며 그래서 투자자 듀크(자본가의 담론)가 필요한 지점에 서 있다. 이 영화는 서사상에서는 새틴이라는 여성을 둘러싼 듀크와 크리스천의 갈등을 다루고 있지만, 담론의 층위에서 보자면 현실주의적 담론의 주체(새틴)를 둘러싸고 자본의 담론(듀크)과 낭만과 예술의 담론(크리스천) 간의 투쟁을 서사화하는 이야기라고 볼 수도 있다.

이 영화에서 크리스천과 난쟁이들은 자유와 예술을 추종하고 사랑과 미를 믿는 보헤미안의 표상이다. 그리고 보헤미안의 서사는 낭만과 사랑을 믿는 자의 서사다. 진리와 자유, 미와 사랑을 추구하는 예술가들의 담론이 여기에 속한다. 굳이 분류하자면 시인과 작가, 예술가들의 장이다. 그러나 여기서 시인과 작가, 예술가들이란 글을 쓰고 그림을 그리는 일을 직업으로 삼는 사람만을 일컫는 것이 아니라 자유와 사랑을, 미와 진리를 추구하는 삶을 사는가로 결정되는 성질의 것이다. 말하자면, 보헤미안은 직업이 아니라, 보헤미안적 정신 태도와 삶의 양식을 가진 사람 모두를 일컫는다. "보헤미안은… 궁극적으로 장사꾼이나 속물, 부르주아 계층을 미워하고 배격하기 위해서, 사랑이 유일한 목적이며 행복의 유일한 수단이라는 것을 강조하면서… 존경받는 사회계층의 울타리를 벗어난 '자유로운 영혼들의 공동체'를 의미한다."[2)]

'새틴'이라는 판타지에 극장의 관객들은 물론 우리의 주인공 크리스

2) 그런 점에서 '부르주아 보헤미안'이라는 뜻의 보보스(bobos)라는 신조어는 흥미로운 합성어다. 경제적 여유가 있어야 보헤미안일 수도 있다는 뜻이다. 경제적 여유의 소유자이자 보헤미안적 삶의 태도를 가진 사람을 일컫는 이 단어는 정신적 이념(태도) 앞에 경제라는 물질적 조건이 붙은 단어, 19세기에는 보헤미안이 가능했지만 우리 시대에는 물질적 조건이 허락되지 않는다면 보헤미안은 가능하지 않다는 얘기일까?

천과 안타고니스트 '듀크(the Duke)'가 모두 빠져든다. 그런 점에서 그녀는 극장의 배우-소모품이자 여주인(hostess)이기도 하다. 그러나 새틴은 둘로 분열되어 있다. 새틴 그 자신도 마찬가지이고, 새틴을 바라보고 인식하는 주체들에게도 새틴은 둘로 나뉘지만, 사실상 그 둘을 엄밀히 분리한다는 것은 어렵다. 그 누가 실체와 판타지를 확연하게 구분할 수 있겠는가. 욕망과 판타지의 존재인 인간에게 그런 것은 가능하지 않다. 현실의 실존인물 새틴과 극중 판타지 대상으로서의 연기자 새틴.

후자의 경우 새틴은 미인이며 화려한 스포트라이트를 받는 욕망의 대상이지만, 전자는 남자(듀크)에게 몸을 팔아 더 나은 극장으로 진출(신분 상승)하려는 일종의 매춘녀라고 일단 말해 두자. 이러한 분열이 새틴의 존재론적 분열의 구조이며 이 극이 희극적 요소를 가졌으면서도 비극이기도 한 이유다. 하지만 이런 분열은 새틴만의 것이 아니라 우리들 모두의 것이다. 말하자면 '보는 나'와 타자에게 '보여지는 나' 사이의 분열은 주체의 근본구조(라캉)라고 알려져 있으며 크든 작든 우리 모두는 이런 분열 구조 속에서 삶을 영위한다. 그것이 인간의 조건이다. 하지만 이런 분열은 그 자체로 비극적인 결말을 노정하지는 않는다. 왜냐하면 이 분열 구조 속에서도 주체는 '실존'의 가능성을 가지고 있기 때문이다. 그것 또한 인간의 조건이다. 그리고 이 '선택'은 여러 담론들과 주체적 형상들의 부딪힘 속에서 자신의 길과 운명을 만들어간다. 이 과정이 바로 즐거움과 의미, 두 마리의 토끼를 모두 좇으려는 뮤지컬 영화 〈물랑 루즈〉의 서사를 이룬다.

돈이라는 욕망의 대상에 정신이 팔려, 돈을 위해 몸을 파는 여자, 그(녀)들을 창녀라 한다. 그런 의미에서 새틴은 창녀-배우이다. 더 큰 무대로 진출하여 더 많은 사람들의 욕망의 대상(더 유명한 배우)이 되는 것이 그녀의 꿈이다. 그러기 위해 그녀는 '지금-여기서' 듀크를 유혹하고, 듀크의 욕망의 대상이 되어, 듀크의 판타지를 충족시켜 주어야 한다. 그러나 댄스 파티의 와중에 개입한 난쟁이 '툴루즈' 때문에 새틴은 크리스천을 듀크로 '오인'하게 되고(그래서 사실상 그 자신의 숨겨진 욕망을 실현하게 되고) 공작을 만나기 전 크리스천과 먼저 만나게 된다. 그러고는 작가 크리스천과 사랑에 빠져 버린다.

하지만 새틴은 자신은 사랑 같은 건 할 수 없는 존재라고 말한다. 이 지점에서 보헤미안 작가 크리스천과 여배우 새틴 사이에 논쟁이 일어난다. 이 대립은 인물들만의 갈등이 아니라 연애와 사랑에 관한 담론들의 부딪침이다. 만인의 연인, 타자들의 판타지용 소모품인 그녀는 사랑을 거절한다. 그 자신이 타자의 욕망에 귀속되어, 타자들의 욕망의 장에서 자신의 육체-존재를 환금 가능성으로 다루려는 한 그녀는 진정한 자유나 사랑을 할 수 없는 존재이다. 그러나 자유 없는 영혼이 사랑을 하려는 것, 팔린 존재로서의 매춘녀가 사랑을 할 수 없는 존재라는 것이야말로 사랑의 본질은 불가능성으로부터 성립한다는 것, 사랑은 그것을 가능케 하지 못하는 장애물 앞에서 더욱 빛을 발한다는 것을 보여 주는 것은 아닐까. 사랑의 불가능성이 사랑의 조건이라는 역설은 도리어 '헐벗은' 타자로서의 창녀들이야말로 진짜 사랑을 할 수 있는 존재라는 역설을 성립시킨다. 이것이 사랑에 관한 영화들에서 자주 타자들이 사랑의 주인공들로 등장하는 이유이기도 하다. 진정한 사랑, 그것 역시 일반성은 아니다. 그래서 새틴이 자신은 사랑을 할 수 없다고 말하는 장면은 그들 사이에 근본적인 사랑의 불가능성을 일컫는 것이 아니라, 사랑과 자유, 진정성과 환금성은 양립하기 어렵다는 것을 말해 주는 것일 따름이다.

듀크, 그는 자본가의 형상이다. 그가 귀족(Duke)이자 극장의 진짜 주인인 것은 타인들이 욕망하는 대상(화폐와 권력)을 소유했기 때문이다. 그는 이 영화에서 (화폐) 소유자의 형상이며, '빛나는 다이아몬드(황금과 여자)'에 가장 가까이 접근해 있다. 확실히 그는 극장에서 욕망하는 자이자, 욕망 극장의 주인-자본가다. 그 이야기-극장에 자본을 투자했기 때문이며 따라서 극장을 좌우할 수 있는 힘을 가졌기 때문이다. 이제 극장에서 상연되려는 이야기에 그는 돈을 통해서 자기 권력을 행사하고, 급기야 이야기를 좌지우지하려고 한다. 돈과 자본의 서사(이윤 창출의 내러티브)가 이제 극장과 극 속에서 보헤미안의 서사(사랑의 서사)와 충돌한다.

듀크는 사랑보다는 돈에 관심을 갖는다. 그는 새틴을 탐할 뿐, 사랑하지 못한다. 도무지 사랑을 하는 법을, 사랑을 모르기 때문이다. 그가 아는 건 소유의 법칙 뿐. 연애(사랑)보다는 소유에, 이야기보다는 극장 투자에 관심이 있기 때문이다. 지들러와 극단의 무리들이 사랑에 관한 이야기를 만든다고 할 때 그가 실망하는 표정을 놓치지 말자. 허상을 소유하려고 하면서, 아니 그렇기 때문에 더더욱 새틴을 독점적으로 소유하려 한다. 그는 사랑에 관해서는 아무것도 알지 못한다. 그에게는 사랑이 소유이고, 소유가 곧 사랑이다. 자본가의 담론 혹은 자본가의 사랑 방정식. 그는 '공유'라는 것을 모른다. 하지만 사랑에서 공유란 결코 범상한 일은 아니다. 연인들의 공동체는 궁극적으로 타인들을 배제하게 마련이다. 그러나 모든 이가 사랑하는 이를, 모든 이가 사랑하기 때문에 그녀를 사랑(소유)하려는 자가 혼자서 그것을 독점하려는 것은 일종의 아이러니가 아닐 수 없다.

그래서 투자자 듀크는 이야기를 향유(jouissance)하지 않는다. 그는 쾌락(pleasure)과 소비의 주체일 뿐이다. 그럼에도 그가 즐길 수 있는 이야기가 있다면, 그것은 아마 자본의 투자와 증식에 관한 서사일 것이다.

그렇다. 자본가에게도 이야기는 있다. 소유의 쟁탈전, 자기 소유(stocks)의 유지와 확장에 관한 서사만큼 흥미진진한 이야기도 그에게는 없을 것이다. 그것은 그에게 목숨을 건 모험담이자 영웅담이고 전쟁담이다. 자본이 축소될 갖은 위협과 위험으로부터 증식에 이르는 흥미진진한 서사가 그의 서사임은 분명하다.

그러므로 그의 관심은 '과정'이 아니라 '결말'에 있다. 듀크는 성급하게 결말에 대해 묻는다. "그래서 끝은 어떻게 끝나는 거지?" 그에게는 이야기의 종말, 끝이 어떻게 되는가 만이 중요하다. 그에게 과정은 지루한 것이자 관심 밖의 일이다. 경제적 인간에게 과정이란 그다지 경제적이지 않은 것이다. 종종 과정에 의해서 결말의 의미는 바뀐다. 그러나 투자자에게 '의미' 따위는 아무런 '의미'도 없다. 그는 결말(산출물, output)만을 믿는다. 빠른 시간에 효과적으로 스토리를 장악하는데 이야기의 결말을 아는 것처럼 경제적인 방법도 없을 것이기는 하다. 그래서 그는 아무것도 알지도, 누리지도 못한 채 이야기에 참가한다. 그럴 때 그의 권력은 불완전한 권력이다. 자본가, 투자자로서 가장 최고의 권력자이면서도 이야기(극)에서 가장 소외된 존재가 바로 듀크다. 그때 그는 '공작(duke)'이 아니라 '봉(dupe)'이 된다. 그는 노래에 관해서도, 극에 관해서도, 이야기에 대해서도 알지 못한다. 하지만 그에게는 별 상관이 없을 것이다. 다름 아닌 그가 바로 극장의 주인이니까! 이야기의 세계가 어찌되든 극장만이 확실한 것이라 믿는 사람은 역시 보헤미안은 아니다. "보헤미안이 아무리 다양하다고 해도 그들의 삶의 방식을 하나로 묶어 주는 공통의 요소가 있다. 그것은 바로 부르주아적 가치에 대한 거부다."[3)]

3) 앞의 책, p.73.

3. 쇼는 계속되어야 한다

난쟁이들에 의해 크리스천을 듀크로 착각한 새틴은 크리스천에게 육탄 공세를 퍼붓는다. 크리스천은 그 난감한 상황을 벗어나기 위해 새틴에게 노래를 불러 준다. 그것은 크리스천이 세속적 욕망에 나포된 쾌락주의자가 아니라 꿈과 낭만적 담론의 주체적 형상이라는 점을 말해 준다. 새틴이 공작과의 '거래'를 떠나, 크리스천에게 사랑을 느끼기 시작하는 대목도 여기서부터다. 그녀는 고달픈 현실주의자지만 크리스천이 불러 주는 노래 속에서 세상을 아름답고 살 만한 것으로 느낀다. 잠깐 동안의 몽상일지라도 그것을 가능케 하는 것은 예술과 낭만의 영토에서 사는 작가 크리스천이 불러 주는 노래 속에서다. 그녀는 다음 장면에서 그가 '듀크'가 아니라 '작가'에 불과하다는 사실을 알게 되지만, 이미 크리스천과 사랑에 빠져 버렸다. 게다가 곧이어 들이닥친 듀크 때문에 크리스천과 새틴은 한편이 되어 듀크를 속이는 연기를 한다. 듀크에게 다른 남자와 함께 있었다는 것을 들켜서는 안 되기 때문이다. 새틴은 현실적인 이유로 듀크를 필요로 하고 있지만, 상황은 이미 크리스천과 새틴을 커플로 만드는 쪽으로 전개되고 있다.

크리스천과 함께 있는 장면을 들키지 않기 위해 새틴은 듀크에게 극의 리허설 중이었다는 거짓말을 하고, 여기에 지들러와 난쟁이들(배우들)이 가세하면서 그들은 듀크에게 극의 투자를 요청한다. 여기서 듀크는 영화제작자 혹은 투자자인 셈이다. 무슨 내용의 극이냐는 듀크의 말에 그들은 즉흥적으로 극의 내용을 꾸며 댄다. (집체 창작 혹은 인터렉티브하게) 이 사람 저 사람이 한마디씩 거들어 형성되는 '시타 악사와 창부의 사랑 이야기'는 그들이 공연하게 될 극의 내용이자 이들 모든 사람이 처해 있는 '현실-극'이기도 하다. 인도를 배경으로 왕-권력자(듀크)와 시타 악사(크리스천)가 창부(새틴)와 사랑을 두고 펼치는 극의 내용은 어느 먼 나라, 동화 속의 이야기가 아니라 바로 그들이 처한 현실에 대한 알레고리-극이다.

이러한 극중극 혹은 액자 안의 서사와 액자 외부의 영화 서사를 염두에 두노라면, 이번에는 영화의 이야기와 우리의 서사 제작 현실이 그대로 오버랩된다. 우리의 현실에서도 누군가는 극을 흥행시키기 위해 이야기를 만들고, 누군가는 투자를 위해 이야기를 듣는다. 투자자, 기획자, 제작자, 극작가와 연출자(스토리텔러), 배우(연기자)와 관객, 이것이 우리 시대의 가장 대중적인 이야기가 태어나고 자라며 소통되는 환경의 요소들이다. 아, 여기에 홍보담당을 빼놓을 수 없겠다.[4)]

사랑과 이야기에 관해 문외한인 듀크지만, 이른바 돈의 운용인 투자와 비즈니스에 있어서 그는 결코 바보가 아니다. 그는 지들러에게 새틴에 대한 독점권과 물랑 루즈에 대한 권리증을 요구한다. 그는 돈과 힘을 골고루 사용해 극장의 이득권을 점유한다. 총을 소지한 그의 심복 '워너'는 자본가에 충성하는 하인, 자본가가 부리는 물리적 수단의 표상임은 두말할 나위 없다. "나는 마음이 넓지만 누가 내 것에 손대는 걸 참지 못한다."는 듀크의 말은 그의 (사적) 소유와 독점에의 의지를 보여 주기에 부족함이 없다. 계약을 맺은 후, 듀크는 극장의 개조를 지시하고 스펙터클한 쇼의 제작을 감시한다. 새틴과 크리스천에게 극의 준비 과정은 함께 사랑을 나누는 시간이지만 듀크에게는 투자와 사업의 진행이고, 새틴을 향락할 수 있는 기회에 다름 아니다. 극장의 소유와 운영은 듀크에게 속해 있음에도 극이 만들어지고 이야

4) 난쟁이 '툴루즈'의 장면은 바로 예술과 자유를 사랑하는 몽상가들, 보헤미안의 관점을 대표한다. 그는 크리스천과 새틴의 사랑을 지켜보면서 애달파하고 분노하며 또 눈물을 흘린다. 이 극에서 그는 중심인물은 아니지만, 단순한 구경꾼이 아니라 그 둘의 사랑에 개입하고, 이야기를 지켜보는 사람이자 영화를 바라보는 관객들의 시점에 가장 가깝다.

기가 진행되는 과정에서 듀크는 철저히 소외되어 있다.

이 소외 속에서 듀크는 새틴에 대한 자신의 욕심을 채우지 못하게 되자 지들러에게 불평을 일삼고, 지들러는 새틴에 대한 듀크의 환상을 자극하려 한다. 달리 말해 지들러(경영자)는 듀크(투자자)를 설득하려는 것이다. 마돈나의 〈라이크 어 버진(Like a Virgin)〉이란 노래를 부르면서 그는 새틴이 듀크에게 첫날밤을 바치는 마음으로 기다리고 있다고, 새틴에 대한 듀크의 소유욕을 자극하고 환상을 공급하려 한다. 그러나 새틴이 앓아 눕는 탓에 듀크의 요구는 이루어지지 못한다. 새틴은 폐결핵으로 죽어 가고 있다. 그녀의 폐는 더 이상 회복 불가능하다. 그럼에도 이 사실은 새틴 본인에게도 숨겨진다. 쇼는 계속되어야 하기 때문이다.

새틴과 크리스천은 서로 사랑하지만 그들이 개입해 있는 상황, 듀크의 요구 때문에 원만한 사랑을 지속할 수 없다. 이러한 상황 속에서도 그들의 러브송이 적절히 삽입되어 뮤지컬 영화다운 재미를 제공하며 이야기는 진행된다. 그러나 두 사람의 사랑을 시기하던 동료 여배우의 고자질에 의해 듀크 또한 상연될 극이 다름 아닌 자신과 크리스천의 이야기라는 점을 알아차리게 된다. 그래서 듀크는 극의 결말을 바꾸도록 지들러에게 지시한다. 그는 자신의 힘으로 이야기를 바꿈으로써 이야기 속에서도 자신이 승리하기를 바란다. 그는 상상적 상징인 극 속에서도 자신이 지는 것을 용납할 수 없다. 극은 단지 상상속의 허구만이 아니며, 이야기는 현실의 반영이자 현실을 바꾼다는 것, 현실과 교호하면서 만들어진다는 점을 알게 된 것이다. 극중의 이야기에서 새틴을 차지한다는 것이 현실에서의 새틴을 차지하는 것과 무관하지 않다는 것, 상상은 상징이며, 상징은 곧 현실이라는 것. 여기서 극-이야기와 현실의 구분이 문제가 될 수 있다. 이야기는 비록 극장에서 상연되지만, 이야기의 세계는 상상과 허구의 세계일 뿐이며 현실-세계(극장)만이 확실한 세계라는 주장이 가능하다. 하지만 이야기와 현실은 생각만큼 명확히 구별되지 않는다. 사람들은 현실을 보고 이야기를 만들지만, 이야기는 허구를 통해서 현실을 만들기도 하기 때문이다. 이야기가 펼쳐지는 곳은 이야기에 의해서 종종 바뀌기도 한다.

다시 말해 듀크는 극이 그저 꾸며내는 이야기가 아니라 현실에 대한 은유이자 현실과 불가분의 관계를 갖는 이야기 그 자체임을 알게 된 것이다. 이제 이야기에서의 패배는 곧 현실에서의 패배와 다르지 않게 되었다. 이때 이야기는 상징 투쟁의 장이다. 여기서 이야기가 상연되는 극장은 단지 이야기-극이 펼쳐지는 공간에 불과한 것이 아니라 담론 투쟁의 장으로서의 성격 또한 가진다. 극장은 삶이 펼쳐지고 이야기가 결정되는 곳이며 서로의 이야기-담론들이 투쟁하는 장소이다. 이 각자의 서사들이 투쟁하고 길항하는 장소에서 누가 최후의 승자인지 알 길은 없다. 왜냐하면 그 결말을 바라보고 해석하는 자의 담론에 따라 승패에 대한 해석이 다시 엇갈릴 것이기 때문이다. 현실주의자는 결국 듀크가 이긴 것이며 언제나 듀크가 이길 것이라고 말할 것이다. 전혀 틀린 해석이라고 볼 수는 없지만 그것은 반쪽의 진실이다. 사랑과 예술과 낭만의 영토에 속한 사람들은 듀크는 단 한 번도 이긴 적이 없다고 생각할 것이다. 그렇게 서로 다른 담론과 주체들이 만나 투쟁하고 길항하는 곳이 담론 투쟁의 장으로서의 극-이야기 장이며 이런 의미에서 극장은 우리 삶의 터전이자 이야기들이 만들어지고 싸우는 투쟁장(사회)이기도 하다.

듀크에게 몸을 허락하기 위해 듀크와 함께 있던 새틴은 끝내 듀크에게 자신을 허락하지 않는다. 이미 그녀는 현실주의자가 아니라 자신의 내면에 현전하는 사랑을 따르는 주체가 되어 버렸다. 듀크는 새틴을 강제로 겁탈하려 하지만 새틴을 보호하는 대머리 배우의 도움으로 빠져나와, 크리스천에게 달려가고 그와 함께 멀리 도망치려 한다. 그러나 듀크는 극의 결말을 자기 식으로 만들고, 극과 상관없이 크리스천을 죽이려 한다. 소유와 질투에 휩싸인 광기. 극에서나 현실 모두에서 이기려는 욕심. 이것은 질투이자 시기이다. 질투(jealous)란 자신이 가진 것(가졌다고 생각되는 것)을 빼앗으려 드는 대상에게 느끼는 감정이며, 시기(envy)란 자신이 갖지 못한 것(갖지 못했다고 생각되는 것)을 가진 사람에 대해 느끼는 감정이다. 그렇다면 듀크는 새틴을 두고서 크리스천을 질투하며, 사랑에 관해서는 크리스천을 시기하는 셈이다.

듀크가 크리스천을 죽일 계획임을 알게 된 지들러는 야반도주를 하려는 새틴에게, 그녀가 죽음을 앞두고 있으며, 듀크가 크리스천을 죽일 것임을 말해 준다. 지들러는 지들러 식으로 이야기를 바꾸려 한다. 그 또한 이야기에 관여하고 있는 이야기꾼이자 배우, 극장의 경영자다. 새틴이 크리스천을 더 이상 사랑하지 않는다고 말해 그가 그녀를 떠나도록 하는 길만이 크리스천을 살리는 길이라고 하면서 극이 진행될 수 있도록 새틴을 설득한다. 이처럼 이야기를 자기 식으로 각색하려는 지들러는 새틴의 방을 빠져나오면서 자신이 또 한 번의 거짓말을 했다고 읊조리며 "그래도 쇼는 계속되어야 한다."고 노래한다. 사랑과 이상을 선택하지 않고 현실과의 타협 속에서 이야기를 이어 가려는 생활인-경영인으로서의 고뇌가 그의 노래 속에서 펼쳐진다. 우리들 또한 이상을 좇을 수만은 없도록 강요하는 현실의 논리 앞에서 '그래도 쇼는 계속되어야 한다.'고 스스로를 위로하지 않는가. 그러나 우리는 쇼가 왜 계속되어야 하는지 모른다. 우리가 아는 건 '어쨌든 쇼-이야기는 계속되어야 한다.'는 것뿐이다. 그렇다. 어쨌든 쇼는 계속될 수밖에 없다. 생존과 생활을 위해서 혹은 진실된 삶을 살기 위한 기회를 얻기 위해서….

4. 자기-서사는 어떻게 가능한가

자신이 머지않아 병으로 죽게 될 것을 알게 된 새틴은 크리스천을 찾아가 자신은 듀크를 선택했다며 크리스천에게 이별을 고한다. 극장을 위해서나 출세를 위해서도 자신은 듀크를 선택할 수밖에 없다는 것이다. 물론 그것은 크리스천을 살리기 위한 거짓말이다. 툴루즈 역시 크리스천에게 그녀는 너를 사랑한다고 말해 주지만 크리스천은 그녀의 사랑에 의구심을 갖게 된다. 결국 그는 그녀의 사랑을 확인하기 위해 극이 진행 중인 극장으로 달려간다. 극장에서는 이제 그들이 꾸며냈던 극, 시타 악사와 창부 이야기가 스펙터클하게 펼쳐지고 있다. 새틴은 힘겨운 체력으로 공연을 하고 있고, 듀크는 그 공연, 즉 자신이 승리할 이야기에 열중해 있다.

한편, 극장에 몰래 숨어든 크리스천은 무대 뒤에서 새틴에게 사랑의 진실을 말할 것을 다그치며, 듀크처럼 자신도 돈을 지불하겠다고 말한다. 새틴이 듀크의 돈에 팔려 자신과 사랑을 배신했다고 생각하는 그는 그녀와의 사랑의 시간을 화대로 지불하려 한다. 크리스천의 극장 침입을 눈치챈 듀크의 심복 '워너'는 크리스천을 죽이려 하고 그 와중에서 그들은 그만 극이 진행 중인 무대 위로 등장하게 된다. 그러나 지들러의 기지로 그들의 등장은 마치 짜여진 각본대로 움직이는 것처럼 위태로운 연기를 이어 가는데, 관객들은 그것이 연출된 극인지, 실제 현실 속의 이야기인지 구분하지 못한다.

여기서 이제 극은 더 이상 실제 현실과 구분되지 않는다. 그들은 연극을 하고 있는 것도 아니고 실제를 펼치는 것도 아니다. 혹은 연극을 하고 있으면서 실제로 이별을 하고 또 재회를 하는 사랑을 하고 있다. 그러므로 여기서 연극(가상)과 실제(현실)는 더 이상 구분이 명확하지 않으며 하나로 합쳐져 구별되지 않는다. 연극과 현실이 분리되지 않고 서로 삼투하고 얽혀서 구분되지 않는 지점. 이제 연극이 사랑이 되고, 사랑이 바로 연극이다. 이들이 나누는 대화는 짜여진 각본의 연출이 아니라 자신들의 이야기 그 자체가 된다. 이제 연출된 극과 현실의 이야기는 더 이상 구분되지 않는다.

이것이 바로 연극의 특징이다. 영화나 영상 텍스트, 그리고 "쓰기에 의해 고정된 담화로서의 텍스트"(리쾨르)에서 독자가 극에 참여할 수 있는 지평은 전적으로 해석적 수용의 차원에 머문다. 대개의 경우, 독자는 수용적 감상 행위와 해석적 행위를 하지 그 공연-행위(작품의 구성)에 직접적으로 가담하지는 않는다. 그들이 작품을 통해 텍스트가 지시하는 의미의 지평 안으로 들어서든, 혹은 어떤 메시지를 전달받아 새로운 해석을 열어 내든 그것은 일차적으로 작품의 내부는 아니다. 즉 관객은 작품의 구성에는 직접적으로 참여할 수 없다. 그러나 연극은 비록 그들이 수동적으로 연극을 관람하고 있다고 하더라도 극의 요소이다. 익히 알려졌다시피 연극의 구성 요소에는 관객의 자리가 있다. 이는 무엇을 의미하는가? 관객은 이야기의 진행에 아무런 참여도 하지 않는데 왜 연극에 참여하고 있는가? 그것은 극이 극의 장에서 발생하는 일회적 공연이기 때문이며, 연극이 거기서 벌어지고 있다는 사건적 성격 때문이다. 따라서 연극은 하나의 사건이 펼쳐지는 사건의 장이기도 하다.

그러나 그렇다고 모든 관객이 저절로 이야기의 장 안으로 들어서는 것은 아니다. 관객은 연극에 참여하고 있지만 수동적으로 참여할 수 있을 뿐이며 간혹은 능동적으로 참여할 수 있다. 벌어지고 있는 이야기(공연)의 일부가 되는 것, 그것이 능동적인 참여일 것이다. 대부분의 극에서 관객은 무대 위에 올라 이야기에 끼어들면 안 된다는 약호를 따른다. 그럴 때 관객은 이야기가 진행되는 사건의 현장에서 구경꾼이다. 그때 관객은 극의 현장에서 이야기의 소비자, 이야기의 구경꾼이 된다. 이야기에 참여하고 있으되, 이야기의 진행으로부터는 소외당한 것이다. 이것이 〈물랑 루즈〉에서 이야기의 전모를 모른 채 어리둥절하거나, 웃고 기뻐하거나 감탄하면서 극을 구경하는 관객-구경꾼들의 형상이다. 이야기의 장에 들어 있으면서 극의 전모를 모른다는 것은 아이러니하면서 으스스한 느낌마저 주기도 한다. 하지만 어차피 세계와 인간, 인류의 운명 역시 비결정된 연극과 같다. 우리들 또한 인생과 세계라는 극장에서 대단원 혹은 파국을 모른 채, 자기에게 주어진 역할을 연기-행위할 뿐 아닌가.

이 영화에 나오는 관객들, 물랑 루즈의 댄스 파티에 참가하여 즐기는 사람들, 개조된 극장에서 연극-뮤지컬을 구경하는 사람들은 이야기로부터 소외되어 있다. 그들은 지금 사태의 진실을 파악하지 못한다. 이런 것을 일컬어 기 드보르(Guy Debord)의 표현을 원용해 '스펙터클의 서사'라고 할 수 있지 않을까. 스펙터클이 나쁜 이유는 사람들을 구경꾼으로 만들며 수동적으로 만들어 버리기 때문이다. 그들은 이야기를 보고 들으며 즐긴다. 그러나 그것은 어디까지나 남의 이야기, 무대에서 펼쳐지는 가상의 극일 뿐 나의 이야기는 아니다. 그래서 이야기는 그들을 위해 만들어지고 그들을 즐겁게 하고 그들에게 제공되지만 정작 그들 자신의 이야기는 아니다. 그 이야기를 주체적으로 해석하고 그것을 자기 삶의 영역으로 가져올 가능성이 그들에게 원천적으로 봉쇄되어 있다고 단정하기는 어렵지만, 구경꾼인 한에서 그들은 지금 벌어지고 있는 이야기로부터 소외되어 있다.

그들은 서사를 구경하고 즐길 뿐, 자신들의 이야기가 없다. 그렇게 된 사정은 여러 가지가 있겠지만, 서사의 장에서 독자-수용자를 구경꾼으로 만드는 스펙터클의 서사들이 증가했기 때문이기도 하다. 그래서 사람들이 자기 서사를 재현할 수단과 기회를 박탈당하고 있기 때문이다. 여기서 잠깐, 버라이어티 프로그램을 생각해 보자. 그들은 우리가 자발적으로 웃을 수 있는 기회를 박탈한다. 또 하나의 관객용 지시문이 되어 버린 자막을 통해서, 그리고 우리들이 웃어야 할 타이밍까지 일러 주며, 심지어는 우리 대신 웃어 주기 위해 웃음을 녹화해서 틀어 주기도 한다. 슬라보예 지젝은 이런 현상을 일컬어 상호수동성(interpassivity)이라고 명명한 바 있다.[5] 이렇게 우리는 서로 함께 수동적이 되어 가고 있다. 하지만 괜 · 찮 · 다. 왜냐하면 나만 수동적이 되는 건 아니니까….

사실 우리는 누구에게나 근본적으로 자신의 경험과 이야기가 있다. 그러나 인생을 산 사람 모두가 자기 서사를 갖는 것은 아니다. 서사가 가능하기 위해서는 그것을 서술할 주체, 그것을 재현할 방법도 함께 가져야 한다. 무엇보다 자기 서사 행위가 가능하기 위해서는 그것을 서술할 수 있도록 해 주는 관점(담론)이 있어야 한다. 그래서 그들은 자신을 대신해 이야기해 줄 사람들을 필요로 하며, 기꺼이 대가를 지불하고 극장으로 들어간다. 그러나 그것은 아직까지 자신의 이야기가 아니라 남의 이야기이다. 구경꾼은 남의 이야기에 자신을 투사하는 방식으로밖에 이야기를 즐길 줄 모른다. 생각해 보면 난쟁이들이 꾸미는 극에 새틴과 크리스천이 빠져들었고, 새틴과 지들러가 꾸미는 극에 듀크가 빠져들었으며, 새틴과 크리스천, 지들러와 배우들이 공

---

5) 슬라보예 지젝, 「HOW TO READ 라캉」, 웅진지식하우스, 2007, pp.42-44.

모해서 꾸미는 극에 관객들이 빠져든다. 이처럼 구경꾼은 언제나 이야기하는 자에게 포획당한 현실을 살게 된다.

그것이 대중들이 드라마나 영화에 그토록 몰두하는 이유이며, 그런 서사들이 즐비하게 생산되는 이유이기도 하다. 사람들, 호모 나랜스(Homo Narrans)들은 서사를 필요로 한다. 하지만 그들은 서사를 구경(소비)할 뿐 자기 서사를 생산하지 못한다. 이야기의 극장에서 자기 서사를 만들지 못하는 사람, 그들은 서사의 소비자가 될 수밖에 없다. 지들러의 극장을 가득 메운 사람들처럼 그들은 남의 서사를 구경할 뿐 자신들의 이야기를 갖는 일에 관심을 갖지 않는다. 그래서 그들은 극이 이상하게 파행적으로 진행되어도 극의 일부인 것으로 간주하며 이야기의 진실(사랑과 운명을 걸고 투쟁하는 사람들의 이야기)을 알아채지 못한다. 그것은 이야기의 숨겨진 내막을 알지 못한다는 뜻이고, 그런 만큼 그들은 이야기로부터 소외되어 있는 셈이다.

무대 위에서 크리스천은 새틴에게 화대를 지불하고 객석 사이로 걸어 나간다. 관객들이 구경하는 서사는 어느덧 극과 현실의 경계를 허무는 포스트모던한 실험극이 되어 있다. 그 순간 난쟁이 툴루즈가 헛발을 디디며 무대장치에 매달려, 잊고 있었던 자신의 대사를 크게 외친다. "인생에서 가장 위대한 건 누군가를 사랑하고 또 사랑받는 거야!" 보헤미안의 대사이자 크리스천 자신이 극을 만들며 직접 쓴 대사였다. 새틴은 객석 사이로 걸어가는 크리스천의 뒷모습을 바라보며 애절하게 내게로 돌아오라는 노래를 부른다. 이 노래가 계획된 것이었는지 즉석에서 새틴이 부르는 노래인지 그것은 알 수 없다. 이미 현실과 극의 구분은 불가능하다. 퇴장하려던 크리스천은 이 노래에 대한 화답가를 부르면서 다시 새틴에게 다가가 둘은 사랑의 대화이자 노래인 듀엣송을 주고받는다. 이로써 이들의 사랑은 해피엔딩으로 마무리되는 것처럼 보인다. 그러나 다음 순간 새틴은 폐병으로 쓰러지고 모두가 지켜보는 가운데 숨을 거두고 만다.

그리고 이제 크리스천은 이 모든 이야기를 글로 쓰기로 한다. 그것은 새틴의 유언이기도 했다. 새틴은 말한다. "우리 이야기를 글로 써. 그러면 우리는 영원히 함께 있을 수 있을 거야." 그녀는 죽고 둘은 헤어지지만 그들과 그들의 이야기는 이야기 속에서 영원히 살아 있을 수 있다. 이야기가 반복되어 공연되고 읽히기 때문만은 아니다. 사랑하는 모든 사람들, 그리고 이 이야기를 경험하는 이들은 바로 그들의 이야기 속에서 자신들의 사랑과 인생의 이야기를 꿈꾸거나 혹은 발견하게 될 것이며, 그들 자신이 바로 크리스천이자 새틴이라는 것을 깨닫게 될 것이기 때문이다. 이것이 바로 이야기의 힘이자 신비이며 사람들이 이야기를 찾아 헤매는 이유이기도 하다. 따라서 이제 이 이야기는 어느 특수한 남녀의 이야기만이 아닌, 사랑을 하고 고뇌를 겪는 모든 남녀들의 이야기, 특수성 속에서 보편성을 발견하고, 보편성을 특수성 속에 담아내는 한 편의 이야기로 완성된다. 이야기를 듣거나 보는 사람은 일단 모두 (시)청자이지만 그 이야기를 해석하고 의미화하면서 해석적 수용을 하는 사람들에게 이야기는 이제 남의 이야기가 아니라 자신의 삶과 결합된 자신의 이야기가 된다. 그러나 어떤 사유와 해석도 하지 않고 망각해 버리는 사람, 이야기의 의미 안으로 들어서지 못하고, 자기 삶과 결합시키지 못하는 사람들, 그들이 바로 구경꾼이다.

이 영화-서사가 사랑(새틴)을 잃고 난 뒤에 자신의 사랑 이야기를 들려주는 형식으로 전개되고 있다는 점을 잊지 말자. 이 영화는 사랑에 관한 이야기이자 이야기에 관한 이야기다. 영화의 마지막 장면, 크리스천은 타자기 앞에 앉아 이야기를 마무리한다. 그가 하는 이야기의 끝이 곧 이 영화 〈물랑 루즈〉의 끝이다. "그렇게 세월이 흘러가던 어느 날 '나'는 문득 타자기 앞에 앉아 글을 쓰기 시작했다. 내 젊은 시절에 그곳에서 만났던 사람들의 얘기를… 그러나 무엇보다도 이건 사랑에 관한 이야기다. 영원히 변치 않는 사랑의 이야기. The end." 그러나 이는 끝이 아니라 시작의 장면과 순환한다. 언제나 하나의 이야기의 끝은 새로운 이야기의 시작과 맞물린다. 이야기는 종결되었다. 이제 남는 것은 이야기들을 해석을 통해 자기 삶으로 가져오는 것이다. 그것을 위해서는 아마 또 한 편의 다른 이야기가 필요하리라.

욕망의 경제에서 의무의 윤리로
—스파이더맨

우리는 최고의 선이 없이도 살 수 있지만,
최고의 악과는 살 수 없다. —한스 요나스

1.

선과 악의 문제는 이야기들 속에서는 매우 자명한 것처럼 생각된다. TV 드라마₩나 영화에서도 선한 주인공과 악한 반대자는 대체로 구별된다. 일상생활 속에서 우리들은 도덕적 의미의 '선하다', '악하다'라는 표현 대신 '좋다', '나쁘다'는 표현을 사용한다. 좋다, 나쁘다는 판단 주체의 주관적 입장이나 취향을 감안하는 표현이며 판단 대상의 유용성에 대한 판단을 함유하고 있는 표현법이다. 시선으로 보기에 좋은 육체를 '착한 외모'라 일컫는 용법이 이를 지시한다. 이처럼 대개 우리는 선악의 문제를 유용성의 차원에서 파악한다. 제대로 작동하거나 좋은 결과를 가져오면 좋은 것(선)이고, 그렇지 않은 경우가 나쁜 것(악)이다.

하지만 오늘날 선악의 문제에 대해 따지기란 결코 쉽지가 않다. 선과 악을 나누는 기준들이 자의적이거나 이데올로기적인 것으로 밝혀졌기 때문이다. 선악이라는 기준은 지배 이데올로기의 도덕적 관념의 지배를 위해 사용되는 장치일 뿐이라고 주장되기에 이른 것이다. 니체는 「도덕의 계보학」이나 「선악을 넘어서」와 같은 저작에서 선과 악은 행동 자체에 본질로서 주어지는 자연적 속성이 아니라 사적 이익이나 관심을 관철시키기 위한 목적으로 구성되었다가 시간이 흐르면서 점차 규범적 영향력을 얻게 된 허구라는 것을 입증하려 했다. 따라서 오늘날 선악에 대해서 말한다는 것은 또 하나의 이데올로기를 설파하려 한다는 의혹을 받기 쉬우며 그다지 환영받기 어려운 문제일 수밖에 없다. 반대로 선악은 그저 각종 서사물 속에서만 분명하면 만족하기 쉽다. 하지만 서사가 세계상을 반영함과 동시에 세계관을 재생산해 내고 있다면 서사 속의 선악관은 좀 더 치밀한 논의를 필요로 한다.

할리우드 영화의 서사물들처럼 명백한 선악의 기준을 작동시키는 영화들도 흔치 않다. 할리우드 영화는 대체로 선인과 악인을 명백하게 나누고 있으며 그런 서사에 백인 · 남성 중심주의와 미국 우월주의의 이데올로기를 섞고 있다는 점은 쉽게 수긍할 수 있다. 이 지면에서 다룰 스파이더맨 시리즈 역시 거기서 벗어나지 못하는 텍스트다. 마블 코믹스의 작품을 원작으로 하고 있듯이 스파이더맨은 할리우드의 전형적 영웅 서사물의 공식을 그대로 따르고 있다. 선한 주인공과 악당의 대치, 선한 영웅의 시련과 극복, 악을 물리치고 평화를 지킨다는 뻔한 룰에서 한 치도 벗어나 있지 않다.

할리우드 영웅 서사물의 주인공은 무조건 선의 편에 서 있는 경우가 대부분이다. 그들 주인공은 자명하게 선의 축 혹은 선을 위해 애쓰는 사람(형사, 영웅, 선인)이다. 반면, 악인은 처음부터 악인일 뿐, 왜 악인이 되는지, 그 악이 인간관계를 포함한 환경 속이나 내면의 감정들과의 갈등에서 어떻게 자라나고 또 사라지는지에 대해 고찰하지는 않는다. 즉 악의 발아와 성장, 변이, 주체의 의지와 선택의 문제를 제기하지 않는 것이다. 그러나 스파이더맨 시리즈는 지속적으로 인간 내부의 선과 악의 갈등의 문제를 의식적으로 제기하고 있다. 〈스파이더맨〉에 등장하는 인물들은 다른 서사물들에 비해 선과 악의 알레고리로 읽을 수 있는 여지가 있다. 스파이더맨 서사 속 인물들은 우리들 내면 상태의 한 계기들을 외화하고 있는 존재들로 읽을 수 있는 독법을 허락한다. 원래부터 악인은 악인일 뿐이라고 설정할 때 그 악의 퇴치와 악의 퇴치 과정에서 보여 주는 영웅의 탁월함만이 강조되기 마련이다. 그러나 〈스파이더맨〉 시리즈는 악당-괴물들이 누구나 가지고 있는 정도의 감정이나 단점에 이끌려 악이 되는 과정을 보여주고 있다.

수퍼맨은 태양계 밖의 행성 '크립톤'에서 온 외부인임에 반해 스파이더맨은 인간이 변이를 통해 초능력자가 된다. 배트맨이 유년 시절 자신의 부모가 범죄자에게 무참히 살해당하는 심리적 상처를 통해 스스로 배트맨이 되는 반면, 스파이더맨은 우연히(!) 초능력자가 된다. 배트맨이 자신의 높은 사회적 지위와 경제적 부를 이용해서 인공적으로 장착된 기구들을 통해 영웅이 되는 것이라면 인류의 한 구성원이라는 점에서 스파이더맨은 수퍼맨과 구별되고, 보철 기구들이 아니라 신체적 능력을 소유한다는 점에서는 배트맨과 구별된다. 수퍼맨의 존재 위상이 외부인이라면, 배트맨은 자본주의의 여러 요소들—자본 · 과학 · 기술—을 이용해 보조기구를 장착한 영웅이다.[1]

스파이더맨의 신체 변화는 무엇을 의미할까? 거미에 물려서 주인공

1) '배트맨'은 나면서부터 영웅이 아니며, 신체적 능력 또한 탁월한 존재가 아니다. 배트맨-브루스 웨인은 자신의 경제적 능력을 이용해 선한 영웅이 되는 셈인데, 이는 경제적인 부가 모든 것을 지배하며 사회질서를 조정하며 악을 구축(驅逐)한다는 부르주아적 가치를 재현하고 있다는 식으로 해석할 수도 있다. 그 자신이 어둠의 세력을 축출하면서도 내면에 어린 시절의 상처와 어두움, 두려움을 가지고 있다는 측면에서 배트맨의 내면은 훨씬 중층적이다. 그러나 크리스토퍼 놀란 감독의 〈배트맨 비긴즈〉와 〈다크나이트〉는 배트맨의 성격에 다른 위상을 부여하고 있기 때문에 이에 대해서는 다른 글에서 따로 고찰을 요한다. 크리스토퍼 놀란 감독 이전의 배트맨 시리즈는 배트맨의 내적 고뇌와 악당의 이중성을 소재적으로만 차용할 뿐 대체로 이미지, 볼거리 위주의 영화라는 평가를 피하기 어렵다.

'피터' 내부에 유전자 변형이 일어났다는 것은 그의 내부가 인간이자 거미인 이중적 특징을 소유한다는 것을 말한다. 이는 인간도 아니고 거미도 아닌 제3의 존재가 된다는 것을 의미한다. 그런 한에서 '피터-스파이더맨'은 그 자체로서 괴물이라고 할 수 있다. 피터는 거미를 통해 전혀 다른 존재, 전혀 다른 배치들 속으로 편입되고 있는 것이다. 즉 이것은 피터의 세계관에 변동이 발생한다는 것을 의미한다. 수퍼맨이 어떤 경우라도 인간이 될 수 없는 반면, 배트맨이 그 어떤 경우라도 인간일 수밖에 없는 것과 달리 스파이더맨은 '거미-인간'이 되는 것이다. 배트맨이 아무리 변장을 하고 각종 무구(武具)를 뒤집어쓴 채 사회악을 징벌하는 일에 나서더라도 여전히 인간 브루스 웨인인 것과는 다르다. 그것이 바로 스파이더맨이 인간거미(Human Spider)가 아닌, 거미인(spider-man)인 이유이다. 스파이더맨은 바로 인간도 거미도 아닌 존재의 위치에서 어떤 임무수행을 통해서 인간이자 영웅이 되는 이야기 구조를 가지고 있는 것이다.

스파이더맨은 무엇을 통해 인간이 되고, 영웅이 될 수 있는가? 매편마다 등장하는 악당들과 스파이더맨은 어떤 점에서 다르며 매번 무엇을 통해 성숙해 가는가를 스파이더맨 이야기의 내부로 들어가 보자. 그리고 스파이더맨 텍스트를 통해 악이란 무엇인지, 악은 어떻게 작동하는지 살펴보자. 선은 악과 어떠한 관계를 이루고 있으며, 악이 어떻게 선에 대한 부정적 정당화이자 선의 결여태일 뿐인지 생각해 보기로 한다.

2. 스파이더맨 1: 도덕적 영웅의 탄생

스파이더맨 1편에서 주인공 피터 파커(토비 맥과이어)는 미드타운 고등

학교의 졸업반 학생이다. 피터는 삼촌, 숙모와 함께 살고 있다. 피터는 매우 평범하며 소심한 성격의 소유자다. 오히려 그는 약간의 소심함과 체력적 열세로 거친 친구들에게 놀림을 당하거나 따돌림을 당하기도 한다. 그러나 그의 얼굴에는 소심함과 선량함으로 가득차 있다. 피터 파커는 선한 심성의 소유자다. 그의 외삼촌과 숙모 역시 가난하지만 선량한 사람들이다.

피터는 옆집에 살고 있는 같은 반 친구 메리-제인 왓슨(커스틴 던스트)을 오래전부터 흠모해 왔으며, 부잣집 아들이자 파파보이인 노먼과 친구로 지낸다. 노먼의 아버지는 국방부의 수주를 받아 첨단무기를 개발하는 방위산업체의 사장이자 과학자이기도 한 노먼 오스본(윌렘 데포)이다. 노먼 오스본은 자신의 무기개발 연구가 국방부로부터 거절되고 더 이상 지원금을 받을 수 없게 되어, 주주들로부터 해임되자 그에 대한 좌절과 분노감에 악당 고블린(goblin)으로 변하게 된다.

콜롬비아대학교 과학생명공학연구소에서 견학을 하던 중 피터는 유전자 변형실험체인 거미에게 손등을 물리게 된다. 자세히 설명되지는 않지만 거미에게 전염된 후 피터의 신체에는 유전자 변형이 일어난다. 하룻밤 사이에 피터 파커의 신체 안에서는 유전자의 재배열과 재배치가 이루어지고, 그로써 피터는 수퍼 거미의 능력을 갖게 된다. 시력이 좋아진 것은 물론이며, 벽을 자유자재로 기어오를 수 있고, 손목에서는 거미줄이 발사된다. 그 외에도 보통 사람과는 비교할 수 없을 정도로 민첩하고 탁월한 신체 능력을 갖게 된다. 자신의 신체에 변화가 발생했음을 감지한 피터는 신이 나서 빌딩을 기어오르고, 빌딩 사이를 날아다니며 즐거워한다.

하지만 이 변화는 신체에 국한된 것으로서 피터 자체가 선한 영웅으로 태어난 것을 의미하지는 않는다. 그의 내면성 자체에 변화가 일어난 것이 아니기 때문이다. 아직까지 피터의 변화는 신체 변화에 국한된다. 연구소의 RNA 조작을 통해 만들어진 수퍼 거미에게 물린 피터 신체의 DNA 구조 변화 때문에 피터는 다른 존재로 변이했다. 그의 신체의 변화는 물리적 · 신체적 힘의 증가를 가져왔다. 그러나 엄밀한 의미에서의 존재 변환은 아니다. 신체 능력의 증대일 뿐 피터가 전적으로 다른 존재로 변이한 것은 아직 아니다.

이를테면 피터는 자신의 증가한 힘을 이용해 경제적 이득을 얻으려 한다. 남에게 피해를 주는 방식으로 돈을 탐한 것은 아니었지만, 자동차를 구입하기 위해 경매격투기장에서 스파링 파트너가 되어 3천 달러를 손에 넣으려 한다. 자신의 신체적 능력을 이용해 돈을 벌려고 하는 것이다. 그러나 격투기 사무실에서는 3분이 되기도 전에 상대를 눕혀 버렸기 때문에 돈을 줄 수 없다며 100달러만 주어 피터를 내쫓으려 한다. 피터가 분노하여 사무실을 나서려는 순간 강도가 들어와 격투기 사무실에서 현금을 강탈한다. 그러나 피터는 자신의 신체 능력을 이용해 도망치는 강도를 제지하거나 체포할 수 있었음에도 불구하고 방관하며 강도를 놓아 보낸다. "왜 잡지 않았느냐."는 격투기 회사 사장의 말에 피터는 "나랑 상관없잖아요."라고 말하며 그 사무실에서 당한 일에 대한 미움의 마음으로 범죄를 방관하는 식으로 복수한다. 그러나 그렇게 놓여난 강도는 건물 밖에서 피터를 기다리고 있던 피터의 숙부를 살해하게 된다. 힘이 있었음에도 불구하고 자신과 상관없다고 여기거나 방관함으로써 복수하려던 피터에게 돌아온 것은 피터에게는 아버지와 다름이 없는 삼촌 벤을 잃는 불행의 증식 혹은 불행의 피드백이었다. 범죄에 대한 방관은 곧 악을 증식시키고 불행을 증가시켰다.

자신이 놓아 보낸 범죄자가 숙부를 살해한 데 분개한 피터는 곧바로 강도를 쫓아가 그를 궁지에 몰아붙이게 되고 강도는 건물에서 떨어져 죽는다. 피터가 죽이려고 했던 것은 아니었지만, 분노에 사로잡힌 행동은 또 하나의 죽음으로 귀결되고 말았다. 이것은 사적인 복수인 셈이다. 아무리 범죄자라고 하더라도 법적 절차를 통해 처리해야 함에도 불구하고 피터는 자신의 능력을 이용해 범죄자를 잡으려고 하다가 그를 죽음으로 밀어넣게 된 것이다. 이런 일련의 사건들 속에서 이 영화는 "악을 악으로 갚아선 안 된다."는 메시지를 전달하고 있다. "악을 악으로 갚지 말고 선으로 악을 갚으라."는 메시지처럼 이 영화는 정의와 선에 관해 조금 색다른 관점을 보여 준다. 즉 많은 할리우드 서사들이 주인공의 복수를 정당하게 간주하는 반면 이 서사는 주인공의 사적인 복수를 옳다고 말하지 않는다. 삼촌 벤의 죽음은 피터가 범죄의 인과연쇄와 증식에 관해 인식하는 데 결정적인 경험을 제공한다. 벤 삼촌의 말대로 "큰 힘에는 큰 책임이 따른다(The great power comes great responsibility)."는 사실을 깨닫게 되는 것이다.

한편, 자신이 개발한 무기를 실험하기 위해 자신의 몸에 약물을 투여한 노먼 오스본은 완전하지 않는 실험 약물에 의해 신체적 능력은 증가하지만 자신 내부에 잠재된 폭력성이 외현화된다. 즉 폭력적인 성향이 통제를 벗어나 그 자신을 지배하게 된다. 이 과정에서 거울 속의 자신, 즉 노먼 오스본 내면의 선과 악이 갈등을 겪지 않는 것은 아니지만 지속적으로 악한 행동을 하게 되자 점점 악당 고블린으로 변해 간다. 나쁜 일을 할수록 그의 내면 갈등은 사라지고 악의 본성은 더욱 강해져 결국 일상의 노먼 오스본까지도 고블린이 지배하기에 이른다. 노먼 오스본은 자신이 저지른 일에 대해 거울 속의 자기 이미지와 대화하며 갈등하지만 결국은 악이 그를 지배하고 노먼 오스본에서 고블린으로 완전히 변해 버린다[2). 이로써 고블린-노먼 오스본이 탄생하면서 스파이더맨도 탄생한다. 위험이 자라는 곳에서 구원의 힘도 함께 자라듯 악이 발생하는 곳에 선도 함께 태어나는 것이다. 그러나 노먼 오스본이 무리해서 실험을 강행하다 초능력을 얻었다면 피터는 우연히 감염되었다. 즉 자기 힘의 강도로 '-되기'를 실천하는 것이 아닌 것이다. 만일 피터-스파이더맨의 '되기'가 가능하다면 그것은 도덕적 능력으로서의 '되기'일 것이다.

노먼 오스본이 소유한 힘의 속성은 공격성과 광란, 자기통제의 불능을 수반한다. 반면 거미의 힘은 방어기제(defense mechanism)에 있다. 힘을 얻은 후 오스본은 자기 회사와 사업 확장에 자신의 힘을 사용하면서 그 일에 방해가 되는 장애물들을 폭력적으로 제거하는 방향으로 나가는 반면, 피터는 약한 자를 도우며 범죄자를 체포하는 일에 자신의 힘을 사용한다. 물론 피터 역시 레슬링을 통해 돈을 버는 일에 사용하려고 했었다. 이때 피터가 차를 사려는 이유는 메리 제인에게 환심을 사려고 했기 때문이다. 즉 남의 시선에 괜찮은 사람이 되려는 욕망, 남에게 자기 자신의 본모습이 아닌 것을 보이려는 욕망, 부의 확장을 통해서 자기의 욕구를 달성하고자 하는 욕망에 잡혀 있었던 셈이다. 만일 피터의 힘이 올바르게 사용될 방향성을 얻지 못했다면 피터는 선한 영웅이 아니라 악당과 전혀 다를 바 없었을 것이다. 자신이

2) 노먼 오스본(Norman Osborn)이라는 작명법은 다음과 같다. 먼저 Os-born이란, Os가 Osmium(화학)이라는 단어이므로 그가 화학적으로 태어난 인간이란 뜻이므로 고블린이 화학적인 약물로 인해 태어났다는 것을 의미한다. 그가 No-man(인간이 아니다)가 아니라 Nor-man(인간도 아니다)인 것은 그가 인간도 아니고 인간이 아닌 것도 아니라는 사실을 의미한다. 인간도 아니고 인간이 아닌 것도 아닌 존재, 그것이 바로 '괴물'의 정의일 것이다.

소유한 힘으로 대중들에게 흥분과 쇼를 보여 주고 돈을 마련하는 영웅이라면 차라리 고블린 같은 악당이 되는 편이 정체성의 확실성 면에서 더 나았을지도 모른다.

고블린으로 변한 오스본은 이제 회사의 중역들에게 복수를 하기 위해 행사장에서 테러를 가하며 쑥대밭을 만들지만 스파이더맨의 저항으로 하고자 하는 바를 이루지 못한다. 스파이더맨이 장애물이 되자, 고블린은 스파이더맨을 처치하려고 하기보다는 같은 편으로 만들려고 한다. 고블린은 스파이더맨에게 자신과 스파이더맨은 특별한 힘을 가지고 있으며 그런 힘을 가진 존재는 일반인들과는 다른 도덕적 지위를 갖는다고 말한다. 특별한 능력을 소유한 존재들은 일반인의 도덕과 선이라는 잣대를 벗어나 자유를 누릴 수 있고 또 그래야 한다는 논변을 펼친다. 바로 이 지점이 노먼 오스본이 반사회적 이상성격자(sociopath)라는 점을 보여 주는 장면이다. 반사회적 이상성격자는 옳고 그름에 대한 '직감' 즉 외부의 사회적 규칙과는 무관하게 어떤 것을 해선 안 된다는 관념이 없다. 반사회적 성격이상자는 도덕이란 자신의 이익을 철저히 계산하면서 행동하는 것일 뿐이라는 생각을 실천한다.[3]

물론 그런 생각 자체가 힘을 기반으로 한 특권 의식이며 악의 근원은 그런 관점에 있다. 영웅이란 그가 가진 능력 때문에 영웅인 것이지 그의 업적과 성과 때문은 아니라는 생각, 고블린의 생각은 힘의 '소유' 자체에 있지 그 힘의 사용 '방향'에 대한 고려가 없다. 자신의 특별한 능력으로 자신의 이익과 욕망을 실현하기 위해서라면 그 어떤 것이든 무방하며, 그럴 힘이 있다면 그 어떤 것도 정당화될 수 있다는 담론은 매우 비도덕적이고 위험한 생각이며 나치를 포함한 모든 제국주의적

---

3) 슬라보예 지젝, 『How to Read 라캉』, 웅진지식하우스, 2007, pp.26-27.

사고방식의 근원에 도사린 함정이다.

그래서 고블린이 그 힘을 사용해 하는 일은 파괴와 복수, 자기 이익의 증대이고, 스파이더맨이 하는 것은 타자를 돕고 위기에서 사람들을 구해 내는 일이다. 따라서 힘은 그 자체로서는 영웅적 자질일 수는 있지만, 힘 자체로는 영웅이 될 수 없다. 힘은 힘의 크기에 비례해서 힘의 방향성이 정확하고 옳아야 한다. 스파이더맨은 그 힘 때문에 영웅인 것이 아니라 그 힘을 도덕적으로 사용할 줄 아는 능력 때문에 영웅이다. 이것이 그가 마지막 장면인 노먼 오스본의 장례식에서 MJ의 사랑을 거부하는 이유이기도 하다. 그는 개인적인 사랑보다는 공적인 의무를 택하는 것이다. 한 개인으로서 행복을 누리고 살기에는 그가 가진 힘, 그리고 그 힘을 사용해야 할 의무를 가진 존재로서의 정체성을 자각하는 것이다.

고블린은 그 이름의 뜻처럼 못된 악마답게 스파이더맨에게 딜레마 상황을 던져 준다. 높은 교각 한쪽에는 피터가 사랑하는 여인 MJ를 매달아 놓고 다른 한쪽에는 어린아이들이 들어 있는 케이블카를 매달아 놓는다. 이것은 자신이 사랑하는 여자 한 명을 구할 것이냐, 죄 없는 여러 명의 아이들을 구할 것이냐의 선택을 강요하는 것으로서 개인성과 공공성 사이의 갈등을 야기시키려는 것이다. 거미-인간이자, 피터-스파이더맨인 존재, 개인이자 사회의 공익요원인 네가 누구인지 선택을 통해 정체성을 스스로 선택하도록 요구하는 문제인 셈이다. 그러나 피터-스파이더맨은 두 가지를 모두 붙든다. 그것은 당연히 스파이더맨에게 엄청난 하중을 선사한다. 공적인 의무를 행하는 것과 개인적으로 소중한 사람을 구하는 것, 그것은 우선과 나중의 문제가 아니라 한 주체에게 작용하는 동등한 힘이다. 그 둘을 모두 붙드는 것은 쉽지 않다. 팽팽한 힘의 작용 사이에서 한쪽을 선택하는 것은 영웅이기를 포기하도록 하는 것이거나 개인성을 박탈하려는 것과 같다. 그러니 진정으로 도덕적 영웅이고자 하는 자는 그 둘의 무게를 버틸 줄 알아야 하고, 둘의 충돌 사이에서 발생하는 분열을 간극을 버티며 살아 낼 줄 알아야 한다. 개인적인 욕망과 공적인 임무 사이의 팽팽한 긴장 사이에서 균형을 잡고 그 긴장을 버티는 일, 그것이 도덕적이고자 하는 주체들에게 요구되는 사항인 것이다.

고블린은 그의 최후 순간에 피터의 선량함에 호소해 피터-스파이더맨을 죽이려 한다. 피터에게 "나는 네게 아버지 같은 존재가 아니냐."면서 목숨을 구걸하는 고블린-노먼에게 피터-스파이더맨은 "내 아버지는 벤 파커!"라고 말한다. 이것은 단지 육체의 아버지를 일컫는 것이 아니라 자기 존재의 혈통을 스스로 규정하는 언어적 선언이다. 자신을 스파이더맨으로 태어나도록 이끈 벤 삼촌을 자신의 아버지라고 말하는 것은 스스로 선한 영웅으로 살고자 하는 자기 선언인 셈이다. 그리고 악이 항상 그 스스로를 찌르고 말듯 고블린 역시 자신이 쏘아 보낸 글라이더의 날에 자신이 찔려 숨을 거둔다.

이런 점들을 고려할 때, 스파이더맨은 처음부터 완벽한 영웅이 아니라 악과 싸우면서 점점 더 강해지는 속성을 가진다. 그의 신체적 능력과 도덕적 능력은 그가 악과 싸우고, 악의 유혹을 극복하면서 점점 더 강한 능력으로 신장되어 간다. 무엇보다 자신의 능력에 맞는 임무를 발견해 내고 선택함으로써 진정한 도덕적 영웅으로 태어난다는 점은 예사롭지 않다. 이것은 단순히 SF 만화적 상상력으로 그려진 초인적 거미인간에 관한 이야기가 아니라 타자 중심적인 임무 안에서 자신의 정체성을 선택하고 만들어야 한다는 메시지를 전달하고 있는 셈이다. 스파이더맨은 단지 능력으로서 영웅인 것이 아니라, 타자들을 구하는 임무를 스스로 걸머짐으로써 영웅이 되는 것이다. 사실 모든 영웅이란 자기 개인적 욕망에 충실하거나 남과 다른 업적을 통해서 영웅이 되는 것이 아니다. 그의 행동 동기가 타자 중심적인 자기희생을 통해서 자기 최대의 힘을 발휘할 때 그가 바로 영웅이라는 논리가 성립한다. 이처럼 스파이더맨 1편은 그저 어린이 만화의 주인공이 아니라 우리에게 선의지가 무엇이고, 선은 어떻게 자라날 수 있는지, 선과 악은 어떤 차이가 있는지를 말해 주고 있는 것이다.

3. 스파이더맨 2: 스파이더맨의 귀환

스파이더맨 2편에서는 개인의 생활과 공적 임무, 두 가지 모두를 감당해야 하는 피터-스파이더맨의 분주한 생활로부터 시작한다. 역설적이게도 초인적인 능력을 가진 피터는 생활고에 시달린다. 일상생활인으로서의 피터와 공적인 임무를 수행해야 하는 스파이더맨 두 가지 역할을 감당하기엔 힘에 부친다. 피터로서 피자 배달 아르바이트를 하는 도중에 범죄자가 발견되면 스파이더맨으로서 그 일을 처리해야 하기 때문이다. 일상생활인으로서의 역할과 스파이더맨이라는 역할을 병행해야 한다. 그 때문에 직장에서 쫓겨나고 집세를 지불하지 못하는 형편이 되며 학교에서도 불성실한 학생으로 몰린다. 그의 조언자인 숙모조차도 경제적 어려움과 죽은 남편 벤에 대한 그리움으로 고독과 상실감에 휩싸인다.

영웅의 일상생활은 누추하고, 애처롭다. 두 가지 임무를 모두 감당

하기는 결코 쉽지 않다. 그는 피곤하다. 그렇게 지치자 거미줄조차 잘 발사되지 않는다. 이는 단순히 피로와 스트레스로 그의 신체 능력이 저하되었음만을 의미하지 않는다. 그의 내면 깊은 곳에서 '공익요원'으로서의 생활에 회의가 찾아오고 있기 때문이라고 보아야 한다. 스파이더맨의 능력이 그의 신체에 소유된 능력임에도 불구하고, 피터가 스파이더맨이 되기를 스스로 그만두자 더 이상 거미줄이 발사되지 않는다는 점이 그런 해석을 뒷받침한다. 스파이더맨 1편에서는 힘이 먼저 주어졌기 때문에 스파이더맨으로 탄생한 것으로 그려지고 있지만 서사의 심층적 국면에서, 주어진 힘이 올바로 사용되지 않을 때, 혹은 그 힘을 사용하려는 의지를 상실할 경우 그 힘이 소멸되는 것으로 볼 수 있다. 필요 없는 능력은 주어질 필요가 없고, 사용하지 않는 힘은 더 이상 존재하기를 그치듯 말이다. 그렇다면 스파이더맨의 능력은 주어진 것이라기보다는 그가 스파이더맨으로서 살아가겠다는 의지와 표상으로부터 획득되는 것이라고 보아도 무방하리라.

지쳐 힘이 빠진 피터는 정신과 의사를 찾아가 상담을 받는다. 자신의 문제를 타인에게 의존해 해결하려는 것일까? 정신과 의사의 말은 매우 그럴듯하다. 사실상 영화 속 의사의 말은 아무런 잘못도 없다. 그러나 피터는 이 말을 자기합리화의 기제로 사용한다. 자신의 스파이더맨 역할 포기를 위한 조언으로 해석하는 것이다. 그래서 피터는 피곤한 생활, 스파이더맨으로서 살아가기를 멈춘다. 스스로 영웅의 삶을 포기하고 평범한 인간으로 되돌아간다. 피터는 무거운 영웅의 짐을 벗고 그 홀가분함에 유쾌해하며 일상인으로서의 삶에 충실하려 한다. 그런 그를 다시 영웅으로 불러내는 두 가지의 계기가 있다. 하나는 숙모가 영웅에 대한 조언을 들려주는 것이며 다른 하나는 심각한 악의 출현이다.

숙모의 조언은 어린아이에게는 영웅의 모델이 필요하다는 내용이다. 쉽게 생각할 때, 어린아이들에게도 영웅이 필요하다는 이 언설은 매우 유치한 만화 속 이야기처럼 들린다. 그러나 영웅은 만화책을 읽는 어린아이들에게만 필요한 것일까? 영웅이란 자신이 지향하는 올바른 삶의 방향에서 자신의 이념적 지표가 되어 줄 만한 인격적 탁월성을 소유한 표상을 일컫는 말에 다름 아니다. 따라서 우리의 영웅은 반드시 거미줄을 쏘면서 빌딩 사이를 날아다니는 영웅일 필요는 없다. 영웅이란 그런 물리적 차원의 초능력을 가진 자가 아니라 도덕적 영웅, 우리 삶의 지표가 되어 줄 수 있는 그런 존재를 말한다.

따라서 현대사회 속에서 우리에게 영웅이 없다는 것은 비극적인 일 가운데 하나이다. 우리에게는 유명인(celebrity)만이 가득할 뿐 삶의 지표를 제시하는 모델로서의 영웅이 없다. 영웅이 없고, 유명인만이 가득한 시대, 우상(아이돌)은 넘쳐나지만 개인적으로 추종할 만한 모델을 발견하기 힘든 시대, 그것이 우리 시대의 슬픈 특징임에는 틀림없다. 익히 알다시피 근대사회는 영웅을 필요로 하지 않으며, 가치의 상대화로 인해 모든 이들에게 영웅이 될 만한 인물 역시 존재하기 힘들다. 우리가 추종하는 사람들은 영웅이 아니라 아마 우리가 가지고 싶은 것을 이미 많이 가진 사람 혹은 특정 분야에서 많은 업적을 이룬 사람일 경우가 많은데 그것이 우리의 영웅이 될 수 없는 이유는 아마도 그 모델이 모든 이에게 영웅이라고 인정될 만한 총체적 규범이 존재하지 않기 때문일 것이다.

2편에서 스파이더맨의 안타고니스트는, 따스한 인간성을 가지고 있었지만 1편의 노먼 오스본처럼 무리한 실험의 결과로 '기계-인간'으로 변해 버린 옥타비우스 박사, 즉 옥토퍼스다. 괴물로서의 옥토퍼스는 인간도 아니고 기계도 아닌, 인간과 기계가 융합되었고 인간 내면의 악이 표출된 그런 존재자다. 이런 점에서 악의 특성이 1편과 크게 다르지 않다. 3편의 샌드맨을 포함해서 스파이더맨 시리즈는 악으로 설정된 존재들이 완전한 악의 구현체들이 아니라 원래 따스한 인간성을 가진 사람들이며, 특정한 환경과 계기들 때문에 악이 된다는 점을 통해 악의 작동 방식을 보여 주고 있다. 그들은 모두 그 악한 행동 속에서도 인간성을 희미하게 간직하고 있으며, 죽음에 이르러서는 종종 인간성을 되찾기도 하는 존재로 그려진다. 마지막 죽음의 순간까지 그 스스로 자기의 정체성을 결정할 수 있다는 측면에서 스파이더맨은 인간의 선택 가능성과 더불어 악인에게도 희망(자기 결정의 기회)이 있음을 보여 준다.

4. 스파이더맨 3: 악의 경험

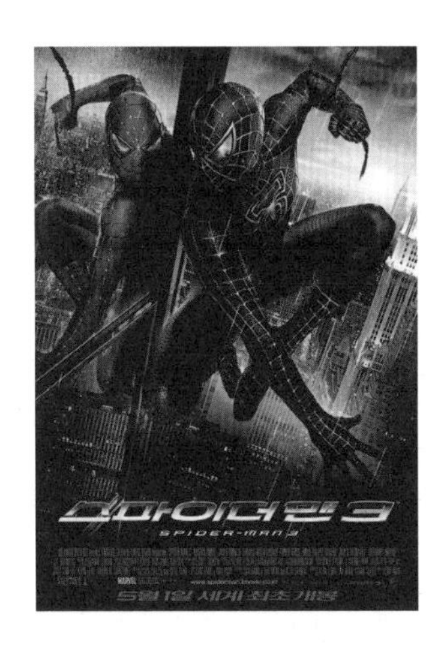

스파이더맨 3편은 피터와 MJ의 데이트 장면으로 시작한다. 피터는 MJ와 평화롭고 화목한 데이트를 즐긴다. 그런데 홀연히 외계로부터 검은 물질이 지구로 떨어진다. 그 물질은 피터와 MJ의 모터사이클 뒤에 슬쩍 달라붙는다. 그 검은 물질은 외계 생명체 '심비오트(symbiote)'다. 마블 코믹스 만화 원작에서도 그것은 숙주에게 달라붙어 숙주의 힘을 강화하고 다른 곳으로 옮겨가 괴물들을 만든다. 그것은 심비온트(symbiont, 공생자)라는 영어단어가 말해 주듯 우리 안에 함께 있는 그 어두운 내면성, 특정한 계기들 속에서 극대로 활성화될 수 있는 그 무엇의 상징이다. 그 물질이 활성화의 계기를 만나면 치명적인 문제를 발생시킬 것이라는 점은 분명하다. 그것은 가장 행복할 때 오는 것이다. 그것은 우리가 안심하고 나른할 때 보이지 않게 달라붙어 집안으로 숨어든다.

3편에서의 악당은 샌드맨이다. 그는 교도소에서 탈옥한 죄수로서, 벤 삼촌을 죽인 사람이다. 그는 경찰들에게 쫓기다 우연히 방사능 실험 장소에 빠져들고 거기서 유전자 재배열을 통해 샌드맨으로 재탄생한다. 그는 피터가 그랬던 것처럼 자신의 확장된 능력으로 현금수송 차량을 습격하는 등 돈을 좇는 모습을 보이고 나중에는 검은 스파이더-괴물이 된 브록의 제안을 받고 스파이더맨과 맞선다. 샌드맨은 스파이더맨이 능력을 갖게 되는 과정과 아주 흡사하지만 그가 어떻게 악당이 되는가를 보여 줌으로써 선과 악의 문제를 명백히 인식하도록 도와준다.

뒤이어 피터는 삼촌을 죽인 범인이 1편에서 죽었던 그 살인범이 아니라 따로 있다는 소식을 듣게 된다. 그 소식을 듣자 피터의 마음속에는 다시 미움과 분노가 자란다. 미움과 분노가 마음속에서 자랄 때, 그 검은 물질 심비오트는 피터가 잠든 틈을 이용해 피터 파커를 휘감싸기 시작한다. 미움과 분노, 증오가 때때로 엄청난 에너지를 발산하고 생의 동력이 되듯, 스파이더맨은 검은 물질에 의해 평소보다 더욱 자신의 힘이 증대된 것을 느낀다. 그런데 피터는 그 증대된 힘을 느끼며 경이로워한다. 그러나 그 힘은 평소 스파이더맨이 사용하는 힘과는 약간 다르다. 그 힘은 그 힘 자체의 사용을 즐거워하는 그런 종류의 힘이다. 자기 멋대로 하는 느낌은 매우 매력적이고 달콤하며 그 힘의 증가는 더불어 자유의 증가를 가져온다. 그것은 악의 현상이다. "악 속에는 악을 범하는 자로 하여금 자신이 세계의 주인이라고 느끼게 하는 일종의 자율적 힘 같은 것이 들어 있기 때문에 잔혹 행위와 파괴 행위 에서 느끼는 기쁨은 선과의 거리가 멀어질수록 늘어나며 그 긴장이 고조될수록 그는 자신의 가치를 더욱 강하게 느낄 수 있다."[4]는 통찰과 일맥상통한다.

평소에 억눌렸던 본성을 표출하는 것을 스스로 즐기고, 그 즐거움을 경험하고, 즐거움을 기억하는 피터는 이제 검은 옷을 스스로 꺼내입기 시작한다. 그 검은 옷은 처음에 자기가 스스로 꺼내입고 그 힘을 즐기지만, 점차로 그 옷의 사용자를 지배하고, 나중에는 벗으려 해도 벗어지지 않는다. 일종의 중독현상이 일어나는 것이다. 그 검은 물질은 바로 자신이 달라붙은 숙주에게 강한 힘을 선사하는 반면 동시에 그 힘을 통해 숙주의 악한 본성을 더욱 극대화(maximize)시키는 물질이다.

그런데도 힘의 증대는 문제를 해결하기는커녕 시간이 흐를수록 더욱더 심각한 문제들을 낳을 뿐이다. MJ를 비롯한 여러 사람들에게 상처를 준다. 그 물질의 심각성은 그 옷을 입고 있지 않을 때조차 피터의 내면을 매우 냉정하고 잔혹한 성격으로 변화시켜 간다. 그것은 1편에서 보았듯, 또 다른 상처와 미움과 분노의 연쇄고리를 생성시킨다. 재즈바에서 MJ에게 상처를 주고, 친구 해리의 얼굴에 상처를 입히며, 사진기자 브룩에게 심각한 마음의 상처를 입힌다.

피터는 간신히 그 검은 옷을 교회-성당에서 벗겨 내기에 이른다. 그가 그 악한 옷을 교회에서, 성당의 종소리를 통해 떼어 낸다는 것은 우연이 아니다. 점점 더 악해지는 자신을 발견한 피터-스파이더맨은 자기를 반성하며 그 검은 옷을 떼어 내려고 애를 쓴다. 그러나 역설적이게도 신 앞에서 피터를 저주하기 위해 교회에 들른 브록은 오히려 그 장소에서 그 검은 옷을 입게 된다. 이로써 교회, 즉 신성한 장소는

---

4) 안네마리 피퍼, 「선과 악-그 하나의 뿌리를 찾아서」, 이끌리오, 2002, p.188.

장소 그 자체로 선하고 신성한 곳이 아니라 그곳을 찾는 존재들이 얼마나 다른 마음 자세를 가지고 왔느냐에 따라 전혀 다른 기능을 하게 된다는 점을 보여 주고 있다.

이 지점에서 브룩, 샌드맨, 해리, 심지어 피터까지 온통 미움과 분노에 사로잡힐 때, 한 존재자가 얼마나 악의 유혹을 받는지를 보여 준다. 그러나 흥미로운 것은 이 스파이더맨 서사에서 미움과 분노 자체를 악으로 설정하고 있지 않다는 점이다. 여기서 미움과 분노는 악이라기보다는 개연성 있는 감정들이다. 자신의 삼촌을 죽인 범죄자에게 미움을 느끼는 것이 당연하며, 자신에게 망신을 주고 일자리를 잃게 한 피터를 증오하는 것은 일견 당연해 보인다. 그러나 그런 마음이 이해될 수는 있지만 그런 마음에 사로잡히면 다음 단계인 악인으로 변하게 된다는 점이다. 즉 그런 마음을 품은 것 자체가 악인이 아니라 악인으로 될 수 있는 위험에 노출된다. 여기서 마음과 행동의 차이를 우리는 보게 된다. 그가 마음을 품은 상태 자체로서는 아직 악인이 아니다. 이 점은 매우 중요하다. 악한 마음 자체로서가 아니라 악한 행동이 점점 그들을 악인으로, 그리고 완전한 악인으로 만들어 간다는 점은 숙고를 요한다.

브록은 스파이더맨에게 당하지 못하자 샌드맨을 찾아가 악의 연합을 꾀한다. 검은 괴물이 된 브록과 샌드맨의 협공에 위기에 빠진 스파이더맨에게 증오에서 돌이킨 친구 해리가 나타나 피터를 돕는다. 해리는 이 싸움에서 최후를 맞이한다. 그의 마지막 선택은 선의 편, 친구의 편에 서는 것이었다. 그는 구원받는다. 죽음을 맞는 그의 편안한 표정이 그것을 말해 준다. 샌드맨은 딸의 사진을 보면서 절대악으로부터 구원받고, 해리는 스파이더맨이 자신의 아버지를 죽이지 않았다는 '사실'을 알게 되면서 돌이킨다. 미움과 분노가 한 사람을 얼마나 다르게 만드는가는 피터의 친구 해리가 충격으로 일시적 기억상실에 걸렸을 때 변해 버린 해리의 성품을 통해서도 드러나지만 그가 사실을 알게 되었을 때 선의 편이 되어 위기에 처한 스파이더맨을 돕는다는 극적 사실을 통해서도 더욱 부각된다. 이처럼 사람은 언제든지 악에 사로잡힐 수 있으나 선에 도달하려면 매번 악과 힘든 싸움을 벌여야만 하는 것이다.

브록은 검은 옷이 자신을 강한 존재로 만들어 주는 힘에 매료되어 피터가 그 옷으로부터 분리시켜 주었음에도 불구하고 다시 그 옷을 입기 위해 달려들다 죽는다. 이런 점에서 모든 악한 것들은 중독의 메커니즘을 갖는다. 악한 것이 중독이 아니라 중독되는 것 자체가 악이다. 악은 이미 스스로에 대한 통제력을 상실하는 것으로부터 찾아드는 법이다. 따라서 스스로 통제할 수 없는 정도의 강한 중독성을 가진 물질이나 행동들은 (담배, 알콜, 마리화나, 필로폰, 폭력과 섹스 등) 악으로 분류된다.

마지막 장면에서 피터-스파이더맨은 샌드맨을 용서한다. 샌드맨이 용서를 빌기도 전에 먼저 용서하는 것이다. "자신을 용서하는 것이 먼저"라는 숙모의 말이 맞았던 것이다. 누구나 인간 내면에 상대를 증오하는 마음이 있음을, 그런 마음을 품었던 자신을 먼저 용서하는 마음을 품을 줄 알아야 상대를 용서할 수 있으리라. 남을 미워하는 자는 결국 자신이 미워했던 대상과 똑같아진다는 것, 미움과 증오, 그리고 검은 옷 등 악의 경험을 통해 피터는 한층 더 성숙해진다.

얼굴과 네트워크의 제휴
—소셜 네트워크

1. SNS의 시대

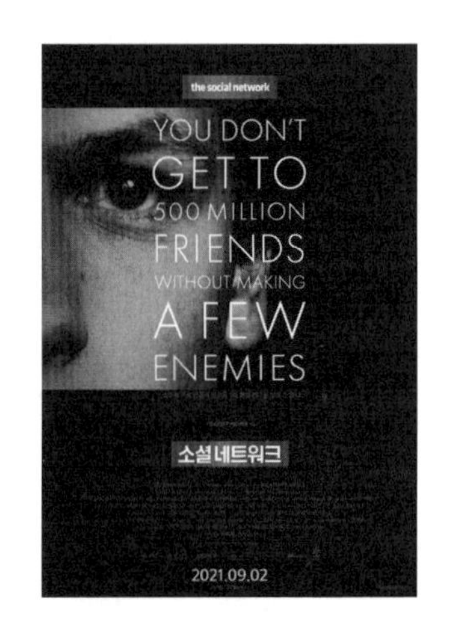

최근 우리 시대를 특징짓고 있는 핵심 용어 가운데 하나가 '소셜 네트워크(SNS)'라는 말에는 틀림이 없는 듯하다. 그 용어가 '인맥'이라는 한자어에서 '소셜 네트워크'라는 영어로 바뀐 것 뿐이라고 생각한다 해도 틀렸다고 말하긴 힘들다. 하지만 자신의 생각과 느낌을 표현하고 열람할 수 있는 소통-기술의 발달과 매체의 확산으로 인해 의견 제시의 대중화가 이루어진 면이 있는 것도 분명한 현실이다. 여전히 특별한 사람들의 의견이 영향력을 행사하고 있으며, 오피니언 리더라고 불리우는 사람들의 발언이 더 큰 반향을 불러일으키고는 있지만 어쨌든 누구나 자신의 의견을 제시하고 또 아무나 거기에 접근하여 그 의견에 동의를 표시할 수 있다는 면에서 의견(doxa) 소통의 방법이 더 확산된 것만큼은 부인할 수 없는 사실이다. 물론 그 이면에, 정확하지 않은 인터넷 루머가 마녀를 사냥하고, 개인정보 유출과 사생활 폭로의 문제가 있음에도 불구하고 대체로 그것은 몇몇 부도덕한 유저들의 잘못으로 돌려지고 있으며 기술과 도구는 가치중립적일 뿐이라고 생각되고 있다. 따라서 이 기술과 매체, 이 소통양식은 앞으로도 더욱 성장할 것으로 보인다.

포털 사이트의 뉴스와 공식 사이트들의 정보 전달뿐만 아니라 특히 개개인들을 중심으로 한 트위터나 페이스북과 같은 매체들을 통해 자신의 생활과 의견을 올리는 사회적 소통양식도 크게 증가하고 있는 추세이다. 사람들이 온라인에서도 서로의 생각과 생활을 주고받는다는 데 불만을 제기하기는 힘들다. 하지만 모든 일에는 밝은 면과 어두운 면이 공존하게 마련인 법, 데이비드 핀처 감독의 영화 〈소셜 네트워크〉(2010)는 인터넷 소통양식이라는 것의 이면을 새삼 되짚어 볼 수 있는 계기를 제공하고 있다.

이 영화는 요즘 한국 사람들도 많이 사용하고 있는(2021년 6월 기준 1,371만 명) 페이스북의 창업자 마크 주커버그를 주인공으로 하여 그것이 어떻게 탄생되었으며 전 세계 19억 2,900만 명 이상의 사용자(2021년 4분기 기준)를 가지는 등 오늘날과 같은 영향력을 갖게 되었는지를 보여 주고 있다. 달리 말해 영화는 그토록 많은 사람들을 찾고 만나고 연결해 주는 사회 연결망 '페이스북'이 어떠한 관심사를 가진 사람들로부터 어떻게 탄생했는가를 보여 주고 있다.

사실 이 영화가 페이스북이라는 인터넷 네트워크의 특정한 소셜 프로그램에 관해 다루고 있긴 하지만, '소셜 네트워크'라는 영화의 제목처럼 '사회적 그물망', 인간관계의 원리나 그 속에서 발생하는 인간의 심리에 관해서도 이야기하고 있다. 이때 사회적 그물망이란 인간들 사이의 관계 및 사회의 조직 원리를 뜻하기도 한다. 기실 사회란 이러한 관계들의 집합으로 이루어진 것으로 컴퓨터와 인터넷과는 비교할 수 없을 정도로 오래된 것이다. 그러나 오늘날 우리가 거주하는 세계는 그러한 페이스 투 페이스의 사람 알기(관계 맺기)와는 다른 양상을 띠고 있는 것도 사실이다. 게다가 인터넷이라고 하는 도구는 사람들을 전 지구적으로, 실시간 연결하고 있기 때문에 그 규모와 양상이 질적인 변환까지 일으킨다는 판단을 하게 될 수도 있다.

이 영화는 한국에서는 흥행에 실패했다. 페이스북의 창업자에 얽힌 이야기가 그다지 궁금하지 않았기 때문일까? 어쨌든 이 영화는 단지 성공담이 아니라 페이스북이라는 소셜 네트워크 프로그램을 만든 이들이 어떤 사람들이며, 그 프로그램의 탄생과 기원에 얽힌 이야기를 법정 공방의 형식으로 보여 주고 있으므로 시선의 즐거움을 줄 수 있는 장면이나 서스펜스, 스릴 같은 긴박감은 선사하지 않으며, 휴머니즘 가득한 감동 같은 것도 없다. 차라리 주목해 보아야 할 것은 소셜 네트워크 프로그램의 탄생과 그것의 성공 이면에 깔려 있는 인간의 욕망, 사회적 인맥이란 과연 무엇인지에 관해서다. 사회 안에서 살아갈 수밖에 없는 우리 인간존재의 한계와 특성을 그려 내는 드라마에 가깝다. 영화는 성공담인지 실패담인지 모호하게 이야기를 끌어가고 있기 때문에 관객들은 왠지 모를 씁쓸한 뒷맛을 안고 극장을 나서기 십상이다. 사회적 그물망이란 과연 무엇인지, 그 유령과도 같은 관계망 속에서 살아갈 수밖에 없는 우리들의 처지가 새삼 답도 없이 재확인되었기 때문일까?

시작하기 전에 한 가지 밝혀 두어야 할 것은 이 글에서 언급된 마크 주커버그(Mark Eliot Zuckerberg, 1984~)나 등장인물에 대한 언급은 모두 영화 텍스트 속에 그려진 모습에 대한 서술일 뿐, 실존 인물들에 대한 평가가 아님을 재삼 확인해 두어야겠다. 필자는 실존 인물 마크 주커버그나 에두아르도(Eduardo Saverin, 1982~), 윙클보스 형제(Winklevoss Brothers)에 대해서는 잘 모른다. 마크는 자기 전 재산의 절반을 사회에 기부했고 영화에서 그려진 모습과는 달리 자신의 여자친구(프리실라 챈)와도 현재까지 잘 지내고 있다고 한다. 마크 주커버그 그 자신도 이 영화를 보고 자신의 삶은 영화처럼 드라마틱하지 않았으며, 실연(失戀)이 페이스북을 만들게 한 동기가 되지도 않았다고 말한 바 있다고 한다.

영화 포스터

실제 마크 주커버그

2. 페이스북의 기원

영화의 첫 장면, 인터넷상에 떠도는 수많은 의견들처럼 와글거리는 술집의 소음 속에서 '마크 주커버그'는 자기 능력을 과시할 방법을 고심하며 '에리카'에게 차이는 중이다. 그는 쉴 새 없이 떠들며 에리카와의 위태로운 대화를 이어 가고 있다. 그러나 '그들의 대화를 가로막는 것은 주변의 소음이 아니라 파편적이고 즉흥적인, 즉 자기중심적인 그의 화법 때문이다. 마크는 생각의 속도만큼이나 말이 빠르고, 제멋대로 화제를 바꾼다. 그의 말은 자기 관심에 대한 즉흥적 뱉어 냄, 잘린 말, 일종의 독백이다. 되돌아오는 것은 마크의 머릿속에서 벌어지는 사고의 간격을 따라잡지 못한 에리카의 엉뚱한 질문뿐이다. 혼란스러운 대화 끝에 기분이 상한 에리카는 마크에게 절교를 선언하며 "너랑 대화하는 건 러닝 머신 위에서 달리는 기분이야."라고 말한다. 공정하게 말하자면 두 사람의 관심사와 화법이 다를 뿐이라고 해야겠지만, 끝없이 화제를 바꾸어 가면서 자기 관심사로 이야기를 이끄는 주인공은 이후로 그가 만들어 내게 될 페이스북의 성격과 그것을 이용하게 될 사람들의 특징을 보여 준다. 즉각적이고 잡다한 것들에 대한 일시적인 관심, 새롭게 제공되는 정보들이 펼쳐내는 재빠르고도 깊이 없는 표면의 변화들에 대한 순간적 몰두. 호기심의 대상을 찾아 그것을 소비하고는 재빨리 다른 곳으로 몰려가 버리는 호모 디지털들의 특징.

여기서 마크 주커버그의 관심사는 크게 두 가지인데, 하나는 "SAT에서 만점을 받은 사람(즉 자신)이 대학 사회에서 두각을 나타내려면 어떻게 해야 할까?"이고 또 다른 하나는 "어떻게 하면 하버드 내의 인너 서클에 가입할 것인가?"이다. 세계에서 우수한 인재들이 모였다는 집단인 하버드대학 내부에서도 또 다른 소셜 동맹, 하버드대학 내 엘리트 모임인 '파이널 클럽(피닉스 클럽, 포셀리언 클럽 등)'에 참가하고 싶은 욕동. 자신의 두각을 나타내는 방법, 타인들에게 욕망의 대상이 되는 소수 그룹에 가입하고 싶은 것이다. 아, 한 가지가 더 있다. 그것은 바로 그의 앞에 앉아 있는 에리카에게 매력적으로 보이는 것이다. 그러나 그의 이런 욕망의 공통점은 타인에게 관심을 얻고 싶은 인정 욕망이다.

이런 열망 그 자체를 탓할 수만은 없다. 자신을 세상에 증명하고 타인의 인정을 받고 싶은 것은 인간 고유의 본원적인 욕구이며, 그를 위해 노력하려는 인간을 나무랄 수만은 없는 일이다. 더구나 자본주의 사회는 이러한 인간의 심리를 동력학으로 삼아 유지 · 발전되는 사회이다. 하지만 그는 자기의 그런 관심에 '왜?'라고 묻지 않는다. 에리카가 왜 파이널 클럽에 가입하려고 하느냐고 묻자, 마크는 "특별하고 재밌고 바람직하다."라고 답할 뿐이다. 따라서 그의 동기에 문제가 있다면, 그가 자신의 욕망의 정체와 성격을 묻고 있지 않다는 것, 그의 욕망이 타인들 시선과의 관계에서만 추동되고 있다는 점일 것이다. 정리하자면 마크의 관심은 "자신의 두각을 드러내 줄 소수 그룹에 가입할 수 있는 자격증을 획득하는 방법은 무엇일까?"이다. 쉬운 말로 자신의 능력을 주위에 증명하고(인정받고), 그것으로 자신이 원하는 삶을 누리려는 것. 결론적으로 말해서 '페이스북'은 바로 SAT에서 만점을 받은 사람이 두각을 나타내기 위한 사고의 결과물인 셈이다. 물론 그 와중에 여러 요인들이 결합해 질적 변이를 초래하기는 하지만 말이다.

마크는 에리카에게 "너는 보스턴대학에 다니므로 공부할 필요가 없다."고 말한다. 하버드대 학생이자 고등학교 때부터 소프트웨어를 개발했던 그가 볼 때 보스턴대학교의 학생들은 공부를 할 필요가 없다고 생각하는 모양이다. 참다 못한 에리카는 마크에게 예언자처럼 말한다. "너는 컴퓨터 인재로 성공하겠지만 널 좋아하지 않았던 여자나 그리워하면서 살게 될 거야. 너는 공부밖에 몰라서 그렇게 됐다고 생각하겠지만 네가 차인 진짜 이유는 재수 없는 인간이기 때문이야."

술집에서 나와 기숙사로 돌아온 마크는 여자친구에게 차인 낭패감과 상실감을 상쇄하기 위해 뭔가 몰두할 것이 필요했다. 몰두할 거리가 필요하다는 말은 씁쓸한 현실로부터 도피시켜 줄 놀이거리를 찾는다는 것과 동의어다. 자신의 현사실성으로부터 자기를 망각할 거리, 놀이 대상(하이데거의 용어로 '빠져 있음, Verfallen')이 필요한 것이다. 문제의 상황을 반성적으로 사고하고 그것에 직면하기보다는 뭔가 다른 곳으로 눈을 돌릴 거리, 자신의 쉴 새 없는 관심(호기심, Neugier)을 지속적으로 유지시켜 줄 어떤 대상이 필요한 것이다. 그래서 심심풀이용으로 하버드 여대생들의 얼굴을 비교하여 점수를 매기는 프로그램(Harvard Mash)을 순식간에 만들어 유포한다. 그리고 몰려든 유저들 탓에 하버드 웹사이트는 새벽 4시에 다운되기에 이른다. 이것이 바로 페이스북의 맹아다. 대상이 된 사람들의 의지나 동의 없이 다른 이들의 정보를 집약하고는 사람들의 경박한 호기심을 이용해 사람들을 불러모으는 기술. 그것이 바로 페이스북의 기원이자, 페이스북의 정신이다.

페이스북의 맹아는 기숙사에 돌아와서 자신의 블로그에 에리카에 대해 근거 없는 인신공격과 험담을 일삼은 다음, 술김에 혹은 심심풀이로 기숙사 여학생들의 얼굴에 점수 매기기 프로그램을 개발하는 것에서 시작된 것이다. 사람의 얼굴을 대조시키면서 점수를 매기는 프로그램이라니… 거기에는 사실 사람들을 외모로 평가하는 루키즘(Lookism)은 고사하고 누군가의 얼굴에 점수를 매겨도 된다는 생각이 허용되고 있다. 거기서 그 사람의 실제 인격이나 그의 존재 자체는 아무래도 상관없다.

그 사람의 외모에 점수를 매기고 그것들을 인기투표에 부칠 수 있다는 사고방식은 사실 익숙한 모럴 헤저드의 일종이다. 그것은 많은 사람들이 그렇게 생각하고 있기 때문에 그것이 잘못인 줄도 모르는 일종의 "사회적으로 정향된 결점"(에리히 프롬)에 해당한다. 하지만 그토록 짧은 시간에 개인정보를 해킹하여 그것을 능숙하게 처리하는 능력만 있으면 모든 것은 용서된다. 그런 의미에서 '페이스북'이란 문자 그대로 '얼굴-책'이다. 눈앞에서 타자의 '안면성(visage)'을 대면하여 인간 대 인간으로 마주서는 얼굴이 아니라 사람들의 얼굴을 모아 놓은 책. 이때 얼굴은 그의 기분과 정신, 인격의 총체로 현현하는 것이 아니라 평가하는 재미를 위해 동원된 얼굴, 즉 탈인격화된 하나의 그림, 사물에 지나지 않는다. 물신화된 얼굴-기호들, 나의 광대한 인맥의 증거를 확인시켜 주는 인증서-책. 그토록 많은 사람들을 '되찾게' 해 주고 '연결시켜' 주는 사회 연결장치인 '페이스북'은 사람들을 책처럼 수집하여 전시한다. 물론 자신의 얼굴을 전시하는 진열장의 기능은 기본값으로 설정되어 있다. 페이스북은 자신의 생활과 감정들을 전시하고 진열하는 얼굴 진열장이기도 하다.

그런 점에서 페이스북은 마이크로소프트와는 본질적으로 다르다. MS가 컴퓨터의 운용체제(OS)를 팔아 그것으로 이윤을 챙기는 방식을 구사한다면 페이스북은 자신들만의 소스라는 것이 따로 없어 애당초 오픈할 소스 같은 것은 있지도 않다. MS가 프로그램이라는 상품을 판다면 페이스북은 사람들(의 모임) 자체를 판다. 더 정확히 말하면 페이스북의 가치는 사람들의 '운집'이다. 그렇게 그는 단지 자기의 프로그램(더 정확히 연결, link라는 아이디어를) 판 것이다. 어떻게 사람들이 많이 모여드는 프로그램과 사이트는 곧 돈이 되는가? 사람들이 모이면 그 자체로 돈이 된다. 링크가 곧 재산이요 힘이다. 사람들의 모임을 통해 기업은 사람들의 취향과 선호도를 알아낼 수 있다. 페이스북에 모인 사람들은 결국 자신들의 정보를 제공하는 셈이고, 페이스북 회사는 그런 데이터들을 통해서 이윤을 획득한다. 사람들의 운집 자체가 정보가 되고, 정보가 다시 이윤이 되며 개인들은 그 정보를 다시 소비하면서 유지되는 그런 구조다. 사람들의 모인 '숫자' 자체가 효과를 발휘하는 것이다. 이렇게 사람들이 모이면 자본주의 미학의 정점이라 할 수 있는 '광고' 효과는 더할 나위 없이 극대화된다.

어쨌든 그 일로 인해 주커버그는 하버드대학 내에서 일약 유명인사가 되었고, 하버드 인맥을 웹상에서 구현하려는 아이디어를 가지고 있던 윙클보스 형제의 클럽에도 가입되며, 그들과 공동 작업을 시작할 것을 약속한다. 명확하지는 않지만 마크 주커버그의 아이디어는 윙클보스 형제가 개설하려던 '하버드 커넥션'과 전혀 무관하다고 볼 수 없다. 그가 사용한 "비개방성이 핵심"이라는 말은 윙클보스 형제의 아이디어였기도 하다. 짧은 시간 동안 만들어 낸 '하버드 매쉬'에 사람들이 몰렸다는 것은 자신과 상관없는 사람들의 얼굴 비교여서가 아니라 바로 자신들이 알고 있는 친구나 동료들의 일이었기 때문이었다고 마크는 해석하기에 이른다. 그는 이제 사람들이 자신과 관계 있는 사람들의 생활이나 근황을 온라인에서도 확인하고 싶을 거라고 생각하며 그런 심리와 욕구를 이용하여 사람들의 관심을 끌 만한 인터넷 네트워크 프로그램을 구축하고 그것을 운영하려 한다.

인터넷의 특징이기도 한 '누구나'와 '아무나'가 아니라 특정 인물들과의 관계를 온라인으로 옮겨 구축하려는 작업인 셈이다. 단순하게 말하자면, 사람들의 소통을 인터넷에서 원활하게 할 수 있는 링크를 생각해 낸 것이다. 그 자체로 대단히 뛰어난 생각이라고 할 수는 없으며, 그런 생각과 시도를 한 것이 마크 주커버그 무리가 처음은 아니었을 것이다. 이런 생각이 하버드대학 내에서 현실화되고 있을 무렵 실제 한국에서는 이미 '싸이월드'라는 소셜 네트워크 프로그램이 대중화되어 있었다. 다른 점이 있다면 그것이 미국 상품, 그것도 하버드에서 개발된 상품이라는 것 외에 다른 점이 무엇일까? 그러므로 어떤 점에서 보자면 페이스북이 대단한 확장력을 가진 이유란, 그것이 하버드대학 내에서 시작되었다는 점과 그러한 프로그램이 적절한 시기를 맞았다고 보는 편이 더 정확한 것일지도 모르겠다. 페이스북만의 독특한 특징과 장점이 없지 않겠지만 그 자체로 대단한 아이디어라고 보기 어려운 것도 사실이다.

아무튼 짧은 시간에 많은 사람들에게 관심과 흥미를 끌 수 있었다는 사실에 고무된 마크 주커버그는 그의 친구 에두아르도 세버린을 찾아가 자신의 아이디어에 관해 이야기하고 그 자리에서 동업관계를 형성한다. 경제적으로 여유가 있는 에두아르도가 그 일에 필요한 돈을 대고, 그 작은 공동체의 최고 재무책임자(CFO)의 역할을 맡기로 하며, 구두로 수익의 배분까지도 결정한다. 이 순간 앞으로 어찌될지 모르는 하나의 벤처기업이 탄생된 것이나 마찬가지였다. 그렇지만 이들도 자신의 아이디어와 링크 프로그램이 이후로 그토록 많은 회원들을 갖고 영향력을 행사하며, 수많은 돈을 벌어다 줄줄은 생각하지 못했을 것이다. 얼마 후 그들이 법정에서 서로를 고발하고 싸워야 할 처지가 될 줄도 물론 몰랐으리라. 영화 포스터의 문구처럼 "5억 명의 친구를 갖기 위해 진짜 친구들은 적이 되어야만" 할 것이었다.

3. 다수의 친구냐 소수의 적이냐

이들의 아이디어와 그것을 웹상에 구축할 수 있는 능력을 통해 '더 페이스북'은 하버드 내에서 엄청난 인기를 얻고, 점차 하버드대학을 중심으로 한 주변의(아이비 리그) 대학들에게로 퍼져 나간다. 자신과 현실에서 무관한 사람을 사귀는 장이 아니라 현실에서 알고 있던 사람을 웹상에서 교류하는 아이디어가 이제 그 범위를 넓혀 점점 미국 내로, 그리고 대학 사회와 젊은이들을 중심으로 한 유럽과 전 세계로 퍼져 나간다. 그러나 학생들이자 아마추어인 이들이 소규모의 인원과 자본으로 그처럼 광대한 네트워크를 만들기 위해서는 보다 전문적인 기업과 대규모의 자본이 필요하다.

이 시점에 등장하는 인물이 '숀 파커(Sean Parker, 1979~)'라는 인물이다. 자신들의 아이디어와 웹상의 프로그램, 그리고 거기에 가입해 있는 회원들(가입한 회원들 자체가 재산인 셈)을 무기로 투자자를 유치하려던 중 인터넷에서 무료로 음악을 공유하는 프로그램(냅스터)을 운영한 경험이 있었던 숀 파커를 만나게 되고 이제 마크 주커버그는 그에게 이끌린다. 자신의 네트워크 프로그램의 영향력을 확대하고 회사를 더 크게 운영하고 싶은 욕심이 있던 마크에게 숀 파커는 필수불가결한 존재처럼 보이는 것이다.

회사가 제대로 커 나가기 위해서, 혹은 페이스북의 아이디어가 제대로 실현되기 위해서는 숀 파커와 손을 잡는 것이 필수적인 것처럼 보인다. 숀 파커는 에두아르도보다는 투자자들을 훨씬 더 많이 알고 그들과 연결해 줄 수 있어 보인다. 결정적으로 그는 마크에게 '빅토리아 시크릿'의 창업주 이야기를 해 주며, 회사의 가치를 낮게 평가해선 절대 안 된다고 말한다. 따라서 마크로서는 페이스북을 키워 나가려면 숀 파커가 필요하다. 그런데 회사의 창립 멤버인 에두아르도는 숀 파커가 편하지 않다. 숀 파커와 에두아르도는 대립적이고 둘 다 끌어안을 수는 없다. 양자택일해야만 한다.

이제 그들은 급기야 갈등을 겪게 된다. 경영학을 공부했지만 아직은 애송이에 불과한 에두아르도를 속여 형편없는 몫의 지분으로 낮춘 다음 회사에서 쫓아내는 것이다. 이에 분개한 에두아르도는 결국 마크에게 소송을 걸어 그 둘은 법정에서 진실 공방을 펼치게 되는 처지에 놓이게 된다. 한편으로 자신들의 아이디어를 마크가 훔쳐가 하버드를 비롯한 유수의 대학 사회에서 엄청난 관심과 인기를 누리는 데 화가 난 윙클보스 형제들은 마크에게 네트워크를 운용하지 말 것을 경고하기도 하고, 대학 내에서 해결하려고 총장을 만나 보기도 하지만 끝내 영국의 대학들에서조차 페이스북이 인기를 끌고 있는 것을 보고는 마크를 법정에 기소하기에 이른다. 영화는 이로써 마크와 관련된 두 건의 소송을 중계하며 사이사이 어떠한 일들이 있었는지를 보여 주는 방식으로 진행된다. 소송 중 하나는 마크(와 숀 파커)가 페이스북 회사로부터 쫓아낸 에두아르도가 제기한 것이고, 다른 하나는 마크가 자신들의 아이디어를 훔쳤다고 주장하는 윙클보스 형제로부터 제기된 것이다. 그럼에도 이 영화는 흔한 할리우드 법정 드라마처럼 진실이 밝혀지고 정의가 승리하는 식으로 전개되지는 않는다.

윙클보스 패거리들은 마크가 자기들의 아이디어를 훔쳤다고 주장하지만, 사실상 그들의 아이디어란 별게 없다. 내부인들끼리만 소통할 수 있는 폐쇄적이고 선택적인 사회적 관계망을 웹상에서 구축하려고 했던 것에 불과하다. 말하자면 스스로를 구별 짓고 구별 지음에서 오는 즐거움과 이익을 향유하기라는, 그들이 현실에서 이미 하고 있는 일을 인터넷에서 구현하려 한 것 뿐이다. 마크가 그들보다 더, 주목을 받게 되는 상황은 그들에겐 그 자체로 불명예스러운 일이다. 자신이 최고여야 하고 최고의 선망을 받는 '로얄 소사이어티'여야 하는데 이름도 없는 한 가난뱅이 청년이 영국에서 열린 조정대회 사교모임에서까지 거론되고 있는 현실을 참아 낼 도리가 없는 것이다. 그런 점에서 윙클보스 형제들이 소송을 제기하는 건 필연적인 귀결이다. 그들이 그토록 힘주어 주장하고 의존하는 '명예'란 타인들의 인정망 속에서만 획득되고 유지될 수 있는 것은 물론이며, 사실 타인들의 선망 속에서 자신들의 잘남을 확인하는 자부심에 지나지 않는다.

영화는 마크가 어떤 마음으로 에두아르도를 퇴출시켰는지 전혀 알려 주지 않는다. 어쨌든 영화 속에서 그려지는 마크의 모습은 그런 윤리나 도덕, 정리(情理) 등에 얽매이지 않는 '쿨'한 모습이다. 심지어 마크는 자신을 고소한 윙클보스 형제도 이해한다. "그들이 자기 뜻대로 되지 않은 건 처음이기 때문일 거야." 이것은 그의 이해심이 넓거나 상대의 입장과 심리를 이해하는 능력이 뛰어나서가 아니다. 그가 인간들 사이의 어떤 의무나 윤리에 얽매이지 않기 때문이다. 이는 조금 아이러니하다. 인간들 사이를 연결해 주고 서로 간의 네트워킹과 유대를 촉진하는 프로그램의 개발자가 정작 그 자신은 그런 관계들에 연연하지 않는 사람이라는 것을 도대체 어떻게 받아들여야 할까? 물론 프로그램 개발자나 운영자에게 네트워크에서 발생하는 인간 간의 문제에 책임을 지라고 요구할 수 없으며 인간 사이의 연결(유대가 아니라 연결만!)을 촉진시키는 프로그램의 개발자라고 해서 그에게 인간관계에 대한 덕망과 높은 식견, 실천을 요구할 수도 없다. 하지만 수많은 사람들을 웹상에서 서로 연결시켜 놓는 프로그램의 개발자가 주변의 친구나 사람들과 따뜻하고 아름다운 관계를 맺지 못한다는 것은 분명 음미해 볼 만한 대목이다.

페이스북을 둘러싼 갈등에 대한 조정은 결국 '법'에게 떠맡겨진다. 아니 법이 떠맡는다. 그러나 법 역시 인간의 진실을 찾아내지 못한다. 그것은 있었던 일, 사실들을 재구성해 내려 하지만 그 아이디어가 정말 윙클보스 형제로부터 나온 것인지, 마크가 에두아르도를 내쫓은 것이 정당한 절차를 통한 것이었는지에 대해서는 밝혀낼 수 없다. 현실의 법은 진실을 찾아내는데 관심을 갖지 않는다. 다만 진실을 결정내릴 뿐이다. 법은 최종판결을 할 뿐이고 선언을 통해 그것을 고정불변의 사실로 만들어 버리는 최후 장치일 것이다. 법정 공방에서 지난 과거의 모든 일이 증언을 통해 재구성되고 구술된 내용이 영화의 서사를 이루지만, 어쩌면 진실이란 그 사태의 핵심을 가리기 위해서는 법에 호소해야만 한다는 것, 오직 그것뿐일지도 모른다. 그들이 법정에 출두했다는 것이 사실이고 그들의 갈등을 끝내 법정으로 가져가야만 했다는 것, 그들의 우정과 상호 신뢰(즉 인간관계)가 박살났다는 것과 그것을 법이 최종 판단해 준다는 것 말이다.

이를 통해 우리는 저간의 사정을 알게 되지만 끝내 알 수 없는 것은 마크가 왜 그런 행동을 했을까이다. 의문은 두 건의 소송과 관련된 두 개로 정리될 수 있다. 첫째, 마크는 왜 윙클보스 형제(포셀리언 클럽)와 함께 일하지 않고 자신만의 다른 페이스북 사이트를 개설했는가? 둘째, 마크는 왜 에두아르도를 페이스북 회사로부터 쫓아냈는가다. 답은 두 가지 가운데 하나일 것이다. 물을 필요도 없이 자명한 상식적인 이유들, 독립적으로 이익을 독식하려 했거나 자기 사업에 방해되었다고 판단했기 때문이리라. 혹은 둘 다일 수도 있겠다. 그러나 영화는 그것에 대해서는 어떠한 판단도 내리지 않고 말해 주지도 않는다.

영화는 사태의 '진실'을 생각해 보도록 하면서도 사태의 '사실'에 대해서는 말해 주지 않는다. 대신 판단을 우리에게 떠넘김으로써 우리를 시험에 부친다. 마크라는 사람을 어떻게 판단할 것인가에서 우리의 도덕적 기준을 작동시키는 것이다. 그가 뛰어난 컴퓨터 천재이자 돈에 연연하지 않는 사람이고, 영향력 있는 프로그램을 만들어 억만장자가 된 사람이라는 것에 주목하는 이라면 그가 그 성취를 이루기 위해서 어떤 동기로 어떤 행위를 했든 별로 중요한 문제는 아니라고 생각하는 사람이 있을 수 있다. 반면 그의 절친이었던 에두아르도와 법정에 서고, 정작 그 자신은 사람들과 좋은 관계를 이끌지 못한 채 재산 다툼을 해야 하는 그 씁쓸함을 주목하는 사람, 인간관계의 덧없음과 부박함에 주목하는 사람들이 있을 수도 있다. 따라서 이 영화는 진정한 인간관계란 무엇인가에 대해 질문을 던지는 영화이다.

그러므로 영화는 페북의 원리에 충실하다. 영화는 페북의 창시자 마크와 관객이자 페북의 사용자인 우리를 연결(링크)하지만 그것의 내면은 보여 주지 않는다. 즉 마크가 무엇을 했는지, 어떻게 페북을 발명했는지는 말해 주지만 그가 도대체 왜, 페북을 발명했으며, 왜 친구들을 배신했는지, 왜 윙클보스 형제를 배신했는지는 직접 말해 주지 않는다. 영화는 연결만 해 준다. 페북이 사람들을 연결만 할 뿐, 그들이 왜 그런 행동을 하고 왜 그렇게 살아가는지에 대해 아무런 것도 알려 주지 않듯이 말이다.

그렇다면 우리가 묻자. 마크 주커버그, 그는 도대체 무엇을 한 것인가? 자기의 정신적인 아이디어를 구현시키기 위해서 그는 숀 파커와 동업을 하고, 친구 에두아르도를 회사에서 쫓아냈다. "5억 명의 온라인 친구, 전 세계 최연소 억만장자, 하버드 천재가 창조한 소셜 네트워크 혁명!"이라는 수식 문구들을 제거하고 본다면, 페이스북을 만들어 사람들을 연결시켜 주고 큰 돈을 벌었다. 그 와중에 친구를 잃었다. 그렇다면 그가 만든 것은 무엇인가? 아니 그가 페이스북을 통해서 창조하고 실현시킨 것은 과연 무엇인가? 사람들을 연결시켜 주고 돈을 벌었다. 당시 페이스북의 기업 가치는 58조 원이었다고 한다.

영화 속에서 마크가 말하는 그 아이디어의 가치는 도대체 '시장'이 아니면 어디에서 그 가치의 평가를 얻을 수 있을까? 사람들이 모여들어 그것이 시장에서 자산 가치를 갖는 것 외에 도대체 페이스북-도구장치의 이념은 어디에 있는 것일까? 환금 가능성이 아니라면 그의 능력이나 가치는 인정되고 검증될 수 없는가? 소셜 네트워크는 그래서 철저히 타인들의 인정망 속에서 태어나고 자라며 기능한다. 마크가 여자친구에게 차인 심리를 상쇄하기 위해 고안한 프로그램으로부터 그것은 태어나고, 그녀가 여전히 자기의 가치를 몰라 주자 페이스북을 하버드 내에서 주변 대학들로 확장시키기 시작했던 것처럼….

마크 주커버그가 사람들에게 기억되는 방식은 그가 사람들을 연결시켜 놓는 업적으로가 아니다. 대체로 그것은 마크가 페이스북이라는 프로그램을 발명하여 억만장자가 되었다는 사실이며, 그것도 아주 젊은 나이에 하나의 아이디어를 구현하여 얼마나 많은 자본을 자신의 앞으로 끌어모았는가다. 사실 마크가 한 일은 하나의 도구—사람들을 연결시켜 줄 수 있는 웹상의 프로그램(이른바 인맥 교류 사이트)—를 만들었다는 사실로 요약될 수 있다.

여기서 사회적 그물망이란 결국 자신의 가치를 그물망 속에서 확보하려는 하나의 사교계 놀이에 불과하게 될 수도 있다. 사람들을 연결시켜 주고, 그들 간의 소통을 증대시키며 유대감을 돈독히 해 줄 수 있다는 것은 분명한 순기능이다. 그렇다면 그 도구를 사용하는 사람들의 잘못인가? 아니면 도구 자체가 그런 식의 소통을 생산해 내는 것인가? 도구는 언제나 가치중립적이라는 말을 믿지 않는 사람들도 많다. 소통의 양식은 소통의 발신자와 수신자에 좌우되는 것이 아니라 그것을 담당하는 미디어 자체에 있다는 것은 이미 마셜 맥루한을 비롯한 많은 연구자들이 밝혀낸 바 있다. 어떤 점에서 보면, 미디어는 항상 자기 지시적이다. 미디어는 자기 자신에 대해서만 말하고 자신을 확장한다. 그것의 사용자, 유저에게 봉사한다고 하면서 우리 삶의 복지를 증진시키고 우리의 삶과 사회를 발전시킨다고 말하지만 돌이켜 보면 언제나 그 자신을 확장하고 증진시켰을 뿐이다. 다만 사람들이 그러한 미디어에 달라붙어 자기 삶을 영위해 왔을 뿐이다.

마크는 윙클보스와의 약속을 지키지 못했다. 에두아르도와의 우정도 유지하지 못했다. 그들 사이에 우정이란 것이 과연 있기는 했던 것인지 의심스럽지만 페이스북이 아니었다면 좋은 친구로 남았을 가능성이 없지 않다. 그러나 그것은 그가 나쁜 사람이어서만은 아니다. 그에게는 그를 옭아매는 어떤 정리, 정분, 의무, 규칙이 없다. 그런 것에 얽매이기에 너무나 자유롭고 똑똑한 청년이기 때문일까? 여자친구에게 차인 기분을 잊기 위해 잠깐 사이에 서버를 다운시킬 정도의 인기 있는 프로그램을 만드는 능력을 가진 그에게는 그것이 가진 파장과 결과를 고려하는 면모가 없고 도덕적 갈등도 전혀 없다. 기숙사의 자료를 해킹하는 순간에서도 그는 전혀 고민이나 갈등하지 않는다. 그에게는 번득이는 아이디어와 그것을 프로그램과 웹상에서 구현하는 것만이 중요하다.

영화 속 인물들이 갖는 만남은 대단히 피상적이다. 영화 속의 에두아르도가 그렇고 숀 파커 또한 그렇다. 그들의 리얼한 인간관계상과 웹상의 관계는 닮아 있다. 그들의 인간관계에는 과거도 없고 미래도 없다. 즉각적인 만남과 서로에의 탐닉, 그것뿐이다. 즉각적인 현재만 존재하고 그 순간에만 존재하는 것, 그것은 웹페이지의 속성과도 같다. 웹상에서는 새로운 페이지들이 쉴 새 없이 생성되며 사람들은 시간이 흘러간 소식의 페이지를 열람하지도 않을 뿐만 아니라 거기에 달린 '얼굴 없는' 누군가의 의견에는 별 관심이 없다. 그래서 댓글에서는 '1빠'만이 중요한 것인지도 모른다. 의견의 내용이 아니라 그 첫 자리를 차지하는 것이 중요하다. 웹에서는 실시간, 업데이트가 중요하다. 그만큼 속도가 중요한 것이다. 아주 빠른 순간에 인기 검색어가 상승하고 순식간에 사람들이 몰려 왔다가 순식간에 다들 어디론가 또 사라진다. 네트는 광대하며 새롭고 또 그만큼 덧없기도 하다.

4. 네트워크는 영혼을 담지하지 못한다

처음에 페이스북은 하버드대학 내의 사람들만이 가입할 수 있는 도구-장치였다. Harvard.edu라는 메일 주소를 가진 사람들만이 회원이 될 수 있었다. 그런데 그 아이디어와 시스템이 시장으로 나오자마자 이제 모든 사람이 무료로 페이스북에 가입할 수 있게 되었다. 하버드

대학생들만이 가입하고 자신들만의 네트워크였던 것이 이제 전 세계 사람들도 사용할 수 있게 된 것이다. 그렇다면 페이스북은 본질적으로 변화된 것 아닐까? 특정한 그룹 구성원들 사이의 네트워크를 연결해 주었던 장치에 모든 사람이 가입할 수 있게 되었다면 이제 더 이상 그 어떤 차별화의 특권도 없어지는 것 아닌가?

그럴지도 모른다. 아니, 그렇게 되어야만 가치가 발생한다. 이제 가치는 소수 그룹 내의 제한된 인맥과 사교가 문제가 아니다. 이제 사람들은 페이스북이라는 소셜 네트워크를 통해 자기 주변의 사람들과 그룹을 만들고 인터넷으로 연락을 주고받으며 교제를 한다. 그렇다면 도대체 무엇이 일어난 것인가? 새로운 소셜 네트워크 '상품'이 나온 것일 뿐이다. 그것이 새로운 것은 그것이 진정으로 새로워서가 아니라 새로운 상품으로 출시되기 때문이다.

페이스북은 물론 잃어 버렸던 사람을 찾아 주기도 하고, 새로운 이들과 연결시켜 주기도 한다. 그렇다면 기존에 그러한 기능을 행사하던 사이트들은 무엇인가? 저 추억 속의 이름인 하이텔과 천리안으로부터 시작해서 '아이러브스쿨', '싸이월드'는 어떻게 된 사정인가? 다른 나라들은 차치하고 한국에서도 그런 것들이 선풍적인 인기를 끌던 시대가 있었다. 구리 전화선 모뎀을 사용하던 시절에서부터 통신기술이 발전해 사이버가 사회를 바꾸고 새로운 시대가 도래할 것처럼 호들갑을 떨던 시절도 있었다. 그리고 싸이월드의 미니홈피를 경유해 블로그와 트위터에 이른 지금 도대체 바뀐 것은 무엇일까? 휴대폰으로 개인의 의견을 사회망에 올리고 거기에 추종하는 팔로워들이 나타나고 그것을 공유하는 것이 그처럼 우리와 사회를 바꾸는 일일까? 그런 것이 없던 시절에 사람들은 어떻게 4.19에 거리를 메웠으며, 1987년 서울역에 모여들었을까? 그들은 어떻게 정치와 사회에 관한 의견을 나눌 수 있었단 말인가? 이것은 웹상의 관계와 현실(오프라인)의 관계 가운데 어떤 것이 더욱 인간적인가라는 문제가 아니며, 사이버는 리얼을 대체하지 못한다는 복고주의적인 향수만은 아니다.

네트워크의 정체는 '돈'이다. 사람이 모이면 돈이 된다. 많은 사람들을 중개하고 연결하면 그 자체로 돈이 된다. 인맥을 사회적 자본이라고 명명한 사회학자도 있다. 웹상에서의 조회수는 힘이고 권력이며 돈이다. 이때 가치란 사람들이 모인다는 것이고 이 '집합'은 곧 환금 가능성과 권력(여론)을 의미한다. 네트워크는 바로 비즈니스 그 자체다. 인터넷의 조회수를 나무랄 필요는 없다. 이미 인간이 개성이나 영혼보다 숫자로 존재하기 시작한 지는 한참 되었다. 모든 것은 '돈'과 환금 가능성으로 가치 평가된다. 개성은 오로지 자본 하에서 자본과 소비 속에서만 표출되는 것이 되었고, 존재는 소비, 상품 속에서만 가치를 가지게 되었다.

인터넷의 척도는 오로지 상호 척도이다. 그것의 가치가 외재적이거나 어떤 초월적인 것에 의존하는 것이 아니라 그들 스스로의 관심도, 그리하여 사람들이 몰리면 그것에 가치가 부여되는 그런 구조다. 그것이 좋은 것이며 그것이 대중사회, 민주사회, 평등사회의 모델이고, 그것에 엄호사격을 가하는 담론들도 적지 않다. 그런데 많은 이들에게 자신들의 '빠져 있음'의 상태로부터 구원해 줄 모델은 어디에 있는가? 사람들은 이미 그런 것을 필요로 하지 않는다. 모든 것이 즐거우면 그만이다.

인터넷은 좁다. 시공간적인 면에서 대단히 협소하다. 사람들은 인터넷이 시공간의 제약을 초월했다고 말하지만 거꾸로 시공간의 제약이 극복되면서 그곳은 시간의 회기도 짧고, 순간적이고 무책임하다. 또한 그 공간은 대단히 균질적이다. 누군가는 근대성이 공간을 균질화시켰다고 말하지만, 인터넷만큼 동질적이고 균질적인 공간도 드물다. 거기는 히말라야나 몽골의 대초원 같은 그 공간-장소에서만 느낄 수 있는 분위기와 특색 따위는 이미지의 배경 화면으로만 존재할 뿐이다. 그 환경이 인공적인 환경이기 때문이다.

개인휴대용통신장치(이른바 휴대폰)로 인터넷을 사용하고 여러 기능들을 사용한다 한들 도대체 달라진 것은 무엇이란 말인가? 사람들을 연결해 준다는 것은 우편과 전화와 하등 다를 바가 없다. 그것들이 막강한 영향력을 행사하는 것은 그것이 새로운 상품이고 새로운 트렌드를 만들어 내서 그것 없이는 살 수 없는 것처럼 만들어 버린다는데 있다. 스마트폰이 나오고 태블릿 PC가 나온다고 해서 우리 삶이 변하는 것은 별로 없어 보인다. 그것이 바로 소셜 네트워크가 우리의 영혼을 담지하지 못한다는 것이다. 그것은 사람들이 또 하나의 새로운 필드에서 똑같은 삶을 펼쳐내는 하나의 도구-장치에 불과하다. 그러나 사람들은 그것을 사용해야만 한다. 왜냐하면 사회란 본디 그런 것이기 때문이다. 새로운 기술과 새로운 장치, 새로운 상품이 계속해서 나타나지 않으면 자본주의 사회는 그 심장 박동을 멈출 것이기 때문이다. 좋다. 자본주의 사회가 그렇게 돌아가야만 한다면 좋다. 그러나 그러한 변화 속에서 우리가 잃어버리게 되는 것은 무엇인가 라고 누군가는 물어야만 하는 것은 아닐까?

2부: 나와 너

사람이 '시'보다 아름다워
—시

1. 아름다움이 머무는 장소

이창동의 영화는 아름다운가? 만일 아름답게 느껴진다면 그때의 아름다움은 일반적으로 이해되는 그런 종류의 아름다움, 표피적이고 즉각적인 종류의 아름다움은 아닐 것이다. 그의 영화는 결코 미담(美談)이 아니며, 아름답게 꾸며지고 포장된 배경이나 사람들의 모습도 등장하지 않는다. 그와 반대로 소외되고 피폐한 처지의 사람들, 파괴된 영혼의 모습들, 추하고 지리멸렬한 삶의 모습이 장면으로 등장한다. 〈초록물고기〉, 〈박하사탕〉, 〈오아시스〉, 〈밀양〉에서도 한 개인을 처절한 죽음이나 절망으로 몰고 가는 세계의 잔인한 폭력성이 그려진 바 있다. 그의 영화는 비정하고 잔혹한 세계를 바탕으로 하나의 삶을 이야기한다. 〈시〉 역시 '미자'라는 여인을 통해 한 사람의 삶을 그려 낸다.

〈시〉가 전작들에 비해 흥미로운 점은 폭력적 세계와 무력한 개인 사이에 '시'라는 장르 예술의 문제가 개입되어 있다는 것이다. 따라서 이 영화를 이해하려면 어떤 식으로든 '시'의 문제를 피해 갈 수 없다. 그럼에도 영화의 서사적 전개에 '시'가 차지하는 비중은 절대적이지 않다. 미자가 배우는 것이 '시'가 아니라 음악이나 미술, 심지어 무용이었다고 해도 영화 주제의 층위에서 달라질 것은 없다. 그렇다면 문제가 있는 것 아닐까? 제목뿐만 아니라 시와 관련된 인물들이 등장하고, 미자는 시를 배우며, 많은 장면들이 시와 관련된 내용들로 채워져 있으니 말이다. 그러므로 우리는 이 영화에서 '시'를 단지 예술 장르의 일종으로 국한해서는 안 되며, 다른 추상적인 개념, '시'와 관련된 어떤 개념을 염두에 두어야만 한다. 그것은 주체와 대상, 삶과 시를 연결해 주는 문제들, 아름다움과 진실, 윤리의 문제, 즉 진 · 선 · 미의 문제다.

아름다움은 어디에 있는가? 우리가 대상을 통해 아름다움을 발견할 때 그 대상 속에 아름다움이 있는 것일까? 우리가 인식하지 못하더라도 아름다운 것은 그 자체로 아름다운 것인가, 아니면 그것을 인지하는 주체의 내면 속에 있는 것인가? 흔히 후자라고 생각되곤 한다. 하지만 대상 자체가 아름다움을 개시(Erschließen)하지 않는다면 인간은 아름다움 자체를 인지하지 못할 것이라는 의견도 있다. 그러므로 아름다움은 주체와 대상 간의 관계 맺음 그 어딘가에 있을 것이다. 아름다움은 대상에 있는 것만이 아니며, 객관적으로 무연한 사물을 주체가 아름답다고 인식하는 것도 아니다. 아름다움은 그 둘의 특수한 관계 양상에 있으며 거기서 발생한다. 주체와 대상 간의 마주침. 그렇지 않았다면 주체와 대상을 연결하고 맺어 주며 아름다움을 개시하는 형식, 즉 예술이라는 관계 맺음의 형식이 인간에게는 전혀 필요치 않았을 것이다.

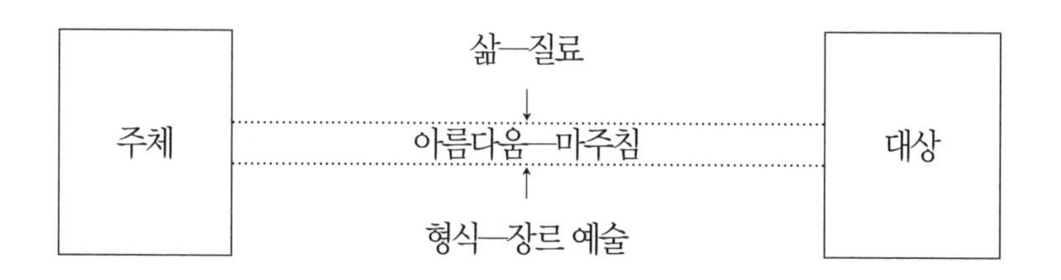

이처럼 생각할 때, 주체와 대상의 마주침에 또 다른 두 가지 요소가 개입한다. 주체와 대상을 둘러싼 '날것 그 자체'로서의 삶(사회, 인간 등)이 하나요, 또 다른 하나는 삶을 형상화하는 방식이다. 인간의 창작 행위로 탄생하는 예술 작품의 경우는 말할 것도 없거니와, '꽃'이라는 자연적 대상을 예로 들어도 마찬가지다. 인간은 자연적 대상을 '자연 그 자체'로 경험할 수 없다. 자연을 바라보는 특정한 방식의 미감적 양식이 아니고서는 그것을 아름다움으로 인식해 낼 수 없다. 그 방식은 종종 아주 개인적인 것(취향)으로 생각되지만 미감의 양식을 만들어 내는 특정한 기제들 속에서 형성된 것이다. 미적인 것은 미감이 생성되고 향유되는 사회적 맥락에 의존한다. 그 형성에 관여하는 요소들이나 기제들이 다양하고 복합적이기 때문에 좀처럼 명확하게 언급하기는 힘들지만, 그것이 없다면 아름다움은 인지되거나 인식될 수 없다. 아름다움을 인식하는데 훈련이 필요하다는 말이 이와 동떨어진 것은 아니다.

그러므로 꽃을 볼 때 그 꽃의 아름다움은 꽃 자체에 있는 것도 아니며 그 꽃을 바라보는 자의 심리에 있는 것도 아니다. 아름다움이란 정서적인 영역이나 심미적인 체험으로 경험되기 때문에 자칫 아름다움이 주체의 내면이나 심리에 있다고 생각하기 쉽다. 그러나 주체는 아름다움을 감지하고 느끼며, 특별한 정동을 경험하는 것일 뿐이지 아름다움 자체가 그의 마음속에 있는 것은 아니다. 그것에의 경험, 정서가 아름다움 그 자체일 수는 없다. '미적인 것'과 '미적인 것에 대한 경험'은 구별되어야 한다. 어떤 추악한 사람이 아름다움을 경험한다고 해서 그 사람 자체가 아름다움이라고 말할 수 없는 것과 같다. 그가 아름다움을 경험한 것은 대상을 통해 무엇인가 그의 내면에 촉발된 것이다. 주체의 내면에 미가 현전했지만 그것 자체가 아름다움은 아니다. 그랬다면 아름다움 자체는 언제나 주체의 심리가 될 뿐이다. 프루스트는 모든 것이 내면에 있을 뿐이라고 말했지만 그 말은 대상보다 주체의 역능을 강조한 말이지 아름다움 자체가 실체적으로 내면에 거주한다는 말이 아니다. 심리는 외부의 자극이나 사유의 대상이 없이는 스스로 움직일 수도 없고, 현전하지도 못한다. 따라서 주체와 대상의 특수한 관계 맺음(마주침)에서 아름다움이 발생한다고 말해야 한다. 그곳이 미가 탄생하며, 아름다움이 머무는 장소다.

이때 재료로서의 인간 삶과 그것을 형상화하는 형식 사이에 또 다른 요소가 개입한다. 맥락을 제거하고서 아름다움은 그 자체로 현현할 수 없다. 아름다움을 아름다움으로 인지하도록 만드는 어떤 다른 요소나 맥락들이 필요하다. 아름다움이 발생할 때 의존하는 연관적 요소는 진과 선이다. 진실, 그리고 선함-윤리적인 것이 있어야만 아름다움이 발생할 수 있다. 우리가 아름다움을 인지해 낼 때 삶이라는 질료와 그것을 형상화하는 방식들이 필요하고 거기에는 진실과 윤리라는 두 축이 이미-항상 개입해 있다.

이창동의 영화가 어떤 종류의 감동을 창안하고 그것을 전달할 수 있다면, 감추어져 있거나 습관화되어 인지하지 못했던 인간 삶의 진실을 드러내고, 그것을 통해 특정한 종류의 윤리를 제안하기 때문이다. 이러한 사실을 확인하기 위해서 영화 〈시〉와 등장인물 '미자'를 만나 보도록 하자. 삶의 진실, 삶과 맞서는 주체의 윤리, 그 두 과정 속에서 아름다움이 발생한다는 것, 그것은 이 영화에서 '시'의 문제와 연결되어 있다. 이 영화는 한 사람의 삶 속에서 아름다움의 문제를 제기하는 바, 삶의 진실과 주체의 행동-윤리를 영화의 서사 안으로 소환한다.

2. 삶의 '생얼'과 '민낯'의 윤리

영화는 비정하게 흐르는 강물과 강변에서 무심하게 놀고 있는 아이들, 강물에 떠내려온 익사체를 보여 주면서 시작한다. 이 오프닝 시퀀스의 '강물, 아이, 시체'는 영화의 전개와 주제를 압축적으로 제시한다. 강물은 불가역한 시간의 이미지를 보여 주면서, 늙음이나 병고, 인생 등 삶의 불가피성을 제기한다. 물살에 떠내려오는 시체를 무심하면서도 기이하게 바라보는 아이의 뒷모습은 사람들 사이의 거리, 인간과 인간 사이에 어쩔 수 없이 존재하기 마련인 얇은 막(inframince)을 암시한다. 교복을 입은 여중생의 시체는 이후로 전개될 서사 전체의 주제를 예고한다. 이 얼굴 없는 한 사람-소녀의 죽음과 관련되어 영화의 서사가 진행될 것이다. 그것은 기대가 아니라 도리어 알 수 없는 어떤 불안감을 안겨 준다. 하지만 우리는 이 영화의 피날레 전까지 그 시체의 얼굴을 확인할 수 없을 것이다. 그 소녀의 얼굴에 양미자의 삶을, 우리가 망각해 버린 얼굴들을 환치시킬 수 있을 때까지 우리는 이 불편한 이미지와 서사들을 따라가야만 한다.

'같은 강물에 두 번 발을 담글 수 없다.'는 아포리즘처럼 〈시〉는 인간의 힘으로 어쩔 수 없는 불가역성의 문제들을 제기한다. 실로 이 영화는 생물학적 몸을 지니고 산다는 필연성에서 오는 온갖 제약들로 포진돼 있다. 팔 저림 증세를 호소하기 위해 병원을 찾은 양미자는 치매 초기 증세인 단어 섬망증을 드러내고 "큰 병원으로 가 보라."는 예진(豫診)을 받는다. 미자가 간병인 노릇을 해 주고 있는 '김 노인'(김희라) 역시 늙고 병들어 타인의 보살핌을 받아야 하는 처지의 인물이다. 영화 도처에서 보여지는 죽음, 사고, 늙어 감, 병듦의 모습들은 불가역적 세계와 그 속에 놓인 인간의 한계들을 보여 준다. 삶이 우리에게 선사하는 조건들, 존재의 필연성과 더불어 나의 의지를 거스르는 조건들은 이 영화의 또 다른 주인공이다. 존재의 유한성, 나의 통제를 넘어서는 모든 것들, 비의지적인 것들은 삶의 조건이나 인간존재의 피구속적인 모습, 삶의 생얼을 보여 주고 있다.

그녀에게는 어떤 이유에서인지 남편이 없다. 먼저 죽었기 때문일까? 아니면 이런저런 이유로 헤어지게 된 것일까? 짐작할 수 있는 것은 미자의 "솔직한 말로 내가 팔자가 좀 셌죠."라는 대사뿐이다. 그녀는 오랫동안 딸과 떨어져 홀로 지내왔던 것으로 보인다. 미자의 딸 역시 이혼하고 아이를 엄마 미자에게 맡겨 둔 채 객지에서 힘겨운 생활을 하고 있다. 게다가 미자는 늘그막에 치매까지 발병하게 되었다. 그런데도 자신의 치매 병세보다 차라리 손자의 합의금(위자료)에 내야 하는 돈 500만 원을 마련하는 것이 더 커다란 문제다. 그녀는 돈 500만 원을 마련하거나 빌릴 수도 없는 처지다. 그것이 단적으로 그녀 삶의 형편을 보여 주는 상황이다.

그녀는 생존하기 위해서 간병인의 일을 한다. 비록 늙었지만 낯선 남자의 알몸을 씻겨 준다는 건 결코 범상한 일은 아니다. 할머니로서 홀로 손자를 돌보는 것 역시 쉬운 일이 아니다. 그런데 영화 어디서도 미자는 자신의 신세를 한탄하거나 비탄에 젖지 않는다. 그렇기는커녕 밝고 구김살이 없는 편에 가깝고 "종달새처럼 지저귀며" 옷을 예쁘게 차려 입고 다닌다. 자기 형편에 비해 옷을 예쁘게 입는 것은 그녀가 아름다움에 대한 향수와 추구를 간직하고 있다는 상징은 아닐까. 삶의 조건에 맞서는 그녀만의 방식, 아름다움을 찾는 일을 그만두지 않는 그녀의 성격을 보여 주는 것일지도 모른다. 주지하다시피 옷차림은 그런 옷차림을 하도록 만드는 주체의 의식과 감성의 총체적 표현이기 때문이다. 마치 소녀처럼 꽃을 좋아하고, 나무를 올려다보며 말을 걷고, 새소리에 즐거워하고, 차창 밖의 풍경을 바라보는 것, 그것이 그녀가 삶의 무정한 조건들을 살아 내는 방식이다.

그녀는 자기 처지를 받아들이며 삶을 긍정하는 사람이다. 딸과의 통화에서 드러나듯 병원에 "같이 올 사람이 어디 있냐."는 말을 하는 태도, "남들보다는 건강한 편이라" 다행이라는 말 속에서도 드러난다. 삶의 가혹성에 왜곡되지 않고 자신의 처지를 풀이나 꽃처럼 그저 받아들이는 모습에 가깝다. 김 노인에게 만 원짜리 한 장을 받아들고 나오면서 "많이도 주네."라고 웃으며 혼잣말하는 미자의 어조와 표정을 기억해 보라. 액수의 적음을 탓하는 비웃음도 아니고, 가외로 생긴 돈에 대한 비굴한 감읍도 아닌, 그저 호의를 기쁘게 받아들이는 미자의 태도. 간병인 일을 하고, 딸이 맡기고 간 손자를 보살피고, 시강좌에 등록하는 삶, 존재의 피구속성에 대해 자연스럽게, 가장 아름답게 받아들이는 삶의 양상. 삶에 생얼에 아무것도 포장하지 않는 맨 얼굴의 윤리다.

생의 불가역한 조건에 맞서는 미자의 방식은 긍정하고 수용하는 방식, 긍정의 체화다. 그것은 피동적인 것이 아니다. 체념이나 자기 포기가 아니라, 생을 조용히 긍정하는 것, 일종의 '운명애(Amor fati)'다. 어쩔 수 없어서, 불가피하기 때문에 감내하는 수동주의가 아니며 그렇다고 견인주의도 아니다. 그런 의식조차 없이 그저 조용하고 자연스럽게 삶을 건너는 것, 그런 삶에 대한 언어적 명명이나 규정은 그녀의 삶에 필적할 수 없다. 오히려 언어가 구구해질 뿐이다.

삶의 불가항력 가운데 가장 심각한 부분을 차지하는 것은 타인의 문제다. 강물에 떠내려온 시체를 바라보는 시선, 등록 마감 이후에 찾아온 이 할머니를 어쩌지 하는 표정, 단어가 생각나지 않아 행선지를 대지 못하고 쩔쩔매는 미자를 백미러로 힐끗 쳐다보는 그 모든 몰이

해의 표정은 타자와의 '거리'다. 나무를 '잘 보기 위해' 나무를 보는 미자를 지나치는 할머니, 타인에게서 정보를 빼내려는 기자, 알츠하이머라는 선고를 담담히 내리는 의사 등이 그러한 타인과의 거리를 드러내 준다. 미자와 손자 '종욱'은 좁은 아파트 안에서도 늘 비껴 앉거나 등을 돌리고 있는데 단순한 무관심이나 소통 부재의 차원이 아니라 개체 간의 존재적 단절감을 상징적으로 보여 주는 장면들이다.

삶(의 조건)은 내 힘과 의지로 어쩔 수 없는 것이지만 '나'는 받아들임의 양식을 통해서 그것을 수용할 수 있으며 그것과 맞설 수도 있다. 그러나 사람들, 타인들에 대해서는 그럴 수 없다. 그들은 자의적으로 움직이며, 이미 나의 일부로서, 나와 긴밀하고 깊이 엮여 있다. 간병일을 마치고 샤워를 하며 울고 있는 미자, 그 순간에도 욕실 문에 기대어 타인의 샤워하는 물소리를 듣는 김 노인, 그것은 타자의 진실을 알지 못하는 타인의 형상이자, 타자를 통해서 자신을 확인할 수밖에 없는 주체의 한계나 슬픔이다. 타인은 언제나 지옥이다(사르트르). 김 노인이 마지막으로 한 번만이라도 남자구실을 하고 싶다고 미자에게 매달리는 것은 타인을 통해 자신을 확인할 수밖에 없는, 결국 나는 타자를 통해서만 존립 가능하다는 것을 말해 주는 장면이다. 이처럼 나는 '나'가 아니라 '나는 너'이거나 '너는 나' 혹은 '나는 너를 통해서만 나'인 것이 또 하나의 인간조건이다. 상호의존적일 수밖에 없는 인간의 운명.

시간 속에서 늙고 병들어 소멸할 운명, 신체적인 질병이나 엄습하는 사고와 같은 생의 가혹성에 노출된 인간존재의 한계성은 타자의 문제에 비하면 아무것도 아니다. 타자의 문제, 그것은 내가 처치해 버릴 수 없는 문제이며 단지 수용한다고 해서 끝날 문제도 아니다. 미자에게 자신의 알츠하이머 병보다 500만 원이 더 큰 문제로 등장하는 것도 그것이 타인과 관련된 문제이기 때문일 것이다. 그리하여 타인의 삶은 나의 삶에 대한 제한일 수밖에 없다. 가장 가까운 사람들일수록 나의 삶을 가장 많이 제한한다. 사소한 불편 정도의 제한이 아니라 인간으로서 살아가는 일에 따르는, 힘들더라도 피할 수 없는 주요 조건으로서의 제한이다.

미자는 병원에서 나오는 길에 딸을 잃고 넋이 나간 엄마의 모습을 목도한다. 소녀의 엄마를 바라보는 사람들의 시선은 무관심도 아니고, 그렇다고 남의 불행을 가십거리로 삼는 저속한 관심도 아니다. 그런 것을 '관심의 무관심'이라고 할 수 있을까? 눈앞에 벌어진 사건-풍경을 보기는 하지만 그 안으로는 걸어 들어가지 않는 태도다. 그것은 타인의 불행을 저만큼 떨어져서 바라보는 사람들의 거리와 몸짓, 구경꾼들을 헤치고 경적을 울리며 지나가는 택시 등에서 아주 미묘하게 드러난다. 미자는 도착한 간병인의 집 1층 수퍼에서 죽은 소녀에 대해 묻지만 사람들은 미자의 질문과 발화 자체를 아예 듣지도 못한다. 그러나 미자는 한 소녀의 죽음, 소녀 엄마의 절망이나 상실감에 대해 관심을 갖는다. 저녁때 손자 '종욱'에게 "어떤 애인지, 왜 자살했는지, 앞길이 구만리 같은 애가 왜 그랬는지?" 궁금해하며 묻는다. 비록 돌아온 것은 "나 걔 잘 몰라요."라는 대답뿐이었지만, 이것은 타인의 삶과 사연에 깊이 동감하는 관심이고, 미자가 다른 인물들과 구별되는 지점이다.

미자가 갖는 타자의 죽음에 대한 관심은 망각과 기억의 윤리로 연결된다. 기억하는 것은 고통이고 망각은 편리하다. 망각할 수 있는 것도 일종의 힘이며, 새로운 삶을 창안하기 위해서는 과거를 잊어야 하지만, 자신의 생존을 위해서, 보다 편리하고 가벼운 삶을 위한 망각이 비윤리적일 수 있다는 것을 영화는 미자를 통해 보여 준다. 사실, 이 영화에서 소녀의 죽음을 기억하고 애도하는 사람은 거의 없다. 소녀를 추도하는 천주교회의 위령미사가 있기는 하지만 그녀는 거기에 잠깐밖에는 앉아 있지 못한다. 자신의 미사 참석이 손자의 행위가 드러나게 만드는 행동이 될까 우려했기 때문일까? 아니면 자살까지 도달해야만 했던 소녀의 심정이 너무도 가슴에 와닿아 그 자리에 앉아 있을 수 없었기 때문이었을까? 미자는 소녀의 죽음, 소녀가 겪었을 그 고통에 공감하기 시작하지만 이와 대조적으로 사람들은 소녀의 죽음을 진지하게 대하지도 않고, 소녀를 추모하지도, 기억하지도 않는다. 소녀 희진을 죽음으로 몰아간 소년들의 부모들, 학교의 선생들, 경찰들이나 기자, 심지어 희진의 엄마조차도 그녀를 애도하지 않는다. 자기 딸의 죽음의 원인을 알면서도 경찰에 신고하지 않은 것은 그 아이들을 용서해 주었기 때문인 것으로는 보이지 않는다. 어차피 돌이킬 수 없는 딸의 죽음에 위자료라도 챙기는 편이 낫다는 계산에서였을까? 그녀는 결국 딸의 죽음을 팔아먹은 것인지도 모른다. 희진의 죽음을 단지 수습과 타협의 테이블로 끌어들이는 냉담한 교감, 학부모, 기자 등과 그녀의 엄마가 크게 다르지 않다는 것이 드러난다. 미자가 학부모들과 희진의 엄마가 함께 앉아 있는 모습을 보고 놀라 자리를 떠나는 것도 희진의 엄마까지 합세한 담합에 경악하기 때문일 것이다.

반면 미자는 학부모들에 떠밀려 희진의 엄마와 협상에 나서게 되지만 자기 임무는 잊어버린 채 날씨, 경치에 대한 찬탄이나 이런저런 다른 이야기만 나누다가 돌아온다. 알츠하이머 증세 때문에 일어난 순간적인 망각이었던 것 같다. 하지만 어쩌면 소녀의 죽음을 수습과 타협으로 다루어야만 하는 상황을 피하려는 무의지적 의지는 아니었을까? 거기서도 미자는 새소리를 듣고 즐거워하며, 경치에 찬탄하고, 떨어진 살구를 보며 "살구는 스스로 땅에 몸을 던진다. 깨여지고 발핀다 다음 생을 위해"라고 메모한다. 그것은 자신의 운명에 대한 예감이자, 짓밟힌 소녀의 진실을 시상으로 포착한 것이리라.

미자와 대조되는 모습을 극명하게 보여 주는 이들은 소녀를 죽음으로 내몰았던 아이들의 부모들이다. 그들이 희진이의 자살 문제를 상의하고 처리하는 방식이야말로 무시무시하고 잔인하다. 그들은 침울한 낯빛으로 건배하고는 "절대적으로 행동 통일해야죠."라면서 사태 수습을 위한 일치단합에 결의한다. 그 자리를 견디지 못하고 미자는 음식점 앞뜰로 나가 꽃을 바라본다. 끔찍하고도 충격적인 사실-삶의 얼굴 앞에서 꽃을 바라보며 그것을 '방패'로 삼으려는 미자는 그들에게 "개념 없는 할머니"일 뿐이다. 맨드라미를 바라보며 방패라는 꽃말을 떠올리는 장면은 그녀가 아름다움의 세계를 방패 삼아 끔찍한 현실을 견뎌 왔다는 것을 암시한다. 학부모들에게도 방패가 있다면 타인의 진실을 무심하게 수습하고 처리하는 냉혹함일 것이다. 아이의 죽음을 학교가 시끄러워지지 않도록 쉬쉬하며 은밀히 무마하려는 학교 선생들도 마찬가지다. 동급 여학생을 집단 성폭행하여 자살하게 만들어 놓고서도 TV의 오락프로그램을 보면서 히죽거리며 밥투정이나 일삼는 미자의 외손자 또한 그런 얼굴들 가운데 하나다. 그러나 손자 '종욱'이 집 앞에 나가 어린아이들과 훌라후프를 돌리며 즐거워하는 모습에서 그 아이 역시 그저 천진난만한 청소년에 지나지 않음을 알게 된다. 그처럼 천진한 얼굴과 끔찍한 악마의 얼굴이 한 사람에게서 병존한다는 것, 그것처럼 무심하면서도 무서운 타자의 얼굴을 보여 주는 장면도 드물 것이다.

시인 김용탁은 시를 쓰기 위해서는 잘 보는 것이 중요하다고 말하며, 사과를 다시, 깊이 봐야만 한다고 가르친다. 이것은 삶 속에서 마주치는 대상을 그저 먹을-거리로만 여기지 말고 깊은 관심을 가지고 감정적 전이를 하라는 말일 것이며, 이때 '잘 보아야 한다.'는 것은 아마 대상과의 소통이고 교감이며 타인-되기일 것이다. 그의 말처럼 "정말 알고 싶어서, 관심을 갖고, 이해하고 싶어서, 대화하고 싶어서 보는 것이 진짜로 보는 것"이라면 미자야말로 이미 그렇게 살고 있는 사람이다. 그날 저녁, 미자는 사과를 보면서 이런저런 생각을 해 보다가 "사과는 역시 보는 것보단 깎아 먹는 거야."라고 말하지만 그녀는 사람들의 삶과 처지에 대해 감응하며 사는 사람이었다. 심지어 그녀는 대상을 '보는' 정도가 아니라 자신이 보는 대상(소녀) 그 자체가 되어 간다. 미자가 몰랐던 것은 시라는 장르 형식에 맞추어 시를 짓는 법, 시작(詩作)의 스킬이었지 시를 쓸 수 있는 삶의 자세, 타인의 진실에 감응하는 태도는 그녀의 삶 속에서 이미 자연스럽게 이루어지고 있었다.

시 수강생들의 '삶의 가장 아름다웠던 순간'이라는 고백의 장면들을 떠올려 보자. 그들이 마주친 삶의 아름다움은 객관적인 것이 아닐 뿐만 아니라 특수한 처지나 상황과 결부되어 있다. 반지하방에서 20년을 살다가 임대아파트에 입주하여 방에 드러누웠을 때(가난한 삶 속에서) 아름다움을 경험했다는 사람, 운명 같은 불륜관계 속에서 아름다움을 경험했다는 사람, 출산의 통고와 희열, (탄생이라는 신비한 사건) 속에서, 돌아가신 할머니를 그리워하는 순간이나, 성당 앞마당에 돋아난 나뭇잎을 만지며 자기의 늙어 감을 발견한다는 사람들의 모습에서 아름다움은 삶의 불가역한 조건들과 상실이나 부재, 슬픔의 정서와 더불어 현현하는 것을 발견할 수 있다. 즉 아름다움은 그 자체로 존재하는 것이 아니라 삶 속에서, 고단한 삶의 진실을 살아 내는 주체의 경험, 삶과 주체의 조우에 숨겨져 있는 것이다. 그것들과 함께가 아니라면 아름다움은 그 자체로 존립할 수 없다. 이러한 삶의 불가역성에 맞서는 미자의 방식이 '시 쓰기'인데, 중요한 건 시창작이 아니라 삶을 아름다움의 형식으로 포착하고 완성해 내려는 의지다. 날것이자 무정형의 삶, 개인의 의지를 압도하고 무차별적으로 습격하는 조건들을 아름다움의 형식으로 표출하려는 것. 거기에는 '타인-되기'라는 방법이 절대적으로 요구된다. 그것은 시를 쓰는 방법이기 이전에 삶을 시처럼 사는 자세이며, 단지 시를 읽거나 쓰는 것만이 아니라 시가 삶이고, 삶이 시인 그런 방법이다.

3. 타인의 얼굴-되기

미자는 소녀의 죽음에 대해, 그 아이가 죽음을 선택할 수밖에 없었을 내면적인 고통에 감응한다. 한 소녀의 죽음에 대해 관심을 가지고, 소녀의 죽음을 기억하고 애도하면서 점점 그 소녀의 고통과 내면에 심리적 동일화를 일으킨다. 그럴 때, 미자는 도저히 소녀의 절망과 고독, 죽음을 묵과할 수 없었고, 학부모들처럼 그렇게 '처리'해 버릴 수 없었다. 그녀는 희진이 성폭행을 당했다는 학교 과학실에 가 본다. 학교 운동장에서 시상 노트에 "새들의 노랫소리 무엇을 노래하나"라고 쓴다. 아마 우리는 새들이 무엇을 노래하는지 절대 알 수 없을 것이다. 우리는 타자의 진실을 알지 못한다. 소녀의 고통과 절망, 타인의 숨겨진 진실에 대해 쉽게 다가설 수 없다. 하지만 미자는 소녀에게 점점 더 가까이 다가가며, 그녀의 삶과 고통 속으로 공명해 들어간다.

그 말은 미자가 타인의 고통에 대한 상상력이 풍부하다는 뜻이며, 시를 쓸 수 있는 기질이란 이와 멀지 않다. 이것은 고통받고 있는 타자의 얼굴을 발견하는 능력과 시 쓰기가 별개의 것이 아님을 말해 준다. 모든 상황을 고려할 때, 미자가 '고통받는 타자'에 예민한 사람이라는 것을 의심하긴 어렵다. 소녀가 몸을 던진 강가에 가서 앉아 있다가 김 노인에게로 가 그를 위해 정사를 치러 주는 것도 그녀가 타자의 처절한 진실을 더욱 깊이 이해하기 시작했기 때문일 것이다. 나아가 그에게 거침없이 500만 원을 달라고 요구했던 것은 김 노인이 500만 원을 줄 수 있는 형편의 사람이기도 했고, 그 외에는 다른 방도가 없기도 했지만 '당신도 타자의 절실함에 대해 공감할 줄 알라.'는 어떤 절규였을지도 모른다. 타인들의 화목한 가족 회합을 뚫고 들어가 시상 노트에 "오백만 원만 주세요."라고 꾹꾹 눌러쓴 그 절규야말로 미자의 시였다.

미자는 점점 소녀가 되어 간다. 그녀가 '박 경사'의 음담패설을 정색하며 싫어하는 것은 마치 사춘기 소녀가 질펀한 농담을 싫어하는 모습과 닮아 있다. 어린 소녀가 타인들의 폭력 속에서 홀로 고립되어 겪어야 했을 그 고통의 시간들은 영화 내내 미자가 감당해야만 하는 삶의 가혹성이나 타인들의 폭력과 오버랩된다. 미자가 겪고 견디어 내는 그 삶의 조건들과 소녀 희진의 고립감이나 고통은 본질적으로 전혀 다를 바 없다. 그 소녀가 감당하기 힘들었던 폭력은 모든 이들이 그렇듯 아름다움을 추구하고, 아름답게 살려는 사람이 만나게 되는 문제들이다. 그녀가 맞부닥친 세계와 타자는 한 밥상에서 태연히 밥을 먹고 있는, 피붙이로서의 손자, 타자로서의 손자다. 미자가 손자의 위자료 500만 원을 마련한 것은 할머니로서의 몫이었고, 손자를 경찰에 고발한 것은 한 사람을 죽음으로 몰고 간 타인의 잔인한 폭력을 묵과할 수 없는 한 인간으로서 행위한 것이었다. 진실된 삶에는 그것을 쉽사리 허용하지 않는 세계의 폭력성과 딜레마가 나타나고 그것과 부닥칠 수밖에 없다. 영화는 그러한 마주침에서 스스로 생을 마감할 수밖에 없었던 양미자의 삶을 보여 준다.

희진의 죽음이 타살적 자살이듯 미자의 자살 역시 타살적인 성격을 가진다. 한 소녀를 돌아가며 성폭행하고, 그 사람의 고통에 무심했던 타인이나 양미자의 삶에 무심한 사람들의 모습은 서로 구별되지 않는다. 양미자가 당한 것이 성폭행은 아니었지만 어떤 형태와 방식이든 그것이 결국 '폭력'이라는 점에서는 다를 바 없다. 그 폭력이 타인의 진실에 둔감할 수밖에 없는 인간들 사이에서 발생하게 마련인 것이라고 해서 그 치명성이 줄어드는 것도 아니며 정당화될 수 있는 것도 아니다. 영화 속에서 양미자에게 가해지는 폭력은 명확하게 잘못된 일이라고 꼬집어 말하기 어려운 폭력들이고, 그만큼 우리 일상에서 전방위적으로 일어나는 폭력이다. 그리고 영화 내내 보여지는 사람들의 심드렁한 표정, 이는 곧 우리들의 얼굴이다. 반면 그 소녀의 얼굴, 그것은 아주 오래전 우리의 얼굴이었거나 우리가 되찾아야 하는 얼굴, 어쩌면 지금 내가 잊고 있는 내 얼굴이다. 그 얼굴은 또한 누군가의 죽음을 망각한 채, TV를 보며 히죽거리고, 밥투정을 하며 카레를 먹는 우리들의 안면이다.

익사한 여성의 시체는 원래 상체가 위로 향하는 법이지만 영화에서 희진의 익사체는 뒤집혀 발견된다. 거기서 우리는 시체의 얼굴을 확인하지 못한다. 이는 '희진'이 곧 양미자라는 것을 추론케 한다. 더 나아가 얼굴 없는 시체, 우리가 채워 넣어야 할 얼굴들, 우리가 발견해야 하는 얼굴들이라는 뜻이기도 하다. 영화 속에서 보여 주는 그 현실의 일부를 구성하고 있는 우리들이 죽게 내버려 둔 것은 단지 소녀가 아니라 아름다움을 추구하려는 어떤 삶의 의지는 아니었을까? 영화의 마지막, 미자의 얼굴 대신 보여 주는 소녀의 얼굴은 미자의 얼굴이었고, 타자의 고통에 공명하고 그것과 감응하는 마음, 타인의 삶과 고통 안으로 걸어 들어가는 마음, 삶 자체가 시처럼 아름다운 얼굴이다.

미자가 소녀의 집에 있는 사진 속에서 발견한 것은 자기 손자가 죽게 한 그 소녀의 얼굴이 아니다. 그 얼굴은 이미 위령미사 때 성당 문 입구에 놓인 사진 속에서 확인한 바 있다. 희진의 오래된 사진, 꽃 앞에서 웃고 있는 소녀의 사진 속에서 발견하는 것은 미자 자신의 얼굴이다. 그것은 삶에 의해서 잃어버린 얼굴이지만 동시에 타인의 삶 속에서 구현되어야 하는 나의 얼굴이다. 여기서 희진과 미자의 삶은 상호 침투하고, 얼굴은 치환된다. 그 얼굴은 평범한 우리의 얼굴이며, 우리가 시간 속에서 잃어버린 얼굴이다. 그것은 고통받고 있는, 내가 잊어버린 내 얼굴이다. 생존하기 위해서, 살아남기 위해서 타협하고 망각해 버린 나의 삶, 얼굴. 이것을 찾는 형식이 시다. 따라서 그 얼굴을 구현할 때 아름다움은 시에만 있는 것이 아니라 사람에게서도 발견될 수 있다. 한 사람이 아름다울 수 있는 것은 바로 그의 진실, 윤리성, 그것이 아름다움과 상호 순환될 때 가능해진다. 그래서 '시'는 이러한 타인의 얼굴과 내 삶을 하나로 연결해 주며 진실된 삶과 윤리적 태도의 문제를 미적으로 제기한다.

마지막 장면에서 희진-미자의 시선으로 바라보는 풍경은 '나'를 밀어내는 세상, 그럼에도 아름다운 세상이었다. 버스 안에서 창밖을 보여 주는 화면은 희진-미자의 시선이면서도 관객이 그들의 눈을 통해 보는 세상이기도 하다. 여기서 그녀들의 시선과 관객의 시선은 일치되고 동일화가 일어난다. 슬프고도 아름다운 세상의 마지막 풍경. 버스 차창 밖으로 보이는 세계의 풍경은 고즈넉하고 아름답지만 변함없이 무심하며 견고한 세상의 풍경이다. 그것이 희진-미자가 바라본 세상의 마지막 풍경이었을 것이고 우리 또한 거주하고 있는 세계의 풍경이다.

양미자의 죽음이 가혹한 삶의 조건들에 의한 패배일 수 있다면 그건 분명 아름다운 패배이리라. 그녀의 삶이 화려하지도 않고 슬픔을 자아낸다고 하더라도 그것이 아름답지 않은 것은 아니다. 시강좌의 수강생들이 고백하듯이 극도의 슬픔 속에서도 아름다움은 있을 것이겠기 때문이다. 눈을 감고, 외면하고 싶은 인간존재-삶의 처절한 불가역적 진실들, 거기에 맞서는 미자의 행동이 아니라면 우리가 이 영화에 감동을 느끼는 이유는 도대체 어디에 있다는 말인가? 진실과 윤리를 보여 주는 또 하나의 미적 양식으로서의 영화는 그런 종류의 아름다움을 우리에게 보여 주고 우리 마음속에 미와 감동을 현현시킨다. 이때 아름다움은 영화에 있는 것도 아니고 우리 안에 있는 것도 아니다. 영화와 우리의 마주침, 영화를 보면서 타인의 진실을 이해하고 공감하는 순간, 그것을 해석학적으로 수용할 때 발생한다.

4. 삶의 제단 앞에 선 미의 사제들

그런데 그녀는 왜 갑자기 '시'를 배울 마음을 먹었을까? 그저 우연히 시강좌의 포스터를 보게 되었고, 고작 50년 전 선생님이 하신 말씀 때문이라고 한다. 하지만 그녀의 시강좌 참석의 이유가 과거, 어린 시절 선생님의 한 마디 말과 연결되어 있다는 것은 앞서 언급한 삶-시간의 불가역성이나 기억의 문제를 상기시킨다. 미자가 '내 생애 가장 아름다웠던 순간'이라는 주제에 관해 말하는 어린 시절의 일화 역시 '돌이킬 수 없는 과거'와 결부되어 있다. 따라서 그녀의 시 쓰기는 삶의 불가역성에 맞서 생을 긍정하고 아름답게 재인식하기 위해서다. 그녀가 자신의 시 쓰기 동기를 어린 시절과 연관짓는 것은 돌이킬 수 없는 시간-삶을 시라는 장르 예술, 아름다움을 추구하도록 허용하는 미학적 형식을 통해 완성하려는 욕구 때문이다.

이를 다른 말로 하자면 아름다움에 대한 갈구라 할 수 있다. 인간은 누구나 아름다움을 경험한 바 있으며, 지금도 경험하고 있고, 그것을 아름다움으로 느낄 줄 안다. 아름다움은 주관적인 것이지만 거기 보편성이 없지 않다. 하지만 아름다움은 거저 얻어지지 않는다. 김용탁의 말처럼 "찾아가서 빌어야 한다."는 그것은 우리 삶에 너무도 가까이, 심지어 설거지통에도 담겨 있기 때문에 그것을 다시금 발견해 낼 수 있는 눈-의지를 필요로 한다. 말하자면 아름다움을 아름다움으로 재인식해 내는 일이 필요하다. 그것이 사람들이 시를 쓰려는 이유고, 시-쓰기를 통해서 아름다움을 발견하고 느끼며 그것을 나누려는 이유다. 그런데 시-쓰기의 영토, 아름다움을 추구하는 삶을 살려는 영역에서조차도 무심하고 낯선 타인들이 있다. 그들은 다름 아닌 시인들이다.

시사랑 회원들과의 뒷풀이 자리에서 만나는 '김용탁(김용택)' 시인과 후배 '황명승(황병승)'과의 합석 자리에서 시를 쓰는 전문가인 시인들과 시를 쓰려는 양미자 간의 대조가 드러난다. 시강좌의 선생 '김용탁'은 후배 '황명승'에 대해서 감성이 뛰어난 시인이며 파격적인 시를 쓰는 시인이라고 소개한다. 그러면서 그가 썼다는 "죽은 지 한 달이 된 고양이 같은 하늘빛"이라는 구절을 극찬한다. 시는 지시하려는 것과 지시되는 것 사이의 결합을 통해 신선한 충격을 유발하고 거기서 의미나 아름다움을 창안하는 양식이다. 실제 현실에서 죽은 지 한 달 된 고양이의 시체는 그저 구더기가 들끓다가 끔찍한 악취와 혐오스러운 형해로 일그러져 역겨움을 불러일으키는 오물에 지나지 않을 것이다. 그러므로 황명승의 구절은 일종의 '사이비 진술(pseudo-statement)'이다. 그러나 이것이 시적 진술이 되는 순간, 그것은 사실성의 차원을 뛰어넘어 언어적 낯설게 하기를 통해 감성적 충격을 유발한다. 그것은 읽는 이들에게 아름다움으로 경험될 수 있다. 그런데 왜 이 비유, 두 대상의 폭력적 결합은 아름다움으로 경험되는가? 새로운 시선으로 사물의 진실을 캐냈고 그것을 언어적으로 포착했기 때문에? 아니다. 사물과 일상에 숨겨진 관계를 그처럼 보아 낼 수 있었던 주체의 절실함, 그렇게까지 바라볼 수 있었던, 어떤 경계에까지 내려가야만 했었던 주체의 삶과 진실에 시구절을 통해서 우리가 감응하기 때문이다. 언어적 충격이나 의미의 확장은 그다음의 일이다. 아름다움은 시구절을 통해 발견하게 되는 주체의 간절한 진실과 그렇게 살아 낸 흔적을 우리가 감지하고 그것을 수용할 수 있을 때에만 아름다움으로 경험되는 것이다. 만일 그런 연결이 설익은 포즈에 그치거나 절실함과 진정성을 보유하지 못할 때 그러한 구절은 정말 '사이비 진술'로 전락하고 말 것이다.

양미자는 시를 쓰고 싶어 하면서도 어찌된 일인지 황명승이나 황명승의 시구절에는 전혀 관심을 보이지 않는다. 그녀는 그 말에 주목하지 않고 곧바로 김용탁에게 "선생님, 시를 어떻게 하면 쓸 수 있어요?"라고 물으며, 시 쓰기가 너무 어렵다고 토로한다. 그녀는 시창작법을, 시를 창조하는 어떤 '비결'을 묻고 있는가? 아니다. 그녀는 자기 삶에서 발견한 어떤 감정과 그것을 언어적으로 표현하는 것 사이의 간극에 대해 질문하고 있다. 자신이 직접 경험하고 느낀 것과 그것을 시적으로 언어화하는 것 사이의 '괴리'가 발생시키는 곤혹스러움에 대해 토로하는 것이다. 양미자는 얼마나 멋진 구절이 완성되었는가가 아니라 그것이 자신의 삶과 가슴으로부터 나온 것이냐를 문제삼고 있다. 그래서 양미자에게 시 쓰기란 쉽지 않다. 양미자가 시 쓰기를 어려워하는 것은 자기의 마음속에 정말로 들어온 것, 현현한 것만을 시로 쓰려고 했기 때문이다. 그녀는 "누구나 가슴속에 시를 품고 있다는 것"을 믿으며 "가슴속에 갇혀 있는 시가 날개를 달고 날아오를 수 있기"를 기대하고 있는 듯하다. 얼마나 아름다운 구절을 창조했는가가 아니라 어떻게 그 구절을 창조자 자신의 삶과 존재로부터 길어 올릴 수 있는가만이 그녀에게는 중요했다. 문제는 이처럼 화려한 구절이 말하는 거짓 아름다움에 속지 않는 일이다. 아름다움은 시 속에(만) 있는 것이 아니며 삶과 동떨어져 홀로 생성되는 것이 아니란 점이 이 영화가 가르쳐 주는 주된 메시지다.

자기 삶과 자기 가슴으로부터 날아오르는 시 쓰기가 아니라면 그 어떤 멋진 구절도, 아무리 탁발한 시적 창조도 모두 하나의 껍데기 진술, 삶이나 자신과는 아무런 상관도 없는 말장난에 지나지 않기 때문이다. 그것은 아름다움을 찾는 시의 세계, 시적 진실의 영역에서는 차라리 '언어 모독'에 해당한다. 말을 아름답게 하고, 말을 통해 진실과 아름다움을 추구하는 일을 전문적으로 수행하는 이들이 그 누구보다 더 심각한 언어의 기술적 사용과 모독을 일삼을 수도 있다는 점이 여기서 드러난다.

양미자의 시선생 김용탁은 "더 이상 사람들은 시를 읽지도 않고 쓰지도 않게 될 테니까요."라고 진단하면서 "시가 죽어 가는 시대!"라고 한탄한다. 그러나 김용탁은 시의 죽음에 대해서 말한 것이 아니다. 그는 시의 생산과 소통의 빈곤에 대해 말한 것일 뿐이다. 시가 쓰여지지 않고, 읽혀지지 않는다고 시가 죽어 간다는 판단은 시의 생산과 소통만을 문제삼는다면 타당하다. 시의 생산량이나 유통, 소비량이 줄었다는 판단이 예전(?)에 비교할 때 적실할 수 있다. 하지만 '시사랑 회원'을 포함해 양미자에게 그런 진단은 도무지 쓸데가 없다. 이미 그 자신이 시를 쓰(려)고 하고 있고, 시를 쓰는, 아름다움을 발견하려는 삶을 살고 있는데 남들이 시를 쓰지 않거나 읽지 않아서, 그래서 시가 죽어 간다는 것이 도대체 무슨 상관이란 말인가? 시의 유통량이 줄었을 수는 있지만 사람들이 삶 속에서 아름다움을 경험하고, 시를 통해 진실을 추구하도록 허락하는 시의 세계, 아름다움의 세계는 여전히 아무런 미동도 없다.

시인들이 뛰어난 시적 창조의 방법들을 알고 있으며, 시에 대해 많이 알고 잘 가르칠 수 있을지는 몰라도 양미자와 비교해 볼 때 시에 관해 중요한 것을 잊고 있다. 비록 취중일지라도 자신을 반기는 사람들에게 벽에 기댄 채 팔을 휘젓는 것으로 인사를 대신하고, "시 같은 건 죽어도 싸!"라고 내뱉는 태도는, 먼저 시인이 된 사람으로서 시를 쓰려는 사람들 앞에서 할 소리는 아니며 더구나 시를 통해 아름다움을 추구하는 삶을 살려는 사람 앞에서 뱉어질 수는 없는 말이다. 아름다움을 쓰고 말하며 그것에 관한 일을 맡는 사람들이야말로 얼마나 아름다움으로부터 멀어질 수 있는지 보여 주는 사례다. 선배의 가르침을 조소하고 비아냥거리면서 타인의 진실에 무관심한 시인이란 이미 언어 기술자이지, 시를 쓰는 사람의 형상은 아니다.

우리는 누구나 일상에서 어떤 감정을 경험하고 때로 아름다움을 경험한다. 그것은 주관적 진실과 상대적인 아름다움이다. 그것을 언어로 포착하고 다른 이에게 가닿을 수 있는 구절로 만드는 것은 감상을 느낀 주체의 절실한 감정과는 별개의 문제일 수 있다. 여기서 그러한 아름다움의 세계를 발견하고 그것을 언어적으로 포착할 수 있도록 이끌어 줄 스승-도반으로서의 시인들이 필요하다. 그런 소임을 맡은 사람들이 시인들이다. 앞서 아름다움의 세계를 경험했으며 그 세계에 대해 알고 있는 자들의 특권이자 소임이라고 할 수 있을 것이다. 그가 시인인 것은, 그가 시인이라는 계관을 쓰고 미의 사제로 대접받을 수 있는 것은 전적으로 시의 세계가 그에게 열어 보여 주고 은총처럼 허락한 시의 계시 때문이다. 그 아름다움을 경험했기 때문에 그는 시 짓는 일을 그만두지 못하는 것이고, 시가 거주하는 사원의 사제를 맡게 된 것이리라. 그렇다면 시의 사원에 들어서는 자들 앞에서 그는 경건해야 하고, 자중해야 한다. “시를 모독해서 죄송합니다. 반성하겠습니다.”라는 박 경사의 진술은 그 영화 속의 시인들이 해야 할 말이다. 시인도 아닌 사람이 시에 대한 모독에 사과하는 아이러니, 시를 쓰는 시인에게 삶이 시인 사람이 시 창작법에 대해 묻는 역설. 미자의 처지와 거기서 시를 통해 아름다움을 재현하려는 그녀의 진정성을 생각해 볼 때 시가 죽어 가는 시대라는 엄살은 얼마나 호사스러운 것인가?

따라서 시를 쓰는 것은 불가능하다. 사물을 보고 거기서 느낌을 받고 그것을 시 장르적 형식에 맞추어 적는 일, 그것은 이 영화에서 말하는 ‘시-쓰기’가 아니다. 미자는 소녀가 빠져 죽은 장소에 가 본다. 그곳에서 그녀는 한참 슬픈 얼굴로 앉아 있는다. 소녀의 죽음과 타자의 절실한 고통을 언어로 적기란 결코 쉬운 일이 아닐 것이다. 그때 그녀가 들고 다니는 시상노트에 빗방울들이 떨어진다. 빗방울들이 생의 음표들을 그려 낸다. 그것이 바로 이 영화가 말하는 시-쓰기다. 하지만 그녀는 그 노트에 500만 원을 달라고 쓸 수밖에 없었다. 그런 요구조차 그녀의 삶 속에서는 시가 되었다. 처절하고 슬프지만 그래서 아름답다. 왜냐하면 우리가 미자의 진실에 대해 알았기 때문에, 그녀의 삶을 이해하고 공감했기 때문이다. 영화의 마지막에 양미자가 제출한 시, 그리고 소녀의 내레이션으로 겹쳐지는 그녀/들의 시가 훌륭한가 아닌가 하는 것은 전혀 중요하지 않다. 그 시 구절을 들으면서 별것 아닌 시라고 말하는 사람이 있다면 그는 아직도 시가 무엇인지, 타자의 진실이 무엇인지 배우지 못한 것이다. 이 영화를 전체적으로 이해하기 위해서는 ‘미자’의 삶, 그녀의 행동, 그녀 행동의 동기 등 그녀 내면의 고독에 접근하고 그것을 이해해야만 한다. 그리고 그녀가 지향한 아름다움의 추구와 연관지어 생각해야 한다. 그것은 실존적이고 구체적인 한 사람이 가진 삶의 미학적 내용과 형식에 관한 것이다. 문제는 '시'가 아니라 '시 쓰기'다. '쓰기'라는 행위는 이미 하나의 실천이며 따라서 윤리학의 영역에 해당한다.

회식 자리에서 나와 우는 미자. 그것은 시 때문에 우는 것이 아니었다. 시처럼 사는 것이 힘들었기 때문에 우는 것이다. 이어지는 장면에서 그녀는 집으로 돌아와 성당에서 가져왔던 희진의 사진을 식탁 위에 올려놓는다. 그녀와 희진의 동일화. 미자는 희진을 추도하려는 것이 아니라 이미 그 자신이 소녀다. 나는 너다. 너는 나다. 이것은 희진의 집에서 본 사진 속에서 자신의 모습을 발견해 내는 장면과도 동궤를 이룬다.

시를 쓰는 것이 아니라 시를 살려는 사람, 시를 쓰는 것을 자기 삶으로 살아 내려는 사람은 미자의 경우처럼 딜레마에 봉착한다. 자기 외손자를 고발하거나 시를 쓰지 말거나 해야 한다. 만일 시를 쓰려면, 즉 삶을 아름답게 살려면 손자조차 고발해야 하는 삶을 살 수밖에 없다. 시 또한 어떤 가수의 말처럼 "전부를 요구하는 것"이기 때문이다. 소녀를 기억하는 삶, 그래서 손자를 용서할 수 없는 삶, 그 간격에서 그녀는 결국 스스로의 삶을 마감하지만 미자의 얼굴은 비로소 소녀의 얼굴로 환치된다. 타인의 고통을 끝까지 기억하고 따라가서 그의 얼굴이 되는 삶이 바로 미자의 시-삶이었다.

5. 삶은 시보다 '더럽게' 아름답다

이 영화는 마치 우리의 일상과 현실을 스크린 속으로 옮겨 놓은 듯한 착각을 불러일으킬 정도로 사실적이다. 영화가 줄 수 있는 시선의 쾌감을 창조하려 하지 않고, 우리가 현실을 보고 경험하는 시선을 그대로 담아낸다. 그러면서도 현실에 파묻힌 진실을 드러낸다. 그 속에서 현실은 남루하다. 사람들의 무표정, 그들이 거주하는 아파트나 거리의 풍경들은 과장스럽게 지저분하지도, 그렇다고 특별히 아름답지도 않다. 그 속에서 사람들은 생의 불가역성, 타자와의 거리, 소통과 공감의 불능성 속에서 각자의 삶을 산다.

이 영화는 또한 삶에 비해 시가, 진실이나 아름다움과 동떨어진, 단지 말로서의 시가 얼마나 남루한 것인지, 그럼에도 여전히 시를 사랑하고 시를 살려는 마음 또한 보여 준다. 그 진정성이란 그리 화려하지도 예쁘지도 않다. 자살한 소녀 희진이가 예쁘지 않은 것처럼 말이다. 하지만 영화를 보고도 그 소녀가 아름답지 않다고 '보는' 사람은 아름다움이 무엇인지 고문하는 2시간의 러닝 타임을 가진 〈시〉 텍스트를 경험했음에도 여전히 아름다움에 근접할 눈을 얻지 못한 것이다. 삶은 아름답지도, 추하기만한 것도 아니다. 삶은 미나 추라는 개념으로 그 실재를 포착할 수 없다. 그럼에도 인간 삶은 여전히 시의 질료를 이루고, 시는 인간 삶-의-형태들을 언어적으로 포착하여 드러내는 양식이다. 현실과 언어의 간극을 사는 것, 존재와 말의 간격을 사는 것이 시고 시를 쓰는 삶이다. 그러한 삶의 한 경우가 바로 미자다.

그래서 미자 자체가 시다. 그 여자의 마음, 살아가는 방식이 모두 시다. 시를 '쓰는' 삶이 아름다운 삶이 아니라, 시를 '사는' 삶이 시를 쓰는 삶이라는 것을 보여 준다. 이제 우린 "시보다 사람이 아름답다."고 말해야 하리라. 하지만 시처럼 사는 일은 결코 쉽지 않다. '말'과 '존재'의 간격을 메워야 하기 때문이다. 게다가 시처럼이라니? 시는 여전히 아름다운 것인가? 아마 그런 것 같다. 그러나 아름다움을 포착하는 형식이 시뿐만인 것은 아니다. '시를 사는 마음'의 차원, 아름다움을 찾고 추구하며 그러한 삶을 살려는 차원에서 장르는 더 이상 문제가 되지 않는다. 이것이 이창동이 영화를 만들며 자신 스스로에게 던지고자 했던 질문, 시(쓰기)란 무엇인지 탐구하고자 했던 질문의 답이다.

이창동 감독은 "아시다시피 이제 시(詩)가 죽어 가는 시대이다. 안타까워하는 사람도 있고, '시 같은 건 죽어도 싸다!'고 말하는 사람도 있다. 그래도 어쨌든, 지금도 시를 쓰는 사람이 있고 읽는 사람도 있다. 시가 죽어 가는 시대에 시를 쓴다는 것은 무엇을 의미하는가? 나는 관객들에게 그런 질문을 해 보고 싶었다. 그것은, 영화가 죽어 가는 시대에 영화를 만든다는 것은 무슨 의미가 있을까 하는, 나 스스로에 대한 질문이기도 하다."라고 말했다. 이처럼 영화가 각광받는 시대에 영화가 죽어 간다니 이것은 또 무슨 말인가? 시가 죽어 가는 것처럼 영화도 죽어 간다. 시(詩)든 영화든 진정한 삶과의 연관 속에서 바라보지 못하고 만들거나 소비할 때 거기서 바로 영화나 시는 죽은 것이기 때문일 것이다. 아름다움은 장르의 형식에 있지 않고 삶과 그것을 아름답게 살아 내려는 의지 속에 있는 것이며, 그리하여 삶을 아름다움으로 만들지 못할 때 거기서 아름다움은 죽는다.

그러고 보면 이 영화가 한 편의 시와 크게 다르지 않다는 것도 알게 된다. 이 영화는 시가 압축적으로 제시하고 생략하며, 은유와 비유를 통해 메시지를 전달하듯 세세한 것들을 생략하고 있어 나머지 부분을 독자-관객이 스스로 메워 넣도록 만들고 있다. 인물이 처한 삶의 조건에 대해 엄살을 떨지도 않고, 과장해서 보여 주지도 않으며 화자-서술자가 전면에 나서서 대상을 동정하게 만들지 않으며 강변하지도 않는 서술방식을 취하고 있다. 뿐만 아니라 시가 언표하는 것들을 통해서 보이지 않는 것에 대해 말하고 거기서 감동을 창안하듯 영화 역시 드러난 것(미자의 삶)을 통해 보이지 않는 것(아름다운 삶)을 전달한다. 그 삶은 불가역한 삶의 조건들, 냉혹하고 무심한 타인들 속에서만 가능한 것이고 그에 대응하는 삶의 행동을 통해서만 만들어지고 인식될 수 있는 것이다. 그 조건들이 가혹할수록 더욱 비극적이고 그만큼 아름다울 수 있을 것이다.

그렇게 아름다움의 잔해로 뒤덮인 삶의 폐허, 그 자리가 또한 아름다움이 태어나는 자리다. 그리고 삶의 자리는 '지금-여기'에 아직도 우리와 함께 있다. 여전히 아름다움의 영토로서의 삶의 토대는 그 자리에 있다. 문제는 내가 아름답지 않을 뿐이며, 내가 아름답게 살려 하지 않을 뿐이다. 아름다움이 태어나는 장소, 아름다움을 창조하고 그것을 살아 내야 하는 장소는 미지근하고 '더러운' 삶의 자리임 또한 강조해 두어야만 하리라. 거기서 스스로 아름답게 살려는 자, 아름다움을 찾으려는 자는 아름다움의 잿더미 위에서 죽지도 않고 소멸하지도 않는 아름다움의 씨앗을 심기 시작한다.

우리는 아름답게 살 수 있다. 원하는 만큼 아름다워질 수 있다. 사실 언제나 그랬다. 그 앞에서 머뭇거리고 있는가? 여기까지 오는 동안 추할 수밖에 없었는가? 그래도 괜찮다. 아름답게 살라. 여기에 오는 동안 메두사의 얼굴들을 보았는가? 그래도 괜찮다. 그런 것들도 당신이 지금-이곳에 서 있을 수 없도록 할 만큼 나쁜 것은 아니었다. 이곳까지 오는 동안 타자들의 진실에 둔감하고 그들을 이용하려고만 했는가? 아직 시간이 남아 있다. 아름답게 살라. 타자들은 언제나 당신에게 상처였을 뿐인가? 그래도 괜찮다. 그들이 아니었다면 오늘 나는 여기에 서 있을 수도 없었다. 당신은 여기에 있다. 삶이라는 더럽고도 숭고한 그 자리에 서 있다.

이국적인 것으로부터의 시련
—멋진 하루

모든 것에 노출된다는 것은
모든 것을 품을 수 있다는 것이다.
—조르지오 아감벤

1. 내 돈을 돌려줘

이윤기 감독은 일상의 섬세함과 여성 특유의 미묘하고 내밀한 감성을 잘 그려 내는 것으로 알려져 있다. 〈여자, 정혜〉(2005)로부터 최근작 〈사랑한다, 사랑하지 않는다〉(2011)에 이르기까지 말로 설명하기 힘든 남녀 간의 갈등과 감정의 문제를 잘 다루어 왔다. 〈멋진 하루〉(2008)에서도 옛 연인들의 하루를 다루며 색다른 종류의 감성적 멜로 로맨스이자 로드무비를 보여 준다. 이 영화는 과거 연인 관계였지만, 지금은 꾸어 준 돈 300만 원을 되돌려 받기 위해 옛 애인을 찾아온 여자가 남자와 하루 동안 동행하는 이야기이다. 이것을 로드무비라고 하는 이유는 그들이 어딘가를 찾아다닌다는 것 외에도 과거의 사랑-사건의 의미와 자신을 찾아가는 서사일 수 있기 때문이다. 더불어 남녀 간의 관계와 연애의 문제만이 아니라 나와 타인, 주체와 타자 간의 관계에 대해 생각해 볼 만한 것들을 담아내기도 한다.

만일 로드무비가 길을 떠나면서 사람들과 사건을 만나고 변화하는 인물들을 다루는 서사라면 이 영화는 색다른 로드무비다. 비록 멋진 풍광과 위험이 가득한 세계로 모험을 떠나는 것은 아니지만 미로나 정글 못지않은 도시 이곳저곳을 헤매며 돈을 꾸러 다니는 것이다. 길 위에서 사람들과의 만남을 통해 다른 세계를 경험하고 그래서 인물의 성격이 변화하는 것이라면 희수(전도연) 역시 마찬가지다. 총알이 날아다니고 포탄이 터지는 식의 스펙터클한 사건은 벌어지지 않지만 사람들을 만나고, 거기서 미묘한 관계들이 펼쳐지고 미세한 감정의 변화들이 일어난다. 그 변화가 물리적으로, 가시적으로 분명하게 드러나지 않는다고 해서 '사건'이 아닌 것은 아니다. 인간관계와 감정의 문제이니만큼 이 영화에서 인물의 심리 변화는 중요한 사건에 갈음하는 것이며 사실상 이 영화의 재미와 장점도 희수의 미묘한 감정선을 따라가는 것에 있다.

영화의 오프닝은 어떤 커플의 대화로 시작하지만, 이내 카메라는 희수의 뒤를 따라간다. 그녀가 옛 애인 병운(하정우)을 찾으러 가는 곳은 경마장이다. 경마장, 이 장소는 많은 사람들에겐 다소 낯설고 이질적인 곳이다. 경마장의 본 취지가 어떻든 건강하지 못한 사람들을 낳는 곳으로도 알려져 있다. 간단한 취미나 건전한 스포츠가 아니라 경마를 도박으로 삼아 많은 돈을 잃고, 그래서 폐인이 되어 버린 사람들, 투기에 혈안이 되어 제정신이 아닌 것 같은 사람들. 희수 주위로 스쳐가는 경마장의 사람들은 친숙하면서도 낯선 루저들, 우리와 얽혀 있지만 이해하기는 쉽지 않은 타인들의 형상이기도 하다. 그 경마장 사람들 속에서 옛 연인, 병운은 그래도 희수에겐 '아는 사람'에 속한다. 어떨 때는 헤어진 연인이 모르는 사람만도 못하게 느껴지지만, 그래도 그는 모르는 사람은 아니다.

경마장의 무심한 타인들 속에서 희수는 병운을 발견해 낸다. 그리고는 날카롭게 "돈 갚아!" 소리를 지른다. 돈을 받으러 왔다는 것은 (채무-채권) 관계를 청산하겠다는 희수의 의지다. 돈을 꾸어 주었다는 것은 둘 사이에 어떤 관계가 있었다는 뜻이고, 그 돈을 돌려받겠다는 것은 그 관계를 정리하겠다는 얘기다. 둘 사이에 남아 있는 채무-채권 관계, 돈을 받아냄으로써 관계 그 자체의 흔적조차 말소해 버리려는 희수. 그러나 그러기 위해서는 다시 한 번의 마주침이 필요하다. 전화로 해도 될 일을, 굳이 병운을 찾아온 이유는 무엇일까? 희수의 표정이나 태도를 보자면 그래야만 확실하게, 즉시로 돈을 받아 낼 수 있기 때문인 것처럼 보인다. 당장에 돈을 갚을 수 없는 병운은 꾼 돈을 갚기 위해 다른 사람들에게 다시 돈을 빌리려 한다. 하나의 관계를 청산하기 위해 또 다른 관계들을 맺으려 하는 것이다. 300만 원의 돈을 모은다(꾼다)는 것은 조각난 관계들을 다시 그러모아 결합하는 것이자 새로운 관계를 창출한다는 것을 의미한다. 과거를 정리하면서 또 하나의 미래들을 생성시키는 행동들로 현재가 이루어지는 형식의 서사. 병운이 새롭게 남발하는 차용증들이 그 증거인데, 차용증도 하나의 약속 형식임을 잊지 말자. 약속이란 언제나 미래를 기약하는 행위가 아니던가.

무작정 돈을 갚으라고 소리를 버럭 지르는 희수와 지금 당장은 갚을 수 없다는 병운. 돈을 꾸어서라도 갚아 주겠다는 병운에게 희수는 못 믿겠으니, 함께 돈을 꾸러 다니겠다고 말한다. 이제 이들은 하루 동안의 동행을 시작한다. 희수는 병운과 동행하면서 그가 자기 돈을 갚기 위해 새로운 돈을 빌리는 과정, 즉 과거 청산을 위해 어떤 새로운 관계들을 맺는가를 구경하고 동참하게 된다. 그것은 꾸어 준 돈을 돌려받기 위한 여정이자, 새로운 돈을 꾸러 다니는 걸음이며, 엑스-보이프렌드 병운과의 채무 관계를 청산하려는 여로, 자신이 잃어버렸던 병운과의 연애 시절을 되찾는 과거로의 회귀이다. 무엇보다 '되찾기'는 자기 과거를 긍정할 수 있게 하는 과거 해석(연애 사건의 의미를 재발견하기)이다. 자신에게 일어났던 일을 이해하고 받아들일 수 있게 만드는 일.

관객들도 이들의 짧은 여행을 바라보며, 희수와 병운의 하루를 따라나선다. 이때 병운(과 희수)이 돈을 빌리기 위해 찾아다니는 이곳저곳의 공간-장소들은 타자들의 삶과 생활의 공간, 타인들의 삶을 이해하고 수용한다는 것과 다르지 않다. 차이에 대해 부담스럽지 않고 편안하게 이야기하면서 사실 사람들의 사는 모양이 크게 다르지 않다는 것, 사람들의 일상적 삶의 모습들을 보여 준다. 이 영화에 낯선 사람들이 가장 많이 등장하는 길거리가 자주 나오는 것은 줄거리 차원에서나 의미의 차원에서도 결코 우연은 아니다. 이들의 하루 동안의 일이 〈멋진 하루〉의 내용을 이루고, 두 사람의 감정 변화가 리듬감 있게 드러나며, 이들의 관계와 과거들이 조금씩 엿보인다. 그 속에서 희수는 자기 지난 시절의 연애를 긍정할 수 있을 것인가. 이제 우리도 꾼 돈을 받으려는 여자와 그 돈을 갚기 위해 다시 돈을 꾸는 남자, 깨져버린 옛 커플을 따라서 성격 차이라는 간격으로, 지난 연애의 파편들을 주으며 조각조각 돈을 모으러 가는 여로에 동참해 보자.

2. 타자라는 지옥

출발하기 전부터 이들은 다툰다. "어디로 가냐니까?", "어, 일단 출발해." 일단 출발하고 보는 성격과 행선지가 정해져야 출발하는 성격의 대립. 사소한 말다툼으로 지나치는 이 장면은 이 영화 전체를 요약할 수도 있는 장면이고, 남자와 여자, 병운과 희수의 성격을 잘 보여주는 장면이기도 하다. 두 사람의 성격 차이는 그들이 주차장을 찾는 데서도 드러난다. 조금이라도 싼 곳을 찾으려는 희수와 대충 세우자는 병운. 남녀의 성격이나 성별 차이에서 비롯하는 취향의 차이, 세계관이나 생활태도, 대인관계의 차이. 차 안에서 이들이 나누는 대화는 각자의 기분이 다르고, 성격이 다르기 때문에 빚어진다. 같은 목표를 가지고 함께 동행하면서도 티격태격하는 모습을 우리는 보게 된다.

희수가 병운을 찾아내면서부터 보여 주는 신경질과 비아냥은 돈을 빌리러 다녀야 하는 상황에서 비롯된 점도 있겠으나 그보다는 병운의 언행 때문이다. 그렇게도 참아 낼 수 없었던 차이가 1년이나 지난 지금도, 또 자신과 연인 관계였던, 그러나 지금은 단지 돈만 받아 내면 그뿐인 사람(한때는 중요한 사람이었지만 지금은 아무도 아닌, 그러나 지금도 역시 아무도 아닐 수만은 없는 사람)에게서 그 차이를 다시금 발견하는 것이 싫기 때문이다. 뿐만 아니라 병운과 대면해야 하는 일 외에도 그의 대인관계들을 구경하고 그와 함께 돈을 꾸러 다니는 일이 결코 마음 편할 리 없다. 희수의 짜증 섞인 표정과 태도는 그간 병운의 변화 없음, 병운과 헤어짐의 이유가 되었던 병운의 성격과 태도를 다시 발견하는 일이었을 것이다. 그러나 병운이 희수보다 더 힘겹게 살고 있는데 더 팍팍해 보이고 더 불행해 보이는 쪽은 도리어 희수 편이다. 비루한 면이 있지만 병운이 더 여유 있어 보인다.

병운은 과연 어떤 사람인가? 그의 개성을 논하기 앞서 병운과 희수는 남성과 여성 일반을 대표하는 성격 역시 가지고 있다는 것을 지적해 두자. 병운의 성격 가운데 비현실적이고 (스페인에 막걸리 음식점을 열겠다는) 몽상적인 부분과 희수의 확실하고 현실적인 성격 등은 대체로 남녀 일반의 차이로 봐도 무방하다. 그들이 헤어진 이유 또한 남녀의 일반적 성격과도 일치한다. 한쪽이 다른 쪽의 성격을 더 이상 참아 낼 수 없는 것이다. 희수의 풀린 신발끈을 묶어 주면서 병운이 말하는 희수와의 이별이 아팠던 이유를 들어 보자. 병운은 이별을 통보할 때 행복해 보였던 희수의 표정 때문에 많이 아팠다고 말한다. 그것은 희수와 연인으로 있을 때 그녀를 행복하게 해 주지 못했던 것에 대한 자책과 후회에 가깝다. "나랑 있을 때 행복한 줄 알았는데, 나랑 헤어지고 나서 더 행복한 표정이라니… 그 얼굴이 떠올라서 내가 조금 아팠지." 반면 희수가 결혼에 성공하지 못하고 헤어진 이유 역시 남자의 실직과 연결되어 있다. 연애 당사자들의 문제를 남이 함부로 판단할 수 없는 노릇이지만 이들의 헤어짐에는 한 사람이 반드시 나빠서라고 보기는 어렵다. 병운은 보기에 따라서 대책 없이 돈이나 꾸러 다니는 사람으로 보일 수도 있지만, 세상을 여유롭고 관계 중심적으로 살아가는 사람일 수도 있다.

병운의 대사에서 그의 성격이 잘 드러난다. "어차피 빌리는 돈 빌려주길 잘했다고 생각하는 게 낫지 않아?", "생각하기 나름 아니겠어? 좋게 보면 좋은 거고 나쁘게 보면 한없이 나빠 보이는 거고.", "조금만 기다리자, 삼십 분만… 재, 밤일하는 애라 아침에 일어나기 힘들어. 대신 돈은 확실하게 받을 수 있지 않겠냐?", "돈 빌리는 게 뭐 어때서 그래? 없으면 있는 사람한테 좀 빌리는 거고 생기면 갚고, 내가 있으면 남도 좀 도와주고 그게 바로 사람 사는 맛이지.", "힘들긴 뭐, 항상 좋을 수만은 없잖아?", "우리랑 비슷한 사람이 많다… 외롭진 않잖아, 좋게 생각하자 희수야.", "다 나름대로 아픔이 있는 거야. 걔도 그렇고 나도 그렇고, 너도 그렇고. 아까 그 수위 아저씨도 그렇고.", "그래도 우리가 함께하니까 잘해 낸 거야. 나 혼자 했으면 어려웠을 걸?" 반면 희수의 대화는 비아냥거리면서 "참 편한 사고방식이다.", "세상이 싫다.", "선생님? 칫… 학생한테 돈 빌리는 선생?", "우리가 그렇지 뭐….", "돈 갚으려고 돈 꾸러 다닌 게 잘한 거야?" 둘의 대화는 이런 식이다. KFC에서 그들은 너무나 다른 성격의 주문을 하고, 희수는 이번 지하철을 타기 위해 달려가고, 병운은 느긋하게 다음 것을 타자고 한다. 성격의 차이이자 세계관의 차이, 살아가는 방식의 차이. 병운이 유들유들하고, 만사태평 급할 것 없는 성격이라면 희수는 다른 사람을 이해하지 못하며 까칠하고 피곤한 성격이다.

우린 도대체 어쩌자고 우리와 저토록 다른 사람을 좋아하고, 사랑하게 되는 것일까? 성격의 차이란 결코 사소한 문제는 아니다. 성격이란 그저 자연스러운 누군가의 성향이나 기질만이 아니라 그가 자신을 포함해 세계 전체를 이해하고 대응하는 방식의 총체적인 태도를 일컫는 말이다. 성격은 그의 세계관과 윤리 · 도덕적 태도는 물론 그의 경험과 지향점, 관심까지도 포괄하는 미묘하고도 종합적인 그 무엇이다. 그러므로 사람들의 성격이란 결코 같거나 서로 맞을 수가 없다. 그래서 결별의 이유를 '성격 차이'라고 요약하면 우리는 할 말이 없어진다. 사람들 사이의 차이('사이-나눔')는 언제나 있었던 것이고, 성격 차이 또한 마찬가지다. 사실, 차이가 없다면 주체와 대상은 하나이고 같은 것이며, 그것은 아무런 에너지도 발생시킬 수 없다. 주지하다시피 사랑은 강력한 에너지인바, 그것은 차이를 기반으로 한다. 다른 사람과의 공통점을 발견하고 공감에서 오는 호감 역시 차이가 하나도 없다면 작동할 수 없는 것이다.

희수는 네비게이션을 콘솔박스에 집어 넣고 다니고, 다른 사람에게 아쉬운 소리를 하기 싫어하며, 따지고 날카롭고 신경질적이며 어딘가 얌체 같은 모습도 있다. (신경질을 내면서도 길거리에서 나눠 주는 샘플을 병운이 받아 주자 얼른 주머니에 챙겨 넣는 모습, 병운이 주차비를 자신이 내겠다고 할 때 주차티켓을 넘겨 주는 모습 등등…) 생각해 보면 다짜고짜 경마장으로 찾아와 돈 갚으라고 소리를 지르는 것 또한 상대를 배려하는 행동이라고 말하긴 어렵다. 그러나 희수와 병운은 서로 다르기 때문에 연인이 된 것이다. 두 사람의 차이에도 불구하고 공통분모가 아니라 차집합이 도리어 매력으로 다가오는 것이다. 달리 말해 다르기 때문에 소통의 가능성이 있고 이해할 수 있는 여지가 생긴다는 것이다. 인간관계의 문제에서 고통 역시 다르기 때문에 생기지만, 공감과 소통의 기쁨 또한 차이와 다름으로부터 생겨날 수 있다. 중요한 것은 그 다름이 어떻게 작용하고 있는가의 문제다. 아니, 주체가 그 다름을 어떻게 대하느냐의 차이가 중요하다. 서로 같았다면 그들은 결코 연인이 되지 못했을 것이다.

어떤 점에서 모든 관계란, 말의 내용이 아니라 그들이 서로 무슨 말을 주고받고 있다는 것, 말을 주고 되받는다는 사실, 서로 둘이 함께 있다는 것 자체가 대화의 내용이나 대화의 태도 못지않게 중요하다. 대화란 이미 둘이 서로 마주보고 있다는 사실을 기반으로 한다. 이때 말함, 말의 주고받음은 지성적인 소통의 논리를 따르기보다는 이곳저곳으로 그때그때 흘러가며 감성의 논리를 따라 흐른다. 말은 논리의 회로를 따라 주고받아지며 대화에도 규칙은 존재하지만 그보다 더 중요한 것은 감정의 논리, 그리고 더욱 근본적으로, 두 사람이 말을 주고받는다는 '사실성(factum)'이다. 서로 마주보고 혹은/그리고 한 곳을 바라보며 대화를 나눈다는 것, 그것이야말로 관계 맺음의 가장 기본적인 형식이 아닌가. "전부터 얘기하고 싶었는데…." 외롭게 홀로 서 있는 희수에게 다가와 얘기하고 싶었다는 병운의 말은 차이와 다름에도 불구하고 소통하고 싶다는, 상대에게 대한 애정과 관심을 표명하는 대사인데, 관계의 중요성은 바로 이런 태도에 있는 것인바, 이것을 잊게 되면 관계는 무의미와 소통 불능으로 떨어질 위험이 있다.

그런데도 시간이 흐르고 관계가 지속되면 그 '차이'는 지독한 지겨움이 되고, 견디기 힘든 이해불능이 되어 버린다. 희수가 화장실에서 듣게 되는 "네가 싫어지거나 그런 건 아냐… 그냥 이런 관계가 나한텐 좀 버거워진 것 같아서…."라는 어떤 여자의 말은 언젠가 희수가 병운에게 했던 말과 비슷하다. 이는 헤어짐의 문제가 반드시 상대방 쪽에만 있는 것이 아니라 상호적인 문제라는 것, 나아가 내 쪽에 더 많은 잘못들이 있을 수 있다는 것을 암시하는 듯하다. 어떤 사람이나 관계가 버거워졌다는 건, 그 관계가 급격하게 이상해졌다기보다는 그 관계를 담지하고 있던 내가 변했다는, 그 관계를 더 이상 버틸 능력이나 마음이 없어졌다는 것을 의미한다. 문제의 절반은 언제나 주체의 편에 있다.[1)]

만일 '희수'가 결혼해서 행복하게 살았더라면 '병운'이나 병운에게 꾸어 준 돈 따위는 생각나지 않았을지도 모른다. 설혹 생각이 났다 하더라도 지겨운 연애담 내지는 잠깐 스치는 회상에 불과했을 것이다. 예전의 애인에게 꾸어 준 돈을 받으러 나선다는 것이 범상한 일은 분명 아니다. 그렇다면 희수는 병운에게 미련이 남아 있어 찾아온 것일까? 그렇게 단정 짓기는 곤란하다. 희수에게 1년이라는 시간은, 당시에는 병운에게 준 것이나 다름없었을 돈을 꾸어 갔으니 갚으라고 요

1) 희수는 빌려준 돈을 받으러 왔을 뿐인데, 병운에 의해 도리어 '불쌍한 사람' 연기를 해야만 하게 되고 어떤 때는 '지독한 여자'가 되어 버린다. 희수 쪽에서도 억울하달 수 있는 면이 분명히 있다.

구할 수 있는 시간이기도 하고, 연인으로서의 감정은 가라앉고 꾸어 준 돈만이 문제가 되는 관계로 되돌아가는 시간이었을 것이다. 연인 관계의 감정이 사라지고 남는 관계는 채권자와 채무자의 관계이다. 그러나 그것 또한 전적인 채무-관계는 아니다. 최소한, 그는 언젠가 적어도 한 번은 내게 의미 있었던 사람이었기 때문이다.

두 사람 사이의 감정의 앙금이나 스타일의 차이뿐만 아니라, 이 영화의 또 다른 재미는 이들이 찾아다니는 사람들과 그들의 언행을 지켜보는 일이다. 병운이 돈을 꾸기 위해 찾아다니며 만나는 사람들은 나쁜 사람들이라고 말하기는 어렵지만 어딘가 사람을 불편하게 하고, 관점에 따라서는 상대에게 불쾌감을 안겨 줄 수도 있는 사람들이다. 한 여사는 무안하리만치 희수의 얼굴을 빤히 들여다보며, 박세미라는 여인은 희수에게 대놓고 별로 특징도 없이 평범해서 병운이 아깝다고 말한다. 우연히 마주친 병운의 대학 후배 홍주의 남편은 묻지도 않고 자기 마음대로 다른 사람들의 메뉴로 맥주를 주문한다. 병운의 사촌은 여러 사람들 있는 데서 병운의 불행한 과거를 들먹이며 탓하고, 학생을 찾으러 온 그들에게 선생님은 자신이 학생을 감시할 책임은 없다며 발명하기에 바쁘다. 전철 안에서 우는 희수를 보며 승객들은 이유도 모른 채 병운을 나무라는 눈으로 쏘아본다. 이런 장면들은 모두 우리가 타인의 진실에 접근해 있지 못했을 때, 충분한 관계성 하에서 바라보지 못할 때, 타인을 얼마나 피상적으로 오해할 수 있는지를 보여 주는 장면들이다.

그러한 불편함은 그들의 성격과 병운과의 관계가 좀 더 알려지고, 그들의 대사가 늘어날수록 그들이 결코 막돼먹은 사람들이 아니라 우리 주변에서 늘 만날 수 있는 이웃이고, 알고 보면 나 또한 누군가에게 그러한 사람일 수 있구나로 바뀐다. 한 여사는 약간의 푼수기가 있지만 사실 마음이 따뜻하고 여유 있는 여자일 수 있다. 상대를 곤혹스럽게 하려고 쳐다본 것이 아니라 희수가 형편이 어렵다니까 안스러운 마음에 그녀를 물끄러미 바라본 것일 수 있는 것이다. 박세미라는 여자는 희수에게 예의 없이 말을 했지만 곧바로 자신의 말을 뉘우치고 사과를 건넬 줄 아는 '쿨'한 여자이며, 홍주와 그녀의 남편 간의 문제는 그들 부부 사이에서만 통용되는 양식이라는 게 있어 쉽게 판단할 수만도 없다. 바이크족 무리들은 그들 나름대로의 문화와 게으름을 즐기는 중이다. 희수가 앉을 곳이 없자 양지바른 곳에 앉도록 자기들의 자리를 내어주며, 담배도 건네준다. 정학을 받은 여중생 소연도 자신만의 질풍노도를 겪는 중일 뿐이다. "잘 알지도 못하면서 무슨 말을 그렇게 함부로 하니?", "잘 알지 못한다."는 것, 그렇다, 우리는 결코 타인을 완전히 이해할 수는 없다. 그의 보여짐은 그의 사정과는 결코 같지 않다. 그것은 그저 우리 이해의 지평에 그렇게 비칠 뿐이다.

병운이 경마장에 간 것은 도박을 하기 위해서가 아니라 승마 기억을 통해 꿈과 희망을 느껴 보기 위해서였고, 아내의 과거사를 아무렇지도 않게 캐묻는 홍주의 남편은 그들 부부 사이에서 통용되는 특정 약호체계일 수도 있는 것이다. 이 영화는 차이를 다루지만, 사실은 사람들 사는 모양이 크게 다르지 않다는 것을 보여 주고 있는 것이다. 〈멋진 하루〉는 이처럼 사람들의 삶의 방식을 따뜻하게 바라보게 하며, 타인에 대한 시선과 인식을 조용히 전복시킨다. 이 영화에서 지나치는 행인들, 멀리서 그네들을 보았을 때 느꼈던 것과 달리 그 사람을 알고 나면 그/그녀들에 대한 시각이 바뀌는 것을 자주 보여 준다. 연애가 오인에서 시작하듯이, 이별도 오해로부터 비롯되며, 이 영화는 희수의 병운에 대한 오해로부터 시작해(경마장 쇼트) 병운에 대한 이해와 자기 자신에 대한 이해로 확장되어 가는 이야기이다.

이를 가장 잘 보여 주는 장면은 병운의 초등학교 동창생이자 이혼녀로서 딸을 데리고 혼자 살아가는 여자와 희수가 만나는 시퀀스다. 병운은 오전 중에 그녀에게 돈을 꾸기 위해 마트 앞에서 그녀와 만나는데, 카메라는 희수의 시점에서 그 둘의 만남을 보여 준다. 그때 그녀는 낯선 타인이고, 이쪽을 힐끔거린다. 멀찍이서 희수가 그 둘을 바라보았을 때, 병운과 동창 여자 사이는 왠지 정상적이지 않고, 음험하고 수상한 내연 관계 같기도 하다. 희수 입장에서 보자면 병운은 이런 저런 여자들과 복잡한 관계를 유지하고 있는 것처럼만 보인다. 그러나 영화의 후반부 희수-병운은 그녀와 다시 한 번 만나는데, 이번에는 그녀가 어린 딸을 데리고 집으로 들어가는 골목 앞에서 만난다. 그녀는 딸과 힘겹게 살아가면서도 병운에게 돈을 꾸어 주고 있으며 "병운이도 내가 어려웠을 때 도와줬기 때문에 저도 꼭 도와야 돼요… 여유로운 건 아니지만 호들갑 떨 정도로 어렵진 않아요."라면서 희수의 손에 돈을 꼭 쥐어 준다. 멀리서 보았을 때와 달리 타자의 진실을 알게 되자 병운의 동창생 여자는 그 누구보다 따뜻한 사람이 된다. 이처럼 〈멋진 하루〉는 낯선 타인들도 우리가 그들을 잘 모르는 상태에서는 언제나 당황스럽고 당혹스러우며 이해불가능한 대상이지만, 그들을 알게 되고 이해하게 되면 매우 친숙한 사람들이라는 걸 보여 준다. 자신의 틀에 사로잡혀 타인을 재단하고 차이를 인정하지 못하는 삶에서 그것을 수용하고 이해하는 방식으로의 변화. 이것이 이 영화의 메시지다.

견인 당한 자동차를 찾으러 가는 전철 안에서 병운은 격투기 선수의 광고를 보면서 생각난 듯 희수에게 말을 한다. "언젠가 말이야, 내가 좀 힘들었던 시기가 있었거든, 근데 꿈에 저 사람이 나왔어. 한국말을 하더라고… 나한테 그랬다. '너 괜찮어? 너 뭐 많이 힘들지?' 나한테 막 그러는 거야. 그 말에 나 가슴이 막 벅차가지고 대답을 했어. '당신이 있어서 나 괜찮아.' 그리고 한동안은 신기하게 마음이 괜찮은 거야." 이 말을 듣는 희수는 눈물을 흘린다. (희수가 왜 우는지 병운이 몰라 당황해한다는 것 역시 중요하다) 그렇다면 전철 안에서 효도르에 관해 이야기하는 쇼트에서 희수가 우는 이유는 무엇일까? 희수의 눈물은 힘들었던 병운의 지난 시간들과 현재 처지에 대한 공명이자 그것을 헤아리지 못했던 자기 자신에 대한 회한의 울음일 것이다. 병운이 돈을 떼어 먹고 잠적한 것이 아니라, 사업이 망했고, 아내와 헤어졌고, 집도 없어 이곳저곳에서 자고 다니는 힘든 시간들을 보내고 있는 중이라는 걸 알게 된다. 그녀는 이제 병운의 삶을 헤아려 볼 수 있게 된 것이다. 아침부터 경마장으로 찾아와 다짜고짜 돈 갚으라고 소리쳤던 자신 또한 자기 입장에서만 생각하고 행동했었다는 걸 알게 되는 것이다. 거창하게 말해 희수라는 정착민이 병운이라는 유목인을 이해하게 되었다고까지 말하고 싶다.

희수 차의 고장난 와이퍼 또한 상징적으로 읽힌다. 영화 속의 병운은 지금 와이퍼처럼 고장나 있는지 모른다. 와이퍼의 고장은 귀찮지만, 고칠 수 있는 것이며 짜증스러운 일이지만 커다란 사고는 아니다. 병운이 삶을 영위하고 견뎌 나가며 살아가듯이… 영화 초반부에서 병운은 대책 없고, 약간은 비굴하며, 뜬구름 잡는 사업계획이나 가지고 있는 사람으로 비친다. 하루 사이에 그만큼의 돈을 여러 사람들에게서 꾸어 낼 수 있다는 건 그의 성격이 좋고, 대인관계(소셜 네트워킹) 능력이 좋다는 것일 수도 있다. 사실, 생각해 보면 희수가 병운보다 그렇게 나은 것도 아니다. 둘을 계속 지켜보노라면 희수의 성격을 받아 주고 두 사람이 연애를 할 수 있었던 것은 병운이었기 때문에 가능했던 일이기도 했다는 생각이 든다. 이야기가 진행되면서 어쩌면 정작 고장나 있는 인물은 희수일 수 있겠다는 생각도 든다. 그러나 관객들은 병운은 물론 희수까지도 헤아릴 수 있게 된다.

이 영화에서는 가볍게 마주치는 정도로 타인들을 다루고 있어서 그렇지, 타인은 사실 정말 끔찍한 지옥일 수 있다. 그러나 그런 타인은 대체로 매우 특수한 경우에 해당한다. 대다수는 타인이 지옥이 아니라 타인을 지옥으로 대하는 자신이 있을 뿐이고, 지옥은 도리어 나 자신일 경우가 많다. 타인을 받아들일 수 없는 상태, 자기성으로 가득 찬 상태의 내면이 지옥이 아니라면 무엇이겠는가? 그렇다면 타인이 지옥이 아니라, 타인을 지옥으로 느끼는 지옥만이 있다는 얘기가 된다. "지옥, 그것은 타인들이다(l'enfer, c'est les autres)."라는 사르트르의 명제에 레비-스트로스가 답한다. "지옥, 그것은 우리들 자신이다(l'enfer, c'est nous-meme)."

3. 그/녀들의 미소를 위하여

둘은 예전에 함께 다녔던 식당이 사라져 버린 햄버거 가게에서 점심을 먹는다. 그곳에서 만난 병운의 옛 스키 제자라는 주차단속 요원들도 마찬가지다. 잠깐씩 스쳐지나가는 그네들은 희수의 편견과 자기중심적 입장에서 모두 어딘가 이상하거나 이해할 수 없는 관계들이다. 화장실에서 꼭 언젠가 자신이 병운에게 했던 것과 비슷한 이별 통보의 대화를 듣게 된 희수는 병운의 캔커피를 사며, 네비를 차에서 감추지 않는 등 조금씩 병운에 대해 너그러워지는데 이는 병운을 이해할 수 있는 여유를 갖게 되는 희수를 보여 주는 장면들이다. 병운의 동창생 여자에게 기어이 돈의 절반을 주는 데서도 희수가 다른 사람을 배려하고 헤아릴 줄 아는 여유를 찾게 된다는 것이 드러난다. 그리고 그

끝은 물론 희수의 미소다.[2)]

하루 동안의 여정이 끝나고 돈이 다 모아졌다. 이제 그들은 다시 남남이 되어 헤어져야 한다. 그러나 짧은 시간 동안 적지 않은 변화가 있었다. 무엇보다 희수의 기분이 좋아졌다. 왜일까? 하루 종일 돈을 꾸러 다닌 것이 그토록 기분 좋은 일이었을까? 돈을 모두 되돌려 받게 된 것에 기분이 좋아졌던 것일까? 병운과 헤어지고 나서 희수의 표정은 무덤덤하고 무료하다. 자동차를 돌려서 가다가(!) 이번에는 병운이 길거리의 가판대 시식코너에서 사람들과 이야기 나누는 걸 보게 된다. 병운은 길거리의 타인, 완전히 낯선 사람이라고 할 수도 있는데, 희수가 병운을 보는 눈길이 전과는 다르다. 헤어진 연인이 된 마당에 이제 새삼 옛 애인을 이해하게 된 것일까? 병운을 뒤로하고 운전을 하는 동안 카메라는 희수의 얼굴을 한참 동안 보여 준다. 겉으로 봤을 때 우리는 그녀가 무슨 생각을 하고, 무슨 감정을 느끼는지 알 수 없다. 타인의 마음을 알기란 어려운 법. 그러다 영화의 끝, 하루의 끝에서 그녀는 빙그레 웃는다. 이 영화는 그렇게 그녀의 미소 짓는 한 장면을 위해 두 시간을 달려왔던 것이다.

결국 자기만 힘든 것이 아니라는 것, 삶을 받아들이고 자기를 객관화할 수 있는 시선과 거리를 갖게 된 것, 희수의 미소는 거기에서 나온다. 따뜻한 미소 한 조각, 희수의 마지막 미소는 그녀의 삶에 난 숨

---

2) 이들은 먼저 '한 여사'라고 하는 돈이 좀 있는 중년의 여자에게 간다. 거기서 희수가 보기에 병운의 모습은 비굴하고 한심하다. 병운은 한 여사에게 환심을 사기 위해 골프에 관한 조언을 하기도 하고, 끊었던 담배를 같이 피워 주기도 하며, 희수의 차에서 몰래 집어온 초콜릿을 선물하기도 한다. 그러면서 자신은 "1퍼센트가 부족하죠. 여사님한테 제가 늘 부족한 인간인 것처럼요."라고도 말한다. 돈을 꾸러 간 사람이 당당하기도 어렵지만 그들의 대화에서 드러나는 관계는 평소에도 병운이 한 여사와 그런 종류의 관계를 맺고 있는 것으로 짐작하게 한다. 한 여사는 희수의 얼굴을 무례할 정도로 빤히 들여다본다. 그러고는 희수 입장에서는 결코 편하지 않을 말들을 던진다. 귀에 이어폰을 꽂고 한 여사의 말을 즉각적으로 알아듣지 못하는 비서 강 대리나, 강 대리가 개에게 혼잣말을 건네는 장면 등은 이 영화가 사람 사이의 관계나 소통의 문제를 겨냥하고 있음을 (친절하게) 보여 주는 소품들이다. 홍상수 감독의 영화였다면 결코 그냥 지나치지는 않았을 비루하고 추레한 장면에서도 이 영화는 누추함마저도 따스한 시선으로 봉합한다.

구멍 같은 것, 이해와 관용의 미소다. 빙그레 시작해 활짝 짓게 되는 미소. 그것은 가슴 따스해지는 미소이자, 병운을 받아들이고 이해하는 미소이지만 궁극에는 자기 자신에의 확장, 열림의 미소다. 그것은 무엇보다 자기 과거와의 화해이다. 나는 왜 그런 사람과, 왜 그런 식으로 연애하고 헤어질 수밖에 없었을까? 과거는 후회를 남기게 마련이지만 실패한 연애, 되짚기조차 끔찍한 기억들로 점철된 연애나 혹은 아직도 가슴이 먹먹해 제대로 상기조차 할 수 없는 연애들. 그러나 지나간 연애와의 화해는 결국 자기의 지난 시간들과 화해하는 것이며 그때 그곳에서 했던 나의 선택들과 나의 삶들에 대한 재수용이다. 그렇게 보낸 그들의 불편하면서도 따뜻한 하루는 차라리 연인 관계였을 때의 이해 없고 기쁨 없는 어떤 날들보다 값진 날이자, 병운이라는 과거의 연인, 타자를 긍정할 수 있게 만드는 '멋진 하루'가 된다.

희수의 전철 안에서의 울음은 중층적인 의미를 갖는다. 무난하지 못했던 자기 과거에 대한 울음이기도 하고, 병운에 대한 뒤늦은 공감에서 오는 울음이기도 할 것이다. 병운의 지난 시간들과 현재 처지에 대한 공명이자 그것을 헤아리지 못했던 자기 자신에 대한 회한의 울음. 그러나 무엇보다 그 울음은 바로 자기만의 입장에서 타자를 재단하고 평가하던 자신에 대한 뉘우침의 울음이다. 이 울음이 있었기 때문에, 희수는 끝에 그 긍정의 미소를 지을 수 있었던 것이다. "세상이 싫다."로 시작되는 희수의 한탄은 병운과 함께 하루 동안의 여행을 통해(타자들의 삶과 삶의 방식을 구경하는 것이 여행이 아니라면 무엇이겠는가?) 이제 다른 이들의 사정을 알게 되고, 그들을 이해할 수 있게 되자, 이번에는 자신의 과거를 재발견한다. 자신의 과거란, 병운과 다시 연인 관계로 되돌아가는 것이 아니라, 병운과의 연인 관계였던 시절을 긍정하는 것, 그때 과거의 나를 지금 여기서의 내가 긍정하는 것, 나와의 화해이고, 자기 과거에 대한 긍정이다. 그것은 곧 지금의 병운에 대한 수용이면서 그와의 미래를 열어 놓는 생성이기도 하다.

그것이 이 영화에서 희수가 병운과 동행하며 자꾸 과거의 장면들과 마주치게 되는 이유다. 버스 안에서 이어폰을 나눠 끼고 음악을 듣는 연인들, 언젠가 자신에게 다가와 먼저 말을 걸던 병운의 모습을 떠올리게 되는 것 등등. 생각해 보면 이별의 이유는 그쪽에만 있는 것이 아니라 내게도 있(었)다. 어쩌면 내 잘못이 더 컸는지도 모른다. "생각해 보면 나 때문이야." 그러나 가장 가까운 사이 가운데 하나라 할 수 있는 '연인 공동체' 사이에서도 상대방, 즉 연인도 타자다. 가장 알기 어렵고, 또 그래서 가장 커다란 상처를 줄 수 있는 사람, 가족들이나 친구, 동료 등 종종 가까운 사람들이 가장 큰 상처를 주기도 하는 법이다.

그들의 연애는 실패로 끝났지만 연애가 반드시 결혼으로 이어져야만 성공인 것은 아니다. 연애의 성공은 두 사람이 결혼으로 골인했는가만으로 판단될 수 없다. 심지어 결혼도 종종 실패하지 않는가. 수많은 커플들이 모두 결혼으로 맺어지지는 않으며, 결혼한다고 해서 그것이 반드시 성공적인 연애였다고 말할 수도 없다. 심지어 연애하고 결혼해서 지금까지 함께 살고 있는 부부에게도, 그 곁에 있는 그 사람은 그때 그 사람이 아닐 수도 있다. 그때 그 사람은 어쩌면 기억 속에만 있는 그 누구일 수도 있다. 물론, 내가 내 옆의 사람에게도 그 사람이 아닐 수 있음도 물론이다. 어쨌거나 그 시간 동안 그들은 서로 연인이었고 그것이 어떤 결론으로 귀결되었든 그 시간들은 그 무엇으로도 갈음할 수 없이 소중한 것이다. 따라서 연애의 성공 여부는 바로 그 연애가 이후 연애 당사자에게 어떤 의미지평을 획득하는가, 어떻게 해석되느냐에 달린 문제다. 이는 심지어 연애하고 결혼한 부부에게서도 마찬가지다.

그러므로 우리의 연애뿐만 아니라 우리의 과거사 전체는 바로 그렇게 우리의 해석을 기다리고 있는 오브제에 해당한다. 그런데 우린 연애의 끝에서 대개 환멸과 고통을 경험한 적이 있다. 사랑이 깊을수록 고통은 더욱 큰 법이고, 상처 또한 깊고 오래간다. 아프지 않다면 사랑한 것이 아니라고 말해질 정도로, 고통과 상처가 사랑의 깊이와 진정성의 증거로 이야기되기도 한다. 그렇게 되었을 때 그 연애의 기억은 고통스럽고 피하고 싶은 기억이 된다. 그것을, 그 시간들을, 그 관계를 긍정하기까지란 결코 쉽지 않다.

희수와 병운은 다시 만나서 새로운 사랑을 할 수 있을까? 알 수 없는 일이지만 둘의 차이는 결코 간과될 수 없는 것이며 앞으로도 계속 문제를 일으킬 것이다. 다행히 희수와 병운 모두 그 사실을 알고 있는 것처럼 보인다. 그렇다고 그 둘의 관계가 완전히 끊어져 소멸된 것은 아니다. 영화의 마지막 장면에 희수의 것으로 보이는 클립보드에는 오래된 사진들과 함께 병운의 차용증이 한들거린다. 그것은 이제 희수에게 추억의 한 페이지로 자리잡을 수 있다. 그것은 그들 추억의 편린이자 그들의 새로운 관계, 현재적 관계의 표식이다. 최소한, 희수에게 병운은 영화 속에서 병운에게 돈을 꾸어 주었던 사촌, 동창, 스키 제자 정도의 사이는 된다. 이로써 희수는 병운을 긍정하고, 병운을 통해 사람들 사이의 차이를 여유롭게 받아들일 수 있는 여지를 마련한 것이다.

희수의 미소는 그 차이를 고통으로 받아들이는 것이 아니라 이해와 관용, 관계 생성을 가능케 하는 빈 공간이자 여유로 받아들이게 된다는 것을 의미한다. 하지만 어쩌면 그런 이유들 없이도 그냥 기분이 좋아진 것일 수도 있다. 우린 모두 그런 경험을 가지고 있다. 어떤 사람을 만나고 나서 이유도 없이 그저 마음이 편해지고 여유로워지며 기분이 좋아질 수 있다. 사람을 만날 때 그런 경우가 있다는 걸 우리는 안다. 스스로 여유롭고, 풍요로운 사람은 다른 이들도 그렇게 만드는 법이니까.

4. '나–자아'에서 '나–자기'로

영화의 라스트 컷은 희수와 병운이 처음 만났을 때의 장면을 보여준다. 이로써 희수는 (이와 더불어 관객도) 내가 왜 그 사람을 사랑했던 것일까, 나는 그와 왜 만나기 시작했던 것일까 라는 것을 해석할 수 있게 되었다. 사랑 역시 그것을 시작할 때 그것이 어떻게 끝날지 모른다. 그럼에도 우리는 기꺼이 그 알 수 없는 미래를 받아들이려는 활동을 시작하는 것이다. 미래가 두려운 사람은 아무것도 행위할 수 없다. 상처가 두려운 사람이 새로운 관계를 시작할 수 없듯이… 이야기(소설)의 결말을 알았기 때문에 그 소설을 읽지 않겠다는 것은 그 소설에 대해 아무것도 알지 않겠다는 것과 다를 바 없다. 결말이 같더라도 그 과정에 따라 결말의 의미가 달라진다는 것은 누구나 다 아는 상식이 아닌가. 관계를 맺는다는 것은 변절과 배신으로 인한 고통을 당할 수 있다는 위험 속으로 자신을 내던진다는 의미이기도 하다. 그것은 언제나 관계론적 도박의 성격을 가지고 있다. 사회적 동물인 인간은 불가피하게 그렇게 살 수밖에 없다.[3] 하지만 그것을 인식하고 그 관계론적 위험 속으로 거침없이 자신을 기투한다는 것은 또 다른 문제다.

"네게 일어난 일을 받을 만한 사람이 되라."는 스토아의 금언처럼,

3) "모든 유기체 안에 두 개의 '동물'이 공생하는 것… 첫째로 '내부에 존재하는 동물'이 있는데, 그것의 삶은 '동화작용과 배설의 습관적인 교대'에 지나지 않는다. 그리고 또 '외부에 사는 동물'이 있는데, 그것의 삶은 그것이 외부 세계와 맺고 있는 관계에 의해 규정된다." 조르조 아감벤, 정문영 옮김, 「아우슈비츠의 남겨진 자들」, 새물결, 2012, p.224.

그 여로의 끝에서 보여 준 희수의 미소는 부드럽고 행복한 미소이자 여유로운 자만이 지어 보일 수 있는 미소이기도 할 것이다. 자신의 과거를 재발견하고 의미화할 수 있는 사람이 행복한 것은 물론이려니와 강한 자이기도 하다. 그/녀에게 시간은 과거를 경유해서 미래로 열려 있다. 이것이 상처를 치유하는 한 가지 방법이다. 트라우마니 상처니 하는 것은 모두 지난 과거만의 문제가 아니라, 그것이 그 상처의 주체로 하여금 미래로 열린 시간을 살지 못하게 한다는 데 가장 큰 문제점이 있는 것 아닌가.

영화의 초반부 경마장에서 희수와 병운이 만나는 장면과 대사를 다시 생각해 보자. 희수의 관점에서 병운은 경마장이나 들락거리며 꾸어 간 돈은 갚을 생각도 하지 않은 채 이 사람 저 사람에게 쓸데없는 대사나 날리는 한심한 백수건달이나 하위주체(subaltern)로 보인다. 반면 병운의 입장에서 희수를 보자면, 난데없이 찾아와 예전에 꾸어 준 돈을 갚으라며 사람을 무시하고 무례하게 구는, 날카롭고도 신경질적이며 배려라고는 모르는 속 좁은 여자로 비친다. 그러나 영화가 전개될수록 그들에 대한 관객들의 이해는 바뀐다. 그들의 겉모습 뒤에 감춰진 삶의 국면들, 내밀한 진실들을 알게 되었기 때문이기도 하지만, 이 낯선 타인들의 삶 속에 도사린 진실들을 바라볼 줄 아는 눈을 갖추게 되었기 때문이다. 그런 것이 바로 이해와 공감이리라. 따라서 이 영화는 과거를 정리하기 위해 미래를 생성시키는 이야기이다. 타인을 이해하고 받아들일 여유를 갖게 되었을 때 비로소 우리는 자신의 과거를 이해하고 수용할 수 있는 힘을 갖게 되며, 자신을 이해한다는 것은 타자로서의 자기 자신을 되돌려 받는다는 말에 다름 아니다. 되찾은 시간, 되찾은 연애, 되찾은 자신.

사실 이 영화에서 인물들의 성격이 크게 변하는 것은 아니다. 굳이 변화가 있다면 끝 장면에서 희미하게 엷은 미소를 띄우는 희수에게서 찾아볼 수 있지만, 그것은 서사 전개상의 변화라기보다 희수의 변화를 암시하는 정도에 불과하다. 그런데도 그 미소가 이 영화의 전부다. 희수는 잃어버린 시간-과거, 연애를 되찾고, 병운과 더불어 그때의 나를, 그때의 연애를 재해석할 수 있게 되었다. 받아들일 수 있고, 이해할 수 있게 된 것이다. 하지만 더 중요한 변화는 관객 편에 있다. 이들의 하루를 따라가다 타인의 삶과 그 이면에 도사린 삶의 진실을 바라볼 줄 알게 된 시선을 확보한 관객이라면 이제 이들을, 그리고 우리 옆에 있는 타인들을 판단하고 이해할 수 있는 기준 자체가 변한다. 사건이 전개되고 인물들이 변화함에 따라 그것을 판단할 관객-수용자들의 기준 역시 발전하고 변화한다. 좋은 작품이란 언제나 인물들만이 변하는 것이 아니라 독자들이 변하고, 독자들의 세계관과 판단의 기준조차 따라서 발전하는 것이 아니겠는가.

영화는 경마장 주차장에서 대화를 나누는 어떤 커플로부터 시작했었다. 그들의 대화는 마석 근처에 땅을 사, 돈을 벌었지만 지금은 연락이 되지 않는 어떤 지인에 대한 이야기다. 그리고 영화의 여주인공 '희수'는 그들과 스쳐지나며 카메라는 병운을 찾으러 경마장으로 향하는 희수의 뒤를 쫓는다. 병운을 찾아낸 희수, 그런데 병운은 바로 조금전 그 커플과 대화를 나누고 있다. 나와는 무연한 사람들, 낯선 타인들에 지나지 않았던 사람은 병운이 알고 있는 사람들이었다. 그들은 살짝 스쳤기 때문에 서로를 처음 만나는 사람처럼 여겼을지 모르지만, 카메라 앵글을 따라온 우리는 그들이 이미 초면이 아님을 알고 있다. 이것이 이 영화 전체의 주제를 암시하는 일종의 에피그램과 같은 장면이다. 나와 아무런 상관도 없는 남, 타인과 내게 소중한 사람 사이를 결정짓는 조건이란 무엇인가를 생각하게 하며 타인은 결코 완전히 무연한 남이 아닐 수 있다는 걸 말하는 영화.

영화의 스토리는 희수와 병운의 하루를 따라가며, 이들이 어떻게 타인에서 연인으로, 그리고 다시 타인이 되었는가를 보여 주지만 이 과정에서 정작 밝혀지는 것은 타인의 진실이다. 그리고 그것은 주체의 진실이기도 하다. 우리는 종종 나 자신의 과거를 두고 묻게 된다. "나는 도대체 그때 거기서 왜 그랬던 것일까?" 자신으로서도 납득이 되지 않을 때가 많다. 그것은 그때의 나와 지금의 나가 달라졌기 때문이고, 시간이 흐름에 따라 그때 거기서 그래야만 했던 과거의 나(나이자 또 다른 타자로서의 나)의 진실과 맥락을 잃어버렸기 때문이다. 시간과 상황이 바뀌면서 그때의 나는 사라지고, 희미해지며 그러면 그때 나의 행동조차 낯설게 되는 일이 다반사다. 이 영화는 바로 그렇게 잃어버린 나를 찾는 영화에 다름 아니다.

이처럼 주체는 타자와의 만남을 통해 촉발되어 확장된 주체로의 변양을 겪는다. 타자에의 열림을 경험하지 못하고 자신에 몰입된 유아적(唯我的)인 주체를 폴 리쾨르는 라틴어를 사용해 idem이라고 말한다. 반면 타자와의 만남을 통해 확장된 주체를 ipse라고 부른다.[4] 굳이 번역해 보자면 idem은 '자체 동일성'이고 ipse는 '자기 동일성'이다. ipse는 idem의 '동일성'과 달리, '삶의 일관성 속에' 변화를 포함할 수 있다. idem은 타자성이 없는 정체성을, ipse는 타자성이 있는 정체성을 뜻한다. 이때 타자성이란 타인을 말하기도 하지만 주체가 마주치는 모든 사물, 세계를 뜻하기도 한다. 세계로 열린 주체성은 결국 타자를 통해 자기 자신을 이해하게 된다. 그럴 수밖에 없다. 우리를 둘러싼 모든 환경과의 교섭을 통해 우리가 오늘의 우리로 존재할 수 있었던 것처럼 말이다. 리쾨르는 다른 곳에서도 다음과 같이 말한다.

4) 폴 리쾨르, 김웅권 옮김, 「타자로서의 자기 자신」, 동문선, 2006, pp.13-21; 221-227.

궁극적으로는 자국의 것과 이국적인 것 사이에는 결코 넘어설 수 없는 차이가 있다는 사실을 받아들일 수 있어야 하는 것이다. … 동일한 공동체 내부에서도 이해를 위해서는 최소한 두 명의 화자가 필요하다. 물론 여기서는 이방인이 아닌 타자, 우리와 가까운 타자일 뿐이다. 타인에 대한 인식을 언급한 후설은 우리 이웃의 일상적 타자를, 즉 이방인이라고 부른다. 모든 타자에는 이국적인 것이 담겨 있다. … 고백하건대 나는 여전히 난감하다. 그럼에도 불구하고 한 가지 확실한 것은 나는 여전히 이국적인 것이 문을 열고 들어오는 것을 선호하는 편에 서고 싶다.[5)]

그럴 것이다. 만일 이국적인 것(타자성)으로부터 오는 시련이 없다면, 우리가 그것을 회피하려고만 한다면 우리는 모놀로그의 쓸쓸함 속에서 나 안에만 갇혀 지낼 수밖에 없으리라. 나와 다른 이들 사이에는 결코 넘어설 수 없는 차이가 있다는 사실을 받아들이고, 나와 타자가 결코 하나로 환원될 수 없음을 인정하고 수용하면서 나와 타자 사이를 끝없이 왕래하는 것, 이국적인 것으로부터 오는 시련을 겪는 것이 삶의 본질이다. 결국 주체란 타자의 고통스러운 이국성을 자신의 집에 맞아들임으로써 생을 체험하는 기쁨을 누리는 것이리라. 타자를 받아들이는 환대(와 고통)는 우리 삶의 불가피한 본질적 측면이다. 고통은 나로 환원될 수 없고 오히려 내가 고통 가운데서 만들어진다. 우리는 살아 있는 동안 이국적인 것으로부터 늘 시련을 받는다. 그렇게 이국적인 것의 시련은 오늘도 계속된다.[6)]

---

5) 폴 리쾨르, 윤성우 · 이향 옮김, 「번역론」, 철학과 현실사, 2006, pp.87; 122; 129.
6) 타자성의 철학자 레비나스는 타자를 받아들여야 하는 주체의 고통은 타자와의 만남, 타자가 남긴 상처이지만, 이 타자의 침입이, 타자가 남긴 상처가 주체를 가능하게 한다고 말한다. 주체는 상처받고 타자에 노출되어 있을 때에만 비로소 주체가 된다.(레비나스, 「존재와 다르게—본질의 저편」, pp.108-109 참조)

‘님’에게로 가는 길

—님은 먼 곳에

1. 그녀는 도대체 왜?

영화 〈님은 먼 곳에〉(2008)는 이준익 감독의 전작들에 비해 흥행에 성공하지 못했고 별 주목도 받지 못했다. 그 이유는 불분명하다. 서사적 이야기의 재미로 보자면 〈왕의 남자〉는 볼만하다. 그리고 역사 속의 개인에 관한 이야기로서 〈황산벌〉도 욕설들의 향연과 더불어 좋은 작품이고, 마이너적인 삶에 대한 긍정으로서 〈라디오 스타〉 또한 그런대로 괜찮다. 그런데 왜 유독 〈님은 먼 곳에〉는 무관심 속에 내던져져 있었고 후한 평가에 인색한 것일까?

무엇보다 〈님은 먼 곳에〉에는 어떤 메시지를 모두 말하지 않는 미덕을 갖추고 있다. 관객-수용자에게 감정이입을 시켜 오락을 즐기는 수동적 주체로 만드는 것이 아니라 수수께끼를 던짐으로써, 능동적으로 의미를 구성해야 하는 독자-수용자로 생산하는 이야기에 가깝다. 달리 말해 이 영화는 '해석적 약호'를 추동시킨다. 물론 영화를 반드시 질문하면서 봐야 한다고 강요할 권리를 가진 사람은 없을지 모른다. 그러나 이 영화의 가장 중요한 인물이자 서사를 이끌고 가는 인물의 행동 동기에 대해서 모른다면 이 영화를 이해했다고, 충분히 즐겼다고도 말하기 어렵다.

이 영화는 순이와 '와이낫 밴드'를 한국에서 베트남의 뒷골목으로, 전장의 미군 부대와 한국군 부대, 베트콩의 아지트로 데리고 다니면서도 순이가 남편을 만나려는 이유에 대해서는 직접적으로 설명하지 않는다. 영화 중간쯤에 용득(정경호)은 묻는다. "왜 남편을 만나러 갑니까?" 순이는 빙그레 웃을 뿐 대답하지 않는다. 그 질문은 관객에게 던져진 질문이기도 하다. 이 질문에 답하는 것이 이 영화를 이해하고 즐기는 데 필수적인 요소다. 도대체 순이는 왜 애정도 없는 남편을 찾으러 홀로 그 험난한 여정에 오르며, 세계사의 한복판으로 뛰어드는 것일까? 순이와 와이낫 밴드의 행로로 베트남의 역사, 한국의 현대사, 세계사가 노출되고, 한국과 베트남의 뒷골목이 풍경으로 그려지며, 포연이 가득한 미국의 현대사와 제국주의가 모습을 드러낸다.

어쨌든 이 영화의 핵심 질문은 "순이는 왜 남편을 만나러 가는 것일까?"다. 둘은 사랑하는 사이도 아니다. 그저 부부 관계이기 때문에 베트남까지 면회를 간다는 것은 이유가 될 수 없다. 위문편지를 보내고, 무사히 돌아오기만을 기원하는 것이 상식적이다. 굳이 지금 상황에서 남편을 만나야 할 이유도 없다. 그렇다면 무엇 때문에 그렇게까지 해야 하는가? 집 안에서 남편이 무사히 돌아오기만을 기다리면 안 되는 것일까? 순이와 남편 사이에는 그 어떤 사랑도 없어 보인다. 그렇다면 남편을 사랑하지도 않는데, 아니 남편에게 사랑을 받아 본 일도 없고,

남편을 사랑한다는 극중의 어떤 암시도 없는 상황에서 순이는 왜 그토록 죽음까지 불사하며 남편을 찾아가는 것일까? 영화에서 순이가 남편을 찾으러 떠나듯, 우리도 이 질문의 답을 찾아 작은 여행을 시작해 보도록 하자.

2. 생존 명령 혹은 이데올로기라는 파송자

영화 첫 시퀀스에서 순이(수애)는 김추자의 〈늦기 전에〉(1969)를 감미롭게 부른다. 원곡의 분위기와는 완전히 딴판인 조용하고 감성적인 노래 속에서 순이의 내밀함이 엿보인다. 눈을 감고 노래에 젖어 있는 얼굴, 그것은 노래 속에 빠져 있는 감미로운 얼굴인바, 노래를 부르는 순이의 향유를 보여 준다. 그것은 상상계적 동일시이자 나르시시즘적 주체의 흥얼거림이다. 그러나 노래의 감성에 흠뻑 젖어 남들 앞에서 노래를 부르는 며느리가 시어머니는 못마땅하다. 자신의 내밀한 감정을 타인들 앞에서 내보이고 있는 모습을 달가워할 리가 없는 것이다.

순이가 노래를 부르며 감고 있던 눈을 떴을 때, 그녀의 앞에 서 있는 것은 눈꼬리를 치뜬 시어머니다. 허둥지둥 새참 광주리를 받아들지만 잔소리는 시작된다. "서방 군대 보내 놓고 노래가 나오나?" 이는 모든 시름을 잠깐 내려놓고 노래 속으로 도피한 순이에게 사회적인 상징망의 위치를 각인시켜 주는 발화다. "너는 누군가의 아내이고, 너는 나의 며느리이고, 너의 남편은 군대에 가 있고, 지금은 노동해야 하는 시간이다."라는 상징계적 호출.

순이는 시어머니의 등쌀에 정기적으로 매월 1회씩 남편 면회를 떠난다. 이것은 순수 목적(?)의 면회가 아니라 가문의 대를 잇기 위한 임신용 면회다. 시어머니는 며느리의 배란일까지 챙겨 면회를 보내며 순이의 임신을 강하게 희원하고 있다. 남근 중심적인 사회의 지배기표인 '가문'의 대를 잇게 하기 위해서다. 시어머니는 그 일을 자신이 실행해야만 할 중요한 임무로 생각하고 있는 것처럼 보인다. 시어머니는 가부장적 남근기표(팔루스)에 의해 누벼진 존재이기 때문이다. 이때, 순이는 한 남자의 씨를 받아 대를 잇는다는 기능을 수행해야 하는 위치에 놓이게 된다.

영화 초반, 순이라는 여성의 주체성은 이데올로기에 의해 강요된 주체성, 생식적인 것이지 남편과의 사랑에 기초를 둔 아내, 며느리의 정체성이 아니다. 사회적 존재로서의 인간이 단 하나의 기능점으로만 환원될 수 없겠지만, 영화에서 부각되는 것은 이와 같은 기본적 상황이며, 여기서 순이는 가부장적 이데올로기의 강요를 받고 있는 인물로 형상화되어 있다. 그녀의 남편 '박상길(엄태웅)'의 경우도 크게 다르지 않다. 남근 중심적 사회의 대표적 집단인 군대에서 언어폭력과 신체적 폭력에 시달리며 자신의 주체성을 재형성하고 있다.

무엇보다 '상길'은 '순이'를 사랑하고 있지 않다. 어떤 이유에서 순이와 결혼했는지 모르지만, 연애결혼은 아닌 것으로 보인다. 내무반 신에서도 드러나듯 그는 다른 여자와 연애편지를 주고받고 있으며, 급기야 애인으로부터 "부인과 행복하게 사세요."라는 마지막 결별의 편지를 받는다. 이 편지를 조롱하는 선임병사를 야전삽으로 때리고는 처벌을 받게 될 처지에 이르자, 순이의 남편 상길은 "영창 갈래 월남 갈래?"의 강요된 선택 속에서 베트남행을 결심한다. 세계사적 이데올로기 전쟁에 참여하게 되는 계기로서는 다소 어처구니가 없는 것이긴 하지만, 역사 속에서 개인의 선택은 대체로 이런 경우가 적지 않다. 그를 베트남으로 가게 하는 것은 그가 처한 상황에서의 자기 포기적 절망과 한국 군대의 파월 결정이라는 상황이 결합해 만들어 낸 우연과 필연의 변증법에 해당한다.

남편을 면회 간 순이는 그와 함께 여관에서 하룻밤을 지내지만 남편 상길은 그녀에게 관심도 없다. 그는 서먹하고 어색한 분위기 속에서 소주를 마시다가는 독백조로, 순이에게 "니 내 사랑하나? 니 이제 면회 오지 마라. 니, 사랑이 뭔지 아나?"라고 말하며 돌아눕는다. 너(순이)는 사랑을 모른다는 말이며, 나는 너를 사랑하지 않고, 너도 나를 사랑하지 않는다는 말이다. 너와 나 사이에는 제도상의 결혼 외에는 아무것도 없다. 이 부부의 갈등은 결혼과 사랑이 일치하지 않는데서 비롯되고도 있다. 이 영화의 이야기는 두 사람 사이의 이 간격으로부터 출발하며, 이 간극을 가로지르는 여자의 이야기다. 그런데 그녀는 남편이 전쟁터 베트남으로 가 버렸으므로, 이 물리적 거리와 심리적 간극을 메우기 위해 남지나해를 거쳐, 미군과 한국군이 베트콩과 싸우고 있는 이데올로기적 전장, 월남을 온몸으로 횡단해야 하는 서사가 구성된다.

급기야 남편 상길이 월남으로 떠난 것이 아내 순이의 탓으로 돌려지고, 시어머니는 첩을 통해서라도 가문의 대를 이어야겠다며 순이를 친정으로 쫓아낸다. 그러나 그녀의 아버지는 "한 번 시집 갔으면 죽어도 그 집 귀신!"이라며 순이를 돌려보낸다. 다시 시댁으로 돌아온 순이는 보따리를 들고 월남으로 간 아들을 찾아 나서는 시어머니를 대신해서 남편을 찾아 월남으로 떠나는 여행길에 이른다. 하지만 실상은 강요된 파송이다. 남편 역시 그랬고, 순이 역시 또 다른 이데올로기적 강요(가문의 대를 잇기 위해서 남편은 살아야 한다)로부터 과제를 부여받는 셈이다. 실제로 한국 현대사에서 한국군들이 베트남으로 떠나야 했던 이유도 이와 크게 다르지 않았다. 국가(의 주권자)가 결정하고, 군대가 집행하며, 그것을 수행해야 하는 정치 · 경제적 이유(명분 혹은 이데올로기)

야 얼마든지 충분했다.

서사의 표면에서 보자면 아들을 찾으러 나서는 시어머니를 대신해 순이 자신이 월남행을 자청하는 것으로 나타나지만 그것은 설득력이 없다. 얼마든지 베트남에 갈 방도를 찾을 수 없었다고 하면서, 시댁으로 돌아가도 그뿐이기 때문이다. 뿐만 아니라 미군 장교에게 몸을 허락하면서까지 남편에게 가려고 애를 쓰는 대목을 보면 로미오를 찾으러 가는 줄리엣을 연상케 할 정도, 아니 아내를 찾으러 하데스의 구역에까지 내려갔던 오르페우스를 떠올리게 된다. 그렇다. 이 서사는 남녀의 역할이 뒤바뀐 '오르페우스 신화'를 닮았고, 한편에서는 '바리데기 설화'를 닮기도 했다. 블라디미르 프롭이 「민담의 형태소」에서 분류한 8개의 기능들(functions), 파송자(이데올로기)와 조력자(와이낫 밴드), 방해자(전쟁 상황)와 탐색 대상자(박상길) 등이 등장한다. 서사의 주체는 물론 우리의 주인공 '순이'이며, 객체(대상)는 남편 박상길이 아니라 되찾아내야 하는, 과정을 통해서 의미를 생성시켜야만 발견할 수 있는 '남편'이다. 따라서 이 영화는 전쟁영화라기보다는 드라마에 가깝고, 멜로드라마라기보다는 탐색담이나 모험담에 더 가깝다. 만일 「오디세우스」가 아내가 기다리는 집으로 돌아가는 남자-영웅의 서사라면, 이 영화는 남편을 찾아가는 페넬로페, 여성-인간의 이야기다. 하지만 여기서 남녀라는 구별은 사실상 무의미하다. 님을 만나러 가는 것은 남자냐 여자냐의 문제가 아니라 인간의 문제이기 때문이다.

여기까지가 순이가 월남으로 남편을 찾아 떠나게 된 저간의 사정이다. 그러나 이것으로 순이의 베트남 행을 전부 다 설명할 수 있는 건 아니다. 시어머니 대신, 시어머니의 파송으로 남편을 찾는다고만 보기에 그녀가 겪어 내야만 하고, 또 불가능한 상황에서도 남편을 찾아가려는 고집은 분명 설명되지도 않고, 납득이 되지도 않으면서도 숭고한 면모를 보여 준다. 순이는 도대체 왜 애정도 없는 남편에게 그토록 가려고 하는 것일까?

이 영화를 세상을 가로질러 자신을 찾는 페미니즘적 서사로 보아야 할지, 별 볼 일도 없는 남편을 그 어떤 인격적 대우도 받지 못하면서 '님'이라고 찾아간다는 남성들이 강요하는 지고지순한 여성상 수립에 관한 이야기로 보아야 할지 헷갈릴 수도 있다. 여기서 남녀별 진영적 사고는 별로 도움이 되지 않는다. 어차피 '남자'는 없기 때문이다. 자신이 남자라고 믿는 여자들만이 있을 뿐이다.(지젝) 그러나 이 영화는 이데올로기 횡단에 대한 이야기이지, 이데올로기적 분할선의 어느 쪽을 편드는 서사가 아니다. 기다리는 여인이 아니라 찾아가는 여인, 세상의 피해자가 아니라 세상을 횡단하는 여인, 살아남기 위해서가 아니라 그 어떤 이유로 전장을 가로지르는 사람. 여기서 순이는 지난 세대의 순애보적 여성상이 아니라 인간 일반의 이름, 우리가 되어야 할 바로서의 인간적 형상 가운데 하나가 된다. 상황이 어떻고 조건이 어떻든 우리는 누구나 시간을 가로질러 자기 삶을 살아 내지 않는가. 산다는 건 어떤 식으로든 결국 사회와 역사, 시대와 상황을 통과한다는 것을 의미한다.

3. 자유냐 죽음이냐

그러나 시골 아낙네 혼자만의 힘으로 전쟁터 월남으로 갈 수는 없는 노릇, 급기야 그녀는 베트남 위문공연단을 파송하는 사무소를 찾아가 거기서 '김정만(정진영)'을 만난다. 정만은 밴드 공연을 통해 한몫 챙겨 보려는 인물이지만 사실 날건달이나 다름없다. 그는 빚 독촉에 쫓겨 월남에라도 가야 하지만, 지난번 베트남에서 동료들의 돈을 떼어먹은 일이 알려져 갈 수가 없다. 그리하여 정만과 함께 베트남에 가려 하는 밴드 일원들의 돈으로 뇌물을 써서 월남에 갈 수 있는 티켓을 구입하려 한다. 이 와중에서 정만은 순이를 밴드의 여성 멤버로 끼워준다. 순이는 노래와 댄스를 잘 하는 것도 아니고, 베트남 위문공연단에서 여성 멤버로 일을 한다는 것이 무엇을 의미하는지도 모른다. 혹은 개의치 않는다. 정만은 자신의 애인 제니가 임신을 하게 된 탓에 동행할 수 없게 되자, 순이를 합류시킬 마음을 먹는다. 이렇게 해서 월남에서 돈을 벌어 오려는 정만의 유사(類似) 밴드 무리와 남편에게 도달하려는 순이가 함께 베트남으로 향하는 배에 오르게 된다.

배 안에서 순이는 이름을 '써니(Sunny)'로 부여받고 급히 〈수지큐〉라는 노래도 배우지만 단기간에 밴드의 여성보컬이 되기에는 무리다. 이들의 공연은 단순히 노래만 하는 것이 아니라 남성-군인 무리들의 노골적인 성욕에 찬 시선을 견뎌 낼 줄 알아야 하고, 그들의 환호에 자신을 판타지의 먹이로 제공할 줄 아는 노련함이 있다 해도 쉬운 일이 아니기 때문이다. 그녀의 이름이 써니로 명명된다는 것은 사회 상징망 속에서 새로운 기능(정체성)을 부여받게 됨에 따르는 일이다. 이제 그녀는 한 남편의 아내만이 아니라 사회라는 잔혹한 타인들의 망 속에서 자신의 자리를 부여받은 주체가 된다. 가문이라는 울타리에서 나와 더 험난하고 잔혹한 전장으로 가게 된 것이다.

남지나해를 거쳐 베트남에 도착한 정만 일행. 이름하여 '와이낫 밴드'. 그러나 도착한 그곳에서도 좀처럼 일자리를 구할 수가 없다. 정만이 베트남을 떠나오기 전의 관계들로 인해 도리어 빚이 산적해 있는 상태다. 이 와중에서 정만이 베트남에 버리고 떠났던, 또 다른 밴드의 동료 용득을 만나 그의 안내로 어렵사리 미군 보충대 캠프에서 공연을 열어 보지만, '순이-써니'의 울렁증으로 공연은 무산되고 그들은 도망치듯 그곳을 빠져나와야만 했다. 남성들의 시선에 자신을 욕망의 대상으로 공급한다는 것이 시골 아낙네였던 순이에게 결코 용이한 일은 아니었기 때문이다. 급기야 순이와 '와이낫 밴드' 일행은 한국군을 상대로 한 공연을 하기로 하고 푼돈을 모두 털어 트럭을 구한 뒤, 작업 중인 한국군 부대를 찾아가 다짜고짜로 공연을 개최한다. 그 결과가 생각보다 좋자, 이들은 이제 한국군들만을 대상으로 하는 위문공연을 다닌다.

그러던 가운데, 공연 도중 한국군 부대가 포격을 당하게 되자 그들은 공연의 대가를 받지 못할 것을 우려해, 포화 속에서도 군부대의 물품을 자신들의 트럭으로 옮겨 싣기도 한다. 도둑질에 가까운 이들의 행동은 비윤리적이라기보다, 살아남아야만 하는 절박함 자체이기도 하다. 이들의 공연은 돈벌이 이상의 것으로 목숨을 걸고 자신의 생명을 담보로 베트남이라는 전장으로 향했던(혹은 동원되었던) 월남 파병 군인들과 하등 다를 바 없다. 비록 와이낫 밴드에게는 이데올로기적 명분은 없고 오직 살아남아야 한다는, 돈을 벌려는 정신밖에 없었지만 살아남기 위해서 목숨을 걸어야 한다는 점에서는 군인들과 다를 바 없었다. 그렇게 우리들의 월남 파병 세대들은 그런 시간을 건너온 것이다.

공연 도중 급작스럽게 시작된 적의 포격. 이것이 그들이 처해 있는 장소의 상황적 속성이다. 그 공연이 언제든지 포탄으로 중지될 수 있고, 거기서 자기의 몸과 동시에 부대의 물품을 챙겨야 하는 사정. 이것이 우리들의 엄중한 현사실성이다. 순이의 육체는 응시의 덫에 걸린 시선들에 의해 상품화되고, 물신화된다. 시장과 전쟁의 경제학. 전쟁터, 그것은 이데올로기와 이익투쟁의 현장 그 자체로서 본질적으로 시장 투쟁의 물리 폭력적 장이다. 순이의 섹슈얼리티 자체는 봉건적 이데올로기에서 출산 기계로 취급받다가 이제 시장에서 판타지의 대상으로 옮겨갔을 뿐이다. 다른 이의 노래를 들으며 자기 환상에 몰두하는 것은, 영화의 첫 장면에 순이의 노래를 듣는 시골 아낙네들이나, 영화 중간에 등장하는 군인들의 환호성이나, 노래를 부르는 가수의 내밀한 영역을 훔쳐보려는 관음증자들이라는 점에서 별다를 바 없는 현상이다.

공연이 거듭될수록 순이는 이제 공연에 익숙해지고, 시선을 즐길 줄도 알게 되며, 의상도 더욱 파격적으로 변해 간다. 그리고 그 끝은 결국 자신의 몸을 미군 중령에게 헌납하는 것이었다. 많은 남자들에게 시선의 미끼로 자신을 제공하고, 끝내 자신이 원하는 것을 얻기 위해 자기 몸과 정신을 수락하는 것, 그런 정신을 아마도 '창녀의 스피리투스(spiritus)'라고 부를 수 있을 것이다. 하지만 순이를 과연 창녀라고 부를 수 있을까? 영화를 본 사람들로서는 동의할 수 없을 것이다. 그녀의 출신이 술집 여자가 아니었기 때문도 아니고, 그녀의 이미지와 성품이 천박하지 않아서도 아니다. 심지어 그녀의 진실, 남편을 찾아가기 위해 자신을 희생하기 때문도 아니다. 그것은 바로 그녀가 그렇게까지 자신을 버려 가면서도 하나를 얻어내려고 하는 그 이유 목적 때문이다. 그녀가 그렇게 하는 이유, 그렇게 남편을 만나려고 하는 모습에 깃든 숭고성 때문에, 그녀는 몸을 내던져도 천박하거나 비루한 것이 아니라 도리어 숭고해진다. 이 지점에서 우리는 앞의 질문, 순이는 왜 그토록 남편을 찾아가려고 하는가 라는 문제와 다시 부딪힌다. 그녀는 돈을 벌거나 살아남기 위해서 전쟁터에 온 것이 아니라 남편을 만난다는, 얼핏 보기에 지고지순한 사랑의 증명을 위해서 베트남에 왔고 전장을 가로지르는 것처럼 보이기 때문이다. 용득도 써니에게 묻는다. "남편은 왜 만나러 가요?" 대답 대신, 써니는 그저 알 듯 모를

듯한 미소만 지을 뿐이다. 이 대답을 듣기 위해 우리는 아직 더 나아가야 한다.

써니는 남편이 소속된 부대가 있다는 호이안(Hoi An)으로 가려 하지만, 정만은 물이 오른 써니를 데리고 사이공으로 가, 계속 공연을 하려 한다. 이에 써니는 홀로라도 남편에게 가려 하지만 그들 모두는 베트콩 민병대에 의해 포로가 되고 만다. 그들은 자신들은 군인이 아니며 밴드일 뿐이라고 하지만 베트콩(Viet Cong)은 돈을 벌러 왔다는 점에서 한국군과 목적이 같다고 말한다. 말이 통하질 않는다. 베트콩의 총구 앞에서, 남편을 찾으러 왔다는 말조차 통용되지 않자, 순이는 김추자의 〈님은 먼 곳에〉를 부르기 시작한다. 이 노래는 총구 앞에서 부르는 자신만의 내밀한 고백, 무력하지만 그녀가 발할 수 있는 유일한 언어, 생사의 갈림길 앞에서 부르는 절대절명의 노래이다. 이후로 그들은 베트콩 아지트 생활을 하면서 꼬뮤니즘적 삶-의-형태들도 경험하지만, 곧 미군의 기습으로 다시금 미군의 포로가 된다. 미군들은 베트콩 아지트에서 발견된 그들에게 적대적으로 총구를 들이댄다. 여기서 그들은 다시 한 번 정체성을 요구받게 되는 바, 총구의 위협 앞에서 미국 국가 (흔히 '성조기여 영원하라'로 알려진) '별이 빛나는 깃발'을 부르다가 〈대니 보이〉를 부른다.

한국군들에게는 〈울릉도 트위스트〉와 〈간다고 하지 마오〉를 불러주고 베트콩 앞에서는 김추자를, 그리고 이제 미군 앞에서 미국의 내셔널 앤섬과 〈대니 보이〉를 부르는 것이다. 위기, 혹은 자신들의 한계와 무력성에 직면해, 계속해서 그들을 겨누는 총구 앞에서 이들이 부르는 노래는 자신의 정체성은 없는, 오직 살아남기 위해 부르는 앨러지, 타인들의 노래, 절규의 언어일 뿐이다. 미군 앞에서 미국 국가를 부른다는 건 미군에 대한 국가적 종속을 선언하는 것이며, 〈대니 보이〉를 부른다는 건 문화적으로 예속되었다는 걸 표명하는 일이다. 이들의 노래는 자신의 노래가 아니고, 자기 나라의 노래도 아닌, 남의 노래를 자신의 말로 부르는, 그래서 끝내 제대로 불러질 수 없는 흐느낌과 애절함으로 가득하다.

미군에 의해 이들의 신원이 확인되고, 순이의 남편이 한국군 소속임이 밝혀지지만, 남편이 작전 중 실종상태라는 소식을 듣는다. 이들은 미군에 의해 다시 사이공으로 돌려보내질 형편에 놓인다. 그러나 써니는 호송을 거부하고, 그들을 포획한 미군 부대에서 공연을 하게 해달라고 청원한다. 그리하여 미군 부대에서 어렵사리 공연을 하게 되었음에도 이들은 결코 즐겁거나 유쾌하지 않다. 연주를 하는 밴드들의 표정도 밝지 않다. 순이는 미군 병사들이 쥐어 주는 지폐들을 뒤로 던져 버리고 퇴폐적인 분위기로 절규에 가까운 〈수지큐〉를 부른다. 순이의 이 노래는 K. 존슨 중령 앞에 서서 약자가 하는 호소이자 흐느낌이다. 자리에 앉아 써니를 응시하는 미군 중령의 눈빛은 바로 자기 존재를 다 내놓아야만 원하는 것을 얻을 수 있다는 요구의 눈빛이자, 우리 존재의 내밀한 핵심조차 요구하는 권력자의 시선이다. 그리하여 거래가 성립한다. 남편에게 갈 수 있는 명령을 내려 주는 대가로 순이는 몸을 제공한다. 욕망과 욕망 간의 교환, 한 사람은 자기 몸을 팔고, 한 사람은 자기 권력을 지불하고 그것을 산다. 이로써 순이는 이제 남편 박상길에게 갈 수 있는 명령의 수혜자가 된다.

순이가 미군 중령에게 몸을 허락하는 동안, 밴드원들은 미군들이 내놓은 꼬깃꼬깃한 달러들을 계산해 보지만 용득은 이 달러들을 태워 버린다. 어쩌면 살아남는 것도 중요하고 돈을 버는 것도 중요하지만, 그런 것보다 더 중요한 것이 있음을 깨달았던 것일까? 돈과 목숨이 있어도 그것이 없으면 노예에 불과한 삶이 있다는 걸 발견했기 때문일까? 여기서 주인과 노예의 선택에 대해 떠올리게 된다. '목숨이냐 돈이냐'는 진정한 의미의 선택지가 될 수 없다. 돈을 택하면 목숨을 잃게 될 것이다. 목숨 없는 돈은 아무런 의미가 없고, 목숨을 택한다 해도 결국은 돈 없는 삶을 살게 될 것이기 때문이다. 이른바 라캉이 제시했던 '소외의 벨(vel)'이다. '자유냐 목숨이냐'에서 노예는 목숨을 택하고 주인은 자유를 택한다. 그러나 자유를 택하기 위해서는 목숨을 버려야만 한다. 죽음을 택한 자만이 주인(주체)이 될 수 있다는 역설, 여기서 주체가 되기 위해서 얼마나 잔혹한 희생을 치러야 하는가는 「라캉 세미나 11」에 언급되어 있다.

한편 전투 중 실종되었던 박상길은 부대의 선임병과 가까스로 한국군 부대로 귀환하지만, 다시 전선으로 투입되는 바람에 후방으로 빠질 수 없게 되었다. 그래서 순이는 이제 직접 헬기를 타고 남편과의 상봉을 준비한다. 가만히 기다려도 될 일을 위험한 전선으로 그녀 자신이 가려 하는 것이다. 죽음에 근접해야만 의미가 만들어질 수 있기 때문일까? 밴드원들의 도움으로 이제 순이는 헬기를 타고 남편이 거의 실성한 지경에 이른 전투장에 도착한다.

이제 이 영화의 가장 미학적인 장면이 펼쳐진다. 영화의 마지막 장면은 포연이 피어오르는 전장터 한복판에서 순이와 상길의 만남으로 막을 내린다. 비스듬히 펼쳐진 언덕, 참호들이 즐비하고 포탄과 포연이 피어오른다. 포성과 총성이 울리고 총탄이 날아든다. 지금은 사라졌을 병사들이 뛰어다니고 〈대니 보이〉의 가락이 흘러나온다. 거기서 남편 박상길은 동료 병사의 죽음에 넋이 나간 상태에서 전투를 하다가 순이를 발견한다.

순이는 알기 어려운 얼굴로 남편을 노려본다. 그 눈빛을 뭐라 부를 수 있을까? 순이는 언덕을 올라 남편의 따귀를 때린다. 서너 대의 따귀를 때린 후, 결국 순이는 남편 앞에서 울음을 터트린다. 남편은 그런 그녀의 발 앞에 무릎을 꿇고 오열한다. 이것은 자기중심적 사랑이 자기희생적 사랑에게 꿇는 무릎이며, 낭만적 연애담론에 사로잡힌 주체가 사랑을 생성하는 사람에게 배우는 장면이다. 사랑을 찾으려는 주체가 사랑을 증명한 주체에게, 사랑을 받으려는 주체가 사랑을 하는(praxis)—구성하는—주체에게 무릎을 꿇는 장면. 충분히 공감이 되지만 설명하기는 힘든 그런 울음들. 그곳까지 오기 위해 겪어야 했을 과정의 신산스러움 때문인가 아니면 그녀에 대한 참회의 눈물일까? 그도 아니면 새롭게 발견하고 지금 막 생성된 사랑의 감격 때문이었을까? 알기는 어렵고, 말하기는 더 어려운 그 질문의 답들. 어쩌면 그것은 관객들에게서 결정되어야 하는 질문일 것이리라.

4. '이유'는 '발견'된다

사랑의 짝을 찾아 국경을 넘고 생사를 가로지르는 서사는 아주 많다. 그리고 그와 그녀들 사랑의 지고지순을 증명하기 위해 인물들과 사건들이 동원된다. 그(녀)들의 사랑을 증명하기 위해 온갖 어려움이 등장하고, 그것들을 돌파하면서 사랑을 찾아가는 서사. 장애물이 있어야만 그들의 사랑의 순도는 증명될 수 있고, 관객들은 그런 운명적 사랑 앞에서 정동을 느낀다. 그런데 이런 서사가 지금도 먹힐까? 대답은 '잘 팔린다'이다. TV에서 송출되는 멜로드라마 서사의 대부분도 아직도 이런 패턴이며 멜로 영화도 이런 공식구를 따른다. 그 과정에서 어떤 사소한 사건들(불치병, 집안의 반대, 안타고니스트의 음모와 계략)과 인물 성격이 다르다 하더라도 결국은 지고지순한 사랑을 예찬하기 위해서 동원되는 사랑 이야기일 뿐이다.

이런 사랑이 현실에 있다고 생각하는 것은 시대착오이며 환상과 현실을 구분하지 못하는 태도라고 지적할 사람도 있을 수 있겠다. 스크린 혹은 가상과 현실의 간극. 그러나 그런 사랑이 세상 어딘가에 없다고 단언하기도 어렵다. 그리고 그런 사랑이 현실에 없거나 이루어지기 어렵다는 것이 〈님은 먼 곳에〉에 대한 비판이 될 수는 없다. 오히려 현실에 없다는 것이 이러한 서사의 존재 이유이자 장점이라고까지도 말할 수 있다. 현실에 없을수록 판타지는 더욱 강력하니까. '없는 것'을 그려 내는 것이야말로 판타지의 매력이고, '없지만 있었으면 하는 것'을 보여 주는 것이 허구적 서사의 기능 가운데 하나다. 없을수록 있었으면 하는 마음(행복충족의 서사)은 강렬한 법이고, 그럴수록 그런 서사에 대한 향수(享受) 욕구는 상승한다.

순이는 이데올로기들의 장을 가로질러, 총알과 포탄이 빗발치는 전장을 횡단하고, 노래와 성욕-시선을 화폐로 바꾸는 시장을 지나, 권력자의 욕망에 몸을 팔아넘기면서까지 '님'을 찾아간다. 그저 '남편'이 아니라 '님'이다. 님이 반드시 남편일 필요는 없지만, 남편이 님일 수도 있다. 이때 님으로서의 남편은 상징망에서 통용되는 그런 남편 이상의 존재일 것은 분명하기 때문이다. 사랑을 증명하기 위해 순이는 시장을 가로질러, 이데올로기를 가로질러, 몸을 팔아 영혼을 증명(아니 영혼을 구성)한다!

중령한테 가서 남편을 찾을 수 있도록 해 달라는 부탁을 했을 때, 용득은 남편은 "왜요? 실종됐다잖아요."라고 하지만, 써니는 "그러니까 가자고!" 말한다. 이것은 순이가 목적이 남편이 아니라 남편에게 가는 과정, 자기의 모든 것을 내던지고 내파시켜야만 그곳에 도달할 수 있는 그런 여정길에 올라 있다는 걸 의미한다. 그곳에 도달하지만, 그곳에 도달할 때까지의 과정에서 의미(자기 전 존재를 투신해서 죽음과 직면하는, 자기 걸 다 내던지는) 것이 확보되지 않고서는 목적에 도달할 수 없다. 그 과정 속에서만 의미는 생성되기 때문이다.

남편을 왜 만나러 가는가? 사랑해서? 아니다. 사랑하기 위해서 간다. 순이 주위로 전쟁과 삶과 미국과 베트남이 펼쳐지고 이들은 그곳을 통과한다. 〈포레스트 검프〉가 바보처럼 뛰면서 미국의 현대사를 가로질렀다면 〈님은 먼 곳에〉의 인물들은 역사에 꿰어진다. 꿰어지면서도 앞으로 나간다. 이것이 순이가 그 전쟁터와 남자들의 틈바구니에서 다른 사랑에 포섭되지 않는 이유이며, 수많은 군인 남성들의 성적 욕망의 시선에 노출되면서도, 미군 장교에게 몸을 허락하면서도 추해 보이지 않는 이유이다.

그렇다. 순이는 남편을 사랑해서 베트남에 간 것이 아니었다. 사랑하기 위해서 간 것이다. 이것은 사후성의 논리이다. 그곳까지 그토록 간난신고를 겪고 남편에게 도착했기 때문에 순이-써니는 남편을 사랑한다는 것을 증명함과 동시에 남편에 대한 사랑을 만들어 냈다. 이제야 순이는 남편을 사랑할 수 있었다. 없던 사랑이 그 과정을 통해서 생성되었고, 동시에 증명되었다. 사랑 때문에, 사랑해서 가는 것이 아니라 사랑을 생성하기 위해서, 사랑을 만들기 위해서 간다. 그러나 그것을 목적으로 삼는다면, 과정을 목적으로 삼는 도착이 일어날 수밖에 없다. 이것은 독사(doxa)가 아니라 역설(paradox)이다. 어떤 사람들은 말할지도 모른다. 그것은 진짜 사랑이 아니고 자신의 행동의 이유를 설명하기 위해 사후적으로 만들어진 해석학적 이유들, 갖다 붙인 보충적인 논리 아니냐고. 어쩌면 그럴지도 모른다. 하지만 원인(cause)이 아니라 이유(reason)는 사후적으로 밝혀지게 마련이다. 그것은 그곳으로 간 사람, 가로지른 사람에게만 주어진다.

아이러니하게도 행동과 시간이 수반되지 않으면 이유는 찾아질 수 없다. 내가 왜 그때 그런 선택과 행동을 했는지는 사후적 해석의 활동을 통해서 시간을 되찾고, 그것은 추후로도 계속 재발견되어야 하는 것이다. 그렇다. 왜 이런 선택을 했는지, 내가 왜 그것을 해야만 했는지는 그 길을 가 본 사람만이 알 수 있다. 행동과 실천이 수반된 후, 도래한 시간 안에서 지나가 버린 그때의 이유들을 발견하는 것, 그것을 '해석학적 선물의 순간'이라고 명명하자. 만일 우리 삶에서 우리가 잃어버린 이유들, 재발견되기를 기다리는 시간들은 그렇게 어둠과 망각 속에서 우리를 기다리고 있다. 나는 그때 거기서 왜 그런 일을 했던 것일까? 그 이유는 아직 발견되지도 도래하지도 않았다. 지금-여기서 나의 선택과 행동이 그 이유들로 우리를 안내할 것은 분명하다. 인간은 선택함으로써 자신의 정체성을 형성하고, 실천을 통해서 자신을 만들어 가는 존재니까.

이로써 우리는 님은 왜 항상 먼 곳에 있는지 알게 된다. 사랑이란 어떤 점에서 항상 우리 안에 있는 것이며, 님이 떠나 버린 순간부터 시작되는 것이라고도 말할 수 있다. 그렇다. 님은 먼 곳에 있다. 사랑이 언제나 지나가 버린 형식으로 도래하는 것처럼 님은 먼 곳에서만 발견된다. 이제 먼 곳에 있는 님을 추억하거나 그곳까지 도달하기 위해서 그 먼 거리를 가로지르는 것 둘만 남는다. "님은 먼 곳에 영원히 먼 곳에" 있기 때문이다. 가까이 있는 님, 그것은 님이 아니다. 그것은 다시 재발견되어야 하기 때문이고, 가까이 있는 사람일수록 더 멀리 우회해서 도달해야만 하는 '님'일 것이다.

님이란 무엇인가? 이에 대해서는 이미 만해 한용운님이 우리에게 알려 주었다. "기룬 것은 다 '님'이다." '님'이란 어차피 옆에 있는 존재가 아니라 기다려야 하고, 때로는 힘겹게 우리가 찾아가야 하는 것이자, 우리를 이끌어 주는 어떤 이념 같은 것이리라. 물론 한용운과 그의 시대에도 '님'은 없었다. 날카로운 첫 키스의 추억만을 남기고 떠나 버렸기 때문이다. 그렇지만 그는 님이 도래할 것을 믿으며 당대의 그 누구보다 꿋꿋하게 지사로서의 길을 걸어갔다. '님'이란 결국 우리를 살게 하는 그런 존재, 우리 삶의 이유이자, 우리의 주체성을 결정하는 어떤 내밀한 핵심 같은 것은 아닐까?

그렇다면 이 영화가 많은 각광을 받지 못했던 것은 우리가 바로 이 '님'을 상실했기 때문은 아닐까? 한용운의 시대와 베트남 참전 시대와는 또 다른 양상으로 우리는 '님'을 잃어버린 것일지도 모른다. 어쩌면 '님' 자체를 그리워할 수 있는 능력을 상실한 것은 아닐까? '님'을 그리워하는 사람들에 공감할 수 있는 감성적 능력조차 망각해 버린 것은 아닐까? '님' 따위를 그리워하고 살기에 인생은 너무나 짧고, 즐길 대상들은 즐비하며, 무엇보다 인생을 즐겨야 할 권리가 있다고 믿기 때문일지도 모른다. 만일 그렇다면 우리는 '님'을 찾아나서는 일(재발견하는 일)에 앞서 '님'을 발견하는 일을 선결조건으로 갖는 시대에 살고 있는 것은 아닌가.

‘외계인’을 지배하는 몇 가지 방법
—디스트릭트9

텍스트는 우리의 삶과 현실을 토대로 제작된다. 과거의 역사를 재구성하든, 미래의 세계를 허구적 상상으로 제시하든 그곳에는 우리의 기억과 꿈은 물론 당대의 현실 또한 반영하기 마련이다. 더구나 잘 만들어진 텍스트는 자신이 생산된 당대의 현실을 인식하게 하는 프레임들을 보여 주고 초시대적으로 인류의 보편성을 담지할 뿐만 아니라 다가올 미래를 예언적으로 제시하기도 한다. 결국 모든 텍스트는 ‘우리-나는 누구인가?’, ‘우리는 지금 어떻게 살고 있는가?’라는 질문을 던진다.

닐 브롬캠프의 〈디스트릭트9〉(2009) 또한 그러한 영화 서사 가운데 하나이다. 이 영화는 할리우드의 SF 영화와는 사뭇 색다른 색채를 지닌 영화이다. 외계적 존재를 등장시켜 그것과의 갈등과 대결을 소재로 삼는다는 점에서는 유사하지만, 그 외계 존재를 다루는 관점이 다르다. 외계적 존재를 통해 지구의 인간들을 비판하는 종류의 서사들은 많이 있었지만 그것들은 지구인이 비인간화, 사물화되었다는 것을 추상화된 휴머니즘의 관점에서 비판하는 것이었고(이티, 지구가 멈추는 날), 외계적 존재가 더 인간다운 존재임을 보여 줌으로써 인간성을 비판하는 서사 구조를 취한다. 물론 대다수 외계인 영화는 공포감을 일으키는 외계 존재를 등장시켜 악으로 설정하고 지구인 영웅과의 사투를 그려 내는 이야기(에일리언, 우주전쟁)나 코미디 종류(새 엄마는 외계인, 미트 데이브)가 월등히 많다.

그러나 〈디스트릭트9〉의 외계인은 지저분하고 비루한 바퀴벌레의 형상을 가지고 있으며 공포의 존재라기보다는 혐오와 모멸감을 불러일으키는 존재다. 무섭지는 않지만 기피하고 싶은 존재들, 우리들이 일상에서 노숙자들과 스칠 때 느껴 보았을 법한 감정을 불러일으키는 존재들이다. 즉 미지의 존재에게 느끼게 마련인 공포나 신비스러움을 뒤집어 인간보다 못한 존재로 그려 낸다는 점에서 인간의 적이거나 친구가 아니라 인간의 관리대상이며 골칫덩어리로 제시되고 있다. 바로 이 지점에서 영화는 우리가 '다름'을 어떻게 관리하고 있는지를 문제삼는다.

〈디스트릭트9〉은 여러 면에서 SF의 새 지평을 연 작품으로 평가받고 있다. 외계인을 전형적인 할리우드 방식으로 다루지 않는 것은 물론, 다큐멘터리 형식의 화면으로 영화를 채우는가 하면 지구인 영웅도 등장하지 않는다. 배경으로 남아프리카공화국의 빈민가가 펼쳐지고 나아가 동일자와 타자의 문제, 인간들의 주권과 사법적 지위, 그것들이 작동하는 방식을 드러낸다. 이 영화에는 단지 줄거리만으로 포착될 수 없는 인간 '삶-의-형태'들이 곳곳에 드러나 있어 자세히 읽기를 요구한다.

UFO가 지구, 그것도 남아프리카공화국 제2의 도시 '요한네스버그'

의 상공에 불시착한다. 그 안에서 발견된 외계인은 바퀴벌레의 모습을 하고 있으며 지구에서 살게 된 그들 무리는 쓰레기를 뒤지며 폭력과 불법을 일삼는 빈민층을 형성한다. 그들이 격리되어 거주하는 곳의 이름이 9지역이다. 9지역에서 범죄와 폭력이 자행되고 관리와 통제의 차원에서 문제가 제기되자 다국가연합(MNU)은 그들을 새롭게 정비된 지역으로 강제 이주를 시키려 한다. 지구인들은 그 게으르고 통제불능인 그들을 쓰레기 더미의 최종 포식자 '프라운(Prown)'이라고 부른다. 그곳에 거주하는 자들의 권리 따위는 명목상일 뿐이며 인간들은 자기들만의 방식으로 그곳 거주자들, 외계인이자 지구의 하층 빈민에 다름없는 그들에게 일방적으로 철거를 공시하고 서류에 동의확인 서명을 받으려 한다. 한편 외계인 가운데 '크리스토퍼'라는 이름의 외계인과 그의 친구는 자기들이 왔던 곳으로 돌아가기 위해 우주선의 동력원을 모으는 작업을 진행 중이었는데 철거공시를 하기 위해 들이닥친 '비쿠스'는 그 에너지원에 노출되어 감염된다.

그 에너지-물질과 접촉한 비쿠스에게 외계인으로의 신체 변환이 서서히 일어나기 시작한다. 신체 변화 탓에 비쿠스는 주위 동료들로부터 격리되고 신체 연구의 대상으로 전락하여 인간들로부터 쫓기는 신세가 된다. 자기 신체 변화를 멈출 방도를 찾기 위해, 자신을 찾는 지구인들로부터 도망치기 위해, 비쿠스는 9지역으로 잠입하고 크리스토퍼와 협력한다. 자신의 신체 변화를 멈추기 위해서는 자신이 압수했던 그 에너지원이 필요하다는 것을 안 비쿠스와 크리스토퍼는 MNU에 침투한다. 그곳 지하 연구실에서 크리스토퍼는 자신의 동족들을 처참하게 생체 실험의 대상으로 삼아 온 MNU의 만행을 목도한다. 에너지원을 되찾아 9지역으로 돌아온 그들은 모선으로부터 분리되어 그동안 감춰졌던 지휘선을 구동시켜 모선으로 회귀하려 한다.

하지만 MNU의 용병들과의 전투에서 부득불 비쿠스는 남게 되고 크리스토퍼와 그의 아들만이 모선을 타고 지구를 떠난다. 완전히 외계인으로 변환된 비쿠스는 잠적하고 사람들은 이 모선이 지구로 돌아올 경우에 전쟁을 피할 수 없게 된 현실에 직면하며 영화는 막을 내린다.

다국가연합(MNU)의 외계인 담당부서에서 일하는 '비쿠스(Wikus van de Merwe)'가 9지역 철거공시의 책임자를 맡으면서 영화는 시작된다. 첫 장면부터 영화는 비쿠스가 방송 카메라 앞에서 보도하는 형식으로 진행된다. 외계인들이 철거에 동의한다는 서류에 서명을 받는 과정은 그대로 녹화되고 방송된다. 관객들이 보는 장면 역시 그렇게 녹화된 화면들이다. 이렇게 촬영된 장면을 통해서 중계된 현실을 서사적으로 전달받게 된다.

뿐만 아니라 영화 내내 정치가는 물론 전문 연구자들, 시민들의 인터뷰가 서사 자체에 끝없이 개입하며 정보를 제공해 준다. MNU의 촬영 화면, 뉴스 보도의 화면, CCTV의 화면들이 등장한다. 심지어 패스트푸드점에서조차 모니터에서는 쉴 새 없이 뉴스-정보가 흘러나오고 있다. 단지 카메라가 많고, 그렇게 촬영된 화면을 통해서 사실-정보를 전달받는 정도가 아니라, 이러한 화면들이 현실 자체를 구성한다는 것을 보여 준다. 단지 외계물질에 감염되었을 뿐인 비쿠스를 외계인과의 성관계를 통해 외계인으로 변한, 외계인으로 변하게 하는 바이러스 보균자로 보도한다. CCTV나 촬영된 카메라는 사실 그대로를 보여 주지 않고 현실을 적극적으로 재생산한다. 대중매체에 의한 통치를 뜻하는 미디어크라시(mediacracy)의 지배방식이 여기서 멀지 않다. 전문가들의 의견을 방송하여 공동의 여론을 생성시키며 그것으로 현실을 작동시키는 방식에 기여하는 미디어야말로 우리 사회와 일상 유지에 필수불가결한 매체이며 그러한 사회 유지 방식이 우리에겐 결코 낯설지 않다.

여기서 우리가 어떤 사실을 접하는 방식은 언론의 생중계다. 그러나 그것은 결코 생중계가 아니다. 왜냐하면 사태를 중계하는 것은 화면일 뿐 그것을 매개하는 미디어는 현실과 수용자 사이에서 중계(inter-mission)하고, 간섭(inter-ference)한다. 우리가 파악하는 현실은 이미 미디어의 해석적 개입(inter-pretational inter-vention)을 통해 변형 굴절된 것에 불과하다. 영화 내내 계속 나오는 인터뷰들이 그것을 보여 준다. 언론은 다양한 사람들의 의견을 객관적으로 제공하는 것처럼 보이지만 그것들은 편집-선별된 것들이며 그러한 보도를 통해 현실을 해석하고 이해를 만든다. 그 과정에서 현실이 생성된다. 인간은 원래 현실을 날것 그대로 파악할 수 없는 존재이긴 하다. 하지만 그렇다고 해서 모든 개입이 그 자체로 정당화될 수 있는 것은 아니다. 이를 가장 극명하게 보여 주는 시퀀스는 비쿠스의 신체 변이가 외계인들과의 성관계를 통해서 일어났다는 것을 보도하는 뉴스다. 뉴스는 희극처럼 비쿠스의 주위 200여 미터 내에 접근하지 말 것을 당부하고 패스트푸드점에서 이 소식을 들은 사람들은 비쿠스를 발견하자 아연실색하여 순식간에 흩어지는 희극적 장면을 연출한다.

미디어크라시가 하나의 객관적 대상을 구별, 분리시킴으로써 그에 대한 생체정치(biocracy)를 작동시킨다. MNU는 평화와 안전을 유지하는 기구처럼 보이고 실제로도 그러한 활동을 수행하는 것처럼 보였지만 사실은 지하에서 외계인들을 잡아서 생체 실험을 계속하고 있었음이 드러난다. 그 목적은 외계인들의 생체 융합형 무기를 사용할 수 있는 기술을 연구하기 위해서였다.

비쿠스는 MNU라는 다국가연합의 직원이면서 외계인을 철거하는 임무의 현장책임을 맡은 사람이다. 여기서 또한 인간들 삶-의-형태가 드러난다. 외계인 담당 부서라는 관료 조직과 기구가 그것이고, 외계인들이 철거에 동의한다는 서류 I-27은 물론 영화 곳곳에 등장하는 두음문자의 조직 기구들이 그것을 보여 준다. 이른바 관료통치(bureaucracy)는 서류에 의한 통치를 뜻한다. 이것은 동시에 법(규정이나 조항)에 의한 통치를 의미하기도 한다. 외계인으로 변하기 전에 비쿠스는 이러한 합법적 절차에 따라서 행동하려고 하고 통제하려고 한다. 인간들 스스로 외계인의 철거와 이주를 결정해 놓고 그들의 동의 사인을 받으려 하는 것은 영화에서만 발견할 수 있는 아이러니한 장면은 아니다. 그들의 이주에 관해 어떤 선택권도 제공하지 않으면서 그것에 동의했다는 서류(!)만을 필요로 하는 것은 인간들 자신이 합법적이고 절차적으로 행동한다는 것을 스스로 확인하는 자기 알리바이에 지나지 않는다.

이러한 통치 방식들이 가리키는 방향은 분명하다. 미디어가 하는 일, 생체 권력이 하는 일, 서류와 규정들이 하는 일은 결국 사회의 질서를 유지하고 위험 요소를 조절, 통제하는 것이다. 문제는 누가 누구에게 그것을 행사하는가 뿐만 아니라 어떻게 그러한 과정들이 생성되고 작동하는가다. 그것은 누가 무엇인가를 분리하고 배제하는 방식에 관계한다는 점이다. 하나의 대상을 격리하려고 하고, 그것을 보도(매개)함으로써 그를 격리하고, 그를 분리하는 것에 관한 담론을 유포한다. 이것은 결국 공포정치(terrorcracy)에 다름 아니다. 이때 공포의 대상은 '타자'이다. 물론 타자는 고정적으로 확정된 대상이 아니다. 사회체가 스스로를 봉합하고 유지하기 위해 그때그때 배제의 담론을 통해 탄생하는 대상이며, 각 담론 분야에서 서로 이질적일 수 있다. 하지만 그것이 작동하는 방식은 비슷하다. 차이를 생산하고, 그 차이를 분리와 배제라는 방식을 통해 전유하고 그것을 통제와 관리하는 방식이다. 그것은 때론 인종이나 성별(gender), 지역이라는 분할선을 통해 작동하기도 하며 심지어 취향에 관해서 작동하기도 한다.

인간 주체가 본원적으로 낯선 외계와 사물에 대해 갖게 마련인 본능적 불안과 공포심을 이런 식으로 전유하며 유지되는 사회가 우리가 살고 있는 사회의 단면이며 우리는 그러한 사회의 구성원이다. '비쿠스'는 하나의 분할선 안쪽에 있던 대상이 어떻게 분할선 밖으로 배제되며 어떠한 운명을 가질 수밖에 없는가를 보여 주는 존재다.

격리 수용된 지역으로서의 디스트릭트 9지역은 외계인들의 단순한 집합소가 아니다. 거기에는 이미 나이지리아인들의 수용소도 함께 있다. 그것은 편견과 차별에 의해 격리된 지역이며, 정상성의 집합에서 떨어져나온 인간들을 격리시켜 수용하는 곳이다. 말하자면 수용소에 다름 아니다. 이들이 프라운들을 새로운 곳으로 이주시키려 하는 디스트릭트 10지역 또한 지금보다 더 완벽히 수용소라는 것을 보여 준다. 그것은 전쟁 포로 수용소나 군대의 캠프(막사)와 매우 유사하다.

외계 비행선이 뉴욕이나 워싱턴, 시카고가 아니라 남아프리카공화국의 '요한네스버그'에 도착했다는 설정 자체가 이미 미국 중심적 사고와 할리우드 외계인 영화에 대한 비아냥이지만, 남아프리카공화국이 인종과 차별로 널리 알려진 국가 도시라는 점과 무관하지 않다. 즉 하나의 국가 자체가 거대한 수용소로 변해 버린 곳에 이 외계 존재자-타자들이 출현한다는 점은 의미심장하다.

인간들이 외계인들을 무가치한 생명으로 대하고 있다는 점은 철거작전에서부터 드러난다. 그런데 그들을 그런 식으로 다루어도 괜찮은 이유들이 언론을 통해서 보도된다. 그들의 생김새 자체가 바퀴벌레의 형상을 하고 있을 뿐 아니라 그들이 지구에 도착했을 때 이미 우주비행선 안에서부터 질병에 감염되어 끈적끈적한 신체 분비물들을 유출시키는 더러운 존재들로 나타난다. 또한 그들을 쫓아내려는 다양한 이유들이 인터뷰식으로 방송된다. 그들은 지구인들의 예산을 엄청나게 소모하게 만들었으며, 그들의 거주지역은 쓰레기로 뒤덮여 있고 혼란과 무질서의 공간 그 자체다. 한 마디로 그들은 구제불능의 루저들이다. 그들의 거주 지역은 슬럼가이고, 거기에 격리된 외계인-프라운의 형상들은 홈리스, 알콜중독자, 갱들의 모습으로 방송된다. 그들은 인간보다 열등한 골칫덩어리 존재들일 뿐이다. 그렇다면 인간들은 왜 그러한 존재자들을 관리하는가? 그것은 그러한 저능하고 문젯거리인 존재들을 적법한 절차들에 따라서 인도적으로 대우한다는 자기 확인을 위해서다. 타자를 적법하게 처리한다는 증거를 제시함으로써 본인 스스로가 적법하게 통치되고 있음을 믿기 위해 필요한 환상적 기제로써 그들이 필요하다. 인간들에게 프라운은 인간 스스로가 합리적이며 합법적으로 타자들을 처우하고 있다는 것을 확인시켜 주기 위한 기제-대상에 지나지 않는다.

그러나 인간들에게 프라운은 골치 아픈 존재들이다. 그들은 무가치한 생명이며 쓰레기 더미의 최종 포식자라고 치부되지만 그들의 과학기술은 분명 인간들을 압도하는 것이다. 그들이 타고 온 우주선이 그것이고, 무엇보다 그들의 기계와 무기는 생체반응으로만 작동하게 되어 있다. 따라서 인간들이 프라운의 생체를 과학적으로 연구하는 것은 절대적으로 시급한 일이며 필요불급한 일이다.

비쿠스가 외계 생명체로 변이하게 되는 것은 프라운들의 에너지원 물질에 감염되고 나서부터이다. 바이러스나 병원균에 감염된 것이 아니다. 이 프라운들에게 모든 동력의 핵심 에너지원인 물질에 접촉하고 나서부터 비쿠스는 신체 변이를 일으킨다. 따라서 프라운들의 에너지원, 크리스토퍼 존슨이 20년에 걸쳐 합성해 낸 물질은 바로 우주선을 움직여 그들을 고향으로 돌아가게 해 줄 힘의 근원이자, 인간을 프라운으로 만들어 버릴 수 있는 강력한 감염체이기도 하다. 그렇다면 그 물질이란 무엇인지 묻지 않을 수 없다. 그것은 수용소 지역에 분리된 채 관리대상으로 전락한 이 타자들의 외밀한 핵심, 또한 그들과 같은 존재로 변이시켜 줄 수 있는 핵심 기제이다. 이 물질에 대해 인간들이 몰랐기 때문에 MNU는 생체 실험을 통해 그들을 연구하며, 나이지리아 갱조직들은 원시적이고 제의적인 방식으로 외계인의 신체를 직접 식육하여 그들처럼 되려고 한다. 인간들이 프라운처럼 되려는 이유는 한 가지이다. 힘을 얻기 위해서다. 타자를 지배할 힘. 여기에 '동일성'의 문제가 가로걸려 있다. MNU가 그들을 관리-조작-통제하기 위해 이성과 과학의 힘으로 프라운을 연구한다면, 갱조직은 프라운의 신체를 먹는 방식으로 그들의 힘을 얻으려 한다. 동일화의 두 가지 방식, 전자가 계몽이성에 입각한 합리적이고 이성적인 방식이라면 후자는 원시종교적인 방법으로 동일성을 획득하려 한다.

비쿠스가 외계인으로 변해 가는 신체 증상이 나타날 때 보이는 그의 부하 직원들이나 주변 친구, 가족들의 경계에 가득찬 표정을 생각해 보자. 이들 눈앞에는 동일성의 주체가 변이를 통해 타자로 변해 가는-그들이 멸시하는 프라운으로 변해 가는 하나의 생체가 현전해 있다. 그들의 경계심으로 가득한 눈초리는 바로 그들이 프라운-타자들을 어떻게 간주하는가를 여실히 보여 준다.

인간에서 프라운으로 완전히 변신해 버린 '비쿠스'는 누구인가? 그는 이제 인간인가 프라운인가? 그의 신체는 분명 완전히 외계인이 된 듯하다. 그런데 영화의 끝에 보면 비쿠스의 아내가 인터뷰에서 집 앞에 꽃송이가 놓여져 있다고 말하는 대목이 있다. 그는 변신하기 이전

아내에게 손으로 만든 꽃송이를 선물하곤 했다고 설명된다. 프라운으로 완전히 변해 버린 비쿠스가 그의 아내에게 쓰레기를 활용한 꽃송이를 선물한다는 점을 보자면 비쿠스가 완전히 프라운이 되었다고도 볼 수 없다. 그의 기억과 그의 정체성은 여전히 인간의 것이다. 사실상, 비쿠스가 크리스토퍼 존슨과 협력하여 액체 물질을 MNU로부터 탈취해 온 것이나, 우주선이 출발하도록 돕는 이유도 모두 다시 인간으로 되돌아가기 위한 목적이었다. 어쩔 수 없는 상황에서 비쿠스는 지구에 남고 크리스토퍼 존슨만이 그의 어린아이와 함께 우주선을 타고 자신들의 행성으로 되돌아간다. 이제 비쿠스는 크리스토퍼 존슨이 약속한 그 시간을 기다려야만 한다. 그는 지구에 남겨진 지구인-프라운이자 크리스토퍼 존슨이 다시 올 때까지 인간의 정체성과 프라운의 신체를 가지고 남겨진 시간을 살 수밖에 없는 존재가 되어 버린 것이다. 이 지점에서 외계인의 이름이 '크리스토퍼'라는 사실은 새삼 의미심장하게 다가온다. 크리스토퍼라는 이름 자체가 '크라이스트'의 변형인데, 비참하고 비루한 형상의 외계인이 하늘로 날아가 버렸고 '다시 오겠다'는 약속을 믿고 쓰레기 더미에서 남겨진 시간을 살 수밖에 없는 존재의 형상은 다시 오겠다는 약속을 하고 공중으로 올라간 그리스도의 것이며, 남겨진 예수의 제자들-크리스천들은 비쿠스라고 읽는 독법을 허락하기도 한다.

이 영화의 외계인-벌레로의 변이 모티프는 프란츠 카프카의 「변신」과 멀지 않다. 「변신」의 주인공 '그레고르'가 하루 아침에 이유도 모른 채 거대한 벌레로 변해 버렸다면 비쿠스 또한 이유를 알지 못한 채 바퀴벌레-프라운-타자로 변해 간다. 그레고르가 벌레가 되어 회사-공적 영역으로부터 퇴출당하고 가족들로부터도 천대와 멸시를 받고 골칫덩어리로 변해 간다면 비쿠스 역시 인간세상의 타켓이 되어 다시 9

지역으로 쫓겨들며 아내를 제외한 어떤 사람들로부터도 환대받지 못한다. 그레고르의 가족들이 그레고르를 처리하고 다시 평온한 일상으로 돌아가는 반면 우주선이 돌아간 지구인들은 불안한 일상으로 돌아간다. 전문가가 인용하는 자유신문이 말처럼 우주선을 타고 돌아간 크리스토퍼 존슨이 돌아온다면 이 외계 생명체와 전쟁은 불가피하다. 하지만 그것만으로 불안한 일상이라고 할 수 없다. 왜냐면 인류는 외계 존재가 아니더라도 언제나 전쟁과 분쟁에 직면해 있으며 테러의 잠재성에 노출되어 있기 때문이다.

끝으로 남아프리카공화국에 실제로 디스트릭트 6지역이라는 곳이 존재했었다는 점을 밝혀 두어야겠다. 1897년 세워진 이곳은 1970년대 케이프타운 시내를 국제도시의 위상에 걸맞도록 재구성하는 과정에서 그곳 거주민들은 모두 추방되거나 축출되었다. 이 영화는 남아공의 인종차별정책인 아파르트헤이트라는 실제 역사를 기반으로 하고 있다. 물론 여전히 문제가 없지 않지만 어쨌든 인종차별이 폐지된 남아공이 아니라 수많은 차별과 비인간화된 정책과 의식이 존재하고 있는 우리의 현실과 우리 자신의 내부이리라.

3부: 운명과 자유

우리가 야구를 '사는' 법

—머니볼

1. 아빠, 당신은 패자에요

베넷 밀러 감독이 메가폰을 잡고, 브래드 피트가 주연한 야구 영화 〈머니볼〉(2011)은 미국 메이저리그 야구단의 실화를 바탕으로 한 영화이다. 빌리 빈(Billy Beane, 브래드 피트 분)이라는 오클랜드 애슬레틱스(Oakland Athletics) 야구팀 단장을 소재로 해, 스포츠 드라마이자 인생에 관한 이야기를 펼쳐낸다. 만일 이 영화를 보았다면, 먼저 이 영화에 관한 당신의 성실도와 센스를 체크해 보자. 마지막 시퀀스에서 빌리 빈은 차를 타고 가며 딸이 직접 녹음해 들려주는 〈The Show〉라는 팝송을 듣는다. 그는 딸의 소박하고 정겨운 그 노래를 들으며, 눈이 충혈될 정도로 북받쳐 오르는 어떤 감정을 느낀다. 카메라는 그의 붉어진 안구 주위를 천천히 오랫동안 보여 준다. 그리고 암전. 엔딩 크레딧이 올라가기 전, 그의 후일담이 자막으로 제시된다. 그동안에도 딸의 노래는 계속된다. 그런데 그 노래의 끝 구절을 주의하여 들었는가? 원곡에는 없는 구절이 다섯 번에 걸쳐 삽입되어 있다. 그것은 바로 "You are such a loser, Dad."란 구절이다. 놀라운 승리와 혁신을 이뤄 낸 사람에게 "아빠, 당신은 패자에요…."라니? 이 노래의 가사는 이 영화의 분위기와 묘하게 어울리고, 딸이 부르기 때문에 더 의미심장하게 들린다. 수많은 사람들이 집중했던 야구 경기의 시즌이 끝나고 듣는 딸의 노래는 기묘하다. 아빠, 당신은 패자에요….[1)]

영화의 줄거리는 이렇다. 한 해의 야구시즌이 끝났다. 빌리는 오클랜드 애슬레틱스 야구팀의 제너럴 매니저(한국식으로 말하자면 '단장' 혹은 '선수 영입 책임자')로서 그동안 우수한 선수들을 발굴해 냈지만 그의 팀은 포스트 시즌에만 간간히 진출할 뿐, 월드시리즈에 진출하지는 못한다. 그가 발굴한 선수들(지암비, Jason Giambi/데이먼, Johnny Damon/이스링하우젠, Jason Isringhausen 등)은 이제 다른 팀으로 이적하게 된다. 더 높은 금액으로 그들을 사려는 팀들이 있고, 빌리의 팀은 그들을 붙들 수 있는 금액을 제시할 수 없기 때문이다. 그의 팀은 저예산 야구단이기 때문에(오클랜드 애슬레틱스의 연봉 순위는 대체로 25위 안팎에 머물고 있었다) 상대적으로 좋은 성적을 내고 있음에도 이런 식의 게임규칙이 작동하는 장에서 승리를 쟁취할 수가 없다.

그는 구단주에게 찾아가 더 많은 지원금을 부탁해 보지만 거절당

---

1) 딸이 불러 준 노래의 '아빠는 루저야.'라는 노래말은 틴에이저의 장난일 수도 있고, 승자가 된 아빠에 대한 장난 섞인 반어법일 수도 있다. 게다가 보스턴 레드삭스로 이적하지 않는 아빠에게 심각하게 살지 말고 노래 가사처럼 '그저 쇼를 즐기듯 살라.'는 말로 듣는다면, 도리어 빌리를 힐책하는 이야기로 들을 수도 있겠다. 하지만 영화의 맥락과 분위기에서 생각할 때, 마지막에 흘리는 빌리의 눈물은 딸의 노래가 사랑스럽고 감격스러워서 흘리는 눈물이 아니라 회한의 눈물임에 분명하다. 그 말 자체와 딸의 말은 장난일 수도 있지만, 그 말을 듣는 빌리는 그렇지 않고 오열에 가까운 눈물을 흘린다. 그러므로 영화 흐름의 맥락에서 이 말은 이 영화의 주제를 암시하는 열쇠어다. 그래야만 20연승이라는 기록을 일궈 낸 후에 빌리와 피터의 대화 내용도 이해될 수 있고, 운동장에서 빌리의 울음도 이해할 수 있다. 이 말을 놓치면 이 영화는 그저 극적인 순간을 감동적으로 묘사하려는 흔한 야구 영화에 지나지 않게 된다.

한다. 야구 경기장 안에서는 공정한 게임이 진행될 수 있을지 모르지만 선수를 영입하는 데 있어서는 공정한 게임을 할 수가 없다. 돈이 더 많은 팀이, 더 많은 화폐를 지불할 용의와 능력이 있는 팀이 뛰어난 선수들을 영입할 수 있으니, 더 우수한 선수들을 가진 팀과 그렇지 못한 팀 사이의 경기를 두고 공정한 게임이라고 할 수 있을까? 하지만 그런 것이 세상의 법칙이다. 능력이 없으면 그 판에서 나가든지, 그 판에 남고 싶으면 어떤 식으로든 재주를 부려야 한다. 그것이 냉정한 게임의 규칙이 작동하는 세계의 모습이다.

자기 팀의 재정적 상황에서 최대한의 효율성을 발휘하기 위해 선수들을 찾고, 발굴하는 작업을 해 온 그는 이제 이런 방식으로는 한계가 있다는 것을 자각한다. 선수영입위원회에서 사람들은 떠든다. 누가 낫고, 누가 전망이 있으며, 누구는 안 된다고. 하지만 빌리는 다른 방식의 질문을 던져야 한다고 생각한다. 판의 강자, 자본력을 바탕으로 우수한 선수들을 사 가는 팀이 있는 한, 이런 방식의 게임에서 자신들의 팀이 승자가 될 수는 없다고 생각하는 것이다. 쉽게 말해 그는 야구 경기와 야구 경기를 둘러싼 세상의 법칙이 크게 다르지 않다는 것을 알아차린 것인데, 그 법칙은 힘의 우열에 의해 승패가 잠정적으로 결정된 그런 세상이다. 그것이 빌리가 처해 있는 야구판의 법칙이며, 나아가 우리가 사는 세상의 이치다.

빌리는 선수 영입을 위해 클리브랜드 인디언스(Cleveland Indians) 팀에 갔다가, 거기서 피터 브랜드(Peter Brand)를 만난다. 피터는 자신만의 통계 이론을 바탕으로 선수 영입에 관한 색다른 관점을 가진, 예일대 경영학과 출신의 신출내기 선수영입위원이다. 피터는 빌리에게 다들 잘못된 질문을 던지고 있기 때문에 돈을 낭비하고 있으며 선수를 살 것이 아니라 승리를 사야 한다고 지적한다. 관점을 바꾸면 영입해야 할 선수들의 명단이 바뀔 수 있다는 것이다. 새로운 관점과 운영 방식이 필요하다고 생각한 빌리는 선수보다 먼저 피터를 영입하고 그와 함께 통계와 통계분석에 기초한 선수 영입을 시작한다. 그것이 이른바 '머니볼(Moneyball)' 이론이다. 이름값 대신 데이터를 바탕으로 선수를 선발하며, 타율보다는 '출루율+장타율'을, 평균자책보다는 '이닝당 출루허용률(WHIP)'을 통계에 기반해 선발하는 시스템이다. 즉 선수의 인지도나 인기가 아니라 데이터를 바탕으로 선수를 평가한다. 경험이나 '감(intuition)'에 의존한 선수 판단이 아니라 통계가 보여 주는 철저한 '사실(fact)'에 기반한 선수 영입을 시도하는 것이다.

이 시도는 적지 않은 반대에 부딪힌다. 선수영입위원회가 반대하고, 언론이 조롱하고 급기야 감독조차도 빌리의 이론에 기초한 선수들을 투입하지 않아 그 선수들은 벤치를 지키고만 있다. 빌리가 그 선수들을 기용할 것을 아무리 주문해도 감독은 냉정히 말한다. "선수를 사서 팀을 구성하는 것은 네 몫이지만 그 선수들을 사용하는 것은 내 권한이다." 그 선수들이 경기에 투입되지 않는다면 빌리의 선수 영입의 방침은 물거품이 되어 버린다. 그래서 그는 감독이 중용하는 선수들을 다른 팀에 팔아 버린다. 이제 감독은 울며 겨자먹기 식으로 빌리가 영입한 선수들을 선발해야만 한다. 그러자 신통하게도 오클랜드 애슬레틱스는 놀라운 연승행진을 하기 시작한다. 빌리의 예측이 적중한 것일까? 그런 것 같다. 그리고 그들은 극적인 연승 행진을 시작하여 끝내 20연승이라는 대기록을 달성한다. 영화는 마지막 20연승을 기록하는 캔사스시티 로열스(Kansascity Royals)와의 야구 경기 장면을 극적으로 그려 내고 있다. 11 대 0이라는 스코어에서 다시 11 대 11이 되고, 그리고 위기에서 빌리의 선수 스캇 해티버그(Scott Hetteberg)가 끝내기 홈런을 날림으로써, 그들 팀은 20연승이라는 아메리칸리그 신기록의 위업을 달성하기에 이른다. 그것은 미국 야구사에 새롭게 쓰여진 기록의 신화다.

빌리는 그 놀라운 기록이 입증하는 경영 방식(머니볼 이론)에 의해 호평을 받고 보스턴 레드삭스(Boston Redsox)로부터 엄청난 금액(1,250만 달러)의 스카우트 제의를 받는다. 그는 최소한의 비용으로 최대의 효과를 발휘하며 골리앗에 대응하는 다윗의 자세를 보여 주었다고 평가받았다. 한 경기를 승리하는데 뉴욕 양키스 팀의 20퍼센트에 해당하는 금액을 사용한 것이다. 이른바 '저비용 고효율'의 경영학이다. 그러나 그는 이적을 거부하고 오클랜드 애슬레틱스에 남는다. 그리고 영화는 빌리의 회한에 북받친 울음을 보여 주며 끝난다.

이 영화가 끝나면 우린 여러 가지 질문을 던져야 한다. 아니 다음과 같은 질문에 직면하게 된다. "빌리가 20연승이라는 기록을 이루어 내고서도 졌다고 말하는 이유는 무엇인가?", "그는 왜 야구장 한가운데 누워 설움에 북받친 울음을 우는 것일까?" "딸이 녹음해 들려주는 노래를 들으며 그가 우는 이유는 무엇인가?", "그는 왜 보스턴 레드삭스로 이적하지 않았는가?" 등등이다. 이에 대답할 수 없다면 우리는 이 영화를 제대로 이해한 것이 아니다. 그저 주인공들에게 감정이입하여 극적인 승리를 거두어 내는 할리우드 영화를 한 편 감상한 셈이다. 만일 그런 종류의 즐거움을 기대했다면 이 영화는 실망스러울 수도 있다. 어떤 네티즌의 100자평처럼 이 영화는 대화로 모든 걸 끝내고, 별다른 사건도 일어나지 않으며 반쯤 내내 졸게 하는 그런 영화다. 야구 경기에 별 관심이 없거나 혹은 야구 규칙을 모르는 사람들, 더구나 미국 프로야구 메이저리그에 대해 잘 모르면 이 영화의 문턱을 넘는데 실패할 수도 있다.

하지만 이 영화는 읽어 내야 할 만한 가치가 있다. 오락을 기대한 사람에게는 스포츠 영화의 감동을 얻어 갈 수 있도록 하고, '머니볼' 이라는 이론으로부터 경영 철학과 성공 노하우를 배우려는 사람에게는 성공 신화에 대한 믿음을 강화시켜 줄 수 있다. 그러나 우리가 던져야 할 관심은 그런 것들이 아니다. 오락이라면 이보다 더 극적인 야구 영화가 얼마든지 있고, 성공 신화의 주역이라고 보기에 빌리는 스스로 자신들이 졌다고 말하기 때문이다. 이 영화에 대한 블로그의 평이나 신문 · 잡지의 기사들은 모두 이 영화가 실화라는 것, 그리고 빌리 빈의 놀라운 경영 신화를 칭찬하면서 정작 영화에 대해서는 놓치고 있다. 거기서 빌리 빈은 경영 혁신자이거나 야구단 경영에 성공한 사람으로만 그려지고 있다. 하지만 현실과 영화는 다르다. 자넷 밀러 감독은 현실과 역사에서 소재를 가져와 사실을 다루면서 자기 이야기로 만들고, 야구를 넘어 사회와 삶, 인생에 대한 색다른 메시지를 첨가한다.

경기가 끝나고 빌리는 피터에게 자신들은 졌다고 말한다. 실제로 포스트 시즌 경기에서 패배했기도 하지만, 이 장면은 20연승 장면 바로 다음에 나오기 때문에 다소 의아스럽다. 그의 딸 또한 그가 패자라고 말한다. 무엇보다 주의해서 보아야 할 장면은 비디오 분석실 카메라에 잡힌, 빌리가 운동장 한가운데 누워서 오열하는 장면이다. 그는 왜 그토록 찬탄할 승리에도 불구하고 한스럽게 울어야만 했는가? 영화는 그 이유를 직접적으로는 말해 주지 않는다. 모든 것이 다 말해졌으나 여전히 아무것도 말해지지 않은 방식의 말하기, 은폐와 탈은폐를 동시에 구성하면서 제시하되 감추고, 감추었지만 드러난 말하기 방식. 알림과 감춤, 이중 소통의 회로를 구사하는 영화 텍스트다. 보는 자가 원하는 대로 보고, 원하는 것을 주되, 그 스스로는 빈곤해지지 않는 다차원의 지평을 가진 주름 잡힌 영화다. 그래서 이제 독자-관객은 영화를 보면서 사유를 시작해야 한다. 거기에 이 영화의 메시지, 감독이 전하려는 야구와 사회, 그리고 인생의 비밀이 담겨 있을 것이기 때문이다.

2. 시장 밖은 없다

빌리 빈, 그는 야구 경기에서 통계학적 측면을 중시한 '세이버 매트릭스(Sabermetrics, 객관적 선수평가 시스템)' 기법을 도입하여 선수들을 영입하기 시작했으며, 위험을 무릅쓰고 그것을 관철시켰고, 갖은 반대와 우려, 심지어 조롱에도 불구하고 그것을 성공시켰다. 그래서 20연승을 거두었고, 보스턴 레드삭스로부터 제너럴 매니저 사상 최고의 스카우트 금액을 제시받았다. 그렇다면 성공, 대성공이 아닌가? 충분히 기뻐하고 좋아할 만한 상황에서도 그는 차분하고, 어딘가 슬퍼 보이며 도리어 우울해 보인다. '머니볼'이라는 독특한 시스템을 개발하여 적용하고 그것의 우수성을 입증했다. 야구의 나라라고 해도 과언이 아닐 미국 야구 역사에 획을 긋는 기록을 세웠다. 게다가 자신의 몸값을 놀라울 정도로 불렸다. 그런데도 승리가 아니라는 것이다. 그 이유는 무엇인가?

영화의 초반, 그는 선수들을 발굴해서 키워 놓으면 시즌이 끝나기 무섭게 다른 부자 팀이 선수들을 사 가곤 하는 것에 절망한다. 자기 팀의 경제 형편으로는 그것을 막을 길이 없다. 그래서 다른 방식의 질문을 던진다. 그렇게 하여 개발된 것이 '머니볼'이라 불리우는, 철저히 통계에 의존한 선수 평가와 선수 영입 방식이다. 그런데 이들의 선수 영입 방식은 사실 통계를 통해 얻어진 결과로 선수를 영입하는 것이라기보다는, 다른 팀이 주목하지 않는 선수를 통계를 통해서 구입하는 방식이다. 쉽게 말해 다른 팀들이 사용하지 않는 방식, 다른 팀들이 주목하지 않는 틈새를 통계로 극복했다고 보는 것이 옳다. 다른 팀들이 모두 통계학을 사용해 선수를 영입한다면 그들의 영입 방식은 아무런 힘도 발휘하지 못하게 된다. 역시 이번에도 돈이 많은 팀이 통계를 바탕으로 도출된 우수한 선수를 사게 될 테니까 말이다.

그러므로 통계학의 우수성이 아니라, 다른 사람들과는 다른 관점으로 새로운 방식을 사용했다는 점이 중요해진다. 다른 사람들이 일을 처리하는데 의존하는 방식, 어떠한 룰이 지배적으로 통용되는 패러다임인가 하는 물음이 중요하게 된다. 달리 말해 '머니볼'이라는 선수 평가 방식과 영입 방식이 놀라운 것이 아니라, 다른 팀과는 다른 선수영입 패턴을 구사했다는 것이 주요한 효과를 낸 것이다. 하나의 시장(이 영화에서는 야구 선수 시장) 내에서 다른 상품 구입 방식을 채택한 것이 성공한 것이다. 이는 많은 사람들이 주목하듯, 금융이나 경영 이론에 적용될 만한 모범 사례다. 최소한의 비용으로 최대한의 효율을 얻어내는 방법이기 때문이다. 따라서 이 영화에서는 어떤 하나의 계, 매트릭스(matrix)가 중요하게 부각된다. 이 매트릭스에서는 특정한 게임의 룰이 통용되고 있으며 사람들은 거기에 따른다. 이것은 사회의 구성이나 작동 방식과 일치한다. 우리가 사는 사회 역시 어떤 룰과 매너가 있고 그것을 지키지 않으면 생존할 수 없다. 우리 자신도 의식하지 못하는 그런 방법과 상식이 우리를 지배하고 있는 것이다. 그런데 빌리는 그 방식을 따라가서는 승자가 될 수 없음을 느끼고 다른 식으로 플레이를 시작한다. 여기서 먼저 주목해야 할 것은 다른 방식을 사용해 '성공'한 사례가 아니라, 이 다른 방식을 사용할 수밖에 없게 만든 '판'의 강자들이며, '판'의 규칙, 나아가 '판' 자체다.

선수영입위원회에서 빌리는 질문한다. 문제가 무엇인가? 다들 문제는 떠나 버린 선수를 대체할 수 있는 선수를 영입하는 것으로 생각한다. 그러나 빌리는 그보다 더 근원적이고 심층적인 문제를 지적한다. 부자 팀과 가난한 팀, 즉 돈을 누가 더 많이 가지고 있느냐의 문제. 시즌이 끝나고 선수를 사고팔 수 있는 시장에서 공정한 게임이란 원천적으로 존재하지 않는다. 돈이 많은 팀이 우수한 선수를 살 수 있고, 빌리의 팀은 그렇게 결정된 시장 법칙의 지배 아래서 최대한의 효율성을 위해 분투할 뿐이다. 그는 이런 게임의 규칙에 대해 경험적으로 환멸을 갖고 있으며, 그 문제에 맞설 새로운 대안을 찾으려 한다. 새로운 게임의 법칙을 원하는 것이다. 아니 그러한 게임 법칙의 균열, 틈새를 찾는다.

미국의 야구 시장처럼 (한국도 크게 다를 건 없지만) 냉철한 시장의 법칙을 보여 주는 곳도 없을 것이다. 이 영화에서 보여지듯이 선수들은 하나의 인격체가 아니며, 선수이기 이전에 상품이다. 그들은 야구 경기를 하는 상품이고, 승리와 우승을 위해서 그의 역할과 기능이 기대되고 소용되는 도구다. 경영(승리)을 위해서 인간은 통계와 숫자로 환원되고 분석되어야 하며, 그래서 그가 필요하면 대가를 지불하고 사 오며, 필요 없어지면 지체 없이 방출하거나 트레이드한다. 시장이 곧 세계라면, 세계 안의 모든 것이 상품이다. 이것이 야구, 나아가 우리 사회-삶의 시장 원리다. 이를 두고 지난 세기의 사람들은 인간과 노동의 사물화(reification)라고 불렀다.

이 자본주의적 시장 원리와 시스템에서 벗어날 수 있는 인간은 없다. 빌리의 방식이 성공하자, '밤비노의 저주'[2)]에 시달려 80년 간의 승리에 굶주린 보스턴 레드삭스는 그를 사려 한다. 빌리는 거절하지만

---

2) 밤비노(Bambino)는 베이브 루스의 별명이다. 보스턴 레드삭스가 1920년 베이브 루스(Babe Ruth)를 방출한 뒤, 한 번도 우승하지 못한 불운을 일컫는 말. 보스턴 레드삭스 팀은 빌리 빈의 '머니볼 이론'을 차용하여 2004년, 86년 만에 우승을 차지함으로써 이 저주를 종식시켰다.

결코 유쾌할 수가 없다. 그는 젊은 시절, 돈에 의해 인생을 결정해 본 적이 있고, 그래서 같은 실수를 반복하지 않겠다는 식으로 말하지만 그의 우울은 그것 때문만은 아니다. 진정한 야구, 진정한 승리를 일구는 삶 따위는 계측할 수 없고 살 수 없는 것인데, 그들은 또 그를 사려 한다. 젊은 시절 빌리 빈은 성급하게 메이저리그의 뉴욕 메츠(New York Mets)에 입단했고 이후로 영락(패배)의 세월을 살았으며, 그래서 선수나 감독이 아닌 스카우터의 길을 걷게 되었다. 모든 것이 상품, 교환 가능하며 대체 가능한 소모품으로 존재하게 되는 시장-판에서 성공을 거두어 봤자, 도리어 자기 몸값을 불리는 것에 불과하고, 누군가에게 더 탐나는 상품이 되어 버릴 뿐이다. 빌리 그 자신이 야구라는 스펙터클에 누구보다 충실히 복무한 셈이다. 역시 문제는 '판'이며 판의 운영 방식이다. 모든 것을 사 버릴 수 있는 판, 모든 것을 구입할 수 있게 되어 있는 판의 룰. 그게 문제다. 자본과 시스템 앞에서는 승자와 패자의 기준은 재점검되어야만 한다. 그 시장판에서 자신만의 삶과 인생을 살아 냈는가가 성공과 실패의 진정한 기준이 되어야 하기 때문이다.

빌리는 말한다. "야구란 것이 팬들에겐 그저 즐거움이고, 티켓을 팔고 핫도그를 파는 일이다. 사실 아무런 의미도 없다." 그의 말처럼 누군가에게 야구는 그저 오락거리이며, 어떤 이는 그들의 승리와 기록에 열광하며 또 누군가는 그들을 산다. 이런 판에서 그는 위험을 무릅쓰고, 새로운 방식을 도입해 승리했을망정 진정한 승리를 일군 것은 아니었다. 승리란 판 자체를 바꾸는 것이고, 판을 빠져나가는 것이어야만 하기 때문이며, 적어도 타인들의 망(사회)에서의 성공과 자기 인생에서의 성공 사이에는 언제나 일정한 차액이 존재한다. 그 판에서 자신만의 인생을 살아 내지 못했다면, 아무리 다른 사람들이 부러

워할 만한 업적을 이루어 냈더라도 승리라고 확신할 수 없다. 그리하여 빌리의 선구적인 방식은 다른 팀의 벤치마킹이 되어 판을 도리어 키워 줄 뿐이다. 이게 어찌된 일인가? 아무리 발버둥쳐도 그 판을 벗어날 수 없는 운명. 그가 야구판을 떠나도 어차피 마찬가지다. 세상은 결국 야구-시장에 다름 아니기 때문이다.

모든 것이 시장으로 편입되고 시장이 세계 그 자체인 곳에서 우리들의 존재 양식은 상품 형식이 될 수밖에 없는 운명에 처한다. 상품을 만드는 신성한 노동이란 없다. 자본주의 세계에서는 상품 양식으로서의 노동만이 있을 뿐이며, 상품이 아닌 것은 존재할 수 없다. 그렇다. 우리는 시장 안에서 태어나 시장에서 살아간다. 그리고 시장은 우리 존재 전체를 규정하며 우리의 영혼을 요구한다. 살기 위해서 사람은 돈을 필요로 하고 그것이 존재의 일반 경제다. 돈은 이런 사회성(타인들의 망)의 출현과 작동을 의미하며 시장과 사회는 결코 다른 것이 아니다.

이것이 그가 패배한 이유 가운데 하나이다. 그는 판을 바꾸지도, 새로운 게임의 규칙을 만들어 내지도 못했다. 그가 한 일이라고는 게임 규칙의 장 안에서 사람들이 주목하지 못한 새로운 규칙을 발견했을 뿐이며, 그 규칙도 곧이어 상용화되고 상품화된다. 말하자면 그는 '틈새시장'을 발견하고 이용한 것일 뿐이다. 도무지 게임의 장을 벗어날 수가 없다. 그렇다면 이 게임의 장의 균열을 만들기 혹은 게임의 장 외부로의 탈주하는 방법은 무엇인가. 아니 그것이 도대체 가능하기는 한 것일까?

하지만, 이 영화는 자본이나 제도와 시스템을 비판하는 것으로 일관하지 않는다. 이 영화의 미덕이 있다면 그것은 바로 그 판 안에서 어떻게 진짜 승리를 일구어 내는가를 보여 준다는 데 있다. 미국에서 가장 대중적인 스포츠 장르인 야구로, 가장 대중적인 삶의 방식을 넘어서기. 여기서 중요한 건 단지 (야구라는) 특수한 분야가 아니다. 아무리 분야와 장르를 바꾼다 해도 다른 곳 역시 동일한 방식의 룰이 지배하고 있는 세계의 일부일 뿐이다. 그러므로 분야를 바꾸는 것으로는 판 자체를 전복시킬 수도, 판의 외부를 사유할 수도 없다. 아마도 중요한 것은 판을 탓하는 것이 아니라 그 판에서 누가, 어떻게 플레이를 하느냐일 것이다. 그는 같은 판에서도 다른 방식의 플레이가 가능하다는 것을 보여 주었다.

3. 패배하지 않는 기술

빌리는 고등학교를 졸업할 때, 촉망받는 야구 선수였다. 심지어 그는 야구계의 5복으로 불리우며 "잘 뛰고 잘 막고 잘 던지고 잘 치고 힘 있는", 즉 공격과 수비, 속도와 파워 면에서 독보적인 선수였다. 그런 그에게 뉴욕 메츠(New York Mets)의 스카우터들이 찾아와 입단을 권한다. 마이클 루이스(Michael Lewis)의 저서 『머니볼』에 따르면 뉴욕 메츠의 스카우터 로저 용게워드는 빌리를 두고 "선수 중에 우수한 선수가 있고 최상급 선수가 있다면 빌리는 최상급 위의 최상급 선수였다. 그는 체격과 스피드, 팔의 힘 모두에서 완벽한 상품 가치를 지니고 있다."고 평가했다고 한다.

스무 살 무렵, 대학 야구팀과 프로 야구팀 사이에서 고민하던 빌리는 뉴욕 메츠를 택했고, 너무 이른 선택이었을까, 좋은 성적을 내지 못하고 다른 팀으로 방출되다가(이른바 '저니맨, journeyman'이 되어) 끝내 오클랜드 애슬레틱스에서 선수 스카우터로 전향했다. 한 젊디젊은 젊은이가 자신의 선택 때문에 돌이킬 수 없는 인생을 살게 되었다. 빌리가 자기 인생을 한탄하고 후회하는 것만은 아니지만, 어쨌든 선수로서 그의 메이저리그 입성은 실패였다. 그 자신이 선수로서 실패하기 위해 입단한 것은 아닐 것이겠기에 말이다.

만일 빌리가 뉴욕 메츠에 입단하지 않고 스탠퍼드대학에 장학생으로 입학했다면 어땠을까? 그렇다면 그는 성공한 야구 선수가 될 수 있었을까? 대학에서 공부도 하면서 더 단련되어 나중에 프로야구 팀으로 들어가 승승장구하는 인생을 살 수 있었을까? 그런 것은 그 누구도 알 수 없다. 우리들도 이런 상상을 자주 한다. 그때 거기서 이런 선택을 하지 않고 저런 선택을 했다면 우리의 인생은 어떻게 달라졌을까? 지금의 삶을 후회할 때 종종하게 되는 이런 상상은 생각 자체만으로도 흥미롭지만 우리는 두 개의 길을 동시에 갈 수 없다. 반드시 하나를 골라야 할 때가 있는 법이고, 그렇게 선택한 길에서 다시 되돌아갈 수 없다는 것이야말로 삶의 법칙이다. 인생이 소중하고, 삶에서 선택이 중요하다면 바로 이런 불가역성 때문이리라. 빌리도 프로야구와 대학 야구 둘 다 선택할 수는 없었다. 그것이 인생이며 그래서 후회가 생긴다. 그러나 두 가지를 모두 가질 수 있다면 거기 선택이란 있을 수 없다. 그리고 선택이 없다면 인생도 없다.

다시 묻자. 빌리는 그때 대학야구를 선택했다면 성공한 야구 선수가 될 수 있었고, 인생에서 후회하지 않을 수 있었을까? 모른다! 하지만 중요한 것은 그런 게 아니다. 만일 그가 지금의 인생을 실패라고 생각하고, 자신의 선택을 후회하면서 그때를 그리워한다면, 그때 그 선택의 순간으로 되돌아가 다른 선택을 하고 싶다면 그것이야말로 그가 지금 여기서 진짜 패배자라는 것의 증거이다. 그런 사람은 아마 되돌아가서 다른 선택을 하더라도 다시 시간이 흐르면 또 다른 후회를 하게 될 것이다. 후회란 사실 하나의 정신적 태도이자 습관이며 무엇을 선택하든 인간에겐 늘 후회와 미련이 남는다. 그러므로 자신의 인생을 긍정할 수 있는 힘이 요청된다. 하지만 그것이 자기 마음 편하자고 행하는 합리화가 아니라는 걸 어떻게 확신할 수 있다는 말인가.

사실 인생에서 후회와 회한도 없이 자기 선택을 모조리 긍정하는 것도 수상한 일이다. 인간은 실수를 하고, 또 후회를 하게 마련이다. "내 선택에 후회하지 않는다."고 종종 말하는 사람들은 "나는 후회하지 않겠다."는 의지의 표명일 뿐이거나 "후회해서 무슨 소용이 있겠느냐."는 합리적이고 실용적인 자기방어에 지나지 않는다. 물론 후회란 그다지 쓸모가 없는 것이며 소모적인 감정이다. 그 후회의 에너지를 '지금-여기'에서 미래를 개척하는 데 쏟는 것이 훨씬 현명할 것이며, 후회하지 않겠다는 말 역시 그런 의지의 소산이다. 하지만 "후회하지 않는다."라는 말은 미래를 위해 지금-여기를 긍정하기 위한 합리화(자기기만)의 전략일 수도 있다. 지난 선택에 대해 후회하고 있는 것도 찌질한 노릇이지만 후회 없다고 말하는 것 또한 자기 속임과 자기암시의 전략일 수도 있는 것이다.

그러므로 빌리의 선택에 대한 후회가 만일 자신의 인생이 실패라고 생각하고 있기 때문에 발생하는 것이라면 숙고할 필요가 없다. 그런데 그는 자기 인생이 실패라고 생각해서 그때를 후회하고 있는 것이 아니다. 중요한 것은 그 선택이 제대로 이루어진 선택이냐 하는 것이다. 즉 선택은 이후의 결과에 의해 결정되는 것이 아니라, 선택의 순간에 이미 성공과 실패가 결정되는 그런 것이기도 하다. 인간은 선택으로써만 실존한다. 그런데 선택을 하기 위해서는 기준이 요청되고, 또 작동되기 마련이다. 무엇인가를 선택할 때는 그 선택의 이유, 선택의 기준이 있어야 하고 또 있을 수밖에 없다. 그렇다면 제대로 된 선택의 기준은 무엇인가? 결국 선택의 기준이란 다른 사람들(사회)이 제공하는 것이다. 무엇이 더 좋은지 더 옳은지 그런 것들은 모두 사회-타자들의 망이 가르쳐 주고 말해 준 것일 뿐이다. 여기서 자신의 본래적 욕망이 무엇인지를 구분하는 것은 거의 불가능하다.

이 '가상적 대타자'(지젝)라는 사회 속에서, 타인의 욕망의 장 안에서 살고 행위할 수밖에 없는 우리의 존재 운명 앞에서 우리는 모두 패자가 될 수밖에 없는 운명을 타고났다. 타인들 속으로 내던져진 것이다. 우리들에게 승자로 보이는 사람들 대다수는 사회적 성공과 명예와 부의 기준에서 그렇게 보여지고 있을 뿐이다. 그러나 삶과 인생의 차원에서 성공과 실패의 기준 역시 바뀔 수밖에 없다. 거기서는 누가 승자이고 패자인지 아무도 모른다. 인간은 평생 실패와 패자로 살았더라도 마지막 순간에 선택으로 실존함으로써 자기 자신으로 죽을 수도 있는 존재다. 그것이 인간존재의 공공연하게 드러난 비밀이다. 빌리는 도대체 거기서 무엇을 선택한 것인가? 그는 거기서 돈과 명예, 자신의 인생의 성공이라는 신화를 선택했다. 그리고 그것은 타인들의 인정망 속에 위치한 욕망이었고, 그런 성공과 출세였다. 거기에 자기 인생은, 자기 삶은, 자기 실존은 없었다. 인간은 사회망 속으로 모조리 환원되지 않는다. 자기 인생과 실존에 입각해 제대로 선택할 수 있다. 달리 말해 무엇을 선택할 것인가가 아니라 선택하기를 선택해야 한다. 타인의 욕망과 나의 욕망 사이의 선택이 아니라 선택하지 않는 삶과 선택하는 삶 사이에서 선택해야만 한다.

그런데 빌리는 도대체 무엇을 위해 피터 브랜드를 영입하고 선수 영입의 시스템을 바꾸며, 그것을 관철시키기 위해 노력했는가? 팀의 우승을 위해서, 좋은 성적을 위해서다. 왜 그렇게 하는가? 그것이 자기의 직업이고 할 일이기 때문이다. 20년 전의 잘못된 선택을 이제 겨우 제너럴 매니저로서의 능력을 발휘해 많은 연봉을 받고 자기 능력을 세상에 증명했으므로 그는 성공한 것인가? 아무리 성공을 한다고 해도 그것은 타인들의 삶 속에서의 성공이지, 그것이 곧 자기 삶에서의 성공은 아니다. 타인이 성공이라고 인정하는 기준을 자기 성공으로 삼을 수는 있지만 그것이 자기 성공이 아니라는 걸 알아 버린 빌리에게 그런 것들이 성공의 기준이 될 수는 없었고, 그래서 기뻐할 수도 없다. 야구뿐만 아니라 승리는 기쁜 것이고, 우린 모두가 이기고 싶어 한다. 그러나 그 승리를 영토화하는 어떤 장에서만 가치를 가질 뿐이다. 그 작동의 장이 사라지면 모두 일상으로 돌아간다. 거기서는 아무것도 일어나지 않았다. 어떤 하나의 가상적 장치 안에서만 누군가 이겼거나 졌다고 여겨졌을 뿐이다.

빌리가 우는 이유는 바로 그토록 승리를 위해서 모든 걸 쏟아부어도 그 장을 벗어날 수 없음을 슬퍼하는 것이다. 그것이 그가 패자인 이유다. 아무리 몸부림쳐도 그 상징적 망에서 벗어날 수 없다. 그런데 우리에게는 빌리가 패자로 보이질 않는다. 도리어 비싼 연봉 제의도 거절하는 등 좀처럼 이해할 수 없는 선택을 한 빌리가 성공과 실패의 어떤 영역을 넘어선, 자신의 인생을 사는 데는 성공한 사람처럼 보인다. 남다른 성공을 해서 그렇게 보이는 것인지, 자신만의 삶을 살려고 해서 그런지는 독자-관객이 스스로 결정해야만 한다. 인생에서의 성공은 이처럼 타인의 성공의 기준과는 일정한 차이를 두고 있다. 사회 안에서 성공이라는 단어를 사용하는 순간 이미 타자들의 기준을 떠나서는 이야기할 수 없는 것 아니겠는가? 그러나 인간의 삶은 그것만으로 결정되지 않고, 남는 여분의 것이 있다. 자기 삶, 타인들의 평가와 절대 일치하지 않고 남아 있는 자기만의 삶이 그것이다. 그 나의 삶은 여전히 타인들의 장 속에 자리하고 위치하고 있으면서도 그것으로 모두 포괄되지 않는 지점을 남겨 가지고 있다.

그의 승리는 결국 무엇인가? 효율성의 원칙, 팀에 도움이 되는 선수는 영입하고, 팀의 운영에 도움이 되지 않는 선수는 냉정하게 방출하거나 2군으로 쫓아낸다. 물체적인 사물을 대상으로 하는 것이 아니라 사람 자체, 선수들을 가지고 한다. 이 영화에서 다소 지루하게 느껴질 수도 있는 빌리와 피터의 선수를 팔고 사고 하는 장면은 그래서 중요하다. 그의 승리는 이 통계학을 관철시키기 위한 사람장사를 잘한 데서 얻어진 것이다. 사람을 팔고 살 수 있다는 것, 사람의 능력과 가능성을 팔고 살 수 있다는 것은 오늘날 자본주의 사회에서는 하등 이상할 것이 없다. 모든 것이 시장의 장 안에서 존재 양식이 결정되는 세계 속에서 사람 역시 하나의 상품, 그저 팔고 사고 할 수 있는 존재일 뿐이다.

돈으로 사람을 팔고, 사람을 사고, 사람들을 퇴출시키고 2군으로 내려 보내서 거머쥔 승리와 승리의 기록. 그것이 그가 이룬 승리의 또 다른 면모다. 그의 문제 제기와 그것의 관철에는 철학적이고 의지적인 면이 있으면서도 동시에 철저히 상품 논리의 장 안에서 행위한다는 점에서 그의 승리는 역시 자본주의 체제의 논리를 따른 것에 지나지 않는다. 그가 딸의 노래처럼 '루저'라면, 그는 아마 이 시장 안에서 시장의 법칙에 따를 수밖에 없는 무력한 한 개인이었기 때문일 것이다. 그러므로 그는 "이겼지만 졌다."고 말할 수도 있으리라. 하지만 그는 "졌지만 지지는 않았다." 왜인가? 바로 이 시장의 법칙에 따라 행위하면서도 그 시장이 관여할 수 없는 실존적 삶의 선택과 의미의 창출 때문이다. 이것만은 시장으로서도 어쩔 수가 없다. 시장과 돈(자본)은 사람을 팔고 사며, 팔게 하고 사게도 한다. 그러나 그 장 안에서 왜, 무엇을 위해 행위할 것인가의 영역에서는 자본으로 다 포획되지 않는 삶의 흐름이 사건처럼 생성된다. 세계 전체가 시장인 곳에서 우리는 어쩌면 이기지는 못할지라도 지지 않는 기술이 필요한지도 모르겠다.

또 하나의 장이 있다. 그것은 야구가 바로 남들에게 보여짐, 즐거움이나 오락의 대상으로 존재하는 형식이라는 점이다. 순수한 경기 그 자체가 아니라 그것을 보는 관객들에 의해 하나의 '쇼(Show)' 즉 스펙터클의 형식으로 기능한다. 사람들은 엄밀히 말해 야구 경기 자체를 관람하는 것이 아니라, 야구 경기의 서사적 인과성을 즐긴다. 나아가서 이 영화의 해설자들이 그토록 열광하며 부과하는 기록과 역사의 의미다. 야구에서 왜 역사를 운운하는가? 야구가 단순한 하나의 게임만이 아니라 사회적 장, 상징적 의미망 속에서 통용되는 형식이라는 점을 말해 주기 위해서다. 20연승이란 사실상 하나하나의 승리를 연결시키는 인간 특유의 의미 부여 방식일 뿐이다. 인간은 그 승리에다 연속이라든가 몇 년 만에 재현된 승리라거나 하는 식으로 의미 부여를 한다. 그것이 사람들을 더욱 열광케 한다. 야구는 더 이상 순수 게임이 아니라, 의미의 스펙트럼을 투과한 이미지로 현상한다. 흔한 표현대로 그것은 각본 없는 드라마(쇼)가 되어 버린다.

야구에 대해 말하면서 스펙터클에 대해 이야기하지 않을 수 없다. 자본주의 사회에서 모든 스포츠는 거의 대부분 하나의 스펙터클로 화한다. 야구도 게임 그 자체가 아니라 사회적 경제적 망에서 소비되는 방식으로만 존립한다. 그것은 이미 순수 스포츠가 아니라 보고 보여주는 형식 속에서만 의미를 발생시키는 사회적 향유의 한 장르가 된다. 이것이 우리 시대 야구가 생존하는 방식이고, 스포츠가 시장 안에서 살아가고 있는 방식이며, 우리가 야구를 향유하는 방식이다. 엄밀히 말해 우리는 야구를 보는 것이 아니라 시장 안에서의 의미 부여를 보는 것이다. 야구 경기는 아곤(Agon, 경쟁)과 알레아(Alea, 우연)를 통해서 팬들을 매료시킨다. 그러나 그것은 자본과 시장 안에서 다시 영토화된다. 이제 우리는 시장의 법칙과 자본의 운영이라는 스펙트럼이 아니고서는 야구를 볼 수도 즐길 수도 없다. 야구의 장 자체가 그렇게 조직되고 운영되고 보여지기 때문이다. 야구를 움직이는 힘, 그것은 바로 자본, 시장의 법칙이다.

이제 그 시장 안에서 빌리 그 자신이 상품이 될 차례다. 그는 보스턴 레드삭스 팀으로부터 엄청난 연봉을 제의받았다. 이 영화는 레드 삭스의 구단주 헨리가 등장하면서부터 단지 야구 영화가 아니라 우리 시대의 조건과 삶의 방식을 문제삼는 영화라는 것이 한층 더 분명해진다. 빌리와 달리 노련하고 성공한 비즈니스맨의 표정을 한 헨리의 얼굴에는 피로감이 엿보인다. 항상 물건을 사고팔아야 하는 상인의 피곤함… 그는 빌리가 팀-조직을 운영한 방식을 높이 사며, 그의 사업 방식을 칭찬하면서 그를 사고자 한다. 빌리의 가치가 올랐으므로 당연히 더 많은 화폐를 지불해야 한다. 그러나 빌리는 20년 전에 이미 그렇게 팔렸던 경험이 있다. 그래서 그는 그 제안을 거절한다. 바보 같은 짓이다. 혹은 이해하기 힘든 행동이다. 어차피 시장 안에서 행위하고 그것으로 돈을 버는 그가 스스로 상품이 되길 거절한다는 것은 말이 안 된다. 앞서 보았듯, 인간은 시장을 벗어날 수 없으며, 시장이 인간을 선택하는 것이지 인간이 시장을 선택하는 것은 아니다. 그러나 빌리는 저항한다. 시장이 종용할 수 없는 것, 바로 시장 안에서 자신의 선택을 고집하는 것, 시장의 룰 안에서 시장의 룰을 벗어나 행위하는 것 그것은 여전히 가능하다. 시장 자체를 벗어날 수 없으며, 시장의 방식이 아닌 방식으로 살 수는 없지만, 철저하게 시장적이지 않을 수 있는 것 또한 가능하다. 그가 오클랜드 애슬레틱스에 남은 이유는 그 팀이 자신이 오랫동안 몸 담아 온 팀이라는 온정적 휴머니즘에 입각한 것이 아니라 자기만의 삶을 살기 위한 방식으로 그렇게 한 것이리라. 돈(즉 자본의 논리)에 입각해 삶을 결정하지 않겠다고 결정하고 그것을 선택하는 순간 이미 그는 시장 안에서 시장을 벗어난다. 이것은 소극적이고 부분적인 저항처럼 보인다. 그래봤자 그는 다음 시즌 또 선수를 팔고 사는 일을 여전히 할 것이다. 그러나 그의 삶과 인생과 그의 전 존재가 완전히 시장 부속물은 아니다. 왜냐하면 그는 마지막까지 시장 안에서 여전히 인간으로서의 저항을 남겨 가지고 있을 것이기 때문이다.

여기서 피터가 빌리에게 보여 주는 제레미(Jeremy Brown)의 홈런 장면 영상이 중요하다. 제레미는 체구 탓에 발이 느린 선수다. 그래서 그는 자신이 홈런을 친 줄도 모르고 넘어져 필사적으로 1루를 터치한다. 홈런을 친 선수가 허둥거리며 기어서 1루를 부여잡는 모습은 웃음을 자아낸다. 피터는 왜 이 장면을 빌리에게 보여 주는 것일까? 놀라운 업적을 이뤄 내고도 졌다고 말하며, 보스턴의 제의를 받아들이지 않고 침울해 있는 빌리를 위로하기 위해서인가? 어쩌면 빌리 그 자신이 팀을 운영한 방식, 그가 세운 기록이 홈런을 쳐 놓고도 스스로 모르는 제레미와 같다고 말하는 것일까? 그런 것도 같다. 그러나 그것만은 아니다. 더 중요한 것은 사건은 자신이 스스로 설정한 한계 너머에서 일어난다는 것, 그 선수는 홈플레이트에서 투수의 공을 받아쳐야 하고, 루들 사이를 달려서 다시 홈으로 돌아와야 하는 야구 경기의 룰을 따라야 한다. 하지만 그가 친 공은 홈런, 즉 필드의 바깥으로 날아가 버렸다. 그 장을 넘어서는 일, 그것은 철저히 야구 경기 안에서만, 그리고 그 게임의 법칙 안에서만 있을 수 있다는 것을 말해 주는 것은 아닐까? 야구를 넘어서는 일은 야구 안에서만 가능하다는, 시장을 넘어서는 일은 역설적이게도 시장 안에서, 시장의 법칙들을 따라서만 가능하다는 것을 말해 주는 것은 아닐까? 그것이 빌리의 "야구를 보면서 어떻게 로맨틱해지지 않을 수 있겠는가."라는 말의 뜻이기도 할 터이다. 그의 홈런도 또 하나의 기록, 그리고 또 하나의 야구 규칙에 종속될 뿐이지만 그래도 이런 사건(홈런을 치는 일, 야구 안에서 야구를 넘어서는 일)은 여전히 야구를 할 때만, 타석에 들어설 때만 가능하다는 역설이기도 하다. 그렇다. 인간은 인간들의 숲, 사회 밖으로 나갈 수 없고, 시장 밖에서는 존재할 수 없다. 그러므로 그 안에서 살 수밖에 없다. 다만 가능성은 여전히 열려 있다. 한 가지 확실한 것은 야구를 넘는 길은 야구장 안에서, 야구 경기를 할 때만, 타석에 들어설 때만 가능하다는 것이다.

4. 우연과 운명

이 영화의 야구 장면은 뛰어나다. 관객들이 심정적으로 동일화한 팀이 아슬아슬하게 승리하는 극적인 장면을 감동적으로 연출해서가 아니다. 야구장 안에서, 더 나아가서 하나의 '사건'이 어떻게 계산과 실수, 필연과 우연, 의지와 통제불능이 절묘하게 결합하여 일어나는가를 보여 주기 때문이다. 20승을 거두는 마지막 장면에서 1번 타자로 나선 해티버그(Hatteberg)는 홈런 타자로 영입한 선수가 아니었다. 그는 수많은 핸디캡에도 불구하고 어쨌든 살아서 출루하는 선수였기 때문에 스카우트한 선수였다. 빌리의 계산이 맞다면 그는 1루 정도로 출루해야 했었다. 그런데 어이없게도 아주 깨끗한 홈런을 날린다. 그것도 절체절명의 순간에… 이것이 바로 그 누구도 예측할 수 없고, 통계로도 환원할 수 없는 우연의 발발, 사건의 발생이다.

야구야말로 서사적인 운동의 표상이다. 하나의 돌발 변수와 예측이 맞물려 이야기를 생성시키는 데 야구만한 경기도 드물다. 야구는 통계로 포착할 수 없고, 계산을 넘어서며, 우연(accident)이 개입해서 일어나기도 한다는 것, 진짜 중요한 지점에서는 인간의 통제와 계산을 배반한다는 것을 이 영화는 보여 준다. 다시 통계상으로 보자면 오클랜드 애슬레틱스는 결국 클리브랜드 팀에게 패배했다. 통계가 옳다는 것을 결과가 증명한다. 그런데 이 영화는 진짜 중요한 사건들이란 바로 그 통계 너머 어딘가에서 발생한다고 말한다. 각본이 없다는 것은 승패가 결정되지 않았고, 이야기와 역사가 어떻게 될지 결정되지 않았다는 것이다.

야구는 통계학적인(예측 가능성이 높은) 경기라고 말하지만, 팀플레이가 언제나 그렇듯 우수한 선수를 모아 놓았다고 반드시 승리하는 것은 아니다. 경기에는 언제나 의외성, 돌발 변수가 개입하기 마련이다. '야구의 신, 밤비노의 저주'라는 말도 그것을 일컫는다. 경기는 어떻게 될지 아무도 모른다는 것이야말로 모든 스포츠의 특징인데, 더구나 야구처럼 서사적인 스포츠, 그리고 필연과 우연이 절묘하게 결합해 승패를 결정하는 스포츠의 세계에서 이 예측 불가능성은 더욱 두드러진다. 그래서 사람들은 이 의외성(불확실성)을 최소화시키기 위해 통계에 의존한다.

야구는 기록의 경기라고 한다. 그 말은 통계학의 게임이라는 뜻이다. 빌리는 야구 경기와 선수들의 기록을 통계학에 의존해 분석하고 그에 기반한 팀 조직과 경기 운영을 관철시켰다. 그 결과 20연승의 기록을 세우고 스스로의 몸값을 올렸다. 다시 말해 '머니볼' 이론이란, 통계에 기반을 둔 조직 운영의 효율성이다. 그런데 통계가 작동하지 못하는 지점이 있다. 그것은 야구 경기에서 만들어지는 사건의 영역, 통계에 기반한 예측을 벗어나는 지점, 마치 우연(불연속성)에 의해 사건들이 발생하고, 그 사소한 원인들의 계열이 인과적으로 예측 불가능한 변수들과 결합해 승패와 운명을 결정하는 것이다. 이런 것은 통계가 전혀 손쓸 도리가 없다. 통계는 장의 외부를 사유하지 못한다. 통계는 기술과학이다. 승리를 하기 위해서는 효율적인 팀 조직과 운영이 필요하고, 그를 위해서 통계는 선수들을 분석한다. 그러나 질문하는 방식을 바꾸고, 팀을 새롭게 운영하는 철학에는 관여하지 못하는, 도구적이고 종속적인 방법에 불과하다. 빌리는 통계로 무엇을 했는가? 승리를 얻어냈다. 그러나 통계는 왜 야구 경기를 해야 하고, 왜, 어떻게 이겨야 하는지에 대해서는, 더더구나 삶에서 무엇을 추구해야 하는지, 선택은 어떻게 해야 하는지에 대해서는 가르쳐 주지 않는다. 통계는 지난 일들의 기록을 보여 주지만 그것을 운영하는 방식에 대해서는 관계하지 못하는 것이다.

그러나 빌리 빈, 그는 통계에서도 실패했다. 그의 방식은 20연승을 거두어 냈지만 정작 중요한 장면에서는 그의 통계가 승리한 것이 아니라 그저 운이 통했을 뿐이다. 이게 그가 졌다고 말하는 또 하나의 이유다. 생이란 그 어떤 통계나 계산이 아니라 우리가 알 수 없는 우연과 예측할 수도 지배할 수도 없는 운이 우리를 엉뚱한 곳으로 데려간다. 그것이 바로 삶이다. 이 불가해하고 비의지적인 삶을 통제하기 위해 인간은 역사를 분석하고, 자료를 통계화하며, 예측하고 대책을 세운다. 하지만 중요한 장면에서 운명은 우리를 산으로 끌고 가 버린다.

이 우연(우발성)을 계산하고 예측하지 못하는 한 통계가 한 일은 아무것도 없다. 통계는 언제나 사실만을 누적적으로 기록함으로써 어떤 결과들이 일어났는가만을 보여 줄 뿐이다. 그것을 토대로 예측하는 것은 이미 통계가 아니라 해석이다. (이런 점에서 통계와 역사는 비슷하다) 통계는 예측에 사용될 뿐 우연을 계산(사고)하지 못한다. 통계가 보여 주는 건 언제나 확률이지 우연이 아니기 때문이다.

'머니볼' 이론을 경영에 도입하여 응용함으로써 빌리는 그 판에서도 다른 방식의 플레이가 가능하다는 것을 보여 주었다. 그의 승리는 야구판에서 아무도 던지지 않은 질문을 던졌고, 모두가 동의하는 방법을 거부했다는 데 있다. 여기서 배워야 할 것은 판의 일반적인 방식과는 다르게 질문하고 사고하는 방법인데, 이번에도 사람들은 그 방법을 모방하려 한다. 왜냐하면 그 방법의 우수성이 경험적(통계적)으로 확인되었기 때문이다. 빌리가 자신의 인생을 걸고 모험을 시도했다면 사람들은 그의 모험이 검증한 결과를 모방하려는 것이다. 그 순간 독창성은 소비되고 사라진다. 수많은 '미투상품'들이 자의식도 없이 탄생하는 이유가 그런 것 아닐까? 하지만 시장에서는 자의식이 중요한 것이 아니라 그것이 팔리느냐가 중요할 뿐이다. 그것만이 시장의 가장 확실한 현사실성이라고 여겨진다.

사람들은 누군가 성공하면 그를 "따라잡기" 좋아한다. 도대체 무엇을 위해서 누구를 따라잡는다는 것일까? 그것은 자신만의 삶과 자신의 분야에서 생긴 고통과 고뇌로부터 비롯된 문제를 겪으며 자신만의 질문을 자신만의 방식으로 던지고, 자신만의 위험을 감수함으로써만 겨우 언어낼 수 있는 그런 것이지 빌리를 모방한다고 될 일이 아니다. 거기 '머니볼' 경영 이론은 있을지언정 '너 자신'은 없기 때문이다. 영혼 없고, 질문 없으며, 사유 없는 삶과 경영에 승리가 깃들 수 없다. 그건 이미 자신의 삶이 아니고 자신의 플레이가 아니다. 그건 이미 남들이 성공-승리하려는 이유를 제록스한 것이며, 거기엔 승리도 없고 그 자신의 삶도 증발하고 없다.

영화가 보여 준 그의 승리는 독창성과 모험성이 거둔 경제적 가치

창출 때문이 아니다. 그는 자기 삶을 산 것이다. 자기 삶을 산 것, 그것이 그가 지지 않은 이유다. 하지만 그것이 승리는 아니다. 왜냐하면 그는 판을 바꾸지도, 벗어나지도 못했기 때문이다. 그는 도리어 판을 더욱 발전시켰고 더 키웠을 뿐이다. 그는 승리하지 못했다. 그는 졌다. 그런데 그는 결코 지기만 한 것은 아니었다. 이 영화는 이기고도 졌으며, 졌으면서도 지지 않는 것에 대해 보여 준다. 통계를 사용해 야구를 승리로 이끌더라도 삶에서 통계를 사용할 수는 없다는 엄연한 진리… 그것이 빌리가 오열하는 이유다.

판을 바꿀 수는 없지만 거기서 자기 삶을 사는 건 힘들게만 겨우 가능할 수 있을 것이다. 그게 바로 질 수밖에 없지만 지지 않는 기술이다. 그렇다면 아무리 썩어 문드러진 판에서도 자기 삶을 살 수 있는 가능성은 있다는 말이다. 다만 통계학적으로, 확률적으로 낮을 뿐이다. 결국 가능성이 낮음에도 그것을 시도한다는 것은 일종의 위험(혹은 모험)을 시도할 것이냐 아니면 안전하고 검증될 삶을 살 것이냐의 문제에 다름 아니리라.

위치들의 정치학
—다크나이트

1. 스크린의 영웅들

우리가 살고 있는 근대(이후)는 영웅이 부재하는 시대다. 헤겔은 개인의 행위를 집합 전체의 운명, 보편적 삶의 맥락과 내적으로 연관 지을 수 있는 자를 가리켜 영웅이라고 말했다. 개별적 행위가 한 집합적 단위(예컨대 민족)의 정신이나 삶의 총체적 모습과 유기적으로 연관되어야 한다는 것이다. 그러나 근대사회에서 국가의 제도는 개인을 세계에 대해 단순히 우연적인 존재로 전락시키므로 개인으로서의 영웅은 탄생할 수 없다. 세계의 복잡다단하고 빠른 변화도 개인이 전체를 파악하거나 따라잡을 수 없게 만들어 개인과 전체 사이에는 균열이 발생하고, 행위자를 둘러싼 환경은 총체성이 아니라 국지적 현실, 우연적 일부가 될 뿐이다. 잡다한 삶의 총체성을 흐트러지지 않게 묶어줄 개인은 불가능하게 된 것이다. 이러한 설명에 따르면 개인과 전체 사이의 균열을 메워 줄 수 있는 행위를 하는 자가 영웅이다.

하지만 영웅이 이처럼 반드시 개인과 전체의 간격을 메워 주어야만 가능할까? 오히려 전체와 구별되는 자리에 놓이는 개인, 집합적인 다수와 구별되는 위치에 자리할 수 있는 누군가가 우리 시대의 영웅이 되는 것은 아닐까? 아무튼 현실에서 영웅이 불가능한 시대가 되자, 그들은 영화의 스크린 속으로 거주지를 옮겼다. 그리스신화에서 영웅이 하늘로 올라가 별자리가 되듯이 우리 시대의 영웅은 움직이는 이미지들의 세계 속으로 들어가 버렸다. 그 속에서 영웅은 출중한 능력과 매력적인 캐릭터로 시민들의 친구이자 보호자 노릇을 한다. 선량한 시민들을 보호하고 범죄자를 처단하며, 사회의 안전을 지킨다.

그런데 영웅을 위협하는 유사-영웅, 즉 악당이 출현한다. 악당의 출현으로 시민들의 사회는 위험에 처하고 주인공과 악당은 맞부딪친다. 악당은 일그러진 그의 내면성을 표출하며, 흉측한 몰골로 대다수 시민들이 동의할 수 없는 기괴한 주장을 하면서 사회의 안전을 위협한다. 영웅과 사회는 위험에 빠진다. 그러면 우리의 영웅은 악당을 멋지게 물리치고 사회를 다시 안전한 상태로 돌려놓을 것이다. 이것이 일반적인 할리우드 영화의 전형적인 서사 구도다. 상상적 승리의 판타지 혹은 판타지의 상상적 승리. 영웅은 그렇게 (상상된) 전체가 상상하는 하나의 표상체다.

그런 영웅들은 대개 특별한 능력들을 가지고 있다. 빛의 속도로 날아다니는가 하면(슈퍼맨) 거미줄을 발사하며 빌딩숲을 자유자재로 넘나들기도 한다(스파이더맨). 최근에는 영웅들의 개체수가 다양해졌고 그 성격도 각양각색(스폰, 핸콕, 헬보이 등)으로 진화했다고는 하지만 무엇보다 초월적인 능력이 있어야 영웅의 계보에 들 수 있다. 그와 더불어 그들은 시민들의 편이어야 한다. 시민과 사회를 위협하면 그는 악당이지 영웅이 아니다. 영웅은 언제나 선의 축(우리 편)에 속해 있어야만 한다. 그는 사회의 지배적인 가치에 동의하고 선량한 행동을 표방한다. 또 가면과 슈트라는 아이템을 필수적으로 구비해야만 한다. 그의 정체가 널리 공개되어선 안 되기 때문이다. 영웅의 조건 가운데 하나는 사회 전체 속에서 그가 누구인지 알려져서는 안 된다는 특징을 갖는다.

그러나 영웅의 결정적인 특성은 그가 집합적 다수와 구별되는 자리에 있어야 한다는 점일 것이다. 그가 가진 능력, 윤리성이나 익명성도 사실 그의 이런 독특한 위치와 관련이 있는 것들이다. 이 점을 부각시키기 위해서 영웅들은 종종 외부에서 온 자들이 맡기도 한다(슈퍼맨, 트랜스포머). 특별한 능력을 가지고, 선량한 마음으로 중차대한 임무를 수행하더라도 영웅이란 어쩌면 전체와 맺는 관계 속에 있는지 모른다. 무엇보다 그들은 전체와 구별되는 예외적 존재들이다. 영웅은 전체의 상상된 대리적 표상이자, 전체로부터 불거져 나오는 하나의 돌출현상의 다른 이름이다.

이러한 영웅의 자리를 위협하는 존재가 바로 악당이다. 악당의 출현으로 사회는 위험 속으로 빠져드는 것으로 보인다. 그러나 진정한 위험은 악당이 야기한 무질서와 혼란으로 시민들의 생존권이 위협받는 것이 아니다. 악당은 기존 사회에서 통용되어선 안 되는 이질적인 가치의 출현, 다른 질서와 더불어 나타난다. 악당이 주장하는 가치가 기존의 사회망에서 통용될 수 없는 가치관이라면 더욱 그렇다. 그러므로 영웅과 악당의 싸움은 하나의 질서와 또 다른 질서의 충돌이기도 하다. 그럴 때 그들 간의 싸움은 상징 투쟁으로 의미화된다. 영화는 대개 영웅의 승리를 통한 기존 가치의 재안정으로 귀결되지만, 여기서 주목해야 할 것은 할리우드 영화들의 보수적 이데올로기와 미국적 가치의 끼워 팔기가 아니다.[1] 중요한 것은 시민사회와 영웅, 그리고 악당이라는 이 세 개의 자리들, 이들의 위치에 관한 탐사, 이들 관계들의 놀이, 말하자면 이들의 위상학이다. 이러한 세 관계의 위상학을 잘 드러내 보여 주는 영화가 있다. 그것은 크리스토퍼 놀란 감독의 배트맨 〈다크나이트〉(2008)이다. 이를 확인하기 위해서는 앞서 언급한 영웅의 공통점들, 즉 그들의 능력, 윤리성, 가면에 대한 언급이 요청된다. 이제 배트맨 〈다크나이트〉를 통해 영웅의 조건들을 확인해 보면서 〈다크나이트〉가 기존의 영웅 서사물과 어떻게 다른지, 또 영웅을 어디까지 발전시키면서 그 정체를 드러내는지 살펴보기로 하자.

2. 의지의 강도와 힘의 위치

배트맨이 다른 영화의 영웅들과 구별되는 것은 그의 힘이 단지 신체적인 능력에서 비롯되는 것이 아니라는 점이다. 슈퍼맨이나 스파이더맨 등은 탁월한 신체 능력을 가졌다. 그러나 배트맨은 초월적인 힘을 내재적으로 소유한 것이 아니다. 물리적인 신체 능력 면에서라면 그는 다른 사람들과 크게 다르지 않다. 그래서 슈트나 최첨단 보조 장치들을 사용한다. 이는 조커나 투페이스에게서도 마찬가지다. 그들의 비범함은 신체적 능력의 탁월성이 아니라 그들이 다른 이들과 구별되기 시작하면서, 그들 자신만의 윤리와 철학을 실행하면서 부각된다. 어떠한 철학을 가지고 그것을 주장하며 실천하려고 할 때 그는 전체로부터 구별되기 시작한다. 그런 점에서 그들 모두는 고담시의 일반

1) 많은 할리우드 영화들이 이런 가치를 옹호하는 서사 공식에 충실하다. 영웅 서사물을 비롯한 액션 영화는 말할 것도 없거니와 전쟁 영화, 범죄 영화, 서부극, 형사 스릴러 영화 등도 이런 문법을 따른다. 현대판 권선징악의 서사물인 셈이다.

적 욕망을 따르지 않는다.

갱들이 지배하는 고담시는 하나의 거대한 욕망이 흐르는 공간이다.[2] 그 욕망은 권력에 대한 욕망이며, 권력은 자본의 힘에 의해 움직인다. 갱들을 저지해야 하는 경찰은 뇌물에 포섭되었고, 부패한 경찰들은 갱들의 사업을 적극적으로 돕는다. 그러한 고담시의 권력, 자본의 중심에 있는 것은 다름 아닌 고담시의 갱, 그리고 그들의 우두머리인 팔코니이다. 팔코니의 욕망이 갱들의 욕망이며, 갱들의 욕망이 고담시의 욕망이다. 고담시 대부분의 시민들은 갱들이 욕망하는 것을 욕망한다. 하지만 배트맨은 다르다. 그는 고담시의 일반적 욕망을 따르지 않는다. 브루스 웨인은 이미 세계적인 기업의 회장이므로 새삼 돈과 권력을 추구할 필요가 없기 때문일까? 그렇다면 그는 왜 배트맨 노릇을 하려고 하는가? 배트맨은 부와 권력을 향유하는 일에 지친 부잣집 도련님이 새롭게 고안한 놀이인가? 아니면 박쥐 코스프레를 하고 고생을 자청하는 마조히스트일 뿐인가? 이를 확인하기 위해서는 그가 배트맨이 되는 과정 혹은 브루스 웨인이 배트맨이 되려고 한 동기를 점검해 보아야 한다.

〈배트맨 비긴즈〉에서도 드러나지만 고담시는 일종의 절망 상태에 빠져 있다. 고담시를 극심한 경제 불황에서 복구시키려 노력한 브루스 웨인의 아버지 토마스 웨인 그 자신도 좀도둑의 총에 죽음을 맞이할 정도로 고담시의 치안은 엉망이었다. 고담시에는 여전히 빈민들이 넘쳐나고, 부정의가 판을 친다. 배트맨은 이러한 고담시에 하나의 상징적 존재가 되려고 한다. 정의가 죽지 않았다는 것, 누군가는 범죄자들을 두려워하지 않고 그들과 싸우며, 그리하여 사람들 자신이 지금

2) 고담(Gotham)의 사전적 정의는 '미국 뉴욕시의 속칭'이다. 자본주의가 전 지구적인 법칙으로 통용되고, '삶의 질' 혹은 '문명화'와 빌딩의 높이 사이에 비례관계가 성립되는 이 시대에 손꼽히는 마천루들이 즐비한 뉴욕은 세계의 중심이고, 자본의 수도이다. 즉 고담시란 '문명이 고도로 발달된 자본주의 사회의 도시' 혹은 그러한 현대사회에 대한 은유이다.

보다 나은 존재가 될 수 있다는 희망을 불러일으키려 한다. 이런 점에서 고담시의 일반적 욕망과 배트맨의 욕망은 구별된다. 배트맨은 상징적 존재가 되어 사람들에게 새로운 욕망을 제시하려는 것이다.

하지만 조커도 그렇다. 조커 역시 고담 시민들이나 갱들과는 다르다. 그는 갱들로부터 받은 지폐를 산더미처럼 쌓아 놓고 거기에 불을 지르며 말한다. "돈 따위는 중요치 않아. 중요한 건 메시지를 보내는 거지. 모든 건 불탄다는 거." 조커는 마로니와 도시의 갱들이 추구하는 가치, 돈과 행복을 좇는 자가 아니다. 조커는 은행을 털기도 하고, 갱 두목들에게 배트맨을 처리해 주는 일을 자청하지만 조커가 그들의 하수인이 되는 건 아니다. 조커는 욕망의 차원에서라면 차라리 배트맨과 짝패다. 조커 역시 사회에 메시지를 보내려고 한다.

조커는 도시를 탈출하려는 시민들과 죄수들의 배를 대상으로 하나의 '사회 실험'을 준비한다. 폭탄이 설치된 두 배에 각각 승선한 시민들과 죄수들에게 상대편의 배를 폭발시킬 수 있는 뇌관을 나누어 준다. 먼저 누르지 않으면 저쪽이 나를 죽일 것이다. 그러므로 저쪽보다 먼저 버튼을 눌러야 한다. 그러나 내가 살아 있는 한, 저쪽도 아직 나를 죽이기로 선택한 것은 아니다. 그러므로 먼저 버튼을 누른다는 것은 살인이다. 이것이 조커가 설치한 딜레마다. 조커는 자기가 살기 위해 남을 짓밟는, 그저 살아남기 위한 생존(투쟁)만이 이 도시의 최후 윤리임을 그들 스스로에게 드러나도록 하려는 것이다.

이 아포리아를 해결하기 위해 시민들은 상대편 배에 승선한 죄수들은 범죄자들이고, 범죄라는 행위를 통해 이미 생을 포기한 셈이며 따라서 선량한 시민들인 자신이 살아남을 가치가 있다고 주장한다. 생존을 위한 사고의 합리화를 시도하기. 그러나 그들이 범죄를 저지른 자라고 해서 살 가치조차 없다고 누가 선언할 수 있단 말인가? 그래서 시민들은 '민주' 시민들답게 어떻게 할 것인지 투표를 한다.[3] 그들은 늘 하던 대로, 자신들이 알고 있는 가장 합리적인 결정방식인 '투표'로 정하려 한다. 투표의 결과는 '상대를 처치하라'는 다수결이 승리한다. 그러나 '민주 시민들'의 배에서는 아무도 그 뇌관을 터트릴 자가 없다. 이것이 바로 고담 시민들의 윤리 혹은 '일반성'이다. "살기는 해야겠으나 남을 죽이지는 못하는 사람들" 즉 '평균성의 주체들'이다.

이런 평균성의 주체들과 대별되는, 예외적 존재가 바로 조커와 배트맨이다. 그 둘은 일단 어떤 지점을 지나친 주체들이며, 이 사회의 구성과 작동 방식에 관한 비밀을 알고 있다. 배트맨-브루스 웨인은 긴 시간의 방황과 어둠의 사도들을 통해서 이 지점에 도달한 반면 조커는 또 다른 경로로 일반성의 임계점을 지나친 듯하다. 조커는 동기 없이 악을 저지르는 '무동기적 악한'이 아니다. 조커의 행동에는 분명한 목적과 의도가 있다. 다만 그의 목적이 대다수 범죄자들과 다를 뿐이다. 앞서 말했듯 그는 고담의 욕망을 따르지 않는다. 타인들의 욕망에 포획되지 않고 자신의 가치를 사람들에게 전하려는 그는 이미 일반성의 이탈자다. 〈다크나이트〉의 첫 시퀀스에서 조커는 "내가 확실하게 말할 수 있는 건 사람들이 극한의 지점을 지나면 괴상해진다는 것이지(whatever doesn't kill you simply makes you… stranger)."라고 말한다. 이 말은 단지 특정한 경험을 겪은 주체의 왜곡된 내면(상처)에 대해 말하는 것이 아니다. 이것은 한 인간의 주체적 강도는 특정한 지점(극한의 경험)을 지나칠 때 획득된다는 언술이다. 사실 조커의 이 말은 니체의 "너를 죽이지 못하는 한 모든 것은 너를 더 강하게 만들 뿐(whatever doesn't kill you

3) 한편 죄수들의 배에서는 조커가 설치한 딜레마의 비밀을 알고 있는 한 죄수가 간수장에게 뇌관을 건네받아 망설임 없이 배 밖으로 던져 버린다. 그 죄수는 이 사회 실험의 허구성, 조커의 배치를 간파한 자이다. 배에 폭탄이 설치된 이상 그들의 운명은 이미 자기들 손에 있지 않다. 여기서 무엇을 시도하든 조커의 손아귀에 놀아나는 꼴이 될 것이다. 아마 영화에서 보여진 조커대로라면 그들에게 나누어 준 버튼이 각각 자기들 배의 기폭장치였을 가능성도 없지 않다.

simply makes you stronger).”이라는 말의 변형인 것으로 보인다. 인간을 극복되어야 할 무엇으로 파악하고 위버멘쉬를 요청했던 니체의 ‘힘에의 의지’는 조커에게 자기 힘의 비밀을 말하는 대사로 바뀐다. 힘을 의지의 강도로 해석하는 조커의 이 말처럼 한 인간 주체가 정신적 강도에 의해 결정된다는 것을 보여 주는 언설도 드물 것이다.

이 장면은 하나의 주체란 그를 형성하는 특정한 결절점들에 의해 결정된다는 것, 주체의 강밀도는 타고나거나 저절로 주어지는 것이 아니라 특정한 지점들에서 결정된다는 것, 그 결절점들에서 힘의 인장강도들을 버틸 때 만들어진다는 것을 역설하고 있는 대목이자 조커가 자신을 스스로 소개하는 언표이다. 즉 그 자신은 누구로부터 태어나거나 사회로부터 부과되는 주체가 아니란 뜻이다. 인간존재의 고유성이 영혼 그 자체에 있다는 선험적 결정론이나 단지 외부로부터 부과되는 힘에 의해 결정된다는 환경결정론을 모두 거부하는 곳에 영웅의 위상학이 있다.

그런데 이것은 배트맨-브루스 웨인에게서도 마찬가지다. 그 역시 일반성의 임계점을 지나쳤다. 어린 시절 부모의 피살 장면을 목격한 것이 그의 정신적 강도를 확보해 주는 것은 아니었다. 그것은 도리어 충격과 상처일 뿐이다. 이 일로 인해 브루스 웨인은 자기의 불행과 복수심에 치를 떨며 끝내 방랑의 길로 나섰다. 이후로 그는 이곳저곳을 떠돌다가 어둠의 사도들 무리 속에서 수련을 한다. 그렇다고 이 수련과정이 그의 강도를 보증하는 것도 아니다. 배트맨-브루스 웨인의 가장 강한 힘은 그가 배트맨 노릇을 시작하면서 생겨난다. 그의 경험, 그의 신체적 · 정신적 수련, 그리고 그의 재력 역시 여기에 관여하지만 무엇보다 그가 강한 이유는 단 하나 그가 배트맨이라는 것에서 도출된다. 그가 대중 일반과 달리 새로운 가치를 전달하는 일을 떠맡는 순간에, 즉 배트맨이 되(려)는 순간에 그 힘은 획득되는 것이며, 이 점에 관해서는 조커 역시 마찬가지다. 그가 하려는 일이, 혹은 그가 하는 일(행동)이 그의 존재가 된다. 이는 "네가 하는 일이 너를 정의해."라는 레이첼의 발언을 통해 〈배트맨 비긴즈〉에서부터 암시된 것이기도 하다.

배트맨-브루스 웨인의 관심사는 웨인사의 경제적 성장이 아니라 오직 배트맨과 고담시의 정의에 집중되어 있다. 그 역시 조커와 마찬가지로 고담시에 메시지를 보내려 한다. 법이 지켜질 수 있다는 것, 그래서 사회 정의는 실현될 수 있다는 메시지. 그러나 조커는 고담시에 혼돈을 초래하려 한다. 이런 점에서 이들 모두는 사회의 일반적이고 뭉뚱그려진 가치로부터 벗어나 자신만의 윤리를 실행하려는 자들이며, 그럼으로써 상징적인 장에서 싸우는 자들이 된다. 그리고 그러한 점이 이들을 고담 시민이나 경찰, 갱들과 다른 존재들로 만들어 준다.

그들의 특별한 능력은 타고난 능력이라기보다는 위치에서 오는 능력이고, 대중들과 구별되는 자리에 자신을 위치 짓는 곳에서 나온다. 그들은 열외 존재들(extra-beings)이다. 이 구별은 우선적으로 그들이 각각 평균성의 주체들과 다른 법(룰)을 가지고 움직이거나, 다른 입지점(위치)에 서 있기 때문에 발생한다. 욕망의 동기나 강도, 그것을 실천할 수 있는 능력-지능과 재력에도 있다고 말할 수 있지만 이 영화에서 강조되는 것은 그들의 포지션(위상들)이다. 그들의 입지점은 그들을 대중들과 구별되게 만드는데, 특수한 임무를 자임하고 그것을 실천하려는 순간에 마련된다. 그렇다면 배트맨과 조커는 같은가? 그럴 리는 없다. 여기서 이들이 각각 추구하는 신념의 방향, 즉 그들의 윤리를 확인해 보아야 한다.

3. 세 개의 윤리들

배트맨이 고수하고 실현시키고자 하는 정의, 선의 이념에 대해서는 손쉽게 파악 가능한 것처럼 보인다. 그는 사회의 질서와 안정을 추구하며 법을 수호하고자 한다. 그가 사람들에게 불러일으키려는 희망도 이와 멀어 보이는 것이 아니며, 그가 상징적인 존재가 되려는 것도 이런 종류의 정신들과 가까운 것이다. 그런 점에서 그가 갱들에게 매수되지 않은 고든 반장과 좋은 협력 관계를 갖는 것도 자연스러운 일이라 할 수 있을 것이다. 더구나 고담 시민들의 일반성을 생각해 볼 때, 그의 지난한 싸움, 투사로서의 충실성 등은 그를 영웅시하는데 부족함이 없어 보인다.

하지만 배트맨의 슈트가 멋있어서 영웅이 아니고 조커가 흉측해서 악당이 아닌 것이라면, 또 배트맨이 법과 정의를 수호하기 때문에 영웅이고, 조커가 단지 혼돈을 조장하려 하기 때문에 악당이라고 치부하는 사람이 아니라면 이 둘의 위치는 애매할 수밖에 없다. 자신들이 믿고 있는 가치와 비슷해 보이는 주장을 하는 측이 무조건 좋은 편이라고 생각하는 편파적인 사람이 아니라면, 배트맨과 조커(영웅과 악당, 선과 악)를 바라보는 시선은 전복될 수도 있다. 게다가 배트맨과 고담 시민들의 윤리는 사실상 공통점이 별로 없다.

따라서 배트맨과 조커의 정체는 그들이 주장하는 신념과 가치의 내용을 따지는 방법으로는 결정될 수 없다. 배트맨은 법 질서를 통한 정의가 실행되기를 바라고, 조커는 혼돈을 주장한다.[4] 사법 질서가 언

4) 혼돈과 파괴를 지향하는 조커의 대사들은 다음과 같다. "이 세상을 사는 유일한 묘책은 규칙 없이 사는 거야.", "모든 건 불타 버린다는 거.", "내가 뭘 알아챘는지 알아? 일이 계획대로 대면 아무도 놀라지 않아. 그 계획이 끔찍해도 말이야. (…) 작은 혼돈을 소개할게. 정해진 질서를 뒤엎으면 모든 것이 혼돈에 빠지지. 난 혼돈의 대행자야. 아, 그리고 혼돈에 대한 거 아나? 혼돈은 공평해.", "사물의 본질을 통제하려는 시도가 얼마나 잘못된 것인지 보여 줄게."

제나 옳은 것이라는 가치관의 편에서야 당연히 배트맨이 영웅이 될 것이지만, 조커가 주장하는 혼돈이 사회나 사물의 본질이라고 생각하는 입장에서는 배트맨이 도리어 보수적인 가치의 옹호자로 비칠 수도 있다. 따라서 이 둘이 일반 시민들에게 주장하는 가치와 신념의 내용뿐만 아니라 이들이 어떤 방식으로 대중에게 메시지를 보내려 하는가에 대해 고려해야만 한다.

배트맨은 그 자신의 존재를 언젠가는 사라져야 할 것으로 생각한다. 그는 고담시가 더 이상 자신을 필요로 하지 않게 될 날을 위해 투쟁한다. 그러나 지금으로서는 배트맨이 필요하다. 하지만 그런 날이 도래하지 않은 지금으로서는 사법적 질서와 사회의 정의로운 작동을 위해서 그 자신은 수배자로 쫓기며 활동해야만 한다. 이런 점에서 그는 체계의 변혁을 위해 불법자가 될 수밖에 없는 혁명 투사와 같은 위치라고도 할 수 있다. 도래할 진리를 위해 분투하는 진리의 투사. 그리고 그가 시민들에게 바라는 것은 사람들이 지금보다 더 나은 존재로 발전할 수 있다는 희망을 갖게 하는 것이다.

이 점에 관해서라면 조커 역시 다를 바 없다. 다만 조커의 진리-내용이 혼돈이라는 것일 뿐이다. 그리고 어떤 것이 승리하느냐에 따라 선과 악은 당연히 재규정될 것이다. 그러므로 조커의 혼돈이 무엇인가를 파악하기보다는 조커가 그 혼돈을 사람들에게 어떻게 발견하도록 하는가가 중요하다. 배트맨이 그 자신을 집합적 다수와 구별지으면서 자신의 소멸을 유도하는 방식, 그리하여 사람들을 자신의 위치로 끌어올리려 한다면, 조커는 사람들이 자기 내부의 어둠과 혼돈을 직시하도록 해 사회 그 자체가 내파되도록 하는 방법을 택하는 것이다. 어떤 경우든 지금 이대로의 사회가 존속해야 한다는 명제가 그 자체로 참일 수 없다면, 조커의 철학이 관철되는 사회도 불가능한 것은 아니다. 하지만 조커는 사회 그 자체의 내파를 목적으로 하고, 배트맨은 사회의 초월적 지양을 목표로 삼는다. 조커는 사회의 소멸을, 배트맨은 그 자신의 소멸을 유도하는 방식으로 투쟁한다.

그리고 여기서 그들 투쟁-게임의 중요한 매개가 '하비 덴트-투페이스'다. 사람들이 정의를 위해 투쟁할 수 있고, 현재보다 더 나은 인간이 될 수 있도록 하는 희망의 증거로 배트맨은 하비 덴트를 중요하게 여긴다. 그 자신은 할 수 없는 것을 하비 덴트는 할 수 있다고 믿는다. 배트맨은 집합적 다수와 구별되는 위치에 있는 반면 하비 덴트는 그 집합 내부의 존재이면서, 사회 내부에 자리를 가지고서도 정의를 위해 싸우는 모델이 될 수 있다. 하지만 하비 덴트가 중요한 것은 조커에게도 마찬가지다. 조커가 사람들에게 보여 주고 싶은 것은, 고담의 백기사로 불리우던 하비 덴트조차 얼마나 추악한 두 얼굴의 범죄자가 될 수 있는지, 인간이란 삶의 가혹한 운명 앞에서 허약하기 짝이 없고, 사회의 본질이 얼마나 허구적이고 보잘것없는 것 위에 토대해 있는가를 가르치려 한다.

조커가 폭로하는 인간의 나약성 앞에서 그 판단의 근거란 허약하고 일시적인 것에 불과하기 때문에 우리는 조커를 나쁘다고 판단할 준거를 잃게 된다. 조커를 악이라고 치부할 수 없게 된다면 우리의 가치관은 급작스레 혼돈에 빠져든다. 그러한 가치들의 회오리에 빠져들게 되는 것, 그것이 바로 조커가 바라는 바다. 그래서 조커는 혼돈의 숭배자다. 조커는 혼돈을 자신의 절대적인 진리로 상정한다. 조커의 목표는 하나뿐이다. 혼돈. 또는 고담시를 혼돈의 장으로 만드는 것. 그러한 계획의 일환으로 그는 빛의 기사 하비 덴트에게서 투페이스라는 악을 소환해 낸다.

하비 덴트는 갱들의 손안에서 놀아나고 있던 고담시를 구출해 내려는, 배트맨의 뒤를 이어 나타난, 배트맨과 비슷한 욕망을 가지고 있는 지방검사이다. 그는 다른 부패한 판사, 검사, 경찰들과는 달리 '범죄 없는 고담시'를 외친다. 팔코니가 사라진 이후 고담 갱들의 새로운 두목이 된 말로니를 피고석에 앉혀 놓고 재판을 하며, 홍콩까지 가서 갱들의 회계사인 '라우'를 잡아다 준 배트맨의 도움이 있었기는 하지만 고담시 갱의 절반을 기소하는 성과를 거두기도 한다. 갱들과, 부패한 경찰들의 표적이 될 거라는 시장의 조언에도 아랑곳하지 않는다. 〈다크나이트〉 초반의 하비 덴트는 배트맨/브루스 웨인보다도 더 확신에 차 있고, 정의감이 투철해 보인다.

박쥐가 배트맨의 상징이고, 트럼프의 조커 카드가 조커의 상징이라면, 하비 덴트의 상징은 그가 항상 가지고 다니는 25센트짜리 동전이다. 1922년에 주조된, 'In God We Trust'라고 새겨져 있는 그 동전은 뒷면이 없다. 양쪽이 다 앞면이다. 하비 덴트는 그 동전의 앞뒷면을 걸고 타인과, 그리고 자기 자신과 내기를 하곤 한다. 항상 자신의 예상대로 앞면이 나올 수밖에 없는 그 동전을 가지고서 말이다. 그 동전은 확신에 차 있는 하비 덴트의 자신감을 의미하기도 하고, 어떠한 상황이 닥치더라도 '계속해야 한다.'는 의지의 표현이기도 하다. 항상 앞면만을 보이던, 하비 덴트의 상징인 그 동전에, 조커에 의해 뒷면이 생기게 된다.

투페이스는 배트맨과 고담시에 있어 조커보다도 더 위협적인 존재다. 배트맨을 포함한 고담시의 대부분이, 배트맨과는 다른 방식으로 고담시를 구해 낼 인물로서 하비 덴트를 믿었기 때문이다. 결국 하비 덴트의 정체는 투페이스가 된 후 드러난다. 분노와 복수심에 사로잡혀 그는 악의 화신이 되었다. 조커는 그런 투페이스를 자기 편으로 끌어들인다. 하비 덴트의 추락을 고담시에 증명할 수 있게 되었다. 하비 덴트의 투페이스화는 결국 조커의 작품이며, 조커의 연출이다. 그리고 그 덫에서 하비 덴트는 빠져나오지 못하고 스스로 투페이스가 되기를 선택한다. 이 투페이스로의 추락을 통해 하비 덴트의 '공평(fair)'은 매우 허약한 것임이 밝혀진다. 그가 불행을 당하자 그의 공평에의 의지(즉 그가 생각하던 정의)는 곧바로 상실감, 억울함과 분노로 화한다. 요컨대 공평이라는 균형추를 맞추기 위해 이번에는 자기 불행을 보상받으려 한다. 자기 불행과 상실감을 다른 이에게도 안겨 주려는 것이다. 고담의 희망, 빛의 기사 하비 덴트마저 악의 형상으로 변해 버렸다.

이럴 때 하비 덴트/투페이스의 정체는 간단해진다. 복수와 원한의 주체! 스스로를 운명의 피해자로 규정하고 원한에 사로잡힌 복수심에 불타는 주체일 뿐이다. 그러나 이것은 고담 시민들에게는 심각한 추락이다. 악과 싸우던 영웅이 하나의 괴물 투페이스로 전락했을 때 그들이 겪게 될 절망감. 이것이야말로 조커가 의도하는 바였다. 그는 브루스 웨인이 부모의 살해범에게 느끼던 분노의 상태와 같으며 〈배트맨 비긴즈〉에서 배트맨의 마지막 말을 넘지 못한 것이다. "정의는 복수심 이상의 것이다." 이제 배트맨은 조커와, 투페이스가 되어 버린 하비 덴트, 그 둘을 모두 상대해야 한다.

4. 얼굴과 가면 사이

앞에서 우리는 이 예외자들이 어떻게 전체로부터 불거져 나와 자신의 자리를 확정함으로써 영웅 혹은 악당이 되는가를 살펴보았다. 하지만 아직 조커가 악당인 이유는 밝히지 못했다. 배트맨과 조커가 고담 시민들과 구별되는 이유, 그리고 원한에 사로잡힌 투페이스와 어떻게 다른지 구별하기는 했지만 아직 배트맨과 조커가 다른 지점을 식별해 내지는 못했다. 이제 배트맨과 조커를 구별하기 위해서는 그 둘의 가면에 대해서 고찰해야만 한다.

사실 배트맨의 힘은 그의 익명성에서도 나온다. 배트맨이 작동하기 위해서 사람들은 그가 누군지 몰라야 한다. 이것은 언뜻 생각해 보면 기이한 일이다. 사람들이 배트맨이 브루스 웨인이라는 것을 안다고 해도 바뀔 것은 별로 없어 보인다. 그는 여전히 막강한 배트맨 슈트로 범죄자들을 포획할 수 있다. 하지만 그것은 더 이상 신비롭지도 공포스럽지도 않다. 그가 브루스 웨인이라는 것을 알았기 때문에? 이는 그가 누구인지 알려졌기 때문이 아니다. 만일 사회 내부에서의 그의 정체가 드러나게 되면 배트맨은 전체 다수로부터 구별되는 그의 위치를 더 이상 지킬 수 없게 될 것이다. 그가 구성원 내부와 아무런 구별점을 갖지 못한다면, 그는 고작 실력이 뛰어난 경찰에 지나지 않게 된다. 그러므로 우리는 다시금 배트맨의 힘이 이같은 그의 익명성, 종국적으로 그의 위치에서 나오는 것이란 점을 확인할 수 있다.

조커 역시 이 비밀, 배트맨 가면의 힘을 알고 있다. 그렇기 때문에 배트맨에게서 가면을 벗겨 버리려고 하는 것이다. 가면 속의 얼굴이 드러나는 순간 배트맨은 힘을 잃는다. 그때 배트맨은 법 아래 놓인, 사회 내부로 돌아와 버린 브루스 웨인일 뿐이다. 배트맨에게 가면이란 이처럼 타인들과 구분되는 위치를 창출한다. 배트맨이라는 가면은 배트맨을 배트맨이게 만드는 신성한 가면이다. 그래서 배트맨-브루스 웨인은 이중생활을 하느라 분주하다. 하지만 이와 달리 조커는 이중 역할을 하지 않는다.

조커는 누구인가? 조커는 이름 그대로다. 트럼프 게임에서 조커는 게임의 룰에서 벗어나 있는 카드다. 게임에 참여하면서도 게임의 룰에 얽매이지 않는 자. 그것이 조커의 정체다. 그래서 그는 다른 자들보다 강하고, 게임 내부로 들어와 게임의 구성 요소와 기능인 나머지 카드들(시민들)을 조롱한다. 게임 내부에 자리를 갖고 있으며 그 게임을 지속시키려는 배트맨조차도 조커에게는 비웃음의 대상이다. 그가 조커인 한에서 그의 변화무쌍하고 능수능란한 변신은 당연하다. 조커는 어떤 상황에서든 그 무엇이건 될 수 있는 자가 아닌가.

그래서 조커에게는 지문과 DNA, 치열 기록도 존재하지 않는다. 심지어 그의 옷에는 상표조차 없다. 즉 그는 체계 안에서 등록된 규정성들을 모두 지우고 그 자신 전체 조커가 되어 버린 인물이다. 조커라는 가면이 그의 전 존재가 되어 버린 존재. 그것이 조커다. 배트맨에게 알프레드나 레이첼, 루시우스와 같은 조력자가 있는 반면, 조커에게는 가족도, 친구도 없다. 상황과 욕망(의지)만이 있다. 이것이 배트맨과 조커의 결정적인 차이다. 브루스 웨인이란 존재는 배트맨을 위해 존재하는 것이기는 하지만 역설적이게도 배트맨에게는 브루스 웨인이라는 자리가 필요하다. 때론 거추장스러운 이 브루스 웨인이란 존재는 바로 배트맨의 안식처이자, 배트맨의 결여이며 배트맨의 공백이다.

브루스 웨인과 배트맨은 서로 갈등하지 않는다. 브루스 웨인은 배트맨으로 지내기 위한 위장, 가면에 불과하기 때문이다. 브루스 웨인은 껍데기이며 그의 진짜 가면은 배트맨이 아니라 브루스 웨인이라는 얼굴이다. 하비 덴트와 레이첼을 선택해야 하는 상황에서도 배트맨은 추호의 망설임도 없이 레이첼을 택한다. 배트맨은 항상 브루스 웨인이기 때문에 선택은 간단하다. 그는 배트맨 마스크를 쓰고 레이첼을 구하러 가지만 그 순간에도 그는 여전히 브루스 웨인으로 선택하는 것이다.

조커와 달리 배트맨은 게임을 지속시키고, 유지시키는 게임의 수호자다. 조커는 게임의 내부에 참가하면서 게임의 규칙 밖에 있다. 하지만 게임이 유지되지 않으면 조커 역시 무의미하다. 조커는 게임 외부적 존재지만 내부가 없어지면 의미가 없어진다. 반면 배트맨은 외부가 필요 없어지면 더욱 좋다. 그는 스스로 소멸하는 그날을 위해 움직인다. 그것이 조커가 배트맨에게 "넌 날 완성시켜."라고 하는 말의 의미다. 게임(사회)이 유지되어야만 자신이 존재할 수 있기 때문이다. 규칙대로 움직여야만 하는 배트맨을 조커는 비웃는다. 예외적, 탈법적, 우발적 존재인 조커에게 계획대로 움직이는, 게임의 룰 안에 종속된 존재들은 가소롭기 짝이 없다. 그럼에도 조커는 배트맨을 완전히 비웃을 수 없다. 왜냐하면 배트맨은 게임 내부에 있지만 동시에 조커와 같은 위치-외부에도 머물 수 있기 때문이다. 이런 점에서 배트맨은 조커보다 불리하지만, 조커보다 유리하다. 그것이 바로 조커의 슬픈 표정의 의미다.

내부에 자기 자리가 없는 자의 슬픔, 게임을 망쳐야만 하는 존재, 그럼으로써만 자기 존재가 의미 있고 유지되는 존재. 따라서 조커는 유쾌하게 게임을 하면서도 자기 자리 없음을 슬퍼한다. 경찰서 유치장에서 탈출해 달리는 차 밖으로 얼굴을 내민 조커의 표정은 알 수 없는 페이소스로 가득하다. 내부에 그의 자리가 마련되지 않았다는 점에서, 내부에서 스스로를 삭제하고 외부에서 내부로 들어와 그것을 파괴하는 자가 조커다. 배트맨이 자기 얼굴을 감추고 배트맨으로 활동하는 것과 달리 조커는 화장을 하고 있다는 점도 이것을 의미한다. 조커는 얼굴에 화장을 해서 조커의 얼굴을 가진다. 배트맨은 원래의 얼굴을 감추고 박쥐의 가면을 쓴다. 투페이스는 한 얼굴에 양면을 가지므로 두 개의 얼굴이라기보다는, 하나의 얼굴의 두 부분이라는 뜻에 가깝다.

내부와 외부에 동시에 있는 자, 그 둘의 관계를 유지하며 그 경계선을 계속적으로 사고하는 자, 그 경계들을 넘나들며 계속 게임을 진행시키는 자, 그것이 배트맨이다. 한편 게임을 혼돈의 장으로 만들려던 조커는 그 자신이 중지당한다. 주지하다시피 조커는 하나의 게임에서 중복해 사용될 수 없다. 반면 배트맨은 지속적으로 요청된다. 게임이 지속되는 한, 게임의 룰은 계속 작동하고 그것을 유지하려는 힘 또한 계속 필요하기 때문이다. 게임이 지속되고, 룰이 작동하며, 그것을 어기려는 자가 있는 한 배트맨은 필수적이다. 따라서 조커를 완성시키는 것은 배트맨이지만, 배트맨을 탄생 · 유지시키는 것은 조커다.

이것은 조금도 흔들림이나 회의가 없는 조커의 태도에서도 드러난다. 배트맨이 자신의 정체를 밝히려고 하거나, 레이첼의 죽음에 상실감을 갖는 것과는 대조적이다. 배트맨의 고뇌는 배트맨에게 사회 게임 내부의 자리가 있기 때문에 발생한다. 반면 조커에게는 내부에 자리가 없다. 조커 없이도 게임은 진행될 수 있지만 규칙의 작동 없이 게임은 진행될 수 없다. 없어도 되는 존재(조커)와 있어야 하는 존재(배트맨)의 대결. 그것이 게임 속에서 그 둘의 위상 차이다. 즉 배트맨은 '내부 국외자(inside-outsider)'이며 조커는 엑스트라, 여분, 넘침이다.

조커는 게임의 파국, 게임의 중단, 게임 장의 쑥대밭을 목표로 한다. 그러나 그가 목표로 하는 것은 게임의 파국이지 그것을 통한 자기 위치의 소멸은 아니다. 게임은 조커 없이도 진행될 수 있다. 배트맨은 게임 내부에서 생겨났으며, 게임 내부에 브루스 웨인으로서의 자리를 갖고 있다. 내부에서 생성되고 내부에 자리가 있으면서 외부에 거하며, 내부에서 활동하는 자 배트맨과 내부에 자기 자리가 없어도 되는, 엑스트라로서 게임의 흥미와 의외성, 변수를 위해 존재하는 카드 조커가 배트맨을 이기기는 힘들어 보인다.

게임 자체가 발생시키는 잡음, 그것이 배트맨이다. 배트맨자경단은 이 소음의 소음이다. 고담시에 정화의 바람과 희망을 일으키려던 배트맨이 의도했던 것은 이들 자경단과 같은 조직의 발생 아니었는가. 그런데 배트맨은 그들을 반기지 않고 오히려 체포하여 묶어 둔다. 왜 그런가? 영웅 노릇을 독점하기 위해서인가? 배트맨에게 저지당한 자경단원은 "당신과 나의 차이가 무엇이냐?"고 따진다. 배트맨은 "나는 하키 보호대 따위는 입지 않는다."고 답하지만 그들은 배트맨의 위상학에 대해 아무것도 이해하지 못하고 있다. 하키 보호대를 입을 수밖에 없는 시민 자경단과 최첨단 과학기술로 만들어진 배트맨 슈트에 결정적 차이가 있는 것은 아니다. 정의를 실행할 수 있는 능력—경제력이든 기술력이든—의 차이? 그런 답은 왠지 치사해 보인다. 그렇다면 배트맨이라는 존재를 처음으로 고안하고, 갱들에게 과감히 맞서기를 시작한 선도성? 즉 창조성과 모방이 그들 간의 차이인가? 자경단원이 배트맨과 달리 총기를 사용하기 때문도 아니다. 그것은 바로 그들이 배트맨을 모방함으로써 사회 전체와 구별되는 곳에 자신의 자리를 창출해 내지 못했기 때문이다. 외부의 외부는 결국 내부가 아닌가? 자리는 모두 3개다. 전체집합으로서의 사회, 그리고 그것의 작동을 보호하려는 자와 그것을 위협하는 자. 나머지 자리는 모두 이 3개의 자리에 귀속된다. 갱들이 결국 사회 전체의 일원이며, 조커의 하수인들이 조커의 수족에 지나지 않는 것도 이 때문이다. 그렇다면 배트맨의 자리는 과연 어떤 자리이며, 이 자리는 어떻게 만들어지는가?

5. 세계에서 바라보는 영웅—국가

영웅, 이 예외자는 어떻게 구성되는가? 그가 보호하거나 수호하려는 집단과의 관계를 통해서다. 〈다크나이트〉에서 이 집단은 고담시다. 배트맨은 어떻게 탄생했는가? 고담시에 만연한 범죄를 소탕하고, 범법자(갱)들에게는 공포의 심볼로, 시민들에게는 법과 정의가 살아 있음을 보여 주기 위해 탄생한 것 아닌가? 그러므로 배트맨은 탄생에서부터 '법'과 관련해 등장한다. 고담시는 법이 형성하는 하나의 집합적 단위이며 고담 시민들은 이 법과 관련해 형성된 개별자들의 집합이다. 아무런 공통점도 없는 개별자들을 하나의 단위로 묶어 주는 집합의 조건이 이 영화의 경우에는 법이고, 거기서 고담 시민들이 형성된다.

고담시는 법 아래 포섭된 주체들이 어떤 형상을 가지고 있는가를 보여 주는 무대다. 법이 존재하는 한, 사람들은 거기에 순응하거나 위법자가 되는 수밖에 없다. 법 아래에서 가능한 두 가지 형상은 착실한 준법자가 되는 것과 그것을 어기는 자가 되는 것이다. 〈다크나이트〉에서는 일반 시민들과 갱들이다. 법 아래에서 법을 어기는 자들, 그들은 고담의 갱들이며 그 대표가 팔코니의 뒤를 이은 마로니와 갱들의 두목들이다.

그리고 바로 이런 점 때문에 사람들은 하비 덴트에게 남다른 희망을 건다. 법 밖에 있는 존재인 배트맨(또 다른 의미에서 범법자인 배트맨)이 법 안에서 살아가야 하는 주체들에게 제시할 수 있는 것은 결국 상징적인 존재로서의 역할에 국한된다. 배트맨은 상징적 투쟁의 수행자이며 하비 덴트는 실천 가능한 정의 실현의 수행 모델이다. 이것이 배트맨과 하비 덴트의 다른 존재 위상이다. 우리는 여기서 법 안에 있는 고든과 하비 덴트 그리고 위법적인 갱들과 마로니(팔코니)라는 대립쌍을 발견한다. 그러나 이들 모두 법안에 있다는 면에서는 공통된다. 법을 수호하거나 집행하는 자들과 그 법을 어기는 자들로서의 갱들. 이 둘의 싸움은 법의 수행과 위법이라는 축으로 전개된다.

반면 배트맨과 조커는 둘 다 법 외부적인 존재이다. 물론 법은 어떤 식으로든 그들을 정의한다. 배트맨이 법을 수호하기 위해 범법자가 되어 있는 것처럼 조커 역시 '탈-법(ex-law)'적 존재로서 법 밖에 있는 자다. 법은 조커에게도 적용되지만 조커 자신에게 법은 별 의미가 없다. 조커는 법은 물론 계획과 규칙, 모든 규정성들로부터 벗어난다. 법 밖에서 움직인다는 점에서 조커는 단순한 위법자가 아니라 법의 추문을 발가벗기려 하는 자, 즉 탈법자다. 대중들을 "문명이 허락한 만큼만 충실한 자들"이라고 부르는 조커에게 법의 준행을 주문하는 것은 아무 소용이 없다. 그리하여 조커와 배트맨의 대결은 법 밖에서 법의 허약성을 드러내려는 자와 법을 수호하고 지키기 위해 법 밖에서 활동하는 자의 대립으로 요약된다. 그럼에도 그 둘 존재의 특개성이 법 밖에 위치한다는 점에서 둘은 공통분모를 갖는다.

하지만 이 둘은 대극적이다. 조커가 법의 허약성을 드러내기 위해 어떤 수단과 방법도 마다하지 않는다는 점이 조커를 악한으로 부르게 하지만, 사실상 그런 이유로 조커를 악당이라고 부를 수는 없다. 왜냐하면 그런 규칙과 법 자체를 인정하지 않고, 그 법의 추함을 알고 있으며, 그것을 메시지로 전하려 하는 자는 단순한 위법자로서의 악당과 구별되며 그것만으로 그의 정체성이 규정될 수 없기 때문이다.

이런 점에서 보자면, 배트맨이 조커를 만든 것이다. 하나의 선, 더 정확히 말해 선을 수호하겠다며 법 밖에서 출현하는 자는 자신의 대립쌍을 생성시킨다. 법의 경계를 먼저 넘은 것은 배트맨이다. 팔코니와 마로니가 법 안에서 법을 어긴다면, 배트맨은 법의 경계 밖으로 들어서기 때문에 법의 경계선을 알려 준다. 그러므로 그를 뒤따라 법을 이탈하는 자가 생기는 것은 당연하다. 그러나 배트맨이 조커를 낳았다면 이 악을 완성시키는 것도 배트맨이다. 자신이 불러낸 괴물과 싸우며 퍼즐을 완성하는 것, 그것이 배트맨이 하는 일이다. 그것이 바로 고담시에 배트맨이 필요 없는 날은 오지 않을 거라고 말하는 레이첼이 알게 된 것이었다. 즉 법이 존재하는 한, 범죄는 있을 수밖에 없으며, 범죄가 있는 한 배트맨 또한 사라질 수가 없는 것이다.

집합적 다수로 만들어 버리는 기제들이 이 영화에서는 법이다. 법은 사실 예외를 통해 작동하는 것이긴 하지만, 법의 예외지대에 놓인 사람은 두 가지 방식으로 불거진다. 하나는 호모 사케르, 또 다른 하나는 배트맨이나 조커와 같은 자들이다. 배트맨과 조커가 법과 관련하여 동일한 위치는 어디이며 갈라지는 지점이 어디인가는 앞에서 살펴보았다. 법의 경계에서 법을 수호하는 위치, 그것이 배트맨의 위상이다. 법의 경계를 감시하는 자, 그럼으로써 자기 자리를 만드는 사람. 그것이 배트맨이다. 그런데 법은 형식상으로 그런 예외자를 허용하지 않는다. 법은 그래서 배트맨을 통해서 작동하면서 배트맨을 위법자로 간주해야만 한다. 따라서 이 영화는 법과 탈법자의 투쟁, 혹은 법과 법을 수호하는 자간의 갈등으로 볼 수 있다. 더불어 법 안에 머무는 주체들과 그 법을 수호하는 자가 어떤 관계를 형성하고 있는가를 보여 준다. 따라서 "네가 날 완성시킨다."는 조커의 발화는 고스란히 배트맨의 것이다. 만일 조커(탈법자)가 없었다면, 법의 수호자 배트맨 역시 작동할 수 없다. 배트맨이 조커를 불러냈다면 그건 배트맨의 위상이 법의 경계를 지시해 주었기 때문이다. 조커를 완성시키는 것이 배트맨이라면 배트맨을 작동시키는 것은 조커다.

고담 시민들의 희망에 불을 끄지 않기 위해 하비 덴트의 죄를 자신이 대신 지고 범죄자가 되어 어둠 속으로 쫓기는 배트맨은 단순한 해피엔딩을 거부하며 이번에는 숭고한 희생자의 모습까지 취한다. 배트맨, 그는 정녕 고담시에 도래할 미래를 위해 스스로 저지르지도 않은 죄를 뒤집어쓰는 숭고한 희생자, 타인들의 인정 따위는 아랑곳하지 않는 진정한 진리의 투사인가? 하비 덴트와 같은 이들이 희망의 증거가 되어 준다면, 고담시의 미래는 밝아올 것인가? 배트맨은 이를 위해 자신을 희생한다. 그는 고담 시민들에게서는 추악한 범죄자로 기억될지 모르지만 그 서사를 바라보는 관객들에게는 더없이 숭고한 영웅으로 등극한다.

이상의 논의를 종합하자면 영웅이란 어떤 '가능성들'의 이름이다. 그리고 이 가능성들이 방향성을 잃거나(하비 덴트) 그 이름이 부여될 때(조커) 혹은 어떤 힘에 나포되어 버릴 때 악이 된다. 그러나 영웅은 빠져나가야 한다. 하나의 단위로부터 빠져나가는 것의 이름 그것이 영웅이고, 이 영화에서는 배트맨이다. 배트맨은 경찰견에게 쫓기면서 배트포드에 올라탄다. 마지막 장면에서 그는 고담의 도로를 질주하며 화면 밖으로 빠져나간다.

누가 이 전체로부터 빠져나갈 수 있는가? 배트맨-브루스 웨인은 고담시 모든 사람들의 휴대폰을 도청할 수 있는 장치를 개발했다. 물론 영화에서 배트맨의 조력자인 루시우스는 그러한 감시와 통제의 도구 개발과 사용에 반대한다. 배트맨은 현재 고담시의 절대적 악, 최대혼란을 일으키는 조커를 잡기 위해 그것을 사용한다. 물론 단 한 번만 사용하고는 그것의 파괴권을 루시우스에게 넘겨준다. 영웅의 도덕적 위험성이 아슬하게 정당화되려 한다. 고담시에 혼란과 파괴를 일으키는 조커를 잡는데 사용되기 때문이다. 그것이 정당화될 수 있는 것은 바로 시스템을 유지한다는 목적 때문이다. 이것이 배트맨의 위치이다. 그렇다면 게임의 내부에 자기 자리를 가지고 있으며, 어떤 의지를 가지고 외부에 거하는 자, 게임의 규칙을 파괴하려는 자를 찾아내 처벌하는 자를 무엇이라고 말할 수 있을까? 시민들을 보호하고 유지할 수 있기 위해서는 어떤 장치든 사용할 수 있고, 어떤 위치에도 도달할 수 있는 존재. 그리고 작금의 현실에서 그러한 위치가 가능한 것은 국가밖에 없다. 주지하다시피 사회와 국가는 다른 것이고, 국가는 사회를 보호하려고 한다. 이로써 우리는 헤겔이 근대를 왜 영웅이 불가능한 시대라고 파악했는지 알 수 있다. 영웅의 자리는 개인이 아니라 국가라는 그 실체가 불분명한 단위가 차지해 버렸기 때문이다. 이제 영웅이 어떤 새롭게 돌출하는 개인이나 집단이 될 것인지, 아니면 점점 더 강력해지는 국가가 여전히 그의 자리를 확보할 것인지 지켜보는 일이 우리에게 남겨져 있다.[5)]

5) 한편 이 영화를 알레고리적으로 생각하면, 배트맨은 현 세계 질서 속 미국의 위치와 비슷하다고 볼 수도 있다. 세계 곳곳에서 분쟁과 범죄(국제질서의 교란)가 발생한다. 그 질서에 반기를 드는 불량국가들(악의 축)이 발생한다. 그런 질서의 붕괴와 균열을 치료하기 위해서 미국은 어떤 이상(의회민주주의나 자본주의 등)을 설정하고 그것을 유지시키려 한다. 불량국가(범죄자들)를 벌주기 위해 많은 자본을 들여 국방을 유지하고 최첨단 과학기술을 개발하며 군사용 무기 개발에 집중한다(배트맨의 무기개발). 그리고 테러를 저지르는 테러리스트와 테러 국가를 징치한다. 이 과정에서 많은 손상을 입기도 한다. 그렇다면 레이첼의 죽음은 911이고, 미국 내 시민들은 왈가왈부하지만(이라크 파병에 대한 반대 등은 미국 내 반대 여론이며 배 안의 분규이다) 그래도 조커에게 승리하기 위해 모든 비난을 무릅쓴다.
그리하여 배트맨 〈다크나이트〉는 법이나 하나의 단위를 둘러싼 위치들의 놀이를 보여 주기도 하지만 오늘날 국제질서의 상황에 비추어 보자면, 이것은 미국의 세계사적 위치에 대한 영화이기도 하다. 배트맨은 미국이 선전하는 자기 이미지다. 미국을 세계 전체 위치에서 미국인 스스로가 바라보는 방식에 관한 영화, 그것이 배트맨이다. 고담시는 세계, 배트맨이 지키려는 것은 신자유주의적 질서, 갱들은 별 볼 일 없는 국가들, 조커는 테러리즘을 감행하는 불량국가. 이것은 미국의 신화다. 높은 빌딩에 홀로 서서 세상을 굽어보는 배트맨. 그것은 미국이 상상하는 세계 속에 자신들의 위치, 자기 이미지다. 알프레드 역을 맡은 마이클 케인은 한 인터뷰에서 "슈퍼맨이 미국을 바라보는 자신의 모습이라면 배트맨은 미국을 세계에서 바라보는 미국"(일종의 '사회적 상상')이라고 말한 바 있다고 한다.

텍스트 운반자의 삶: 어느 횡단자의 경우
—일라이(The Book of Eli)

1. Opening

〈일라이〉라는 이름으로 개봉된 휴즈 형제의 이 영화는 한국에서 흥행에는 실패했다. 기독교적 내용을 담고 있었기 때문일까? 대체로 후한 편인 네티즌 평점이 5점대에 불과하고, 전문가 평점은 더 심한 3.8점이다. 기독교적 내용을 담고서 일반적인 영화인 것처럼 상영되었다고 불평들이며, 그 때문에 '속았다'라는 반응이 지배적이다. 하지만 그것은 어딘가 좀 이상하다. 「서유기」가 불교도들만의 텍스트일 수 없고, 그것은 불교도들도 바라는 바가 아닐 것이기 때문이다. 덴젤 워싱턴이 주인공이며, 게리 올드만이 안타고니스트로 등장하는 이 영화의 완성도는 그다지 나쁘지 않다. 회색빛의 음영을 담은 영상은 미학적이며 음악도 어울린다.

영화의 기독교적 내용이 눈에 거슬린다면 어쩔 수 없는 일이다. 하지만 영화 해석의 지평에서 이 영화의 '책'을 반드시 특정 종교의 경전으로 한정할 필요는 없다. 이 영화의 '책'을 텍스트의 차원에서 받아들여 한 사람의 신념과 삶에 관한 이야기로 받아들일 수 있다면 '코란'이나 심지어 '불경'으로 바꿔서 이해해도 된다. 텍스트와 그것의 운반 문제는 자신의 이념과 목적을 추구하는 삶이라는 층위에서 받아들일 수 있는 것이다. 서역으로 불경을 운반하기 위해 온갖 간난신고를 겪었던 삼장법사의 서사와 크게 다를 것도 없다. 물론 그 경우 인물들의 행동과 거기서 발생하는 의미들이 그가 운반하는 책의 이념과 관련하여 서사의 디테일한 부분들은 바뀌게 될 것이다.

세계 곳곳에서 벌어지는 전쟁과 테러의 배경에는 역사 · 경제적인 이해관계 못지않게 종교 · 문화적인 배경이 도사리고 있다. 세계는 몸살처럼 종교전쟁을 치르고 있다. 사람들은 여러 사람이 모인 자리에서 종교에 관한 이야기는 꺼내지 않는 것이 좋다고도 말한다. 특히 개신교에 관한 비난과 욕설은 암암리에 무조건적 증오의 수준에 도달하고 있다고 해도 과언이 아니다. 개신교 국가를 자임하는 미국을 포함해 현실 기독교는 저지른 죄과가 적지 않고, 이 문제에 관해서 누군가는 심각한 사죄를 해야만 할 것이다.

뿐만 아니라 일상에서 우리들은 왜곡된 종교인들을 종종 발견하게 된다. 그들이 종교인으로서 그에 걸맞는 삶을 살지 못했다는 것이 큰 실망과 당혹감을 안겨 준다는 것의 이면에는 우리가 그들에게 남다른 윤리성을 기대하고 있다는 뜻이기도 하다. 하지만 특정 종교와 그 종교를 숭앙하는 종교인을 구분하지 못하는 것도 올바른 구별법은 아니다. 종교인을 통해 그 종교를 이해하고 판단하는 방식은 오류일 뿐만 아니라 그다지 현명하지 못한 방식이다. 그렇게 되면 그 종교에 대한 이해는 매일 변경될 것이기 때문이다.

우리가 발견하게 되는 불량한 종교인들, 그 종교를 믿는다고 하면서도 거기에 걸맞게 살지 못하는 사람들, 심지어는 그렇게 살려는 노력조차 하지 않고, 자기가 믿는 종교의 정신과 그 근간이 무엇인지 생각조차 하지 않는 사람들이 늘어나고 있다는 것은 달갑지 않은 일이다. 타인들에게 자기 종교를 폭력적으로 강요하고, 자기 종교만 소중하게 여겨 다른 사람들은 생각하지 못하는 반지성적이며 반종교적인 행동을 일삼는 사람들 역시 불량한 종교인들임에 틀림없다. 자기 종교가 소중하면 다른 이에게 그들의 종교도 소중하다는 것을 깨달아야 할 것이다. 하지만 기독교나 불교 등 오랜 역사를 가진 인류의 보편 종교들은 쉽게 무시될 성질의 것은 아니다. 그들이 지향하는 정신은 대체로 건전하고 윤리적이며 또 대자적으로도 건강하다. 스펜서는 "인간은 삶이 두려워 사회를 만들고 죽음이 두려워 종교를 만들었다."고 말했지만 이 역시 종교에 대한 심각한 축소다. 단지 죽음 이후의 안락한 삶을 위해 현세를 투자하는 정신은 보편종교의 근간이 아니다. 이러한 종교에 대한 잘못된 이해는 보편종교가 가지는 근본정신이 오용된 탓이지, 종교 자체가 잘못된 것은 아니다.

그 자신의 삶으로 자신의 텍스트를 운반하려는 자라면 이 영화는 어느 누구나의 영화가 될 수 있다. 그가 실어나르려는 것이 다른 종교의 이념이든, 록 스피릿이든, 대의민주주의의 이념이든 텍스트 운반자의 삶이라는 차원에서 그것은 아무런 문제도 없다. 아니, 어쩌면 서로를 잘 이해할 수도 있을 것 같다. 이제 〈일라이〉라는 영화를 종교 메타적 층위에서 하나의 이념과 가치를 가지고 그것을 살아간다는 것에 대해 생각해 보도록 하자.

2. 횡단자

핵전쟁과 오존층의 파괴로 황폐한 사막이 되어 버린 지구, 분진이 흩날리는 숲속에서 주인공 '일라이'는 일용할 양식을 위해 고양이를 사냥한다. 방독면을 쓰고, 끈질기게 기다려 고양이를 잡는 모습. 일라이의 고양이 사냥 시퀀스는 영화 전체의 에피그램이자 그의 성격과 특징을 압축한다. 일라이가 쏜 화살은 팽팽한 시위를 떠나 날아간다. 목표를 향해 날아가는 화살, 그것은 일라이라는 인물의 은유적 상징이다.[1] 시위를 떠난 화살은 뒤를 돌아보지 않는 법. 일라이 역시 서쪽으로 가기 위해 황량한 폐허와 사막을 가로지른다. 그의 임무는 지상에 한 권 남은 (것으로 생각되는) 책-성경을 운반하는 것이다.

고철덩어리가 되어 버린 자동차들로 가득한 황폐한 도로를 지나 폐가에 도착한 일라이는 자살한 시체로부터 신발을 재활용하며 기뻐한다. 그는 고양이 고기로 저녁을 먹고 KFC의 일회용 티슈로 몸을 씻은 다음, 아이팟을 꺼내 음악을 들으며 잠을 청한다. 알 그린(Al Green)의 〈How Can You Mend a Broken Heart〉가 울려 퍼지는 대목, 여기서 느껴지는 분위기는 고독이다. 그의 여행에는 동반자가 없다. 여행이란 함께할 때 더욱 즐겁고 값질 수 있다. 그러나 그럴 수 없는 여행도 있다. 삶이란 어쩌면 근본적으로 홀로 여행하는 것이며, 함께 가기 위해서 자신의 길을 포기한다면 그건 이미 주체적인 여행이 아닐 것이므로 궁극적으로 나의 여행이 되지 못한다. 그것은 '개인' 없는 '우리'가 되게 할 뿐이다.

여행이란 길 위를 걷는 것이다. 그러나 길 위에는 약탈자가 숨어 있

1) 그 고양이는 인육을 먹어서인지 기괴한 형상으로 변해 있는데 이는 이후로 인육을 먹는 사람들, 사람을 자신의 목적을 위해 사용하는 사람들과 일라이의 싸움을 암시한다. 카네기 역을 맡은 '게리 올드먼'의 이미지와 고양이가 닮은 것은 우연이 아닐 것이다. 즉, 그 고양이는 카네기의 은유적 상징으로 볼 수 있다.

다. 길은 위험하다. 거기에는 동반자가 될 수 있는 잠재적 친구만이 있는 것이 아니라 여행자를 '먹을-거리'로 여기는 무법자들로 즐비하다. 열악한 환경에서 '살아남기 위해' 그들은 타인을 약탈한다. 그들은 일라이의 소지품을 빼앗고 그를 죽이려 한다. 일라이는 놀라운 솜씨로 그들을 처치한다. 약탈자 무리의 리더를 죽여 주는 장면에서는 이미 지옥 같은 삶을 살고 있는 사람에게 안식을 선사하는 느낌마저 준다. 일라이를 따라가겠다는 여성을 뒤로한 채 그는 다시 길을 나선다. 그는 길을 가는 여행자, 호모 비아토르다.

일라이는 또 다른 약탈자 무리인 라이더 패거리의 여행자 살해를 목격하지만 개입하려는 자신을 자제시킨다. 일라이에게는 자신만의 목적이 있었고, 다른 일에 관여하지 않으려고 애쓴다. 오토바이 강도들을 보고도 스스로에게 "네가 상관할 바가 아냐(It's not your concern)."라고 되뇌이며 자기 갈 길을 가려 한다. 그의 임무는 책을 운반하는 것이었지 길거리에서 정의의 사도가 되는 것은 아니었다. 그럼에도 이후 일라이는 위험에 빠진 솔라라를 구하게 되며, 그녀와 동행하게 된다. 길동무는 자기의 목적을 추구하는 과정에서 얻어지는 것이지, 그 길을 중단하고 그들의 삶-길을 추종하는 데 있지 않다.

아이팟의 충전을 위해서였을까? 물도 필요했으리라. 그는 갈림길에서 타운으로 진입한다. 타운은 폐허의 모습이었고 사람들은 황량한 마을에서 희망 없이 늘어져 있지만, 그래도 그곳은 물물교환이 가능한 정도로는 질서 있는 공간이었다. 그곳은 카네기의 타운, 카네기가 지배하고 통치하는 장소다. 물을 구하기 위해 바 오피엄(Orpheum)을 찾은 일라이에게 길 위에서 살해를 일삼던 라이더가 다가와 시비를 건다. 그들과 일라이 사이에 한바탕의 전투가 벌어지고 일라이의 전투 실력을 목도한 카네기는 그를 사무실로 초대한다.

카네기는 일라이에게 그럴듯한 제안을 한다. 고단하고 위험한 서쪽으로의 여행은 그만두고 안온한 삶과 특권을 보장받으며, 물이 있고 문명이 있는 곳에서 '전문가로서' 일하라고 한다. "진짜 침대, 따뜻한 음식, 여자 그리고 물." 카네기는 지속적 쾌락과 안락함을 제공하는 생필품들로 그를 자기 수하에 두려 한다. "너는 더 많은 것들을 할 수 있어."라며 비전과 포부의 성취 가능성에 대해 언급하는 것도 잊지 않는다. 힘에 기반한 통치지만 카네기의 마을은 분명 '문명적인 통치'가 이루어지는 곳이다. 상점들이 있고 그곳의 치안은 카네기의 부하들에 의해 유지되고 있다. 규칙의 질서가 작동되고 있기 때문에 약탈과 무법 상태의 혼란보다는 나아 보인다.

그러나 일라이는 그 제안을 받아들이지 않는다. "하지만 난 가야 할 곳이 있어요." 술집에서의 싸움을 카네기는 중지시켰으며 (진정한 환대가 아니라 의도성 회유책이기는 했지만) 융숭한 대접을 하고 은근한 협박을 암시하며, 생각할 시간을 주고는, 정당한 노동의 특별한 대가를 약속한다. 그러나 일라이는 그 제안을 받아들일 수 없었다. 그에게는 목적이 있었기 때문이다. "서쪽? 그곳엔 아무것도 없어.", "난 다르게 들었어요." 목적에 따라 해석이 달라지고, 행동이 바뀌며 삶은 차이나고 끝내 운명이 갈린다. 카네기가 "넌 누구냐?"라고 묻자 일라이는 "아무도 아니다(Nobody)."라고 대답한다. 카네기는 "네가 바에서 죽인 자들이야 말로 노바디."라고 말한다. 하지만 카네기는 일라이의 능력과 유용성에 관심 있었을 뿐, 그의 존재 자체에 대해 관심을 가진 것이 아니었다. 말하자면 존재 관심이 아니라 이익 관심이었다.

일라이는 스스로 '아무도 아닌 자'라고 말하지만 그의 독특함과 유일무이성이 칼 솜씨나 전투 실력에 있는 것은 아니다. 일라이의 단독성(singularity)은 그가 지상에 유일하게 남겨진 책을 어딘가로 운반하는 자였기 때문만도 아니다. 그것은 그가 가진 신념 때문이었다. 알 수 없는 목소리에 의해 이끌린 그는 한 장소에서 '책'을 발견했고, 그 소리가 명령하는 대로 서쪽으로 책을 운반하기 위해 여행한다. 그는 모든 사람이 지구의 재앙 때문에 신을 저주하고 성경을 불태워 믿음이 사라진 세상에서 그 책을 읽으며 그 책을 보전하고 운반하려는 사람이었다. 그것이 그의 단독성이다.

키에르케고르는 「공포와 전율」에서 아브라함이 자신의 아들 이삭을 제물로 바쳐야 하는 상황에서 침묵하며 3일 길을 걸어갈 때, 그가 바로 '단독자'였다고 설명한다. 신의 그 불합리하고 불가해한 모순적 명령 앞에서 그는 부조리의 힘으로 믿었던 신앙의 기사였고, 그의 그 당혹스러운 고독은 어느 누구와 나눌 수도, 이해받을 수도 없는 것이었다. 이것은 일라이의 처지와 일치한다. 솔라라가 말하듯 "자기 머리 속에서 시킨 목소리"에 따라 그 오랜 세월(30년) 동안 대륙을 가로질러 수많은 위험을 통과하며 책을 운반하려는 일을 어떻게 이해하겠으며, 누가 그와 동행할 수 있겠는가? 그러나 단독성이 그의 고귀함과 우월함을 입증하는 것은 아니다. 솔라라가 뒤진 일라이의 가방에서 살짝 드러나듯, 그는 K-mart의 직원이었을 뿐이다. 그의 말처럼 그는 아무도 아닌 자였지만 그 어떤 사람도 그 자신의 임무를 대신해 줄 수 없는, 그리고 그러한 임무와의 관계 하에서만 보증되는 자신만의 목적을 실행하던 주체, 단독자였다.

따라서 사실을 정확하게 말하자면, 일라이는 여행자가 아니다. 그는 목적을 가지고 세상을 가로지르는 '횡단자(transverser)'다. 그는 둘러보고 구경하는 관광객(tourist)이 아니었으며, 모험을 찾아 길을 나서는 여행자(traveler)도 아니고, 목적을 찾는 탐구자(seeker)도 아니었고 순례자(pilgrim)도 아니었다. 순례란 종교적인 목적으로 성지를 순회하는 것이며 거기엔 정해진 목적지가 있다. 따라서 순례 역시 여행에 해당한다. 여행이란 결국 낯선 곳에서 자신을 재발견하기 위한 것이다. 그러나 일라이의 경우, 자신의 완성이나 발견이 그의 여행 목적은 아니었다. 더욱이 그는 자신이 가는 곳이 어느 곳인지 정확히 알지 못했다. 그러나 그는 방황하는 것이 아니었으며 유랑자는 더더욱 아니었다.

그에게는 단지 서쪽이라는 방향만이 있었다. 그가 가진 것은 목적과 동기, 그리고 방향뿐이었다. 그는 자신이 가려는 곳이 어딘지 정확히 알지 못했고, 자기가 도달하려는 곳이 어떤 곳인지 상상할 수 없었다. 일라이의 동기도 사실상 불투명하고 애매하다. 그의 동기는 외부자가 보기에 스스로 꾸며낸 목소리로 자신에게 명령하고, 스스로 동기화한 것으로밖에는 보이지 않는다. 아마 데리다였다면 일라이를 자기 목소리를 자신이 다시 듣는, 상상적 독백을 실행하는 음성중심주의자라고 말했을 것이다. 칸트라면 그 목소리는 없는 것보다는 나은 '초월론적 가상'이라고 말했을 것이다. 그러고 보면 화살은 과녁을 '향해' 날아가는 것이 아니다. 화살은 활이 겨냥한 방향으로, 쏘아진 곳을 향해 날아갈 뿐이다. 그때 화살이 갖는 벡터와 텐서는 화살 그 자신으로부터 발생하는 것이 아니라 활의 이념과 과녁 사이에서 결정된다. 화살은 활에서 과녁으로 운동하는 힘일 뿐이다.

그러므로 횡단자는 목적을 가지고 여행하는 자다. 여행 역시 목적에서 발생하기도 한다. 하지만 진정한 여행이 겨냥하는 바는 언제나 여행자 그 자신이다. 변화되고 확장된 자신을 발견하지 못한다면 여행은 실패한 것이다. '다시 돌아오기 위해 떠난다.'는 여행의 테제는 이처럼 여행의 근본적 성격을 드러내 주는 역설이다. 그러나 횡단자는 여행하지만 여행 자체를 목적으로 삼지 않는다. 여행은 목적을 달성하기 위해서 발생하는 것이지 횡단자에게 있어 그 자체로 추구될 성질의 것은 아니다. 세상을 횡단하려는 목적이 아니라, 자기 갈 길을 갈 뿐인데도 세상이 그에게 횡단된다.

횡단하기 위해서는 횡단 대상과 같아서는 안 된다. 횡단자와 횡단 대상의 절대적 차이가 요청된다. 대상과 하나가 되는 것은 그들과 동일화된 것이지, 횡단적 삶은 아니다. 횡단자는 그들과 더불어 살되 그들과 같지 않아야 한다. 따라서 횡단자는 비동일자다. 횡단자는 동일자에 대해서는 방해자(traverser)이고 반동일자에게는 가로지르는 자(accrosser), 이해할 수 없는 기이한 자다. 횡단자는 외부자이며 체계나 시스템이, 통제와 권력, 국가에 포획되지 않는 자다. 그는 카리스마적 개인이지 공동체주의자가 아니며 국가주의자는 더더욱 아니다. 세상의 사람들이 모두 동의하는 이념과는 또 다른 이념을 가지고 움직이는 자, 그것이 횡단자의 조건이다.

바디우를 빌려 말하자면, 횡단자의 강밀도-에너지는 사건에 대한 충실성에서 연유한다. 일라이의 사건은 어느 날 들려온 목소리에 의거한다. 그 음성이 그를 책이 있는 곳으로 이끌었고, 그 속에서 그는 자신의 목적과 임무를 발견한다. 그리고 그것을 실현하기 위해 산다. 그러한 과정에서 그의 주체성이 확보된다. 사건적 충실성의 주체, 그것이 횡단자의 다른 별칭이다. 그러나 일라이는 횡단자였지만 배타적이지는 않았다. 길 감의 계기들과 타인과의 소통 속에서 마주친 자들과는 함께 간다. 함께 감과 함께함 속에서 그의 정신과 삶은 '솔라라'에게 전수된다. 그렇다면 목적을 가지고 도저한 강밀도로 그것을 추구하면 모두 횡단자가 될 수 있는 것인가? 그럴 수 없다. 여기서 아주 오래된 질문, 목적과 수단의 문제가 제기된다.

3. 목적 없는 수단

타운의 지배자 카네기는 통치자이자 권력자이며 독재자, 전제군주, 폭군이다. 또한 그는 뭇솔리니의 전기를 읽으며 마을을 통치하고 확장시키는데 힘을 쏟는 교양형의 인물이다. 그러나 그의 통치는 시민들의 안정과 행복을 위한 것이라기보다는 많은 사람들을 지배하고 타운을 확장하여 자기의 힘(지배력)을 강화하려는 것이다. 그러한 카네기가 판단하기에 그 자신의 목적을 효율적으로 달성시켜 줄 수 있는 교본이 하나 있는데 그것이 바로 성경이라는 것이다. 일라이처럼 카네기의 목적도 분명했다. 자신의 마을을 더욱 크고 강하게 키우려고 한다. 그 목적을 위해 필요한 것이 성경 획득이다. 이제, 성경이라는 텍스트를 두고 목적과 수단의 문제가 제기된다.

인류가 멸망하기 전의 시대를 살아 보았던 사람으로서 카네기는 그 책-바이블이 강력한 통치의 이념과 비전을 제공해 줄 수 있다고 생각한다. 그는 그 책이 문명과 사회의 초석으로 사용될 수 있으며, 내면의 도덕률을 생산하는 등 얼마나 커다란 이데올로기적 효과를 발휘하는지 경험적으로 알고 있었다. 기독교 사상과 그 문화적 토대가 인류 역사에 남긴 유산과 영향력의 범위를 아는 사람이라면 이런 카네기의 생각을 허무맹랑하다고만 여길 수 없을 것이다. 인류의 역사를 두 동강낸 예수 그리스도 이전의 헤브라이즘과 그 이후의 기독교는 가톨릭과 개신교, 동방정교를 포함해 인류 역사상 가장 넓게 분포된 종교이자 그 영향력 역시 막강하다. 하지만 이 영화가 보여 주듯 그것이 기독교 정신의 가장 중요한 본질, 근간은 아니다. 성경이 제시하는 길, 그것을 실천하며 사는 정신은 그 종교의 영향력과는 전혀 다른 별개의 문제다.

카네기의 목적 추구에서 우리는 그가 성경을 수단화했음을 보게 된다. 그는 그 책을 통해서 사람들을 지배하고 조종하려고 했던 것이며, 그 책의 영향력을 믿었던 것이지 그 책이 의미하는 바와 지시하는 바의 삶 따위에는 아무런 관심도 없는 자였다. 목적과 수단의 분리. 그는 일라이에게 총을 쏘아 성경을 빼앗고는 "찾으면 얻으리라."는 성경 구절을 인용한다. 본의와 맥락을 떠나 그 말을 자기 편의대로 이용한다. 목적하는 바와 수단이 분리되고, 수단이 목적을 먹어 치우게 되면 본의는 상실된다. "성경을 읽기 위해 촛대를 훔치지 말라."는 말이 뜻하는 바도 그와 같은 것이리라.

카네기는 사회를 조직하고, 사람들이 삶을 지속하도록 하는 것의 기초에는 '믿음'이라는 것이 있다고 이해한다. 그는 "신뢰와 믿음이 인간 세상과 문명의 기초를 이룬다."고 말한다. 그런데 그러한 사고방식을 사람들이 이해하지 못하자, 그런 것을 알려 줄 말과 가르침이 기록된 그 책을 원한다. 믿음을 위한 올바른 말들이 기록된 책. 그러나 그의 목적은 자기중심적으로 왜곡되었다. 그에게 성경은 그의 말처럼 일종의 무기였을 뿐이다. "그 책은 약하고 절망에 빠진 사람들의 심장을 정조준하는 무기야. 그 무기는 그들을 조종할 수 있게 해 주지." 타인을 조종하여 자기 목적을 획득하려는 수단으로 성경을 이용하기, 이 지점에서 카네기는 타락한 종교 지도자나 신앙심을 이용해 자기 목적을 달성하려는 사람들의 형상으로 읽을 수도 있게 된다. "여러 마을들을 통치하려면 그 책이 필요해. 내가 책 속의 말로 한다면 사람들은 정확하게 내가 시킨대로 할 거야." 여기서 우리가 보게 되는 것은 '목적이 수단을 정당화한다.'는 마키아벨리즘의 타락 버전이다.

그의 도구주의는 심각하다. 그는 자신이 데리고 있는 여자 클라우디아를 사랑하고 아끼는 것 같지만 자기의 목적과 욕망의 충족을 위해서는 가차 없이 냉혹하다. 그에게 그녀는 애완동물에 불과하다. 자기의 필요를 채워 주는 수단으로서만 가치 있는 존재다. 일라이를 자기 부하로 붙잡아 두기 위해 그녀의 딸 솔라라를 성적 도구로 제공하며 여인의 호소에도 아랑곳하지 않는다. 이런 점이 바로 그가 얼마만큼 자기 목적에 사로잡혀 타인을 도구화하는데 능숙한 인간인지 알려주는 대목들이다. "타인을 수단으로(만) 대하지 말고 목적으로(도) 대하라."는 칸트의 정언명령 따위는 그에게 아무런 의미도 없을 것이다. 칸트의 정언명령은 자유의 상호성을 원칙으로 인정하는 것이지만 그는 교환을 통한 지배 원리에 충실한 인물이자 타인을 도구화하는데 능숙한 주체였다.

카네기가 그곳의 다른 이들을 지배하는 원리는 물리적 폭력의 독점과 교환 양식의 지배다. 일라이에게 책을 구해다 주는 라이더 무리들이 카네기에게 샴푸를 주고 술과 여자를 공급-허락받는 장면을 떠올려 보자. 카네기가 마을 사람들을 통제하는 수단 역시 '물'이라는 절대적인 생필품을 통해 교환에서의 우위를 점하고 있는 것이며, 그는 물이 있는 곳을 알고 있다. 즉 그는 지식과 정보면에서도 부자였다. 부를 소유하고 그것을 다시 유용한 교환의 토대로 삼아 이윤을 극대화한다는 점에서 그는 인류 멸망 이전 자본주의적 상품 교환의 원리를 충실히 이행하고 있다.

그래서 그의 효율적인 통치 방법 가운데 하나는 '거래'다. 그는 유용하고 필요한 도구-사람들을 획득하여, 그것을 자기의 통제 대상으로 두기 위해 대가를 지불한다. 그의 부하 레드릿지 역시 일라이 추격에 앞서 그에게 '솔라라'를 달라고 거래를 제안한다. 서로를 이용하며 대가를 주고받기. 그들 행동의 토대는 명분이나 대의를 위한 충성심, 일에 대한 소명과 윤리의식이 아니다. 단지 자기가 필요로 하는 것(욕망)을 채우고 얻으려는 계산만이 있을 뿐이다. 그러나 이 문제는 좀처럼 쉽게 거론될 문제가 아니다. 우리 일상 삶의 양식은 교환 양식에 기반해 있고, 그것에 대해 이의를 제기하는 것은 거의 미친 짓이다. 공정한 거래가 과연 무엇인지 그 기준은 모호하다고 할 수 있지만, 교환 양식 자체를 의문에 부치기란 결코 쉬운 일이 아니다. 자본주의는 타인을 소유하는 것을 강압적 노예제도가 아니라 자발적인 시장 원리에 맡긴다. 시장 원리가 지배하는 자본주의 사회에서 인간은 기꺼이 타인의 소유의 대상이 되길 갈망한다. 스스로를 매력적인 소유 대상으로 상품화해야만 자신도 더 많은 것들을 소유할 수 있기 때문이다.

그렇다고 거래가 그 자체로 모조리 공준될 수 있는 것도 아니며, 주고받기의 양식에도 윤리라는 것이 있다. 교환 양식 자체가 모두 타락한 것은 아니다. 우리가 경험적으로 알고 있는 교환 양식이란 약탈-재분배와 상품 교환 양식이다. 그것은 최대한 적게 주고 많이 얻어내며 그 차익(이윤)을 축적하려는 삶의 방식에서는 좀처럼 사고되기 힘들다. 그러나 우리는 거래에 입각한 사회구조에 의거해 살아가면서도 그것만으로 세상을 살지는 않는다. 희생과 봉사, 동정과 헌신, 자발성과 온정 등 자유의 상호성을 인정하는 호수(互酬, reciprocation) 역시 우리 사회의 중요한 원리이다. 호수성의 원리가 우리 사회의 주된 교환 양식은 아니지만 그것이 완전히 사멸한 것은 아니다. 약탈과 재분배, 상품 교환의 원리 사이에서 호수성을 실현하려는 노력 역시 불가능한 것만도 아니다. 이러한 노력들은 우리 사회와 개인의 삶 속에서 중요한 부분이며, 어쩌면 이 시대가 유지되고 작동할 수 있는 것들도 이런 가치들이 여전히 거래의 정신으로 환원되지 않은 채, 교환 양식의 대안으로 존재하면서 우리 사회-삶의 숨통을 터 주고 있기 때문인지도 모른다.[2)]

2) 가라타니 고진은 공동체와 국가를 거절하고 약탈-재분배와 상품 교환 양식을 거부하는 윤리가 역사적으로 처음 나타난 것은 보편종교(기독교)에서라고 설명하고 있다. "보편종교가 야기한 것은 자유의 호수성이라는 윤리적 이념이라는 것을 잊어서는 안 된다.", "보편종교가 개시한 것은 국가나 공동체에는 없는 윤리, 새로운 교환 양식(어소시에이션)이다. … 보

일라이와 카네기(와 그의 마을 사람들)은 모두 인육을 먹지 않는다. 그것이 그들이 다른 이들과 구별되는 공통점이다. 인육을 먹지 않는다는 것은 인간으로서의 최후의 선을 지킨다는 것을 의미한다. 그것이 인간과 동물을 구별 짓고, 군집을 사회로 만든다. 그것이 문명이다. 그러나 사람을 먹지 않는다는 것은 나의 이웃과 형제를 수단화하지 않겠다는 것을 근본정신으로 하는 약속이다. 말하자면 타자를 존재 자체로 대하며 수단으로 삼지 않겠다는 것이 문명의 초석이다.

그러나 이미 보았듯 카네기는 타인을 도구화 · 수단화하는 사람이다. 그런데도 사람을 먹지 않는다는 것은 그에게 무엇을 의미하는가? 사람을 먹지 않는다는 것의 근본정신을 망각한 채 오로지 문명인으로 존재하기 위해, 문명인의 증거로서 사람을 먹지 않는 자 카네기. 그때 그가 의지할 것은 스스로 문명인이라는 자부심뿐인데, 그가 말하는 문명이란 곧 이와 같은 약속과 규율-법을 지킴으로써 사회의 질서를 유지하고 그것에 의해 살아가는 사회다. 그것이 바로 그가 열망하던 통치가 실현되는 마을, 즉 '국가'였다. 그래서 그의 관심은 결국 국가주의였다. 인간을 인간으로 대하는 것이 아니라 사회 속에서 인간을 만드는 작업, 정치와 통제를 통해 인간으로 생산하는 장치, 그것만이 그의 관심이었다. 이 지점이 카네기와 일라이의 구별점이다. 일라이는 목적을 실현하며, 그 자신이 운반하던 책에서 배웠고, 책이 가르치는 대로 사는 것에 관심이 있었다.

여기 일라이와 카네기 일당이 전투를 벌이게 되는 외딴 집의 노부부 시퀀스가 중요하다. 노부부는 인육을 먹어서인지 손을 떨고 있다. 그런데 그 노부부는 일라이와 솔라라를 생포했으면서도 그를 살해하기

편종교는 도시공간에서 출현하고 그로부터 제4면의 공간을 개시(예언)한다. 그것은 상품 교환=시장경제의 공간에서밖에 출현하지 않지만 동시에 그것을 부정하는 것이다. 즉 제4면 또는 새로운 교양양식(D)를 개시하는 것이다." 가라타니 고진, 「세계공화국으로」, 도서출판b, 2007, pp.99-113. 참조.

는커녕 자신들을 해치려는 의도가 없음을 확인하자 집안으로 불러들여 환대한다. 심하게 떨리는 손으로 차를 대접하는 노부부에게서 왠지 모를 불안감이 전해지지만 그들이 일라이 일행을 해할 생각은 없어 보인다. 그럴 의도였다면 문 앞의 함정에 떨어졌을 때 이미 그렇게 했을 것이며 더군다나 일라이와 함께 카네기 일당에 대항하지는 않았을 것이기 때문이다. 그들은 비록 생존을 위해 인육을 먹고 살아남았지만 그것은 아마도 그들을 해하려는 사람과 싸워 죽은 시체만을 먹었던 것으로 추정된다. 여기에 바로 인육을 먹는 것에 대한 금지가 의미하는 근본정신이 드러난다. 인육을 먹지 않는다는 것은 바로 나의 이웃을 수단화하지 않겠다는 것이지 물리적인 의미에서 그의 살을 섭취하지 않겠다는 것이 아니다. 그들은 죽은 자들을 묻어 주고 있었다. 죽은 자들의 시체를 통해 영양 섭취를 했을지는 몰라도 그들은 문명인이었다. 문명인의 정신은 단지 인육 섭취 여부에 있는 것이 아니라, 인간을 상호적으로 대우하는 그 정신에 있다. 그들이 일라이와 솔라라에게 차를 대접하는 장면에서 그것은 더욱 분명히 드러난다.

목적에 충실하고, 원하는 바를 이루기 위한 집중력에 관해서는 일라이나 카네기가 다를 바 없다. 그럼에도 한 사람은 횡단자가 되고, 다른 한 사람은 지배자가 되는 것은 여행자냐 정주민이냐의 차이 때문만은 아니다. 둘의 차이는 그 목적의 자기중심성 여부다. 일라이의 목적을 그 스스로 만들어 낸 가상이라고 평한다 할지라도 그 책 운반은 자기 자신을 위한 것이 아니라 신이라는 대타자의 명령에 부응하는 자기희생적 실천에 해당한다. 이 경우 신이 부여한 소명이 실제적이고 정확한 것이냐는 과학적 검증의 영역을 떠나 있으므로 논외로 하자. 그러나 카네기의 목적은 강하고 잘 통제된 마을-국가를 세워 자기 힘을 증대하려는 것이었다. 그가 책-성경을 구하려는 이유를 상기하자. 다른 이들을 수단화, 조작 가능한 대상으로 지배하고 통제하려는 목적, 그 목적은 다시 자신이 다른 이들을 조정하고 부릴 수 있는 위치(스스로 신이 되려는 목적)를 원했다. 따라서 이 두 사람의 차이는 목적의 자기중심성에 있다. 어떤 목적이든 그 목적이 결국 자기 강화(자기 부의 증가, 자기 쾌락의 극대화, 자기 힘의 증대)에 있다면 그것은 자기중심주의(egocentrism)에 다름 아니다.

생존만이 최고의 윤리가 된 사람, 자기 자신의 강화에만 혈안이 되어 타인을 수단화한 사람들, 그들은 더 이상 '인간'이 아니다. 동족을 먹이로 하지 않겠다는 최소한의 후마니타스, 그것이 사라진 곳에 남는 것은 무엇인가? 거기서 '비오스(bios)'는 사라지고 '조에(zoe)'만 남는다. 벌거벗은 육체로서의 목숨만이 현존한다. 카네기의 타운에서는 그 자신만이 주권자이며 다른 이들은 모두 벌거벗은 생명이다. 목표가 목적을 대체한 카네기의 수단이 벌거벗은 생명을 만든다.[3)]

그는 타인들의 욕망과 심리를 잘 알고 그것을 부릴 줄 알았지만 타인의 내부로 들어가지 않는다. 카네기는 타자들이 진정으로 원하는

3) 여기서 목적(goal)과 목표(aim)는 구분되어야 한다. 목표가 그것의 달성을 통해 더 커다란 상위 범주인 목적의 부분을 차지하면서 그것을 달성하게 해 주는 기술적이고 도구적인 부분과 관계된다면, 목적은 더 근원적인 동기, 도덕적이며 이념적일 뿐만 아니라 그의 행동을 낳는 총체적인 세계관과 연결된 개념이다. 이 맥락에서 전략과 전술은 모두 목표에 해당한다. 따라서 목표는 '왜'라는 질문에 궁극적으로 대답하지 못한다. 목표를 추구하는 이유는 행동들을 질서지우고 의미 부여해 줄 수 있는 체계 속에서만 의미를 가질 수 있다. 목적(目的)은 '이루려고 하는 일'이나 '가려는 방향', 염두에 두고 있는 바 의도를 함축하는 것이며, 목표(目標)는 목적으로 삼은 표지 또는 표식을 가리킨다. '목적'은 '목표'보다 다소 추상적이고 방향과 의도를 함축하는 데 반하여 '목표'는 구체적인 표지를 함축한다. "즉 목적은 이루려고 하는 일을 뜻하는 것이고 목표는 목적을 이루기 위한 실제적 대상이다."
한편 지젝은 "식욕충동과 관련해 목적은 배고픔을 제거하는 것이고, 목표는 먹는 행위(핥기, 삼키기) 자체를 통해 얻는 쾌락"(지젝, 「믿음에 대하여」, 동문선, 2003, p.101.)이라고 말한다. 이 경우 목적은 실제적으로 추구되는 것이며 목표는 목적의 추구 속에서 발생하는 효과다. 따라서 목표 자체를 목적으로 삼게 되면 쾌락주의의 전도된 형상이 된다. 먹기를 위한 먹기, 그 자체 행위에서만 의미를 길어 와야 하는 목표는 자기 충족적(autopoiesis) 시스템의 폐쇄회로 속에서 맴돈다.
조르조 아감벤은 수단 없는 합목적성, 목적과 관련해서만 의미를 갖는 매개성, 목적 없는 수단을 구분하고 있다. 수단 없는 합목적성은 그 자체가 목적인 미학적 차원에 속하지만, 매개적 성격을 전시하는 수단의 차원에서만 달성될 수 있다. 목적과 관련해서 의미를 갖는 매개성은 마치 포르노 영화에서 등장하는 주인공의 몸짓이 본디 관객에게 쾌락을 주는 목적에 종속된 수단의 차원에 속한다. 반면 목적 없는 순수 수단은 그 자신의 매개성을 가장 분명히 보여 준다. 조르조 아감벤, 「목적 없는 수단」, 난장, 2009, pp.69-70.

것, 타인들을 자유롭고 풍요롭게 해 줄 수 있는 것에는 관심이 없었다. 그는 오로지 자기 강화, 자기의 확장에만 관심이 있었기 때문이다. 그가 타운을 확장하려는 것도 타인들의 번영과 행복한 삶을 위한 것이 아니라 자기 강화라는 목적의 수단이었을 뿐이다. 따라서 카네기와 같은 목적 추구는 결국 자기 목적, 자기 강화를 위한 타인의 지배라는 목적이 되며, 나머지 방편들은 모두 수단적 성격을 갖게 된다.

그렇다면 카네기는 왜 목적을 추구하지 못한 채 타인이든 책이든 수단으로 삼을 수밖에 없었는가? 그것은 그가 한 번도 진정한 책-텍스트를 만나지 못했기 때문이었다. 그에게 보다 긍정적이고 바람직한 삶의 지평을 보여 주고 그것을 살도록 허락해 주는 자신만의 책을 만나 본 일이 없기 때문이다. 이것은 비단 책 자체의 우수성이 그것을 허락한다기보다는 그 책을 대하는 자의 자세에 더 많은 영향을 받는 사안일 수 있다. 하나의 책-텍스트를 단지 자기의 목적을 위한 수단으로 전락시킬 때 그 책은 그 누구에게도 진정한 자기 사유의 고갱이는 열어 보여 주지 않는 법이다. 좋은 텍스트는 수단화를 거부하고 사람들이 그 안에 들어가 거주할 만한 집을 제공한다.

4. '책-읽기'에서 '책-살기'로

카네기도 글을 읽을 줄 알고, 매일 읽는다. 그러나 그의 읽기는 자기의 개인적인 목적을 실현하는 수단으로서의 읽기였고, 자신이 문명인(지성인)임을 스스로 확인하고 향유하는 읽기, 통치의 수단 획득을 위한 기술 · 정보 습득에 불과했다. 그는 자신이 읽은 바대로 사는 일에는 전혀 관심이 없었다. 반면 일라이의 읽기에는 그런 수단화 경향이 없다. 그는 저녁 시간에 그 책을 읽고 그것을 묵상하며, 그것을 음미한다. 그 역시 읽기를 통해 자신의 삶의 길을 발견하고 싶어 했지만, 그것은 도구적인 것이 아니라 그것을 내면화하는 길이었다. 그 책을 통해 그 책이 지시하는 바대로 살기 위해서는 그 책의 내용과 정신이 육화되고 내면화되는 것이 필수적이었다. 그 책이 명령하는 삶이 살아지도록 자기의 생각과 마음을 가꾸고 그 책과 자기 자신의 일치를 이루는 길. 그것은 실천을 통해서만 확증되고 완성되지만 '책-읽기'와 '책-살기'의 차원에서 동시에 이루어지는 것이다. 그래서 그는 싸움의 직전에 그 상황에 어울리는 구절을 외우며, 솔라라에게 그 유명한 「시편」 23편을 들려주기도 한다. 그럼에도 책에 대한 호기심을 보이는 솔라라에게 일라이는 책을 감춘다. 사실 일라이가 책을 감춘 것은 그것이 귀한 보물이기 때문이 아니었다. 그가 책을 소중히 하는 것은 그것이 자기의 소명, 자기 정체성의 담보물이었기 때문이다. 대신 그는 책을 사는 법에 대해 알려 주기 위해 솔라라에게 기도하는 법을 가르쳐 준다.

그런데 과연 자기를 공격하는 사람의 손을 칼로 자르고, 시비를 걸어오는 자를 때리라는 것이 성경의 가르침인가? 일라이는 마을의 무뢰배들에 맞서 그들과 싸운다. 왼뺨을 때리거든 오른뺨을 돌려 대라는 예수의 가르침과 위배되는 행동이 아닐 수 없다. 이곳이 바로 해석학이 필요한 대목이자 해석들의 차이에서 갈등과 불화가 싹트는 지점이다. 자신을 위해하는 사람들에게 모든 것을 빼앗기고, 유린당하라는 것이 과연 예수의 가르침일까? 그것은 아닐 것이다. 어쩌면 더 커다란 문제는 경직된 문자적 해석주의일지 모른다. 문자주의도 하나의 해석적 수용 방식이긴 하지만 그것은 편협하고 위험한 방식 중의 하나다. 이는 가언적 명령을 정언적으로 해석하는 오류 때문이다. 그렇다고 성경에 대해 어떤 해석도 모조리 가능한 것은 아니다.

폴 리쾨르가 말했듯 모든 해석에는 '규범적 의미(ideal meaning)'라는 것이 있다. 본 뜻을 해치지 않으면서 일정한 범위 내에서 의미의 지평과 깊이를 획득하는 해석의 범위 말이다.

이 영화에서 일라이가 적들을 처치하는 장면은 서사 내부적으로 불가피한 면모가 있다. 일라이가 죽이는 사람들은 모두 일라이의 생명을 위협하며 먼저 공격하거나 시비를 걸어오는 자들이다. 따라서 정당방위적인 측면이 강하다. 그러나 그는 임무에만 신경을 쓴 나머지, 결국 목적 중심주의가 저지르기 쉬운 오류에 빠졌었음을 반성한다. 신성한 책을 운반하는 소임을 맡은 자라고 해도 그 책이 말하는 방법대로가 아니라면 그것은 부족하다. 그가 상기해 낸 황금률, 그는 자신이 대접받기 원하는 대로 다른 이들에게 조금 더 관대하고 여유로웠어야 했다. 물론 이는 영화가 보여 주는 상황 속에서 결코 쉬운 일은 아니었다. 중요한 건 그 자신이 그렇게 반성한다는 점이다. 그 역시 완전한 사람이 아니었고, 그 소임 속에서 자신의 부족함을 발견해 가면서 그것을 사는 사람이었다.

카네기에게 총을 맞고 성경을 빼앗긴 후에도 서쪽으로 가며 차안에서 일라이는 말한다. "오랫동안 책을 가지고 있었으면서도 안전하게 보관하는 데만 신경쓰느라 이 책에서 배운 대로 사는 것은 잊어버린 것 같아." 그가 배운 교훈은 그 유명한 황금률로 집약되었다. "네가 대접받기를 원하는 대로 남을 대접하라." 이 말의 정신은 자기에게 되돌아올 대접과 이득을 계산해서 그것을 다른 이들에게 베풀라는 뜻이 아니다. 그건 거래의 정신이지 선행과 환대의 정신이 아니다. 예수의 가르침인 이 황금률은 "네가 원하는 것, 네 자신이 타인들로부터 기대하는 대우와 존엄성, 그것이 네 자신에게 소중한 만큼 다른 이들 역시 그러하다. 그러니 너 역시 그들의 권리와 존엄성을 인정하고, 그들을

존재적으로 대하라."는 뜻일 터이다.[4]

카네기에게 책을 빼앗겼음에도 그는 여행을 멈추지 않는다. 빈 손으로 서쪽의 섬에 도착한 일라이. 그 섬은 알카트레즈 감옥이었지만 지금은 인류 문명의 보고이자 재건과 희망의 장소로 변해 있다. 그곳에 도착한 그는 성경을 구술하기 시작한다. 반전이 일어난다. 그가 운반하던 것은 문자가 적힌 물질적이고 부피를 가지는 책으로서의 성경이 아니라 그 자신이 걸어 다니는 바이블이었다. 일라이가 성경 구절을 모조리 외우고 있었다는 의미에서 그 자신이 바이블 자체였고[5], 그가 보여 준 삶과 삶의 자세가 그 성경 전체의 정신이었다. 법도 도덕도 실종된 약육강식의 세계에서 일라이는 살아 있는 책-성경의 정신(삶)이었다. 성경이 무기가 아니라 성경을 읽는 정신, 성경을 살아가는 윤리성이 바로 그의 무기였던 것이다.

일라이, 그는 죽었다. 그는 자기의 임무를 다하고 죽었다. 성경은 이제 샌프란시스코의 인문적 자유주의자들의 자치도시에 있는 도서관에 인쇄되어 토라와 코란 사이에(!) 나란히 꽂혔다. 인류의 유산인 성경은 보존되었고, 다시 배포될 수도 있게 되었으며 성경의 정신적 불꽃도 보전될 수 있다. 그것이 영화의 끝은 아니다. 우리는 영화의 마지막 장면에서 다시 고향 마을로 돌아가는 솔라라를 목격할 수 있다. 그녀는 이제 일라이의 뒤를 이어 고향으로 돌아가는 길 위로 나선다. 그녀가 고향으로 돌아가는 이유와 목적은 무엇일까? 자신이 목격했던 것, 자신이 본 도시를 증언하기 위해서? 그럴지도 모른다. 하지만

4) 일라이는 자신이 악한 세상과 싸우기만 했지, 그 세상을 섬기고 사랑하지는 못했다는 것을 깨달은 것이다. 이처럼 진정한 그리스도인이 되기 위해서는 세상을 무찌르는 것만으로 충분하지 않다. 세상에 물들지 않으면서도 동시에 세상과 사람들을 사랑하며 그들을 섬겨야 하는 것이다. 어쩌면 일라이의 진짜 임무란 그것이었을지도 모른다.

5) 이 장면은 일라이가 성경 전체를 외우고 있었다고 보지 않고 그에게 임무를 하달하고 그의 책 운반을 도운 신의 도움이라고 해석하는 입장도 가능하다. 성경이 신성한 힘에 의해 쓰여진 것이라는 기독교 교리에 따를 때 이 해석은 타당성을 얻을 수 있다.

가장 그럴듯한 해석은 그녀가 일라이를 통해서 배운 삶(횡단자적 삶)을 살기 위해서라는 해석일 것이다. 그러기 위해서 그녀는 길을 걸어야만 한다. 일라이에게 배운 것은 바로 길을 걷는 방법, 목적을 위해 삶을 투신하면서도 그 목적이 뜻하는 바의 정신을 삶의 길 속에서 실천하는 것일 터이니, 그 길을 걷지 않으면 그녀에게 집으로의 귀환이라는 목적은 아무런 의미도 없다. 이처럼 하나의 정신은 그것을 살지 못하는 자에게는 아무런 실정성도 갖지 못한다.

영화는 마지막에 또 하나의 반전을 준비한다. 일라이의 눈을 자세히 비춰 준다. 그는 시각장애인이었다. 비로소 그가 지금까지 성경을 운반하기 위해 겪어야 했던 모든 간난신고가 자신의 의지와 능력으로 이루어진 것이 아니란 점이 시사된다. 신성한 임무를 수행하며 온갖 무뢰배들과 싸우고 오랜 세월 서쪽으로 여행했던 그와 그가 수행한 일들은 이로써 하나의 불가사의에 해당한다. 신이 불러 임무를 맡기는 것, 우리는 그것을 '사건'이라고 한다. 바디우에게 사건이란 초기 기독교도 탄압자였던 사울이 다마스쿠스로 가는 길에서 빛 가운데 현현한 예수를 만난 것과 같은 일이다. 바울의 인생은 이 사건으로 분할된다. 이 '사건'을 통해 그는 기독교인들을 열정적으로 탄압하던 자(사울)에서 그 자신이 열렬한 기독교도-사도(바울)가 되었다. 사건이 그러한 주체를 낳기도 하지만, 사건 이후, 주체의 충실성에 의해서 사건은 비로소 사건으로 정립될 수 있다. 바디우에 따르자면 후-사건적 충실성에 의해서만 그는 주체일 수 있다.

하지만 기독교의 경우 신과의 만남, 신이 부르고 그것에 응하는 '사건'만 가지고 주체는 구성될 수 없다. 그처럼 도저한 후-사건적 충실성은 무엇으로 유지될 수 있는가. 사건에 충실하려는 인간의 도저한 의지? 신은 호렙산에서 모세를 불렀다. 그 전까지 모세는 이집트의 왕정교육을 받았던 엘리트 민족주의자였지만 살인을 저지르고 도주해 광야에서 '아무도 아닌 자'로 40년을 지내고 있었다. 그런데 어느 날 갑자기 (모든 사건은 어느 날 갑자기 돌발적으로 출현한다) 신이 그를 불러 민족해방의 임무를 하달한다. 모세는 그 명령을 수행하기 위해 이집트로 간다. 그러나 만일 사건만 있고, 명령만 있었다면 그 이후의 모든 일들을 그가 과연 성취할 수 있었을까? 그것은 거의 허무한 자살행위에 지나지 않았을 것이다. 신은 임무를 하달하고 그와의 동행을 약속하며(출3:12) 또한 실제로 임무를 수행하도록 돕는다. 따라서 사건도 중요하지만 신의 임재와 동행이 아니면 사건은 소멸할 것이다.

한편, 그 책을 획득한 카네기는 어떻게 되었는가? 그 책은 그에게 아무런 쓸모도 없는 책이었다. 그 책은 점자책이었다. 그 책을 그토록 필요로 했던 카네기가 성경을 열지 못해 쩔쩔매다가 시건장치를 풀고 내용을 열람할 수 있게 되었을 때, 그 책은 자신이 이해할 수 있는 언어와는 전혀 다른 방식으로 인코딩된 책이었다. 이것은 카네기가 그 책이 말하는 메시지에 접근할 수 없음을 보여 줌과 동시에 성경이 그에게는 여러 겹으로 닫혀 있다는 것을 의미한다. 지금까지 그는 자신이 읽을 수도 없는 책, 자신에게 소용되지도 않는 것을 위해 자기의 제국을 바쳤던 셈이다. 그는 점자를 읽을 수 있는 사람을 구해 보지만, 글자를 읽을 수 있는 사람도 희귀한 판에 점자를 읽을 수 있는 사람을 구하기란 성경을 구하는 것보다 어려웠을 것이다. 그의 제국은 이제 몰락한다. 성경을 구하기 위해 너무도 많은 부하를 잃고 쇠약해진 그의 왕국은 그 자신이 부렸던 부하들의 반란에 의해 몰락한다. 그의 제국의 기초와 구조는 힘과 힘에 의한 통치였는데 그것이 사라지자 붕괴할 수밖에 없다. 실상 그의 제국은 문명에 기반한 통치가 아니라 몇 사람의 물리적인 힘 위에 구축된 허약한 독재국가였던 것이다.

카네기의 패망은 '자멸'이었다. 과욕이 스스로에게 재앙을 불러 자멸하는 방식이다.

일라이는 카네기가 쏜 총에 맞아 쓰러진다. 총알이 빗겨 가는 행운도, 맞아도 쓰러지지 않는 기적은 일어나지 않았다. 곧바로는 아니었지만 일라이는 결국 그 총상 때문에 목숨을 거둔다. 그러나 죽음은 패배가 아니다. 총을 맞고도 그는 결국 서쪽 끝에 도달해 그 '책'(!)을 전달했다. 패배는 의미로 충만한 삶을 살지 못하는 것이다. 살아 있어도 충분히 살지 못하는 것, 때 이른 죽음을 맞고서도 삶은 계속되는 것이 문제일 뿐이다. 일라이는 자신의 임무를 완수하고 죽었다. 마지막 시퀀스에서 일라이는 자기의 임무 완수를 신에게 감사하고, 자신의 죽음을 긍정하며 솔라라를 축복한다. 그는 자기 신념을 지켰다. 그는 행복한 사나이였다.

5. 에필로그

이 영화의 제목 자체가 중의적이다. 일라이(Eli)란 영어권에 실제로 있는 이름이지만 그것을 예수의 가상칠언 가운데 "엘리 엘리 라마 사박다니"에 쓰인 엘리(나의 하나님)로 이해하면 영화의 제목은 곧바로 '하나님의 책'이 된다.[6] 이 영화에서 일라이가 운반한 '책'은 특정 종교의 경전이 아니라 그 자신만의 책, 그 자신이 소명으로 받아 임무를 완수하려는 어떤 삶의 지침들을 지시하는 '책'이었다. 그가 나르던 책과 그의 삶이 분리된다면 그 책은 아무런 의미도 갖지 못하며, 그 책을 나르는

6) 십자가에서 했던 예수의 말을 마태는 '나의 하나님'이라는 뜻인 히브리어 '엘리'를 그대로 음역하여 '엘리(Eli)'로 기록하고 있는데 비해, 마가는 이것을 '나의 하나님'(엘로히)이라는 아람어 음역에 근거하여 '엘로이(Eloi)'로 표기하고 있다(막 15:34). 외경 베드로 복음서(Gospel of Peter)에는 '엘리'를 '나의 하나님'이 아닌 '나의 능력'(my power)으로 (히브리어 '헬리'의 뜻인 헤뒤스나미무) 번역하고 있다.

삶의 실천이 아니면 그 운반은 아무런 소용도 없게 되는 그러한 책이었다. 그렇다면 우린 이제 이 영화를 성경 운반에 관한 이야기뿐만 아니라 일라이라는 단독자가 그러한 삶을 가능케 했던 자신만의 텍스트에 관한 서사로 읽을 수 있게 된다. 이 영화에서 일라이가 운반하는 책이 성경이라서 불편했다면 영화를 이해하는데 실패한 것이다.

그러고 보면 성경을 운반한다는 것 자체도 하나의 은유임을 알게 된다. 책-정신은 언제나 폐허와 폭력으로 점철된 세계 속에서 어떤 희망의 증거인 사람들을 통해서 운반되어 왔다. 그때 운반된 것은 인쇄된 성경-책만이 아니라 그 책이 가르치는 정신이었고, 그 정신을 실천하는 사람들과 그러한 '삶-의-형태'였다. 알고 보면 그 책은 그런 사람들에 의해 세상 이곳저곳으로 옮겨졌으며, 그들은 책의 정신을 살려고 하면서 세상을 가로질렀다.

한국의 기독교를 두고 '개독교'라는 말이 유행한 지도 한참 되었다. '예수쟁이'라는 비하에서 '개독교'로 변경된 욕설은 한국 기독교도들의 변화/변질과도 궤를 같이한다. 예수쟁이, 또는 '교꾼'이라는 폄하적 언어에는 개신교도들이 소유한 이해할 수 없는 열정을 기이하게 바라보는 뉘앙스도 함께 담겨 있었지만, '개독교'라는 말에는 욕설 외에는 아무런 긍정적인 뉘앙스도 없다. 원인을 알 수 없는 반종교적인 감성인 경우도 없지 않겠지만, 비난의 대상에게도 잘못이 없다고 말하기는 쉽지 않다. 하지만 불량한 종교인들을 보고 그들의 행위에 걸려 넘어지는 자들은 그 자신의 내부에 그와 같은 동일적 요소가 없었다면 그것 자체를 발견할 수 없었을 것이란 점을 명심해야 한다. 괴테의 말처럼 우리 눈이 태양과 같지 않았다면 우린 결코 태양을 발견할 수 없었을 것이다.

그런 사람들이 진정한 비판의 정신을 실행하는 것은 아니겠지만 불량한 그리스도인들, 기독교도-괴물들이 너무도 많다. 모순적이고 위선적인 그들의 행동을 발견하기란 그리 어렵지 않다. 하지만 진정한 비판이란 건설적인 대안을 스스로 보여 주어 대상이 비판되도록 하는 것이지 손가락질을 해대며 인격적인 모독을 가하는 것이 아니다. 그것은 반동일화의 덫에 걸리는 짓이다. 대상을 욕하고 싸우면서 대상과 같아지고 닮아 가며 자신이 그토록 혐오하던 대상과 하나의 대립쌍이 되어 대상의 자리를 만들어 주는 반동일화의 꼭지점은 사실 그 대상과 아주 좋은 짝패에 지나지 않는다. 심지어는 니체도 반동이란 2차 운동으로서 반동을 불러온 바로 그것에 의해 촉발되어 그 반동대상에 의해 방향 잡히고 성격 지워진다고 경고했다.

즉 비판자는 횡단자가 되지 못한다. 일라이는 길거리의 악을 청소하는 일을 자임하거나, 왜곡된 도시의 통치구조를 바꿈으로써 그곳에 자유와 평등을 이룩하는 일에 관심을 쏟지 않았다. 물론 그런 일이 가치가 없다는 것도 아니며, 누군가는 그러한 일을 자기의 목적으로 삼을 수 있다. 하지만 그 어떤 경우든, '횡단자'의 자세가 아니면 안 될 것이다. 자기가 추구하려는 목적 자체가 하나의 세계가 되어 버려 그 목적성 안에 국한될 때 그는 도구주의를 구사하게 될 것이다. 목적 자체를 목적으로 삼는 변형태가 되고, 먹는 행위 자체를 목표로 하는 쾌락주의가 되고 말 것이다. 그러므로 목적이란 결국 외부의 초월성으로부터 부여되는 것이다. 목적의 외부가 없으면 목적은 타락한다. 목적의 외부, 외부에 존재하며 내부로 계속 힘을 미치는 그 미지수야말로 목적 있는 삶을 사는, 목적을 향해 걸어가는 횡단자가 될 수 있는 절대적 요구이다.

인간의 조건과 생활의 발견

—월 · E(WALL · E)

1.

오늘날 환경오염의 문제는 지구 공동체가 당면한 가장 큰 이슈 가운데 하나다. 땅과 물이, 공기와 생명체들이 모두 몸살을 앓고 있으며 지구의 에코시스템에 이상이 있다는 것은 우리 일상에서도 쉽게 경험하는 문제다. 그래서 국가는 환경에 관한 위원회를 만들고 대책을 강구한다. 환경 관련 법령들이 제정되며, 친환경 제도들이 시행되고 각종 사회단체들이 환경을 감시한다. 그럼에도 생태 파괴로 인한 이상 기후와 질병 등, 사태가 좀처럼 호전될 기미는 보이지 않고 있다.

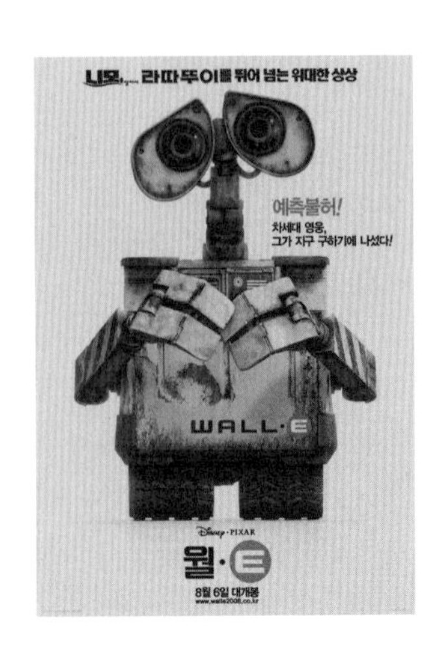

사람들은 산업 문명이 가져온 생태계 파괴의 심각성을 깨닫고 생태계의 소중함에 대해 생각한다. 그러나 생태 파괴의 문제는 근본적인 차원에서 우리가 타자(자연)를 대하는 사고방식, 욕망 충족을 위한 생산과 소비의 사회 시스템 그리고 과학-기술을 통해 경제(자본주의)를 경

영하는 방식과 상관이 있다. 생태계의 문제는 단지 산업 문명의 발달 때문만이 아니라, 그러한 발달을 가능케 한 근본적 원인이나 제반 상황들과 깊숙이 결속되어 있는 것이다. 말하자면 우리 삶의 양식은 물론 우리가 과연 누구인지 묻는다. 그래서 생태 파괴의 문제는 오늘 우리에게 우리 '삶-의-형태'에 대해 질문하고 있는 셈이다. 그럼에도 자본주의적 경제-국가 체제는 여전히 '지속가능한 발전' 모델을 대안으로 채택하고 있다. 요컨대 궁극적 치료제(治療劑)가 아닌 대체제(代替制)를 개발하고 있다. 전 지구적 자본주의란 결국 이 발전을 멈출 수 없는 구조, 멈추는 순간 전체가 파국에 처할 수밖에 없는 운명을 가진 모델일지도 모른다. 스스로 자기모순을 극복해 가면서 끝없는 순환과 전진을 반복한다고 자랑하는 이 닫힌 시스템은 앞으로도 한동안 지속될 것으로 보인다.

이러한 세계 체제 앞에서 환경에 대한 개인의 의식 변화만을 주문하는 것은 한계가 명백한 태도다. 그것은 계몽적이고 계도적인 구호로 이루어질 수 없는 것이며 그런 방식으로 이루어져서도 안 된다. 각 개별 주체들의 삶의 방식은 반생태적 체제-시스템에 대한 반성적 인식을 토대로 생태적 삶의 대안을 창출하려는 과정을 통과해야만 한다. 그것은 우리 삶을 되돌아보도록 하고, 새로운 인간성을 요청한다. 이런 희망적 태도에 이르고자 할 때, 디즈니와 픽사 스튜디오의 애니메이션 〈월 · E〉는 흥미로운 참조점이 되어 줄 수 있다.

〈월 · E〉는 단순히 생태 파괴의 심각성을 경고하는 영화가 아니며, 디스토피아적 비전을 통해 파멸된 지구의 암울한 미래를 그리는 영화도 아니다. 환경오염의 심각성을 홍보하고 개인의 각성을 추구하려는 영화는 더더욱 아니다. 이 애니메이션은 환경 파괴를 배경으로 인간 심성과 삶의 태도에 대해서도 암시한다. 나아가 환경문제에 대한 근본적 치료책을 우리의 심성에서부터 발견할 수 있는 여지를 던져 주고 있다. 어린이용이라고 봐도 무방할 이 영화는 로봇들과 희극적인 인간들이 한바탕 야단법석을 떨고 결국은 해피엔딩으로 귀결되는 아동용 애니메이션 서사의 전형적 구도를 갖추고 있는 것처럼 보인다. 물론 그렇게 보아도 무방하다. 즐겁고 편안하게 이야기를 즐길 수도 있는 영화다. 하지만 하나의 서사 안에서 인간성, 우리가 잊어버린, 혹은 되어야 할 바로서의 인간을 해석해 보는 일도 나쁘지는 않으리라.

쓰레기장이 되어 버린 지구, 대기오염과 토양오염으로 인해 식물이 자랄 수 없고 인간들이 생존할 수 없어 떠나 버린 지구라는 영화 서사의 상황은 영화 속에서 차라리 하나의 배경에 불과하다. 우리가 주목해야 할 것은, 이러한 환경 속에서 로봇 월·E가 인간과 대조적으로 살아가는 방식, 그의 생활철학이며, 타자-생명체를 대하는 방식, 다른 존재자들과 관계를 맺는 방식이다. 말하자면 이 애니메이션에는 지구의 미래상은 물론 로봇 월·E를 통해서 우리가 음미해 볼 만한 생의 가치들이 그려져 있다.

2.

2100년경, 과학-기술의 발전과 산업 문명의 확산으로 지구는 쓰레기장이 되어 버린다. 곳곳에서 발견되는 산업폐기물과 공산품 쓰레기들이 지구가 소비 중심 사회였다는 것을 알려 준다. 모든 제품에 BNL(Buy and Large)이라는 회사의 로고가 찍혀 있는 것으로 미루어 BNL이라는 초세계적 거대 기업이 인간들의 소비적 삶을 모조리 장악해 버렸음이 암시된다. 거대 기업 자본주의와 생산-소비라는 경제체제가 지구의 생태계와 인간들의 삶을 황폐화시켜 버린 것이다. 그리하여 지상은 온통 쓰레기로 뒤덮이고 대기오염과 토양오염으로 인해 더 이상 지구에서 생존할 수 없게 되자, 우주 밖으로 이주할 계획을 세운다. “사람들을 우주로 내보내고 우리는 청소로봇을 개발하여 사람들이 우주에서 놀고 먹는 동안 지구를 깨끗이 치우고 다시 판매를 시작하자.” 그리하여 사람들은 유독가스로 가득찬 지구를 청소하는 일을 로봇들에게 맡기고 지구가 다시 살 만한 환경이 될 때까지 우주선에서 생활하기로 하며 지구 밖으로 나간다.

〈월 · E〉에서 보여지는 지구는 쓰레기 더미들에 뒤덮인 황폐한 공간이다. 사람은 물론 동물과 식물도 보이지 않는다. 상점들은 모두 텅 비어 있고 폐허가 되어 버린 높다란 건물들로 인해 황막한 공간이 되어 버린 지구. 시간이 흐르고 쓰레기를 치워 주는 용도로 제작된 폐기물 수거 로봇 ‘WALL · E(Waste Allocation Load Lift Earth Class)’들도 모두 고장나거나 멈춰 버렸다. 단지 영화의 주인공이자 홀로 남은 폐기물수거 로봇, 거의 고철 덩어리가 되어 버린 월 · E만이 삐걱거리며 묵묵히 인간들의 쓰레기를 치우고 있다. 카세트테이프로 음악을 들으며, 절대로 줄어들 것 같지 않은 쓰레기 청소를 하고 있는 지구 유일의 생존자 월 · E.

마지막 홀로 남은 로봇, 지구 최후의 생존자 월 · E는 수많은 로봇 중에 하나에 지나지 않는 일반적 존재가 아니다. 월 · E라는 이름은 지구청소용 로봇의 일반명사다. 그런 한에서 월 · E는 쓰레기 청소라는 특정 용도를 도구 목적으로 가진 로봇에 불과하며 상품 이름에 지나지 않는다. 하지만 홀로 남아서 쓰레기 수거 작업을 행하는 월 · E는 영화에서 보여 주듯이 프로그램된 대로 기계적 임무를 수행하는 그러한 로봇은 아니다. 홀로 남았다는, 그리고 그 작업을 끝까지 수행하고 있다는 점, 그가 보여 주는 여러 가지 행동과 성격에서 월 · E는 단독성과 고유성을 확보한다.

월 · E는 퇴근(?)하여 집에 돌아와서 비디오를 틀어 춤추는 영화를 즐겨 본다. 비디오에서 남녀가 함께 손을 잡고 노래하는 로맨스적인 장면을 선망하기도 한다. 달리 말해 꿈과 환상을 가진 로봇이다. 무엇보다 월 · E는 외로움을 느끼고 있다. 살아남은 바퀴벌레를 집안으로 들여 먹을 것을 제공하고, 자신의 집 앞 스모그 가득한 대기 가운데로 살짝 드러나는 밤하늘을 응시한다. 월 · E는 일하고 꿈꾸며 외로워하고 그리움을 가진 존재다. 이처럼 그가 수행하는 낮시간의 노동, 그리고 해질 무렵 그의 집인 콘테이너 박스로 돌아와 취하는 휴식까지의 행동을 통해 우리는 월 · E가 인간의 은유적 형상이라는 점을 받아들이게 된다. 월 · E는 로봇이지만 주제와 의미의 측면에서는 인간성의 상징이다. 자신의 임무를 꾸준히 수행하면서 돌봄의 정신을 가진 월 · E, 쓰레기를 자신의 몸 안에 끌어넣은 후 사각형의 고철덩어리로 만들어 정리하는 모습에서 그의 헌신적인 신체성마저 강조되고 있다. 그가 쓰레기와 관계하는 방식, 그가 자신의 일을 처리함으로써 세계와 관계하는 방식은 철저히 신체를 통한 방식이다. 그 자체가 도구용으로 제작된 로봇이 세계와 신체적으로 접촉함으로써 세계를 노동으로 바꾸며 세계 안에서 자기 존재의 가능성을 열어 놓는 것이다.

월 · E는 정지해 버린 다른 로봇 월 · E들을 발견하는 대로 거기서 쓸 만한 부품들을 가져다 비축해 둔다. 일종의 리사이클링, 재활용이다. 이것은 그의 쓰레기 정리에서도 잘 드러난다. 그는 쓰레기를 무조건 압축하여 사각으로 만들지 않는다. 그는 선별한다(즉 판단하고 분별한다). 금속과 플라스틱, 섬유제품 그리고 비철을 구분하여 '분리수거'하고 활용 가능한 것은 집으로 가지고 와 재사용한다. 그 분류 과정에서 여성의 속옷을 가지고 장난을 침으로써 놀이하는 인간(homo ludens)의 면모도 보여 준다.

이것은 탐사용 로봇인 '이브(EVE)' 역시 마찬가지다. 지구 밖 액시엄(AXIOM) 함선으로부터 지구에 생명체가 살고 있는가를 확인하기 위해 보내진 탐사용 로봇 이브(EVE Prove)는 월 · E에게 자신의 이름을 '이브'라고 소개하지만 월 · E는 이브라는 발음을 못해 '이바(EVA)'라고 발음한다. 이브의 이름을 '이바'라고 월 · E가 부르는 순간 이브는 고유성을 획득한다. 월 · E에게 이브는 수많은 탐사용 로봇 가운데 하나일 뿐인 '이브'가 아니라 자신과 특별한 관계를 맺은 '이바'가 되는 것이다. 마치 "내가 그의 이름을 불러 주었을 때 그는 나에게로 와서 꽃이 되었다."는 시구처럼 월 · E에게 이바는 잊혀지지 않는 하나의 의미가 된 것이며, 「어린 왕자」에 등장하는 여우가 말하듯 관계를 맺는다는 것은 수많은 여우 가운데 하나가 아니라 이 세상에서 하나뿐인 존재가 된다는 뜻이다.

영화의 마지막 장면에서 고장난 월 · E는 다른 칩을 넣고 재생된다. 그러나 '그(The)' 월 · E는 이전의 월 · E가 아니다. 이바와의 기억이 없고 춤을 추지도 않으며 손으로 인사하는 법도 모른다. 이런 점이 바로 월 · E가 다른 로봇으로 대체 불가능한 그의 유일성과 특징을 표현해 준다. 그랬기 때문에, 월 · E는 함선에서 마주친 많은 로봇 이브들에게는 눈길조차 주지 않으며, 나중에 이브 역시 대체 재생된 월 · E가 자신을 기억하지 못하자 월 · E를 떠나가려 한다. '관계 맺음' 안에서 '다른 누구로도 대체될 수 없는' '바로 그(The)'가 된다는 것이야말로 인간관계의 신비로움을 상기시켜 주는 장면이다.

또한 월 · E는 인간이면서 남성성을 갖는다. 월 · E와 이바는 각각 남성과 여성을 대표하는 하나의 원형적 커플이다. '이브'나 '에바'라는 이름 자체가 여성적 고유명사이기 때문이기도 하며 '이브'는 여성적인 성격을 갖고 있다. 월 · E와 이브의 우정과 사랑의 관계는 이 영화에 로맨스적 성격도 부여한다. 사랑하는 존재로서의 인간(homo Amores). 하지만 지구에 처음으로 방문한 로봇 이브는 월 · E와 달리 아직 문화를 모르고 월 · E가 만들어 준 조각품을 무관심하게 지나치며, 오직 기계적으로 자신의 임무만을 수행할 줄밖에 모른다. 심지어 낯선 물체를 적으로 간주해 가차 없이 공격하는 살벌한 모습으로 등장한다.

그러던 중 인간들이 우주에서 머물고 있는 액시엄 함선에서 파견된 식물탐사용 우주선이 지구에 도착하고, 거기서 파견된 탐사용 로봇 이브가 임무를 수행한다. 700년이라는 시간 동안 혼자 쓰레기만을 치우며 살아가던 월 · E에게 친구가 생긴 것이다. 이브를 발견한 월 · E는 이브를 따라다니며 이브와 친구가 되려 하지만 임무에만 충실한 이브는 좀처럼 경직된 자세를 풀지 않는다. 월 · E는 자신이 아껴 두었던 식물을 이브에게 준다. 하지만 식물을 표본 채취한 이브는 작동을 멈춰 버린다. 식물을 채취하는 자기 임무를 완수했기 때문에 이브는 정지모드로 들어가 버린 것이다. 침묵에 빠져 버린 이브를 두고 안타까워하며 실망하는 월 · E의 모습은 잔잔한 웃음을 자아내게 한다. 다시 탐사용 우주선이 와서 이브를 데려가려 하자, 월 · E는 이브를 빼앗기지 않기 위해 얼떨결에 탐사 우주선에 탑승하여 이브를 구하려 한다. 그리고 영화는 액시엄 함선으로 배경을 옮겨 이브와 월 · E, 식물을 둘러싼 모험담이 전개된다. 무엇보다 그곳 액시엄 함선은 인간들이 머물고 있는 곳이다. 이제 액시엄 함으로 시선을 옮겨 그곳 인간들의 모습을 살펴보자.

3.

'우주는 최후의 개척지가 되었습니다'라는 BNL의 전단지에서도 볼 수 있듯 우주는 인간의 개척지가 되었다. 하지만 새로운 개척지 우주란 액시엄이라는 함선일 뿐이다. 이들은 지구를 떠나 우주로 나갔지만 사실 우주라는 공간에서 떠돌고 있는 우주 미아에 다름 아니다. 인간은 우주를 개척한 것이 아니라 단지 빈 공간으로 피신한 것이며, 지구 생명체와 더불어 살 수도 없는 상태이기 때문에 우주를 개척한다는 것은 어불성설이다. 그럼에도 액시엄 함내의 환경이 너무도 안락해, 지구 생각은 모두 잊은 채 세대가 바뀌고 자신들이 왜 이곳에 와 있는지 물어야 할 필요조차 느끼지 않은 채 하루하루 극도의 편안한 생활을 영위하고 있다.

자기 삶의 토대인 지구조차 살 수 없을 정도가 될 때까지 돌보지 않고, 소비와 쾌락에 빠져 스스로도 살지 못할 환경을 만들어 놓고, 더군다나 쓰레기 청소를 로봇에게 일임한 채, 우주로 나간다는 발상 자체가 비인간적인 생각, 책임지려는 행동이 아니다. 이미 이들의 발상 자체가 인간성에 위배되는 것이다. 그들의 우주로 떠나감은 삶의 현장으로부터 퇴각하여 그저 살아남기에 급급한 한낱 생존 그 자체에로의 후퇴이며, 스스로 인간으로서 존재하기를 멈춘 것에 다름 아니다. 물론 생존 자체가 처절한 삶의 투쟁인 경우도 있다. 그러나 그런 경우란 바로 삶의 격전장 한가운데서 투쟁하고 있을 때 뿐이며, 그것은 이미 생존 그 자체가 생활 이상의 치열한 투쟁의 상태인 것이다.

액시엄 함선 안에는 전자동화된 함선의 시스템이 인간들에게 모든 편의를 제공해 주고 있다. 함내에는 물론 먹을 것과 볼 것(영상)을 공급하는 개인용 '엑서스 허브 체어'가 있다. 함선의 컴퓨터 시스템과 개인용 이동 체어가 제공해 주는 개인적 편의 안에서 그들은 편안한 생활을 영위한다. 공동체의 공동의 문제나 커다란 결정들은 전자동화된 컴퓨터 시스템과 로봇들이 대행해 주고 있으며, 개인적인 필요는 '엑서스 허브 체어'에 의존하고 있는 셈이다. 함선 안의 인간들의 환경은 자족적이며 안락한 낙원이다.

그러나 액시엄 함선에서 생활하는 인간들은 모두 생김새가 같고 하나같이 뚱뚱한 모습으로 그려져 있다. 특개성을 갖춘 로봇 월 · E와 대조적으로 인간들은 개개의 고유성을 상실한 모습이다. 엑서스 허브 체어 때문이다. 엑서스 허브 체어는 인간의 발과 신체의 대리자이다. 걷는 것조차 시간 낭비가 되어 버린 그곳의 인간들에게 엑서스 허브 체어는 자신이 가고 싶은 공간으로 이동시켜 주고, 먹고 싶은 음료를 제공하며, 눈앞에 항상 영상 서비스를 공급해 준다. 한 마디로 의식주가 모조리 해결된다. 그 결과로 이들이 뚱뚱해지고 모두 비슷해지는 것은 당연한 일이다. 어린아이들조차 한결같이 비만아의 모습을 하고 있는 액시엄 함선의 인간들은 비대한 몸에 허벅지와 종아리 그리고 발이 하나가 되었다. 하체를 발가락과 나머지로밖에 구분할 수 없게 된 또 다른 인간종, 의자인간들이다. 이것은 신체를 사용해서 세계를 개척하고 자기 존재성을 확보하는 월 · E의 모습과 정반대되는 현상이다. 직접적이고 생생한 세계와 단절되고, 오로지 도구를 통해서만 세계와 관계하는 방식인 것이다. 그들의 신체 기능이 퇴화하고 현재 생활에 맞도록 진화(?)된 것은 일종의 풍자다.

그리하여 그들은 걷지 못한다. 호모 에렉투스(직립인)와 호모 파베르(도구인)의 분리. 직립했기 때문에 도구를 사용할 수 있었던 인간이 도구 의존적으로 되어 직립할 필요조차 없어진 기현상이 일어난 것이다. 영화 속에서도 엑서스 허브 체어에서 떨어진 선장 '존'이 월 · E의 도움을 받는 모습을 볼 수 있다. 나중에 선장이 함선의 중앙통제 컴퓨터인 '오토 파일럿'과 대결을 벌이면서 일어나 발로 걷자 사람들은 감탄한다. 이처럼 걷는다는 것조차 놀랍고 대단한 일이 되어 버린 인간들의 모습에서 도구 없이는 삶을 유지하지 못하는 인간의 모습을 되돌아보게도 한다. 그들의 모습은 어쩌면 상품-도구가 제공하는 생활에 종속되어 버린 현재 인간의 모습과 별반 다르지 않다.

그래서 그들은 다른 이들과 직접 대면하면서 서먹해한다. 그들이 서로 대화하는 모습은 나타나지 않는다. 엑서스 허브 체어에 앉아 24시간 생활하는 그들에게는 인간과 인간 사이의 관계를 따로 형성할 필요가 없다. 인간 대 인간이 아니라 인간 대 기계, 기계-매체를 통한 대인관계가 차라리 편한 것이다. 그리하여 인간들은 필요를 충족시켜 주는 자동화시스템-로봇과만 관계를 유지한다. 세계와 신체적이고 직접적인 관계를 상실한 인간은 오직 도구가 제공하는 환경 속에서만 세계와 관계하게 된다. 쉽게 말해 도구가 제공하는 환경 자체가 그의 세계 전체가 되어 버리는 것이다. 미디어, 즉 매개란 실체와 우리를 연결해 주는 만큼 우리를 세계 그 자체와 그만큼 더 떨어뜨려 놓는다. 어떤 점에서는 세계 그 자체를 경험할 수 없게 만들어 버린다고도 말할 수 있다. 모든 것이 충족되기 때문에 더 이상의 어떤 관계를 맺을 필요를 느끼지 않으므로 인간관계와 사회는 퇴보하고 인간종의 특성조차 변한다. 옆 사람들과 얼굴을 맞댔을 때 어색하게 인사하는 장면들은 이들이 액시엄이라는 공간에서 고립된 채 살아가고 있음을 알 수 있다. 도구 없이 세계와 관계하는 방법을 잃어버렸기 때문에, 얼굴과 얼굴을 맞대고 타인과 관계 맺는 방법조차 잊어버린 것이다.

무엇보다 그들은 노동을 하지 않는다. 노동을 모두 로봇들에게 일임했기 때문에, 역설적으로 그들은 세계로부터 단절되고 후퇴한다. 이 영화에서 임무를 수행하는 로봇들(Mo나 Go-4 등)은 살아 있고 개성적인 모습으로 보여지고, 특정한 캐릭터로 기억되는 반면 함선의 인간들은 선장을 제외하고는 특징적인 성격의 모습으로 다가오지 않는 것도 이런 사정과 상관이 있다. 인간이 지금 우리의 모습과는 다른 모습으로 변했듯이 로봇도 변할 수 있다. 로봇들은 편리한 생활을 영위하려고만 하는 인간들의 모습과 달리 현재 임무에 충실하다. 물론 기계적인 임무 수행을 하는 로봇과 월 · E나 '이브'의 차이는 앞에서 강조한 바 있다.

이러한 안락한 모습은 미래 사회의 유토피아적 디스토피아의 전형적인 모습이기도 하다. 이미 올더스 헉슬리가 「멋진 신세계」(1932)에서 행복한 인류의 미래를 반어적으로 그려 냈듯이, 함선의 인간들 역시 '불행해질 권리'조차 잃어버린 인간들이다. 액시엄 함선의 인간들은 편안함에 길들여진 로봇, 그저 살아 있는, 언젠가 오래전에 한번쯤은 인간이었던 생명체에 다름 아니다. 그곳은 어쩌면 일종의 인간 농장일지도 모른다. 인간들이 재배되고 있는 것이다. 그러나 이브가 가져온 식물 표본, 쓰레기장인 지구에서 발견된 하나의 생물체로 대변되는 이 식물은 인간이 700년간 우주에서 머물면서 기다렸던 생명체의 신호이다. 식물이 자란다는 증거는 인간도 살 수 있는 환경이라는 증거다. 이제 인간은 다시 지구로 돌아갈 수 있게 되었다.

한편 식물만 보면 임무(directive)를 외치던 이바는 월 · E를 구하는 일로 선회한다. 즉, 주체적으로 행동하기 시작한다. 이바는 식물을 상관에게 전달하라는 입력된 명령을 거부하고, 월 · E의 손을 맞잡는 것을 임무로 치환한다. 이는 주어진 회로와 주어진 명령에 복종하는 삶으로부터 벗어나 창조적이고 단독적으로 행위한다는 뜻이다. 이러한 장면은 인간성의 회복이야말로 우리의 진정한 임무라는 뜻으로 해석할 수 있다. 여기에 회로에 이상이 생겨 로봇 수리시설에서 탈주한 이탈자 로봇들이 합류한다. 정상성에서 이탈한 로봇들이 주어진 회로를 따라 임무만을 수행하는 로봇들보다 훨씬 주체적이 되는 역설이 쓴웃음을 자아낸다.

4.

선장은 식물을 돌보다가 문득 자신들의 임무를 깨닫는다. 지구는 영상에서 본 것과 다르지만 그렇게 만들어야 한다는 의무를 발견하는 것이다. "고향이 저런 상태인데 여기에 있을 순 없다.", "생존이 아니라 생활을 하고 싶다." 지구와 귀환에 대해서 생각조차 없었던 선장은 지구를 '학습'하면서 지구의 아름다움을 발견하고(기억해 내고) 원래의 출발 목적이었던 지구로 돌아가기를 원한다. 하지만 함선 중앙통제 시스템인 오토 파일럿은 BNL 회장의 마지막 명령을 보여 주며 선장을 감금한다. 그 메시지는 지구 청소 작업이 완전히 실패했으므로 대청소 작전을 취소하고 지구로 귀환하지 말라는 것이었다. 전 세계 경제 대통령의 모습으로 화면에 등장하는 BNL 회장 최후의 인간적 기획이란 고작 대청소 작전을 취소하고 삶의 현장으로부터 후퇴하라는 유언에 다름 아니다.

오토 파일럿은 그가 BNL 회장으로부터 받은 최후의 명령만을 '기계적으로' 수행할 뿐이다. BNL 회장이 지시한 임무를 완수하기 위해서, 그리고 자신이 관리 · 통제하고 있는 인간들을 돌보기 위해서 우주에 남아야 한다고 고집한다. 하지만 상황이 바뀌었다. 700년의 시간이 흐르며 자연의 재생 능력이 지구를 치유하기에 이른 것이다. 여기서 선장은 그 명령을 능동적으로 해석해 낸다. 새로운 상황 속에서의 명령의 해석, 그것이 바로 인간이 기계-로봇과 다른 점이다. 자기의 임무를 발견해 내고, 어려움 속에서도 그것을 실천하려는 의지, 그것이 바로 그가 이 배의 선장인 이유이며, 모든 인간이 되어야 할 바로서의 인간이다.

오토 파일럿과 대결하면서 선장은 발견한다. 역대 함장들의 사진 속에서 언제나 그들과 함께 있었던 오토 파일럿이야말로 이 배의 진정한 함장이자 조종자였다는 사실을 깨닫는다. 사실상 인간을 보호하고 온갖 서비스를 제공해 주는 것 같았던 생활 속에서 인간은 노예로 전락하고, 이 모든 것을 제공하는 시스템-기계야말로 이 배, 즉 세계의 주인이었던 것이다. 이처럼 세계와의 직접적 노동의 관계를 상실한 주인이 노예가 되고, 노예가 주인이 된다는 것은 주-노 변증법의 〈월 · E〉 버전이라 할 만하다. 함선의 안락한 자동시스템 안에서 결국 이 배와 공동체의 운명과 미래는 오토 파일럿이 결정하고 통제해 왔음을 깨닫고 7대 선장은 자신이 배의 선장임을 스스로 천명하며 오토 파일럿과 투쟁한다. 이로써 함선의 인간들에게는, 아니 인간존재에게는 언제든 스스로 인간이 될 수 있음을, 인간이 될 수 있는 가능성과 희망이 있음을, 인간은 언제나 자기 스스로를 넘어 나올 수 있는 존재임을 보여 준다.

여기서 선장은 선택하고 결정한다. 그럼으로써 그는 이 배의 진짜 선장이 된다. 배의 선장이 되는 것, 그것은 먼저 인간이 되는 것이다. 선장이 되기 위해서는 인간이 되어야 하고, 인간이 되는 길은 바로 선택하고 결정하며 의지하는 것에 있다. 이것이 인간은 태어나는 것이 아니라 만들어진다는 것의 진정한 의미이며, 인간이 두 번 탄생한다는 것의 숨겨진 의미다. 인간은 '행동'을 통해서만 인간존재의 근원적 조건을 발견하게 된다는 행동적 휴머니즘의 명제가 여기서 그리 먼 것은 아니다. "나는 생존이 아니라 삶을 살고 싶다(I don't want to survive, I want to live)." 선장은 지구를 발견함으로써 자기가 돌아가야 할 곳을 발견한 것이고, 자기 임무를 발견하고 그것을 실천하려는 순간, 이제 생활을 발견한다. 그것은 삶의 발견이다. 삶이란 세계를 발견하고, 그 속에서 자기의 할 일을 스스로 정립하며, 세계와 투쟁하는 것을 일컫는다.

여기서 생존과 생활은 구분된다. 자기 정립을 통해 환경과의 투쟁 속에서 살지 않는 것, 그것을 생존이라 한다. 오토가 주장하는 '생존'은 모든 것이 다 갖춰져 있어 일할 필요가 없고 먹고 자며 쉬고 즐기면 되는 것이다. 반면 선장이 주장하는 '생활'은 식물을 심고 가꾸는 등의 일을 하면서 식량을 얻는 일이다. 이는 안락한 환경 속에서 살아가는 것이 아니라 자기의 생활세계와 맞서서 개척하고 가꾸며 그것을 돌보는 것, 환경과 관계들 속에서 자기 실존을 확인하고 그것과 맞서는 것을 의미한다. 삶의 터전과 삶으로부터 후퇴한 지 700년이 지난 2750년의 인간들은 편리한 생활 속에 그저 생명을 연장하고 살아남는 것보다는 지구라는 장소에서 인간 자신으로 존재하는 것의 의미를 깨닫게 되는 것이다.

하지만 그들이 사전 속에서 본 지구와 지금 현실의 지구는 전혀 다른 모습이다. 따라서 그들에게는 새롭게 해야 할 일이 주어진다. 식물을 보고 선장은 자기가 해야 할 일들을 새삼 발견한다. 집으로 돌아가는 일, 거기서 식물을 가꾸고 돌보는 일, 그것은 자기 삶의 터전을 일구는 일이다. 이때 '돌봄'이란 대상을 도구화하고 착취하는 것이 아니라 세계 안에서, 세계의 구성원들과 '더불어 산다'는 것을 의미한다. 이것이 바로 진정한 의미의 경영, '에코(eco)'라는 말의 어원적 의미다(생태를 뜻하는 영어 eco의 어원인 그리스어는 집안 살림을 돌보고 가꾸는 일을 뜻했다).

그들은 생존이 아니라 생활하기 위해서 귀환한다. 즉 '살아남기' 위해서가 아니라 '살기' 위해서다. 생활이란 무엇인가? 그것은 그저 사는 것, 시스템과 제도가 명령하는 대로, 주어진 회로와 홈 패인 공간의 흐름을 따라 사는 것이 아니다. 그것은 꿈꾸며 사는 것, 주체적으로 판단하고 행위하는 것이다. 여기서 생태계의 문제가 인간성의 문제와 다른 문제가 아니라는 점이 드러난다. 세계-환경-자연을 대상으로 간주하고 그것을 착취하려는 순간, 그것은 지구공동체의 일원인 인간 스스로를 타자화하는 것에 다름 아니며, 세계-자연-환경으로부터 인간 스스로가 소외된다. 그렇게 되면 인간은 환경인 삶의 터전과 더불어 살 수 없으며, 인간 그 자신으로도 존재할 수 없다. 인간성이란 고정된 그 무엇이 아니지만, 그런 윤리의 망각으로부터 결코 인간성은 완전할 수 없다. 이것은 도구적 이성으로서의 인간 특성으로부터 성찰적 이성을 통해 환경문제의 근본적 전회를 요청하는 생태주의자들의 외침이기도 하며, 타자 윤리의 공통된 지반이기도 하다. 따라서 문제는 생태계가 아니라 생태계 파괴에 동조하도록 강요하는 시스템이다. 이 강요된 시스템에 맞서는 것이 인간이 되는 길로 된다. 따라서 이제 생태 문제는 인간으로서 사는 일과 직결된다. 그것이 바로 생태 문제가 인간 문제임을 설명해 준다.

로봇의 도움없이 살 수 없을 것만 같았던, 편리함을 추구하던 인간들이 지구로 돌아온다. 지구에 식물을 심으며 초록별 지구를 다시 일구려는 인간들이 돌아온 것이다. 동시에 그들은 지구로 돌아온 것만이 아니라 인간으로 돌아온 것이다. "고향에 돌아와서 기쁘다."라는 인간들의 말은 물리적 환경으로서의 지구에 돌아온 기쁨을 표현하는 것이기 이전에, 자기가 서야 할 땅, 자기가 해야 할 일의 자리로 돌아왔다는 것이며 자기 자신으로 존재할 수 있는 기회를 맞이해서 기쁘다는 말에 다름 아니다. 고향이란 태어난 곳이 아니라 자기가 행동해야 할 것과 살아야 할 곳 속에서 자신을 재발견하는 곳이다. 또한 로봇 이브도 식물을 지키기 위해 자신을 희생했던 월 · E를 살리기 위해 지구로 돌아온다. 그리고 이브는 월 · E를 재생시키지만 월 · E는 기억과 감정을 잃은 고철 로봇으로 재생되었을 뿐이다. 하지만 월 · E가 그랬던 것처럼 이브는 정성스럽게 보살피며 월 · E는 휴머니즘 가득한 로봇으로 다시 소생한다. 그리고 월 · E와 이브는 두 손을 맞잡고 사랑을 확인하고 인간들은 농사를 시작하며 지구가 다시 초록별로 변해 간다는 메시지를 남기며 영화는 끝이 난다.

'사실'과 '진실' 사이에서 '이야기-하기'

—라이프 오브 파이

1. 이야기에 대한 이야기

우리는 바야흐로 이야기 홍수 시대에 살고 있다. 각종 미디어에서 쏟아 내는 정보와 이야기들은 영화와 드라마를 앞세워 무수한 이야기들을 제작하고 유통시키며 이야기의 즉각적 소비를 권한다. 미디어와 채널들 뿐만 아니라 모든 것이 이야기화되어야 한다고 부추겨지고 있다. 그야말로 스토리텔링의 시대인 것이다. 그러나 본질적인 차이를 갖지 못한 이야기들의 반복적 재생산은 유사-꿈과 거짓-판타지 속에서 현실을 조작하며 우리를 시뮬라크르(幻影)들의 세계에 빠져 허우적거리게 만든다. 이런 상황 속에서 이안 감독의 〈라이프 오브 파이〉(2013)는 이야기의 본질에 관한 성찰의 기회를 제공해 주고 있어 눈에 띈다.

〈와호장룡〉(2000), 〈브로크백 마운틴〉(2005), 〈색, 계〉(2007)로 널리 알려진 이안(Ann Lee) 감독은 우리 시대의 뛰어난 이야기꾼 가운데 한 사람일 것이다. 그의 영화들은 삶의 특별한 상황 속에서 이따금 마주치게 되는 '친숙한 낯섦'(uncanny)을 영화적 이미지로 포착하고 제시하는 데 능숙하다는 평을 받고 있다. 그는 관객-수용자에게 심오하고 난해하며 결코 편치 않은 해석적 수수께끼를 던지기도 한다. 그의 이번 작품 〈라이프 오브 파이〉(2013)도 신중하게 음미해 볼 만한 화소(話素)들과 인간 내면과 심층적 세계에 대한 이미지를 가득 담아내고 있다. 하지만 아름답기 때문에 그만큼 위험하고, 솔깃하기 때문에 이 영화를 제대로 다루기 어려운 것도 사실이다.

〈라이프 오브 파이〉는 얀 마텔(Yann Martel)의 베스트셀러 소설 「파이 이야기」(2002)를 원작으로 삼고 있으나, 소설과는 사뭇 다른 분위기와 해석을 내놓는다. 소설에 있는 이야기 중 많은 부분이 생략되었고, 새롭게 창조된 이야기나 화면들도 적지 않다. 소년 '파이'가 원주율을 외워 칠판에 가득히 적는 장면이나, 청소년 시절의 파이가 여자친구 '아난디'와 만나는 장면은 소설에 없는 이야기다. 무엇보다 파이가 작가에게 자신의 이야기를 들려주는, 이른바 액자구조는 소설에서는 맨 앞 장에 짧게 나오고 마는데 비해 〈라이프 오브 파이〉에서는 커다란 비중을 차지한다. 이는 이안 감독이 〈라이프 오브 파이〉에 이야기에 관한 이야기, 즉 메타-내러티브적 성격을 부여하고자 했음을 말해준다.

영화의 오프닝, 한가로운 동물원에서 보여지는 진기한 동물들은 신비하다고 말할 수밖에 없는 자연의 다양함과 풍부함, 인간의 타자인 동물들이 우리에게 불러일으키게 마련인 경이로움을 보여 준다. 감미롭고도 신비로운 인도풍의 노래와 함께 스크린에 등장하는 동물들은 이 영화의 주제를 암시한다. 그것은 이 영화가 인생과 우주의 신비,

우리 삶의 실재성에 대해 이야기할 것임을 예고한다. 영화라는 또 하나의 이야기 장르를 통해서 이야기가 무엇이며, 무엇을 할 수 있는지, 파이의 이야기를 듣는 이들이 과연 신의 존재를 믿게 될 것인지 우리는 보게 될 것이다.

〈라이프 오브 파이〉는 어떤 소년의 허구적 난파담에 불과할 수 있지만, 파이의 이야기엔 의외로 많은 것들이 담겨 있다. 믿음과 이야기 등 철학적이고 종교적인 모티프(정확히 말해, 뉴에이지식 판본의 종교적인 모티프)들이 제시된다. 그것은 무엇보다 이 영화가 가진 우화적인 성격 때문일 것이다. 이안 감독이 영화로 재매개한 〈라이프 오브 파이〉를 통해 우리는 이야기가 우리 시대에 무엇을 할 수 있고, 또 무엇을 하고 있는지 생각해 보자.

2. 상상적인 것과 상징적인 것

영화는 이야기의 화자이자 주인공인 중년의 '파이'와 그의 이야기를 듣기 위해 찾아온 작가의 대화로 시작한다. 작가는 소설을 쓰다가 절망하던 중, 인도에서 캐나다까지 파이를 찾아왔다. 파이의 이야기가 소설감이 될 수 있을지, 그의 이야기가 소설적 영감을 불어넣어 줄 수 있을 것인지, 혹은 이야기에 관해 무언가를 배울 수 있으리라는 기대를 가지고 파이의 이야기를 듣기 위해 온 것이다.

영화의 도입부에서 파이는 자신의 이름과 종교에 대한 얘기를 꺼내는데, 그것은 이 영화의 중요한 두 가지 테마이다. 먼저, 그가 '파이'라는 이름을 얻게 된 경위는 이렇다. 그의 어릴 적 수영 선생님이자 아버지의 친구인 '마마지'는 파이의 아버지에게 프랑스 파리의 '피신 몰리토(Piscine Molitor)'라는 수영장이 세상에서 가장 아름다운 수영장이라고 말해 준다. 그래서 파이의 아버지는 그 수영장의 이름을 따 아들의 이름을 '피신(Piscine, 프랑스어로 '수영장'이라는 뜻)'이라고 붙인다. 그런데 '피신'은 음가상으로 영어의 '피싱(Pissing)', 즉 '오줌'과 유사하다. 그리하여 또래의 아이들이 파이를 오줌싸개라고 놀리자 '피신'은 자기 이름의 앞머리를 따, 아이들이 "Pi(파이)"라고 부르도록 유도한다.[1)]

주지하다시피 별명이란 문자 그대로 또 하나의 이름, 그의 이름을 대체하는 명명이고 새로운 이름 붙이기다. '이름'은 대개 누군가에 의해 부여되며, 다른 이들에 의해 불려지는 것이다. 이름은 나의 것일 수 있지만, 타인들에 의해 인지되고 호명될 때만 가치가 있는 것이며, 비로소 작동된다. 이름은 타인들의 인정과 호명의 장, 사회 상징망 속에서 작동하는 것이다. 그런데 파이는 자신의 이름이 마음에 들지 않아 자신의 이름을 바꾸려(antonomasia)한다.

여기서 '파이'라는 이름을 둘러싸고 상상적인 것과 상징적인 것 사이의 이행이 일어난다. 그가 학교생활을 하면서 겪게 되는 갈등이 사회적이고 상징적인 것이라면 그가 어머니에게 듣는 신들의 이야기나 종교적인 것은 상상적인 것에 해당한다. 그것은 이름과 법을 배우고 익혀야 하는 아버지의 세계와 자신만의 상상적인 것 사이의 갈등에 다름 아니다.

이를테면 파이의 아버지는 힌두교 종교행사 때에도 "허황된 전설과 화려한 불빛에 속지 마. 종교는 깜깜한 어둠이야."라고 말하거나 "종교가 1만 년 걸린 것을 과학은 수백년 만에 해 냈다. 이성을 믿어 보는 건 어때?"라고 말한다. 이에 맞서 그의 어머니는 작은 목소리로 "과학은 바깥의 것들에 대해 가르쳐 줄 순 있지만 인간 내면에 대해서는 가

1) 이 영화에서 '파이'의 분신(alter ego)이자 그의 태평양 표류에 동행한 호랑이 리처드 파커 역시 '목마름(thirsty)'이라는 이름이었지만 서류상의 착오로, 그를 팔아넘긴 사냥꾼의 이름인 '리처드 파커'로 불리우게 되었다.

르쳐 줄 수 없단다."라고 하지만 파이의 어머니 역시 아버지의 말에 수긍한다.

소년 파이는 리처드 파커라는 호랑이를 친구로 여기며, 그에게 먹이를 주려고 한다. 그러한 파이를 발견한 아버지는 "호랑이는 짐승이지 친구가 아니야. 그를 친구로 여기는 것은 네 눈에 비친 감정일 뿐이다."라고 그를 가르친다. 이렇게 아버지에 의해 파이의 세상은 두 조각난다. 만물에는 영혼이 있고 동물들은 인간의 친구라고 믿는 상상적 세계에서 동물은 위험할 뿐이며 그걸 잊는 순간은 죽음(미망)뿐이라고 가르치는 합리성의 세계. 모든 것이 하나로 연결되어 있고 충족적인 세계에서 구별하고 식별하며 통제해야 하는 세계로의 이행이다. 종교에서 과학-이성으로, 어머니-자연(퓌지스)과의 이자적인 세계에서 아버지의 교육-법(노모스)이 지배하는 세계로 진입한 것이다. 그것은 과학과 합리적 이성 대 마음과 종교의 갈등이자 여성적 원리에서 남성적 원리로의 이해이며 성장의 경험이다.

그러나 두 세계는 한 인간존재 안에 함께 머물며, 상호 순환하고, 상호 길항하는 관계이다. 인간은 언제나 자신만의 상상적인 착각과 오인, 고집과 미망의 세계와, 타인들의 망에서 인정되는 것들 사이에서 갈등하고 오락가락하며 갈팡질팡하게 마련이다. 이제 파이는 자신만의 인생을 이야기할 수 있기 위해서 더 큰 세계, 타인들의 망에서 거부된다 할지라도 자신만의 이야기를 만들기 위한 여정에 올라야 한다. 파이에게 그것은 비극적 사고와 함께 돌발적으로 일어난다.

그의 아버지는 동물원 사업을 접고, 캐나다로 이민을 가려 한다. 그래서 파이의 가족은 1977년 6월 21일, 그들이 기르던 동물원의 동물들과 함께 일본 화물선 '침춤호'에 오른다. 힌두식 채식을 하는 그들 가족은 배의 요리사에 의해 인종-종교 차별을 당하고, 얼마 후 폭풍우 가운데서 알 수 없는 이유로 배가 침몰한다. 가족을 구할 틈도 없이 배는 빠르게 가라앉고 파이는 가까스로 구명보트에 몸을 싣는다. 배가 침몰하는 과정에서 구명보트에 부상당한 얼룩말 한 마리와 하이에나, 바나나를 타고 표류하던 오랑우탄도 함께 승선한다.

리처드 파커가 구명보트에 올라탔는지는 확실치 않지만, 구명보트의 절반쯤 천으로 가려진 곳에서 리처드 파커가 튀어나옴으로써 호랑이도 함께 승선했음이 밝혀진다. 하이에나가 오랑우탄을 물어 죽여 파이가 분노하며 칼을 들고 하이에나에게 덤비라고 소리칠 때, 호랑이는 그 순간 파이의 밑에서 뛰어나와 하이에나를 물어 죽인다. 리처드 파커가 구명보트의 가려진 천 밑 부분, 파이가 서 있는 바로 그 자리에서 호랑이가 등장하는 장면은 리처드 파커를 파이의 잠재된 내면으로 볼 수도 있게 한다. 그렇게 하이에나가 얼룩말과 오랑우탄을 죽이고, 호랑이는 하이에나를 물어 죽였다. 이제 파이는 태평양 한가운데에서 벵골 호랑이와 함께 불편한 동거를 시작하게 된다.

망망대해에 보트가 한 척 등장하고 동물들이 나오기 때문에 파이의 이야기는 알레고리나 우화적으로 읽힐 가능성이 커진다. 은유적인 측면이 강해지는 것이다. 〈라이프 오브 파이〉가 여러 사람들에게 다양한 해석을 부추길 수 있다면 그것은 일차적으로 이 이야기가 우화적이고 종교적인 색채를 갖고 있기 때문이다. 보트의 동물들은 배에서 살아남은 사람들의 알레고리이며, '파이=호랑이'로 읽는 것이 가능하다. 구명보트를 파이의 자아라고 볼 수도 있고 보트에 탑승한 얼룩말과 오랑우탄 등은 모두 파이의 특정 성향들이나 여러 인격적 요소들을 상징한다고 보는 것도 불가능해 보이진 않는다. 정신분석학적으로 보트는 자아, 파이는 초자아, 호랑이는 이드라고 볼 것이다. 그러나 그 어떤 해석이든 파이가 직접 보았고 경험했으며 겪었던 고통과 절망, 고뇌 같은 것을 그 이야기를 전해 듣거나 보는 이가 제대로 이해하기는 결코 쉽지 않을 것이다. 그것은 아마도 그 상황을 직접 경험한 사람만이 알 수 있는 '진실'일 것이기 때문이다.

태평양 한가운데서 홀로 떠 있는 기분, 굶주림과 목마름, 추위나 고독과 싸워야 하고, 한시도 호랑이로부터 긴장을 늦출 수 없는 절체절명의 악조건 속에서 파이가 신을 떠올리지 않기란 어려워 보인다. 발광 해파리들과 거대한 향유 고래, 태평양 한가운데를 날아가는 날치들, 지나가는 화물선을 보면서도 구조되지 못하는 절망감, 한 척의 보트로 광포한 폭풍우 속에서 떠다니는 기분. 보트 안과 태평양 한가운데에서 소년 파이는 다른 어떤 사람도 본 적이 없고, 다른 누구에게도 설명할 수 없는 일들을 겪는다. 그것을 언어로 다시 중계하는 일은 파이가 잡아내어 건져 올렸던 총천연색의 물고기가 금세 어두운 회색으로 변해 버리는 것과 같은 일일 것이다. 누군가의 경험담은 이야기되어야 하고, 전달될 수밖에 없지만, 그것은 바닷물에서 건져 올린 물고기처럼 이미 그 물고기는 아닌 것이다.

파이는 자신의 사정을 메모에 적어 깡통에 담아 던져 보기도 하지만 그것이 발견되기는 어려워 보인다. 이때 태평양의 적막과 풍랑은 모두 파이의 내면이자 인생의 은유다. 거기서 파이는 신에게 기도를 한다. 우화적으로 해석할 때 리처드 파커는 파이 스스로도 받아들이고 기억하기 힘들어 우화적으로 바꾼 이야기 속의 자기 자신일 수 있으며, 더 나아가 우리 내면에 도사린 위험한 힘일 수도 있다. 동물원에서부터 기르던 실제 호랑이일 수 있음은 물론이다. 이렇게 파이의 이야기는 이야기를 듣고 청자의 수용과 해석을 통해 사실과 진실 사이에 빠져든다. 무엇이 실제로 일어났던 일인지 알 수 없는 공간으로 미끄러져 들어가는 것이다. 이 지점에서 파이 이야기는 대단히 철학적이고 종교적이며 심지어 정신분석학적인 테마까지로도 변주된다.

정신분석적으로 보자면, 구명보트에 함께 머물렀던 리처드 파커는 바로 파이 안의 외부, 외밀한 핵심. 바깥에 있(다고 믿어지)는 나의 일부, 실재, 아갈마일 수 있다. 그러므로 그것은 실재, 어둠, 결여, 결핍이기도 하다. 내 안의 결여의 자리, 바깥의 대상으로 그것을 채울 수 있다고 믿어지는 대상이다. 이것이 리처드 파커가 위험한 호랑이이자 종교와 믿음의 이야기로 연결되는 상징인 이유다. 그것의 정신분석학적 이름은 곧 아갈마, 그리고 대상 a이다. 리처드 파커와의 조우는 그래서 긴장되고 떨리지만 멈출 수 없는 것이고 그만큼 위험하다. 매혹적이면서 위험한 대상으로서의 아갈마, 혹은 호랑이 리처드 파커. 우화적으로 본다면, 리처드 파커는 우리가 세상을 향해할 때 우리 자신과 함께 동거해야 하는 우리 안의 위험한 요소들, 길들이고 달래며 함께 살아 나가야 할 내 안의 낯선 타자성(혹은 리비도)이라고 봐도 무리가 아닐 것이다.

여기서 이 이야기의 가장 신비하고도 소름끼치는 장면을 언급하지 않을 수 없다. 그것은 움직이는 식인섬에 관한 파이의 이야기다. 폭풍우 속에서 절규하며 파이는 자포자기하게 되지만, 그는 곧 전설 속에서나 나올 법한 섬에 도착한다. 그 섬에는 먹을 것들이 있고, 미어캣이 가득한 그런 섬이다. 낮에는 마치 파라다이스 같은 모습으로 먹을 것과 쉼을 제공하던 것처럼 보이던 섬이 밤이 되면 자신이 먹은 것을 토해 내며 끔찍한 식인섬의 면모를 드러내는 섬. 물론 그 두 가지 면이 모두 섬의 진면목이기도 하다. 파이의 설명에 따르면 섬의 화학작용으로 그 섬은 밤에는 산성화된다고 한다. 파이는 섬 가운데 있는 웅덩이에서 섬이 삼킨 고기들이 죽어 떠오르는 모습과 섬의 나무 열매 안에 인간의 이빨이 있는 걸 보고 그 섬이 육식섬이라는 걸 알아차린다.

이 섬은 무엇일까? 그것은 근대과학 체계 안에 구멍난, 설명할 수 없는 결핍이다. 괴델의 정리처럼 하나의 공리 체계 안에는 반드시 검증할 수 없는 하나의 전제가 개입해 있는 것과도 같다. 그러나 그것은 리처드 파커의 눈동자 안의 영묘한 어둠에 다름 아니며, 태평양 한가운데서 전율을 느끼게 하는 천 개의 눈을 가진 밤하늘, 침춤호가 가라앉은 마리아나 해구의 해저, 혹은 크리슈나의 입안에 들어 있었다는 우주와 같은 것이리라. 그것은 유한한 인간으로서는 설명할 수도 이해할 수도 없는 어떤 앎의 구멍과 한계 너머에서 비어져 나오는 미지의 것에 대한 은유라고 볼 수 있을 것이다. 그리고 그 미지의 세계는 언제나 인간을 위험하게 만든다. 그래서 파이는 그 섬을 떠난다.

3. 사실과 진실 그리고 이야기

태평양을 표류하던 파이는 끝내 멕시코만에 도달한다. 보트에서 내려 리처드 파커는 밀림 속으로 사라지고, 파이는 사람들에 의해 구조받는다. 이것이 파이가 겪은 일의 귀결이자 이 영화의 개요다. 그러나 이것으로 파이의 진실은 포착될 수 없다. 파이는 자신을 찾아온 일본 선박회사의 조사원들에게 자신이 겪었던 일에 대해 들려준다. 그러나 그들은 '떠다니는 섬' 이야기를 받아들이지 못하고, 바나나는 물 위에 뜨지 않는다고 말한다. 그들이 찾는 것은 화물선 침몰의 원인이나 보험료 처리의 문제이지, 호랑이와 오랑우탄이 나오는 동화 같은 이야기가 아니다. 아니, 그보다는 그러한 이야기를 '보고서'에 쓸 수가 없다. 보고서에 쓰여져야 하는 이야기는 합리적인 이야기여야 한다는 어떤 규칙이 작용하고 있기 때문이다. 그래서 그들 역시 또 다른 하나의 이야기를 원한다. "우리를 바보로 만들지 않을 이야기, 회사도 수긍하고 우리도 믿고 수긍할 만한 이야기.", "동물들이나 식인섬 이야기가 나오지 않는 이야기." 말이다.

그렇게 해서 파이는 또 하나의 이야기를 들려준다. 두 번째 이야기에는 동물들 대신 파이의 엄마와 요리사, 선원이 나오고, 구명보트 내에서의 갈등으로 서로 죽고 죽이며, 파이 홀로 구조를 받게 되었다는 줄거리다. 어쩌면 이 두 번째 이야기가 실제로 있었던 일이며, 호랑이와 지낸 이야기는 파이가 우화적으로 이해하고 꾸며낸 경험담이었을지도 모른다. 벵골 호랑이와 227일 동안 구명보트에서 지냈다는 이야기가 불확실하고 검증되기 어려운 이야기라면 일본 조사원들에게 들려주는 파이의 이야기는 합리적인 이야기다. 전자가 꿈과 환상의 이야기라면, 후자는 합리적 이성에 의해 추론해 볼 수 있는 이야기다. 만일 파이에게 일어났던 일에 대한 이 현실적인 판본이 제시되지 않았더라면, 더불어 이야기를 듣기 위해 찾아온 소설가와의 대화가 없었다면 이 영화는 그저 우화적이거나 환상적인 영화로 국한되었을 것이다.

파이를 찾아온 소설가는 파이의 두 번째 이야기를 듣고는, 알레고리적으로 해석한다. 두 번째 이야기가 실제로 있었던 일이며, 파이가 들려준 이야기는 그 이야기를 우화적으로 조직한 것이라는 식으로 받아들이는 것 같다. 그런데 그가 이 두 개의 이야기 사이에서 배우게 되는 것은, 좋은 이야기란 사실이 아니라 진실의 차원에 접근한다는 것이다. 사실이냐 아니냐, 진짜냐 가짜냐가 아니라 허구 속에서 도리어 진실을 발견해 내는 것이 이야기라는 것 말이다. 여기서 거짓말(허구)은 일종의 진실의 발견이다. 이때 실재와 허구는 대립 개념이 아니라 상호 침투적이며 상호 보완적이다. 문학적 이야기는 과학적 원리를 탈과학화하는 게 아니라 오히려 설득력 있게 강화하기도 하는 것이다.

사고조사 보고서에 "그 배 안에 벵골 호랑이는 없었다."라고 쓰여 있다. (보고 서류의 마지막 추가 기록인 "구명보트의 그 누구도 벵갈 호랑이와 지내지는 않았다."는 과잉된 언급은 차라리 호랑이 얘기를 감추고 애써 부정하려는 몸짓 같다) 이야기를 다 듣고 파이의 진실을 확인한 소설가는 그 보고서의 문장을 읽으며 빙그레 웃는다. 그의 미소는 무엇인가? 파이의 이 모든 이야기가 단지 꾸며낸 허구일 뿐이라는 걸 확인한 데서 오는 편안함? 아닐 것이다. 그의 미소는 허구(이야기)는 '사실'이 아니라 진실 안에 머물도록 하는 힘이라는 것을, 그것이 훨씬 더 아름답다는 것을 (재)확인한 자의 미소일 것이다. 서류로는 포착할 수 없는 진실, 혹은 서류 따위에는 아랑곳하지 않고 자기 이야기를 펼쳐 낼 수 있는 자가 이야기꾼이라는 것을 파이로부터 배웠기 때문일 것이다. 보고서가 포착하지 못한 곳, 보고서가 담아낼 수 없는 어딘가에 개인의 진실이 있다. 그리고 그 진실에 접근할 수 있는 길은 바로 이야기를 통해서다. 보고서류와는 다른 방식의 진실을 생성해 내는 이야기의 힘.

파이의 이야기에서 확인될 수 있는 사실은, 배가 파선되었고, 파이 혼자만이 살아남았다는 것이다. 이것이 사실이다. 사실에 없는 것, 그것은 진실이다. 입증은 할 수 없지만 "나는 느꼈다."는 파이의 말은 인간이 삶의 고비에서 만나고 경험하는 어떤 진실을 뜻한다. 그것은 필히 주관적일 수밖에 없다. 그것은 객관화될 수 없고, 검증될 수도 없는 개인의 진실에 해당한다. 팩트가 아니라 진실. 여기서 사실과 진실은 구분된다. 다른 사람도 확인 가능한 객관성의 영역으로 설명되고 납득될 수 있는 것을 '사실(fact)'이라고 한다. 하지만 '사실 그 자체'가 무엇인지 우리는 알지 못한다. 그것은 '사실 그 자체'를 담지하고 보증해 주는 체계에 의해서만 일시적으로 합의될 수 있는 것일 뿐이다. 그렇기에 사람들은 사실 자체에 대해서도 다른 의견(이해, 인식, 경험)을 가지게 된다.

'사실'은 누군가에 의해 파악될 때만이 진실이 될 수 있고, 거기에는 일정 정도의 주관성이 개입하게 마련이다. 인간이 사실을 파악하려면 그것을 파악하게 해 주는 일종의 선험적 틀이라는 것이 개입한다. 그러므로 '객관성'이라는 것도 당대인들의 합의에 불과한 신화일지 모른다. 파이의 이야기를 소설에 써도 되냐고 묻는 소설가에게 파이는 "그럼요, 이제 그 이야기는 당신 거예요."라고 답한다. 그 이야기는 분명 파이의 것이었고, 파이가 경험한 것이며 파이가 들려준 것이다. 그러나 그 이야기를 믿기로 선택하고, 받아들이며 해석한 이야기는 소설가 그 자신의 것이 될 수밖에 없다.

이 이야기를 따라온 관객 역시 이 이야기를 어떻게 수용할 것인지에 관해 선택을 요구받는다. 〈라이프 오브 파이〉는 두 가지 이야기를 모두 제시하고는 수용은 관객의 마음이라고 말하는 것처럼 보인다. 지금까지의 어떤 소년의 모험담을 3G 기술로 영상화한 이야기를 함께 보고 들어온 우리들 역시 호랑이 이야기로 받아들여야 할지, 병원 침상에서 일본 선박사고 조사원들에게 들려주었던 이야기로 들어야 할지를 선택해야 한다. 언제나 그렇듯 해석은 독자-수용자의 몫으로 남겨진다. 우리는 스스로 이야기를 선택할 수 있는 자유가 있고, 우리가 믿기로 결정한 이야기가 이번에는 우리를 선택할 것이다. 왜냐하면 그 이야기 체계가 우리 자신이 누구인지, 내가 오늘 왜 여기에 있는지를 설명해 줄 것이며, 그 이야기 안에서 우리는 살게 될 것이기 때문이다. 그러므로 우리는 이야기를 선택해야 한다.

이야기란 있었던 일에 대한 단순한 전달 그 이상이며, 상상에 의해 꾸며내진 이야기만을 뜻하진 않는다. 이야기는 무수히 많으나 커다란 이야기, 중요한 이야기는 몇 개 되지 않는다. 즉 이야기들의 이야기, 많은 이야기들을 낳고, 이야기들이 펼쳐질 수 있도록 허용하는 '초-

이야기(meta-narrative)'는 그렇게 많지 않다. 우리는 그런 이야기들을 통해 인간과 사회, 자신과 자신의 인생을 이해한다. 이야기 속에서 우리는 세상 그 자체를 배우며, 세계를 이해할 수 있는 틀을 제공받는다. 이야기는 그냥 이야기가 아니라 우리의 인식틀, 세상을 받아들일 수 있고 설명할 수 있게 해 주는 어떤 틀(뮈토스)인 것이다. 고대 그리스인들이 신들의 이야기를 통해, (하고자) 했던 것도 바로 그것이고, 각 민족들의 신화(이야기)도, 그러한 필요 속에서 만들어졌거나 그런 기능을 수행해 왔다. 즉, 어떤 이야기는 그보다 작은 이야기들을 생성시킬 수 있는 거대한 틀과 지평이다.

하나의 작은 이야기들 속에는 그 커다란 이야기가 담겨 있기도 하고, 반대로 작은 이야기들은 커다란 이야기들 속에서 태어나기도 한다. 거대한 이야기들 가운데 아주 오래되고, 널리 알려진 것으로 종교의 이야기만한 것이 없다. 종교는 우주의 기원과 인간의 탄생에 대해서, 세상이 오늘 이런 모습으로 된 이유를 설명한다. 파이 이야기의 서두에 종교 이야기가 나오는 이유도 그것이다. '파이'가 어떤 이야기들 속에서 자라났는지, 그가 겪고 경험한 세상을 (사후적으로) 설명해 주는 이야기들(힌두교, 그리스도교, 이슬람교 등)은 파이가 어떻게 살아야 하는지 가르쳐 준다. 한편 파이의 아버지는 "모든 종교를 다 믿는 것은 아무것도 믿지 않는 것"이라며 합리성을 내세우지만 그것이 바로 그의 종교-이야기이다. 세상을 설명해 주는 이론 체계라는 면에서 과학과 종교는 차이가 없다. 그의 종교 혹은 거대한 이야기는 우주를 설명해 주는 또 다른 이야기 체계, '과학'과 합리성이다. 종교에 비해 최근에 태어났지만, 나름 정합적인 방식으로 세상을 설명해 주는 이론 체계로서의 근대과학, 계몽적 합리성.

본능적으로 이야기하기를 즐기는 인간을 '호모 나랜스(Homo Narrans)'라

부른다. 하지만 더 정확히 말해 인간은 이야기 속에서 사는 존재라는 것이 더 적절한 해석이다. 인간은 이야기하는 인간이기 이전에 이야기 안에서 태어나는 존재, 이야기 안에서 살아가는 존재이다. 인간의 본능이 이야기를 하고 듣거나 즐기는 존재일 뿐만 아니라 이야기 안에서만 존재하며, 그 이야기 안에서 이야기를 살아갈 수밖에 없는 존재라는 더 심원한 뜻이 있는 용어인 것이다. 바로 이것이 그리스신화에서부터 비극에 이르기까지 모든 서사의 핵심이며, 지난 수천 년 동안 서구 역사에서 있었던 모든 이야기의 기초 유전자다. 진화 생물학의 관점에서 인과율의 추구는 사람으로 하여금 이야기를 만들어 내게 하는 본능적 원동력이라는 이론도 있다. 근대성의 주요한 학문적 업적을 내놓은 다윈, 마르크스, 프로이트 등의 가설도 커다란 하나의 이야기에 해당한다. 그렇게 우리는 이야기들 안에서 살고 있다.

4. 진실에서 진리로

사건의 유일한 생존자이자 경험자인 파이의 이야기는 궁극적으로 확인되거나 검증될 수 없다. 다만 말해질 수 있을 뿐이고, 믿어지거나 거부될 수 있을 뿐이다. 파이가 "두 가지 이야기를 들려줬는데 어떤 스토리가 마음에 드느냐?"고 묻자 소설가는 호랑이 이야기가 좋다고, 그것이 "더 나은 스토리거든요."라고 말한다. 그제서야 성인 파이는 굳은 표정을 풀고는 웃으며 "신의 존재도 믿음의 문제죠."라고 말한다. 이로써 소설가는 자기가 믿고 싶은 바대로 믿을 것을 선택한 것인가?

이 지점에서 〈라이프 오브 파이〉는 사실과 진실 사이에서 인간의 믿음(그러므로 종교)에 대해서까지 다루는 서사가 된다. 파이의 이야기는 태평양에서 일어나고 겪었던 파이의 이야기일 뿐만 아니라 이야기가 어떻게 만들어지고 어떻게 전달되고 수용될 수 있는지, 그리고 인간존재의 믿음과 서사적 존재로서의 인간에 대해 말하는 이야기이다.[2)]

마마지는 왜 소설가에게 파이의 이야기를 듣게 되면 신의 존재를 믿게 된다고 말했을까? 파이는 아무도 없는 곳에서 자신만의 경험을 했고, 그것을 겪고 살아남았다. 다른 이들은 이해할 수도 없고 공감할 수도 없으며, 심지어 믿으려 들지도 않는다. 그러나 그것을 경험한 자는 안다. 그는 다른 이들에게 설명할 수도 없고, 설명될 수도 없는 그 무엇인가를 보았고 경험했다. 그것이 바로 신을 만난 자의 한결같은 증언들이다. 무엇보다 그렇게 만난 신은 그에게 자신의 경험담, 겪었던 일들을 초점화할 수 있는 매듭점을 제공해 준다. 만일 종교, 즉 신에 관한 이야기가 유용한 점이 있다면 신과 연결하여 자신의 인생을 설명할 수 있는 누빔점을 형성해 줄 수도 있다는 것이리라.

파이는 사건들을 카르마의 이치로 해석하고, 힌두식 채식을 하면서 기독교식으로 '아멘'이라고 기도문을 맺는다. 그의 기도의 수신자는 과연 누구였을까? 심지어 그는 대학에서 '유대교의 카발라'를 가르치고 있다고 한다. 그렇다면 그의 종교는 무엇이고, 그가 믿는 것은 무엇인가? 그가 기도를 올린 대상은 '파이의 신'이었을지도 모르지만, 우리로서는 그 얼굴을 확인하기 어려운 신이다. 그는 힌두교의 3천 3

2) 여기서 또 한 편의 뉴에이지 영화인 〈콘택트〉를 잠깐 떠올려 볼 수 있겠다. 우주 과학자로서 평소 종교를 믿지 않던 앨리(조디 포스터)는 우주여행을 통해서 자신의 아버지로 분장한 외계인을 만나고 돌아왔지만 사람들의 눈에는 그녀가 탑승한 우주선은 그저 발사대에서 바다로 1-2초간 수직낙하했을 뿐이다. 그리하여 청문회가 열리지만 사람들은 그녀의 말을 믿지 못한다. 여기서 그녀는 평소 자신이 믿지 못했던 종교인들과 완전히 같은 위치에 놓이게 된다. 증명할 수는 없지만 자신이 보았고 들었고 경험했던 그것, 자신에게는 너무나 확실한 그것을 다른 이들은 믿지 못한다. 하지만 그녀에게는 그 여행 기간 동안 녹화된 16시간짜리 레코드 테이프가 있었다. 그 테이프에는 노이즈만이 녹음되어 있을 뿐이었다. 그러나 그 노이즈의 녹음 시간이 16시간이라는 점이 흥미롭다. 그리고 그 '노이즈'라는 기호만이 앨리의 말을 믿거나 혹은 부정할 수 있는 유일한 단서이다. 그 16시간짜리 노이즈는 그것을 믿으려는 자에게는 풍부한 기호(메시지)이며, 그것을 믿을 수 없는 사람들에게는 무의미한 잡음일 뿐이다. 이것이 각자의 진실과 주관성이 곧 종교의 세계라고 하는 뉴에이지의 메시지라고 필자는 생각한다.

백만 신을 포함해 모든 신을 다 믿는 것 같다. 특정한 신을 믿는 것이 아니라 신이라는 형식적 자리를 믿는 것이라고 말하면 지나친 것일까? 신을 둘러싼 네 가지 입장(무신론, 유일신론, 다신론, 범신론) 가운데 그는 아마도 다신론과 범신론 사이 어디쯤에 위치하는 것 같다. 그의 아버지의 말처럼 "모든 신을 믿는 것은 아무런 신을 믿지 않는 것과 같다."는 말을 성인이 된 파이는 과연 어떻게 생각하고 있는 것일까? 그것은 태평양 한가운데서 홀로 살아남아 보지 못한 자들의 일반적 억견일 뿐인가?

그런 그를 설명하기에 가장 근사한 입장은 종교 다원주의일 것이다. 그는 다문화적이고 가장 관용적이며 세련된 종교적 태도를 갖춘 평화적인 종교인인 것으로 보인다. 자신에게 도움이 된다면, 아마 그는 그 어떤 신이라도 받아들일 준비가 되어 있는 것 같다. 그의 이야기 전달에는 삶과 사건들, 그리고 우주와 인생을 이해하는 어떤 태도가 도사리고 있으며 그는 종교란 결국, 우리에게 우주와 진리에 대해 가르쳐 주는 인류의 유산이라는 생각을 갖고 있는 것 같다. 그에게 종교는 인류의 문화 유산들이고, 우리는 각자 자신만의 종교를 믿으면서 서로 사이좋게 지낼 수 있다고 말하는 것처럼 보인다.

파이는 태평양 한가운데에서 신에게 이야기하고, 신을 만나고, 신을 경험했다. 그는 태평양을 표류하기도 전에 이미 여러 신들을 믿었지만, 그의 경험 속에서 새롭게 신을 만난다. 이것을 그저 고독과 위기 속에서 자기 스스로 꾸며낸 상상 속의 존재에 자신을 의탁했을 뿐이라고 해석하는 것 또한 언제나 가능하다. 그러나 〈라이프 오브 파이〉에 따르면, 사람들은 각자가 자신의 삶에서 소개받고 또 경험하고 그 속에서 만난 신을 믿으면 될 것이다. 자신들의 삶에서 스스로 보고 경험한 대로 믿는다는 것이 일견 그럴 듯해 보이지만 그것은 진리가 아니라 진실에 불과하다. 이 점에서 이 영화는 진리에 대해서는 말하지 못하고, 진실에 대해까지만 말한다. 그리고 네 마음속에 진실을 따라가서 믿으면 된다고 말하고 있는 것 같다.

그렇다. 파이는 아마도 태평양 한가운데서, 삶의 고독한 실존 속에서 신을 만나고 경험했을지 모른다. 그리고 그런 진실은 절대로 말해질 수 없으며, 청자에 따라 해석을 달리할 수도 있는 그런 이야기일지도 모른다. 그렇다고 해서 파이가 만난 신이 진리라고는 말할 수 없다. 그의 신 체험이 진실된 것이었다고 해도, 그가 만난 신은 얼굴 없는 신이기 때문이다. 말 그대로 그의 신은 주관성에 함몰된 그런 신에 불과하다. 다시 말해 파이가 신을 만난 것에 대해 이의를 제기하기란 어렵다. 그리고 그런 자신만의 신을 믿는 것에 대해서도 다른 이가 왈가왈부하기 어렵다. 하지만 신도 그렇게 생각할까? 그 신은 파이의 신일 수는 있지만, 파이도 '신의 파이'일까? 그것은 우리가 신이 아니기 때문에 알 수 없다. 그러므로 더 이상의 언급은 삼가는 것이 좋겠다.

그럼에도 이 지점에서 영화는 대단히 어려운 문제, 신앙의 문제에 도달하게 된다. 종교란 그렇게 삶의 국면에서 각자 만난 신을 믿는 사람들의 것이다. 그러나 그렇게 되면 신앙이란 결국 개인의 주관적 신념의 문제로 회귀하게 된다. 그것은 우리의 취향 문제가 되고 마는 것이다. 객관성의 장(타인들의 이해를 기반으로 하는 공공의 장)에서 함께 이야기되기 어렵고 이해하거나 이해받을 수 없기 때문에 그만의 것으로 여기고 한발 물러나는 태도를 취하게 되는 것이다. 나는 내가 믿는 신을 믿고 너는 네가 만난 신을 믿어라. 그리고 그것에 대해서는 서로 간섭하지 말기로 하자 라는 잠정적 타협이 도출되지만, 그것은 진리의 영역이 아니라 주관성의 영역에서 각자 자신의 신을 믿기로 하자는 이야기로 회귀하는 것이다. 그리고 이 영화가 보여 주는 실재의 이미지들은 결국 '이름 붙일 수 없는 것'의 이미지들에 불과하다.

이 영화의 위험한 점이란 그 진리를 각자 개인의 주관적 진실로 환원하는 데 있다. 물론 모든 이들이 다 동의할 수 있는 객관적 진리에 대해 정립할 수 없기 때문에, 그리고 종교에는 각자 개개인이 실존적으로 발견하게 되는 진실의 차원도 분명히 있다. 그러나 진실은 주관적이나 진리는 절대적이다. 그러나 우리들 인간들 가운데 누가 진리를 소유했는지에 대해서는 말하지 말도록 하자. 그것은 대체로 파국이며 재난이었다. 게다가 진리의 담지자는 언제나 우리가 생각하고 기대하는 모습으로 다가오지도 않았다. 하지만 여기까지는 말할 수 있을 것이다. 개인이 파악하는 진실이 진리 그 자체는 아니라고 말이다. 그러므로 〈라이프 오브 파이〉는 개인의 진실은 이야기를 통해 전달될 수 있다고 말하면서도 주관적 진실을 종교 일반으로 환원하고 있으며 사실과 진실 사이의 진리에 대해서는 말하지 못한다. 진실이 한 줌의 따뜻한 화롯불이라면, 진리는 어쩌면 번갯불과 같은 것이기 때문일까? 그러나 우리에게는 한 줌의 따스함 뿐 아니라, 진리의 섬광 역시 필요할 터이다.

아름다운 '거리'를 지켜라!
—롤러코스터

1. 실패한 영화?

폭넓고 리얼한 연기로 각광을 받고 있는 배우 하정우가 만들어 관심을 끌었던 영화 〈롤러코스터〉가 막을 내렸다. 그것은 대체로 실패였다고 평가되고 있다. 관객수가 적었으며, 상영관에서 빨리 내려왔고, 관객들의 평이나 전문가들의 평점도 별로 좋지 않다. 그렇다면 영화는 실패인가? 대중적 흥행의 국면에서는 그럴 수도 있고, 영화 전문가들에 의해서도 그런 것 같다. 하지만 작품의 의미를 타인들의 평가에만 내맡길 수는 없는 노릇이다. 영화를 보기도 전에 이미 평점과 별표의 개수조차 공개되고 알려지는 세상이면서, 스포일러는 금지돼야 한다고 주장하는 세태.

관객수라는 것은 대중성이나 흥행성의 척도와 관련되고, (문화)상품 호응도와도 관계된다. 우리 시대의 사물들이 상품 형식을 벗어날 수는 없지만, 모든 것이 상품성과 소비의 측면에서 설명되지는 않는다. 흥행에 실패했다고 하더라도, 작품성이 없다고 이구동성으로 입을 모아도, 누군가에게는 '내 인생의 영화'가 될 수 있다. 영화적 완성도를 관객수라는 계량화된 수치로만 환원하는 것은 경험적으로나 논리적으로도 옳지 않다. 작품-텍스트는 작가-감독의 손을 떠나는 순간 그 자체의 운명을 갖고 있으며, 그 영화를 수용하고 전유하는 사람들에게서 다시 태어나기도 한다.

이 영화를 감독한 배우 하정우는 〈롤러코스터〉를 그저 "농담 같은 영화일 뿐."이라고 어떤 인터뷰에서 말했다. 만일 감독이 영화 제작비를 들여, 많은 배우들과 한갓 농담일 뿐인 영화를 찍은 것이라면, 사회적 조크를 던지기 위해 몇 달 동안 배우들과 대본 리딩을 한 것이라면, 우리도 〈롤러코스터〉에 대한 농담 같은 해석학적 에세이를 만들어도 되리라.[1] 이제 영화 〈롤러코스터〉를 통해 우리 시대의 환경과 인간관계의 조건들에 대해 생각해 볼 수 있을 듯하다. 이 영화는 인간관계에 대한 영화이자, 인간들 사이의 '거리'에 관한 영화다. 비행기 안에서 벌어지는 한 편의 소동극을 통해 새삼 우리 삶의 조건들을 재발견하게 된다고 주장하고 싶다.

영화의 주인공 마준규는 한국은 물론 일본에서도 유명해진 연예인인데, 이른바 '육두문자맨'으로 알려져 있다. 그는 하네다 공항으로 가는 택시 안에서 매니저와 대화를 나누고 있다. 영화의 오프닝, 뉴스에서는 육두문자맨 열풍에 대한 보도와 일기예보가 흘러나오고 있다. 택시 밖으로 펼쳐지는 일본 도심의 야간 풍경. 수많은 네온사인들과 연예인들의 이미지 광고판들. 숨가쁜 뉴스와 정보들이 소리와 이미지

1) 모든 작품에는 저자의 의도와 계산을 넘어서는 무엇인가 담기게 마련일 뿐만 아니라, 그것을 창조적으로 해석하는 것은 독자-수용자의 몫이다. 저자의 의도조차 넘어서는 해석은 도리어 권장되어야 할 일이지, 저자의 의도에 국한될 일이 아니다. 작품-이야기는 언제나 저자의 의도를 배반하고 넘어서는 텍스트로서의 자율성을 갖고 있다.

들로 전달된다. 그것은 분명 이 시대의 많은 이들이 모여 살아가는 도시의 풍경이자 환경이다. 사람들은 광고에 노출되어 있고, 광고는 사람들의 시선과 감각을 사로잡기 위해 총력을 기울인다. 낯선 타인들(광고의 무작위적 수신자들)에게 쉽고 빠르게 접근하기 위해서는 연예인이라는, 대중(잠재적 소비자들)에게 널리 알려진 사람들을 이용한다. 그들은 언제나 우리에게 미소 짓고 고혹적인 표정으로 친숙한 눈길을 보내온다. 그들은 '나'를 모르지만, 우리는 그들을 잘 알고 있다.(혹은 잘 알고 있는 것처럼 생각하게 된다) 이렇게 연예인들과 우리들은 가상적으로 가깝다.

마준규는 매니저에게 불평을 늘어놓고, 그의 무능을 탓한다. 형뻘인 매니저에게 마준규는 반말로 나무라면서, "노력 많이 해야 돼." 하고는 그의 얼굴을 가볍게 때린다. 연예인과 매니저는 업무적 공생관계이지만 생활을 같이하는 가족 같은 사이로도 알려져 있다. 연예인의 스케줄을 관리하고, 그의 일거수일투족에 동행할 뿐만 아니라 그의 감춰진 이면들도 알게 되는 사이. 연예인과 매니저라는 사이-관계는 아주 긴밀하고 가까운 관계이면서 한편으로는 업무적인 관계다. 그러나 생각해 보면 우리들도 게젤샤프트적인 인간관계들 속에 놓여 있었고, 오래전부터 그렇게 살고 있다.

그 사이에 그의 여자친구 '수영'이 올린 메시지 알림이 온다. 마준규의 스캔들에 분노해 내뱉는, 욕설에 가까운 내용의 메시지는 '너는 개새끼'라는 것, 그것도 '발정난 개'라는 내용이다. 그런데 그것은 마준규 개인에게 보내진 것이 아니라 소셜 미디어에 올린 자신의 멘션이다. 그것을 마준규가 보도록, 마준규가 볼 수 있다는 걸 알면서 올리는 형식의 소통 방식. "나는 이제 혼자입니다. 그토록 믿었던 개자식을 포기하렵니다. 어쩔 수 없이 개는 개인가 봅니다. 난 그동안 그 개자식을 사랑했습니다. 내가 병신이죠. 그 개자식 분양 받으실 분은 연락 주세요. 쉬운 개입니다. 참고사항: 매일 발정나는 개입니다. 단속 잘 하셔야 함!" 이로써 이 영화의 모든 것이 암시되었다. 우리 시대의 환경과 사회적 조건들이 펼쳐졌다. 이를테면 사람들 사이의 단속적인 관계와 거리들(휴먼 네트워크), 인물들 간에 주고받아지는 욕설들(우리 시대의 언어 환경), 그리고 그것을 중개하는 미디어 환경 등이 이 영화를 읽게 되는 코드이다.

2. 무례 권하는 사회

마준규는 일본에서의 일정을 마치고, 한국으로 향하는 비행기에 탑승한다. 곧이어 승객들도 들어온다. 전혀 알지도 못하는 사람들이 하나의 교통수단에 탑승한다. 가장 빠른 속도로 멀리까지 데려다줄 수 있기 때문에 국경을 넘을 때 자주 이용되는 운송 장치로서의 비행기. 자동차는 중간에 멈추기가 비교적 용이하고, 선박에는 구명보트라는 것이 있어서 탈출의 가능성이 있다. 그러나 비행기가 이륙하면 착륙 전 중간에 내리는 일은 불가능하다. 게다가 비행기 사고가 나면 개인이 할 일은 별로 없다. 자신의 생사를 비행기에 맡겨야 하고, 운명에 맡겨야 하는 것이다. 비행기 사고가 확률적으로 적다고는 하나, 일단 발생하면 생존율은 매우 낮다. 그래서 비행에는 언제나 알 수 없는 긴장감이 따른다. 그 긴장감과 불안은 바로 자신의 생명을 타인(비행기 조종사)이나 비행-기계, 기상이나 예측 불가능한 조건들에 맡겨 버릴 수밖에 없다는 상황에의 발견에서 연유한다.

비행기 탑승자들은 공동의 운명에 처한다. 알든 모르든 비행기에 탑승하는 순간, 탑승객들은 하나의 공동 운명체가 된다. 이 영화에서 "우리 비행기"라는 표현이 여러 차례 등장하는 것도 그런 이유에서

다.[2] 물론 비행기에 탑승했다는 하나의 사실로 공동체 구성요건이 충족되지는 않는다고 생각할 수도 있겠다. 비행기 탑승 시간은 지속적인 공동체보다는 매우 한시적이며, 그들 스스로도 공동체의 구성원이라고 인정하지 않을 가능성이 더 높다. 하지만 비행기에 탑승하는 순간, 그 비행기 안에 있는 사람들이 하나의 공동 운명에 처해 있다는 사실을 발견하기란 그리 어렵지 않다.

비행기 안에서 느끼게 되는 정서는 죽음 가능성에 대한 의식에서 비롯되는 불안감이며, 그렇게 함께 묶여 있다는 것을 느끼게 되는 데서 오는 불편함이다. 비행기는 매우 좁다. 그 좁은 곳에서 사람들과 함께 앉아 있어야 한다는 것은 단지 신체적인 불편함의 문제만이 아니라 바로 사람들 간의 물리적 거리가 가깝게 놓여져 있는데서 오는 심리적 문제다. 문제는 심리적 거리와 물리적 거리의 불균형에서 비롯된다. 먼 관계지만 가까이 놓인 관계, 낯선 타인이지만 하나로 결속되어 있는 관계 말이다.

그것이 비행기 안에서 서로에게 느끼게 되는 불편함의 요체다. 완전히 낯모르며, 잠시 후면 뿔뿔이 흩어질 사람들과 함께 죽을 수도 있는 위험 속에서 하나로 합쳐져 있음. 그것은 기이한 거리감이다. 낯선 타인들이지만, 하나의 운명 공동체에 속해져 있고, 운명 공동체라고 하기엔 너무나 낯선 사람들이 일시적으로 모인 이동 장치로서의 비행기. 이런 역설적인 상황이 코미디가 벌어지기에 환경을 성립시킨다. 그렇게 〈롤러코스터〉는 비행기 안에서 진행되고 끝나는 한 편의 시트콤이다.

낯선 이들이 어떤 교통수단에 탑승했다는 이유만으로 운명 공동체

2) 그들이 모두 같은 곳에서 일시에 죽음을 맞이한다고 하더라도 그것은 공동체 구성요건이 될 수 없으며, 사람들은 각자 홀로 죽음을 맞이할 뿐이라고 말해도 그것의 공동체적 속성을 부정하지는 못한다. 어떤 공동체든 한시적이기는 마찬가지이며, 그 어떤 공동체라 해도 사람은 각자 홀로 죽음을 맞이할 수밖에 없기 때문이다. 인간이 함께 죽는다는 것은 불가능하다.

가 된다는 설정은 아이러닉한 상황이 아닐 수 없다. 통상적으로 운명공동체란 국가나 민족, 가족공동체나 지역공동체 등을 포함해 특수한 목적과 이해를 함께하는 집단들, 이를테면 군부대 집단이나 운동경기 팀, 회사 공동체나 학교 공동체 정도는 되어야 하는데, 비행기는 탑승했다는 이유 하나만으로 낯선 사람들을 공동의 운명체로 묶어 버린다. 그리고 이 영화에서 사람들이 서로에게 보여 주는 무례함들은 좁은 공간 안에서 하나의 덩어리로, 공동 운명체로 묶여 있다는 데서 발생한다.

이 영화 속 인물들의 특징이자 공통점은 '무례'하다는 것, 즉 예의가 없다는 것이다. 그러기에 가장 빈번하게 등장하는 대사는 "미안합니다."와 "죄송합니다."라는 사실을 기억해야 한다. 그러나 아무도 진심으로 미안해하지는 않는 것 같다. "제 생각이 거기까지 미치질 못해서 제 소리가 거기까지 미쳐 버리고 말았네. 미안하게 됐어요."라는 삼국통일 신문기자의 사과인지 뭔지 모를 답변이 이 영화 속 사람들의 태도이다. 미안할지도 모르지만, 나는 이것을 해야겠다는 태도, 진정성 없는 사과가 더 불쾌하게 느껴지는 상황. 그들은 각자의 방식대로, 자신만의 이유와 사정으로 조금씩, 그러나 어처구니없이 예의가 없다. 자기 딸이 팬이라며 "차복순, 널 갖고 싶어."라는 메시지를 사인해 달라는 아주머니-승객(사실은 자신의 이름이 차복순이다), 신혼부부라면서 브래지어 끈을 풀고 등에다 사인을 해 달라고 했다가 이내 다른 사람들 앞에서 화해의 키스를 해대는 커플, 목탁을 두드리며, 처음 보는 사람에게 육식을 하지 말라는 스님(살생 때문이 아니라 도살 시 동물들이 받은 스트레스 때문에 육식을 해선 안 된다며 계란 반숙을 하나 더 주문하는 스님), 자기가 배고프다고 자신 먼저 특별한 식사를 달라는 기자, 큰 회사의 회장이니 와서 인사를 하고 가라는 사람 등 모두 아무렇지도 않게 무례한 사람들이다. 그들은 왜 그렇게 무례한가?

마준규의 옆자리에 앉은 신혼부부 커플을 보자. 함부로 엉덩이를 들이대며 사인을 요구하고, 둘이 싸우다 금세 화해하며 아무렇지도 않은 듯 다른 사람들 앞에서 서로 키스를 해 댄다. 이처럼 과도한 애정 표현과 안면을 몰수하는 행위들은 단지 타인의 기분과 수용에 대한 배려적 상상력이 부족해서가 아니다. 그것은 우리들의 사이가 가까워졌기 때문이다. 소위 층간 소음이라는 것도 우리들이 서로 아주 가까이 살기 때문에 발생하는 것이다. 아이들은 동서고금을 막론하고 언제나 뛰놀게 마련이다. 우리 시대의 고통은 먼 사람들이 너무 가까이 거주하고 있다는 데에도 있다. 거리가 가까우면 예의가 실종될 수밖에 없다는, 혹은 예의란 적절한 거리를 유지하는 것이라는 메시지가 상황을 통해 발견된다.

마준규를 보자마자 그에게 다가와 사인을 요청하는 사람들. 사인을 해 주겠다는 마준규의 표정에는 억지 친절로 가득하다. 사람들에게 널리 알려진 사람은 타인들의 눈길에 노출되게 마련이다. 그것은 인기의 척도일 수 있지만, 개인으로서 편안하게 휴식을 취할 시간은 줄어든다. 늘 언제 어디서나 낯선 사람들이 불쑥 다가와 팬이라며 어떤 요구를 해도 화를 내거나 불친절하기 어려운 것이 연예인이다. 그들은 마준규를 처음 보았고, 처음 만났음에도 불구하고, 대뜸 말을 건네며 과도한 요구를 일삼는다. 그것은 그들이 연예인 마준규를 아주 잘 알고 있기 때문이다. 그들의 앎은 상호적 관계 맺음의 앎이 아니라, 일방적인 앎, 여러 매체들을 통해 연예인을 가깝게 느끼고 있기 때문에 생긴다. 그래서 반가운 것이고, 그래서 쉽게 말을 걸게 된다. 널리 알려졌다는 것이 다른 이들이 자기 멋대로 대해도 좋다는 사인은 아니지만 바로 이 일방적인 친숙함이 그들로 하여금 무례를 범하게 만든다.

이 비행기 안의 사람들은 과도하게 가깝다. 이 영화 속 인물들의 관계들을 보라. 기장과 부기장의 관계-사이, 기장과 관제사 사이, 승무원들 간의 사이, 회장과 비서 사이, 기자와 마준규 사이, 연예인과 팬들 사이, 연예인과 매니저 사이, 마준규와 승무원들 간의 사이 등등을 생각해 보자. 이들의 예의 없음은 그들의 가정교육이 나빠서 그런 것이 아니다. 굳이 말하자면 '사회교육' 때문에 그렇게 된 것이다. 많은 것들이 노출되고, 현시되고, 표현되며, 소통되고 또 그것이 되돌아온다. 그 속에서 사람들의 사이-거리는 아주 가까워진다.

비행기 안에 사람들이 모아져 있듯이, 우리들 역시 비슷한 공간 안에, 네트워크 안에 오밀조밀하게 모여 있고, 미디어는 그 거리를 더욱 좁혀 놓는다. 서로가 서로를 알고 (있다고 느끼게 하고) 서로가 서로와 알지만 실제로 알지는 못하는 그런 관계들. 사실 그 '가까움'은 진정한 의미의 친밀도와 일치하지는 않는다. 어쩌면 사람과 사람의 거리는 가깝다고 해서 반드시 좋은 것이 아니며, 적절한 거리야말로 도리어 예의와 배려의 거리일 수 있다. 그러나 네트워크의 세상에서 우리는 서로 연결되어 있고, 사람들 간의 거리는 좀 더 좁아지고, 좀 더 가까워졌다. 그런데도 고독감은 쉽사리 가시질 않는다. 바빠서 외로울 틈조차 없는데, 아니 없을수록 더 외로워지는 역설. 그것이 연예인 마준규가 수영에게 집착하는 이유다.

이들의 '가까움'에는 시간성을 필요로 하는 '길듦'은 없고, 물리적 근접성만이 있을 뿐이다. 그 가까움은 상호 인정이 아니라 불균형한 과다 노출과 음침한 응시가 있으며, 상호 보여짐이 아니라 꾸며지고 가공된 일방적 현시가 있을 뿐이다. 나와 너의 관계가 아니라 나와 그들의 관계. 그렇게 익명적 타인들과 오래도록 가깝게 지내는 사람들의 피곤함이 이 영화에서는 무례하고 기이한 캐릭터들로 나타난다. 사람들은 웃음을 터뜨리지만, 곰곰이 생각해 보면 그 웃음에는 씁쓸한 뒷맛이 감돈다. 이처럼 강제된 가까움들은 사실 대단히 폭력적이기 때문이다. 우리는 스스로 소셜 미디어를 택한 것이 아니라, 사회 환경 안에서 그것을 하지 않을 수 없게 되어 버린 것이다.

미디어가 발달해 우리가 직접 가 보지 않은 곳도 매우 익숙한 풍경이 되었고, 만날 수 없고 알지도 못하는 사람들의 소식을 접하고 그들의 얼굴을 본다. 네트워크 환경과 소셜 미디어들은 사람들을 연결시켜 놓을 뿐만 아니라 우리를 아주 가깝게 만든다. 소셜 미디어에 가입만 해도, 수십 년 전 기억조차 가물가물한 친구들을 눈앞으로 불러다 준다. 헤어진 연인을 몰래 훔쳐보는 일은 언제든 가능해졌다. 그렇게 사람들 사이의 거리는 가까워졌다. 우리가 서로를 인지하고, 들여다보고, 서로에게 의존하는 심리적인 네트워크의 거리 말이다. 그 거리와 친밀도의 거리가 반드시 일치하는 것은 아니다.

미디어와 네트워크는 우리를 가까이 불러모아 놓고 붙여 놓는다. 그러나 우린 아직 사이 좋게 지내는 법을 잘 익히지 못했다. 그걸 배우는 데는 또 다른 시간과 노력이 필요하기 때문이다. 그래서 영화 속의 무례한 탑승객들은 그들이 놓인 사회적 환경 속에서 거리 조절의 능력을 잃어버렸기 때문이고, 이 거리의 상실이야말로 매체들이 우리를 연결하여 놓은 탓에 모든 것을 매우 가깝고 또 친숙하게 느끼는 착각 때문에 발생하는 것이다. 모든 것이 좁아지다 보니, 거리가 가까워지고, 그런 탓에 사람들은 거리를 조절하고 사회적으로 적당한 거리를 취하는 법을 잃어가고 있다는 것이 이 영화가 새삼 생각하게 해 주는 우리 시대와 사람들의 특성인 듯하다.

3. 예의와 욕설 사이

이 영화를 이해할 수 있는 또 하나의 코드는 '욕'이다. 주인공이 '육두문자맨'이라는 것도 놓쳐서는 안 되지만, 영화 속 사람들은 제각기 나름의 방식으로 욕을 구사한다. 욕이란 넓은 의미의 상스러운 언어다. 그것은 비속어로 분류된 상스러운 언어를 발화하는 것이다. 점잖은 자리에서는, 공식적인 자리에서는 발화되지 말아야 하고, 들려오지 말아야 하는 언설들이다. 그런 언어를 남들 있는 자리에서 발화해선 안 된다는 것이 우리가 욕에 대해 사회적으로 배운 관습이다.

험담 역시 마찬가지다. 험담이란 속칭 뒷담화, 그가 없는 자리에서 그에 대한 비방이나 불평을 늘어놓는 것을 뜻한다. 그런데 이 모든 것이 이 영화에서는 아무렇지도 않게 주고받아지고, 발화되며 소통된다. 그러나 욕이 허용되는 사회적 관계들이 있다. 그것은 매우 친밀한 사이이다. 욕이 그 자체로 바람직하지는 않다고 해도, 그것이 소통될 수 있는 관계에서는 가까움과 친밀함의 표현일 수 있다. 욕은 특별한 관계의 친밀성 하에서는 통용될 수 있는 언어이기도 하다. 욕해도 되는 사이인 줄 알고 "병신, 그걸 믿냐?"라고 부기장이 말하자 승무원은 정색하며 "어따 대고 욕지거리에요?"라고 항변한다. 욕의 허용은 가까운 사이라는 증거다.

그것이 마준규로부터 "씨발년"이라는 욕을 들은 여자 승무원이 불쾌해하기는커녕 도리어 좋아하면서 미나모토에게 그 욕의 함의를 해석해 주는 장면에 담긴 뜻이다. "욕은 욕인데, 두 가지 의미가 있어. 다른 하나는 한국식으로 해서 정말 사랑하는 사람한테만 표현하는 로맨틱한 사랑 표현이야." 욕은 특별하게 친밀한 사이에서만 가능하기 때문에 전혀 틀린 말은 아니다. 여자 승무원은 마준규와 자신의 사이가 가깝다고, 욕을 할 만한 사이라고 해석해 버리고는 좋아라 한다. 가까움에 대한 열망. 그 이야기를 들은 미나모토 역시 마준규로부터 욕 듣기를 원하고 욕을 듣자 좋아한다. 이런 점이 바로 이 영화의 웃음 코드임을 새삼 설명해 무엇하랴.

많은 영화들 속에서 욕이 빈번하게 사용되는 이유는 여러 가지지만, 욕설이 사용되면 대체로 심리적 카타르시스가 일어나기 쉽다는 점 때문이 아닐까? 평소에 마음대로 발설하지 못하는 언어를 스크린 속의 인물들이 대신해서 감정적 해소를 일으켜 주며, 극한의 감정 표출을 해 주기 때문이다. 비행기가 심하게 흔들리며 위험한 상황이 되자 마준규는 폭발하고, 회장의 비서인 임춘녀도 폭발한다. 둘 다 욕을 심하게 사용하는데, 그것은 그들이 참고 있었고, 감추고 있었으며, 억누르고 있었던 자신 밑바닥의 정서, 솔직한 감정의 직접적 노출이다. 그들의 욕설은 극한 상황 속에서 자신의 바닥을 드러내 보이게 되는, 마치 사회적으로 벌거벗어서는 안 되는 언어의 속살 같은 것들이다.

욕을 함으로써 상대를 무시하고 자신의 비천함을 폭로하여 사람들에게 혐오감을 주겠다는 언어폭력의 경우까지 포함하여 욕은 대체로 예의-없음이다. 그런데 이 영화에서는 그러한 욕이 자주 빗나간다. 가깝기 때문에 주고받아지는 욕(그것은 주로 승무원들 사이에서 주고받아진다)과 더불어 그 가까움을 견디지 못해 폭발하는 마준규에 의해 발작적으로 일어난다. 비행기 안에서 그것이 발설되어서는 안 된다. 비행기는 공공장소이며 탑승객들끼리는 예의를 지켜야 하는 타인들이기 때문이다. 그런 것이 마구 들려오면 사람들은 언짢아진다. 마준규의 욕설을 듣게 되는 짜사이 회장님이 불쾌해하는 이유도 자신이 무시당한 것 같기 때문이다. 점잖은 자리, 낯선 이들이 모인 자리에서 욕을 사용해서는 안 된다는 것이 사회성이고, 예절이(라고 우리는 배웠)다. 이것은 다른 이들에 대한 예의이고 그들과의 거리를 존중한다는 뜻이다. 예의란 상대방에 대한 존중이자 동시에 적절한 거리를 유지하(려)는 사회적 관습이다. 이 거리를 상대의 동의 없이 좁히려 하면 무례가 된다. 그런데 이 영화 속 인물들에게는 그런 것들이 없다.

그렇지만 욕설을 퍼부을 수 있는 관계란 역설적으로 매우 가깝고 친밀한 사이가 아닌가. 반대로 언제나 공식적이고 인정되는 발화만 사용하는 것은 그들에게 어떤 '거리'가 있다는 것을 의미한다. 그래서 언제나 적당한 거리만을 유지하는 사람들에게서 우리는 서운함을 느끼게 될 수도 있다. 시간이 흘러도 언제나 거리만 지키는 사람, 자주 마주쳐서 친숙해질 법도 한데 언제나 깍듯한 사람은 도리어 무례한 사람이기도 하다. 거리를 좁히지 않으려는 것이기 때문이다. 거리는 유지되어야 할 뿐만 아니라 때로는 적당한 시점에 이르러 적절하게 가까워져야 한다는 어려움도 내포하고 있다. 그것을 잘 보여 주는 장면이 이 영화에서는 승무원들의 친절과 공식적인 태도이다.

비행기 승무원들의 미소는 멋지고 아름답지만, 그것은 훈련된 세련됨과 거리감을 유지하는 업무적 친절함이지, 친밀성에서 오는 진짜 친절은 아니다. 그들에게 진짜 친절을 기대한다면 그것은 '거리감의 상실'이다. "편안한 여행 되십시오."라고 기계처럼 되풀이하는 영화 속의 강신추 사무장은 친절이 아니라 사무적으로 대하는 거리의 현존을 지시한다. 편안한 여행이 되라는 말은 듣기 좋은 말이지만, 진심이 확보되지 않은, 이른바 '텅 빈 제스처'라 할 수 있다. 그렇다고 해서 그들을 탓할 수는 없다. 그런 텅 빈 발화야말로 그가 손님들을 정중하고 깍듯하게 대하고 있다는 예의의 증거 형식이기 때문이다. 진심이 담겼다면 더 좋겠지만, 그렇지 못한 경우라도 '나는 당신에게 호의를 가지고 있으며, 나쁜 관계를 만들고 싶지 않다.'는 사인이다. 그들은 사람들에게 미소를 보내며, 평정심을 유지하며 이용객들을 친절하게 대한다. 그런데 이 영화 속에 승무원들은 사람들을 웃는 낯으로 대하면서 그 좁은 공간 안에서, 그 짧은 틈을 이용해 자신들끼리는 승객들을 욕하고, 야유하고, 강한 농담을 아무렇지도 않게 주고받는다. 아주 능숙하고 재빠른 솜씨로 말이다.

이것은 비행기 승무원들을 비롯해 모든 서비스업계가 보여 주는 업무적 친절함에 대한 불편함(이상한 거리감에 대한 불편함)에 대한 조롱이 담긴 연출이다. 친절하지만 가깝지 않고, 가까워지기엔 거리를 유지하게 만드는 사회적 몸짓으로서의 친절. 이에 반해 욕설은 정반대의 모습을 갖는다. 욕설은 그보다 멀거나 훨씬 가깝다. 폭력이거나 관계의 단절이면서도 친밀성의 증거. 그러니까, 육두문자맨이라는 캐릭터는 욕설을 구사하여, 사람들에게 가까움과 친밀함을 형성하게 해 주는 캐릭터인 셈이고, 사람들이 그 역할을 수행하고 있는 배우 마준규에게 다가와 말을 건네는 것도 무리는 아닌 것이다. 어떤 면에서 마준규가 비행기 안에서 자신도 모르게 자꾸 욕설을 해대고, 일반석 커튼을 열고 욕설과 울분을 터뜨리는 것도 일종의 '가까움에의 열정'으로 볼 수도 있는 것이다. 물론 그의 실제 인격이 그 간격을 견딜 힘을 잃고 있더라도 말이다. 어쩌면 자기 통제력이 상실될수록 더욱 그의 본심이 나타나고 있는 것일지도 모른다.

욕은 관계를 청산하게 하는 힘도 있다. 김포공항에 도착해서 마준규에게 내뱉는 매니저의 마지막 욕설을 기억해 보자. 마준규가 매니저에게 극도로 화를 내자 이번에는 매니저가 폭발한다. 마준규에게 매니저로서 그간 쌓여 왔던 모든 감정을 욕설로 대신하며 먼저 차를 타고 떠난다. 욕설이 친한 사이에서만 소통적으로 가능하다면, 이 경우의 욕설은 모든 관계를 끝내자는 신호로 기능한다. 마준규의 욕설과 화가 이번에는 한 사람에게 더 이상은 참을 수 없는 모욕과 굴욕감을 안겨 준 것이다. 그리고 그는 그 관계 종료의 선언을 무지막지한 욕설로 대신한다. 그들의 거리는 욕을 해도 되는 사이였지만, 그것은 마준규 편에서만 그랬던가 보다. 욕이 아니라 자신의 감정의 밑바닥의 생각과 기분을 털어내는 순간 그들의 관계는 막을 내린다.

상대를 비하하고 그를 상스럽게 저주하며 분노와 증오, 위협과 경멸의 파토스와 조롱의 제스처까지 가미한다면 욕은 더욱 빛을 발한다. 덤으로 그에 걸맞는 어조와 어투까지 가미한다면 욕은 더욱 완전해진다. J. L. 오스틴에 따르면 언어에는 '발화수반행위(illocutinary act)'와 '발화효과행위(perlocutionary act)'가 있다고 한다. 즉 말은 진술문(서술행위)으로 그치는 것이 아니라 그것을 발화함으로써 특정한 행위를 불러일으키는 것이며, 그것이 이후의 어떤 효과를 낳게 되어 있다는 것이다. '미안합니다'라는 것은 사실에 대한 진술이 아니라 어떤 기능들을 수행시키는 발화이다. 욕은 분명 진술문이 아니라 수행문이다. 욕이 수행문이라면 욕은 무엇을 수행하는가? 예의 없음이 상대를 부정하는 것이듯, 욕설 또한 상대방에 대한 부정이다.

사람들 사이의 적절한 거리와 막이 사라질 때 그것이 얼마만큼 끔찍할 수 있는지, 그것이 얼마나 무례하고 어처구니가 없는 일이 될 수 있는지를 이 영화는 생각하게 한다. 비행기 조종사들의 대화가 기내 방송으로 흘러나올 때 그것은 단순히 실수와 웃음이 아니라, 절대 드러나서는 안 되는, 점잖게 덮혀져야만 하는 것이 노출되는 사고, 혹은 무례함에 다름 아니게 된다.

욕을 해도 괜찮은가? 통용될 수 있는 관계 하에서는 그런 것 같다. 그러나 욕의 본질은 그렇지 않다. 욕의 본질은 그 자체가 상스러운 말이라기보다는 상대를 저주하는 언어를 퍼붓는 것이다. 이 영화의 욕은 진정한 저주가 아니라, 친근감의 표현이고 감정적 표출의 기능일 뿐 아무도 저주를 당하지는 않는다. 마준규에게 "마준규, 욕해 봐 욕해 봐!"라고 손가락질을 하던 (아직 사회교육이 덜 된) 어린아이만이 예외다. 그는 마준규로부터 듣기 원했던 욕설을 듣고는 어린 마음에 상처를 입었는지 창밖을 바라보며 수심에 잠겨 든다. 이것이 욕-저주의 힘이다.[3)]

우리는 왜 욕설을 하지 말고, 다른 이들에게 적절한 예의를 지켜야 하는가? 그것이 그저 예의이기 때문에 지켜야 한다는 칸트식의 대답을 할 수밖에 없는가. 혹은 우리가 예의를 지킬 수 있기 때문에 예의를 지켜야 하는 것인가. 그것이 사회적 약속이고 공공의 질서와 안녕을 보장하는 길이라서? 그도 아니면 그것이 교양 있고 세련된, 사회적으로 적절한 몸가짐이기 때문에? 욕이란 비속어이기 전에 상대방에 대한 부정이다. 상대가 아무것도 아니라는, 상대의 '존재'를 부정하는 언어-몸짓. 상대가 내겐 아무것도 아니라는 것은 멸시이자 근본적인 존재 부정이다. 그것이 무례함의 근본 정신임을 우리는 보았다. 그러므로 무례란 상대방에 대한 부정이고 욕설이다. 예의를 지켜야 하는 이유는 그것이 나와 함께 나뉘어 있는 타인들-존재들에 대한 긍정이기 때문이고 욕-무례함은 우리가 함께 모여 살고 있다는 사실에 대한 몰각 혹은 부정이다.

---

3) 마준규가 버릇없는 꼬마에게 하는 욕설 가운데 "씨발년아"라는 대목이 있다. 그것은 보자마자 반말로 욕해 보라는 꼬마에 대한 불쾌감에서 비롯된, 요청에 대한 응답이자 일말의 진심이 담긴 욕이다. 그 꼬마는 남자아이인데, 여성형 욕을 사용하는 것은 흥미롭다. 그 욕이야말로 정말 욕의 본질을 보여 주는 욕이다. 욕이란 대상을 다른 실체와 연결시켜 버리는 폭력성에 있다. 욕이 대체로 은유의 형국을 띠게 되는 이유도 거기에 있다. 그의 본질을 다른 것으로 바꾸어 부르는 것 그것이 욕이다. 대상의 본질-정체성을 부정하는 행위이기 때문이다. '이름 바꿔 부르기'의 일종인 별명이 친한 사이에서만 용납되는 것도 바로 이러한 이유에서다.

4. 롤러코스터용 반성

그런데 우리의 주인공 마준규는 왜 그토록 민감하게 비행기 추락에 대한 불안과 공포로 몸을 떠는가? 그가 본래 간담이 약하고, 신경이 예민한 사람이기 때문일까? 악천후 속 관제사의 비협조 때문에 비행기는 김포공항 착륙에 실패한다. 비행기는 위험에 처하고, 승객들은 긴장한다. 마준규는 그 어떤 승객보다 극심한 불안과 긴장감에 시달린다. 그가 정신적 안정감을 잃고 있기 때문인 것으로 보인다. 유명 연예인으로서 늘 타인들의 시선 속에서 신경이 날카로운 그는 쉽게 화를 내고, 또 금세 피로를 느끼는 것으로 그려져 있다. 그는 비행 중 여러 번에 걸쳐 백일몽인지 환상인지, 꿈인지 모를 판타지를 경험하는데, 그 가운데 첫 번째 장면을 떠올려 보자.

마준규는 몽상(혹은 상상) 속에서 자신에게 열광하는 팬들(그에게는 낯선 타인들의 무리) 사이를 헤치고 자동차 안으로 들어가 애인 수영과 단둘이 오붓한 시간을 보낸다. 이것이 마준규가 처해 있는 상황이자, 그의 무의식적 소원-환상이다. 사람들은 나를 알고, 나를 좋아해서 나에게 말을 걸어오고 환호하지만 그들은 언제나 낯설고 때로는 무서운, 거리를 유지해야만 하는 익명의 집단-군중일 뿐이다. 자신이 연예인으로서 인기를 누릴수록 안온한 안정감을 줄 수 있는 관계를 희구하게 되는 것도 자연스러운 일일 것이다. 말하자면 그는 '가까움에의 열망'을 지니고 있으며, 그 '가까움' 속에서 안식을 취하고 싶은 것이다.

환상에서 깨어나 얼결에 뜨거운 물수건을 받고 놀라, 그는 자기도 모르게 "씨발년"이라고 승무원에게 욕을 한다. 그러고는 자신 스스로도 놀라, 말이 헛 나왔다고, "영화 속 캐릭터 때문"이라고 황망히 사과를 한다. 영화 캐릭터를 연기하면서 배우가 현실의 자신과 혼동을 느끼는 고충에 대해서는 널리 알려져 있다. 그것은 페르소나와 본심 사이의 혼동이다. 페르소나란 사회적으로 적당한 몸가짐과 표정을 의미하며, 본심이란 가면에 의해 감춰진, 감춰져야 하는 본래의 마음을 의미한다. 페르소나란 그가 맡은 극중 인물의 성격만이 아니다. 일상적인 사회생활에서 페르소나란 극중 캐릭터가 아니라 예의의 가면을 쓰고 있는 상태를 의미한다. 마준규의 분노와 폭발은 바로 그 가면을 유지할 수 있는 자아가 더 이상 버틸 수 없을 때 드러나는 맨 얼굴이다.

여기서 그의 실제 인격과 극중 페르소나의 혼동이 자리잡는다. '육두문자맨' 때문에 자신도 모르게 욕을 했다고 사과를 건네지만, 그는 지금 현실 속의 상황과 자신의 극중 캐릭터 사이의 구분을 조절할 수 있는 자제력을 잃고 있다. 페르소나란 하나의 가면을 쓴다는 것이고 예의란 자신의 진심을 적절히 가리고 감추며, 사회적으로 용인될 만한 언동을 방출하는 것을 의미한다. 그러므로 예의란 상대에 대한 배려이지만 동시에 적절한 가면을 쓴다는 것이다. 그러나 욕설을 사용하는 역할을 많이 한 마준규는 자신도 모르게 욕설을 내뱉게 된다.

거기서 그는 자신의 신앙 대상에게 기도를 해 보지만 불안은 좀처럼 가라앉지 않는다. 타인들과의 비-인격적인 관계가 너무 가까워 더 이상 견딜 수 없는 자의 피로함과 병리적 불안 증세는 아니었을까? 자신의 사생활이 노출되고, 어디서나 타인들의 시선에 노출될까를 염려해야 하고, 그 노출로 인해 생겨난 잡음들에 대해 걱정해야 하고, 여자친구에게 변명을 해야 한다. 연예인이라는 자신의 실존적 조건(타인의 인지 속에서만 자신의 사회적 의미를 찾을 수 있는 직업) 속에서 그는 초조하고 불안하다. 한마디로 안식을 취할 수 없다는 것이다. 불-안정은 휴식-없음을 뜻한다. 몽상처럼 펼쳐지는 그의 태블릿 PC 화면은 그가 소망하고 희구하는 안식에의 꿈이다. 안식을 가져다 줄 수 있는 관계를 갈망하고 있는 것이다.

그 위험감 속에서 마준규는 자신이 의지하는 신에게 기도를 한다. "우리 비행기를 무사히 착륙시켜 달라."는 내용의 기도 다음에는 자신의 잘못된 행동을 조용히 아뢰며 회개를 한다. 마준규의 기도(祈禱)는 신에게 의탁해 자신의 불안을 진정시키려는 처절한 기도(企圖)이다. 그러다가 기장이 긴장하여 기내방송 마이크를 붙잡고 털어놓은 수동착륙 경험이 없다는 소리를 듣자 그는 참아 왔던 모든 상황에 대해 폭발한다. 그간 참았던 모든 것의 분출. 마준규의 폭발이 이 영화의 정점이다. 자신을 더 이상 유지할 수 없는 사람의 광증, 모든 것에 대한 참을 수 없음, 모든 것을 던져 버림. 그는 끝내 테이저 건을 맞고 기절하여 오줌을 지린다. 그가 잠든 사이, 세 번의 실패 끝에 비행기는 제주공항에 무사히 도착한다. 짜사이 회장이 심장마비로 숨진 것 말고는 모두 무사하다. 한 공동 운명체 안에서 맞이하는 개인의 돌발적 죽음. 그러나 비행기 안의 사람들은 애도하지도 놀라지도 않는다. 그들은 일시적으로 하나의 공동체였지만, 역시 그렇게 절친한 사이들은 아니었던가 보다.

비행기가 무사히 도착하자 마준규는 안도감과 함께 기분이 좋아져서 주위 사람들에게 친절해지고, 사진도 찍고, 승무원에게도 사과를 건넨다. 비행기 사고의 위험 안에서 그가 보여 준 회심과 자기반성은 진실이었던 것일까? 애석하게도 그렇지 못한 것 같다. 짐을 찾는 동안, 여자친구 수영과의 전화 통화에서 그는 또 화를 내고, 매니저를 다시 함부로 대한다. 그리고 짐을 잘못 찾아온 것 같다는 매니저에게 다시 폭발한다. 비행기를 타기 전에 보여 준 짜증으로 충전된 상태와 하나도 다를 바가 없는 것이다. 그렇다면 비행기 안에서 보여 준 그의 회심은? 그것은 유기체가 느끼는 생명 존속에의 불안감 앞에서 평정심을 찾기 위한 일시적 장면에 지나지 않았던 것이다.

짧은 시간 비행기 안에서 겪었던 모든 일들은 아무런 반성도 사유도 낳지 않으며, 그래서 그의 삶에 아무런 변화도 일으키지 못했다. 우리들이 놀이동산에 가서 롤러코스터를 탔을 때 느꼈던 긴장과 스릴, '내가 왜 이것에 올라탔을까.' 하는 모든 후회도 롤러코스터에서 내리면 그것으로 끝이다. 그때는 나름 절박했지만, 롤러코스터 안에서 느꼈던 감정과 불안과 추락에의 짜릿함도 금세 아무것도 아닌 것이 되고, 그 경험은 유희와 추억이 될 뿐이다. 이것이 이 영화의 제목이 롤러코스터인 이유이다. 마준규의 반성은 롤러코스터용 후회와 반성에 지나지 않는다. 그것은 한갓 놀이에 불과하다. 이 영화가 한갓 농담에 불과한 것처럼. 하나의 체험이 경험으로 승화되지 못하는 것, 그것이 우리가 사는 단속적이고 분산된 삶의 사회적 조건이다. 그것은 곧바로 추억 속의 한 장면이 되며, 자기현시적 광고가 되어 블로그나 페이스북(얼굴책)의 한 장면을 차지할 뿐이다. 그것은 너무 빨리 추억으로 화석화된다. 우리 시대는 사람들이 가까울 뿐만 아니라 그만큼 빠르기도 하다.

영화의 끝 장면, 마준규는 김포공항 앞에서, 전화번호를 얻어내기 위해 꾸준히 노력했던 '미나모토'와 조우한다. 그는 다시 그녀에게 연락처를 얻어내려 한다. 추락에의 위험 속에서 그가 했던 기도와 결심, 회심은 모두 거짓이었던 것일까? 그는 또 다른 스캔들을 낳으려는 것일까. 수영에게 함부로 대했던 것을 회개한다는 그의 기도는 어디로 사라졌는가. 위험 앞에서의 회심은 그래서 거짓말일 수밖에 없는 것일까? 영화 첫 장면 수영이 보내왔던 문자처럼 마준규는 그저 "발정 난 개"일 뿐인가?

하지만 마준규를 어쩌면 가까움에 대한 열정을 가진 사람이라고 말해 준다면, 속칭 '바람기'와 '작업질'에 대해 지나치게 후한 면죄부를 발부하는 일일까? 다시 말해 그는, 낯선 지인들(혹은 친숙한 타인들) 속에서 진정한 가까움이 가져다 줄 수 있는, 안식을 주는 관계를 갈구하는지도 모른다. 그렇다면 그것은 앞서 보았듯 가까움에 대한 열정, 안식에의 희구이다. 그는 가까움과 멂, 앎과 모름 사이에서 갈팡질팡하는 젊은 청춘들의 형상인 것만 같다. 어쩌면 우리는 마준규처럼 가까움을 열망하지만 실상은 가깝게 멀어져 가고, 차라리 적당한 거리(멂)가 주는 안식을 희구하고 있는 것은 아닐까. 그도 아니라면 가까움과 멂 사이에서 어떤 자세와 태도를 취해야 하는지 몰라 갈팡질팡하고 있는지도 모른다.

그 '섬'에 가고 싶다
—비치(The Beach)

"지상에 천국을 건설하고자 하는 최선의 의도가 있다고 해도,
그것은 단지 하나의 지옥, 그의 동포를 위해
준비하는 그런 지옥을 만들 뿐이다." —카를 포퍼

1. 인트로: 이상향을 향한 인간의 꿈

〈트레인스 포팅〉(1996)으로 등장한 대니 보일(Danny Boyle) 감독은 〈비치〉(2000), 〈28일 후〉(2002), 〈슬럼독 밀리어네어〉(2008), 〈127시간〉(2010) 등의 작품으로 국내외에 널리 알려져 있다. 그는 젊은이들의 감성에 접근하기 쉬운 주제들과 독특한 소재의 작품에 사회성을 가미하여 호평을 받고 있는 감독이다. 이 가운데 〈비치〉는 영국 작가 알렉스 갈랜드(Alex Garland)의 동명 소설을 영화화한 것으로, 사람들이 언제나 꿈꾸고 갈망해 온 파라다이스나 유토피아에 대해 시사점을 제공해 주고 있는 영화다.

인류의 '이상향'에 대한 상상은 오랜 역사를 가지는 만큼 널리 나타

나는 보편적 현상이다. 각 민족마다 전래되어 내려오는 설화에서 뿐만 아니라, 철학이나 예술 그리고 최근 사회공학에 이르기까지 인간은 유토피아에 대한 갈망을 멈추지 못했다. 그렇게 누구나 꿈꾸지만 아무도 그곳을 이루지 못했고, 인류 '역사'에서 한 번도 출현한 적이 없는 사회, 유토피아는 그것이 불가능한 만큼 더욱 매력적으로 그려진다. 어쩌면 불가능하다는 것을 알기 때문에 더욱 동경하고 원망(願望)하게 되는지도 모른다. 불가능을 꿈꾸는 것이 인간의 속성 아니던가! 사람들이 이상적인 사회의 모습을 상상한다는 것은 현실이 대체로 결여태와 부정태의 모습으로 파악되기 때문이다. 이상향에 대한 꿈은 지금 '있는 것'보다는 '없는 것'에 대한 욕망이기도 하고, 다른 한편 사람들이 보다 더 나은 '삶-의-형태들'을 포기하지 않고 모색한다는 뜻이기도 하다.

인류 역사상 전해지는 대표적인 이상사회는 크게 네 가지 정도로 나누어 볼 수 있다. 첫 번째가 영국 민중시 〈코카인의 나라〉에서 이름을 따온 '코카인(Cockaygne)'이다. 이곳에서는 이루어지지 않는 소망이 없고 충족되지 않는 욕망이 없다. '소망의 나무'가 있어 모든 것을 성취할 수 있고, '젊음의 샘'이 있어 누구나 늙지 않고 살 수 있다. 땅에는 곡식과 과일이 풍성하고, 곳곳에 젖과 꿀, 포도주가 강물처럼 흘러, 아무도 노동을 할 필요가 없다. 또한 누구나 제한 없이 자유롭게 성을 즐길 수도 있다. 코카인이란 한마디로 무한한 물질적 풍요와 끝없는 쾌락이 어떠한 수고나 노력의 대가 없이도 주어지는 일종의 환락적 이상사회인 것이다. 마약의 일종인 코카인이라는 명칭도 여기서 비롯되었다.

두 번째는 '아르카디아(Arcadia)'다. 이곳은 지상의 낙원으로서 자연환경은 코카인과 유사하다. 그러나 무절제한 욕망과 쾌락을 추구하는 코카인과 달리 인간의 욕망이 자연적으로 조화롭게 절제되어 있고, 노동을 하긴 하지만 고통으로 여기지 않고 보람과 기쁨으로 여기는 곳이다. 죽음을 피할 수는 없지만 평안과 안식으로 받아들이는 곳이다.

세 번째는 기독교에서 말하는 '천년왕국(Millenium)'이다. 새 하늘과 새 땅으로 구성된 곳에서 최후의 심판까지 1000년을 지속되는 이 나라는 신에 의해 구원받은 사람들이 성인들과 순교자들과 함께 사는 곳이다. 신이 다스릴 이 왕국은 땀과 눈물이 없다는 점에서 코카인이나 아르카디아와 크게 다르지 않아 보이나, 기존의 인간 사회와는 전혀 다른 질서와 새로운 인간의 시작이라는 점이 다르다.

마지막으로 '유토피아(Utopia)'다. 그리스어에서 'U'는 '좋은 곳(eu)'이라는 뜻과 '없는 곳(ou)'이라는 뜻을 동시에 갖는다. 그러므로 유토피아는 '좋은 곳'을 뜻하기도 하면서 '없는 곳'을 뜻하기도 한다. 이곳은 앞선 다른 사회들이 자연적으로 이루어졌거나 신에 의해 이루어진 것과 달리 인간의 힘에 의해 만들어진 이상사회다. 즉 인간의 이성에 의해 각종 사회제도를 개선함으로써 이루어지는 이상사회다.[1]

이 가운데 영화 〈비치〉에는 코카인과 아르카디아 그리고 유토피아에 대한 생각이 반영되어 있는 듯하다. 따라서 우리는 낙원(파라다이스)과 유토피아를 생각해 보는 관점에서 영화 〈비치〉를 읽어 볼 수 있을 것이다. 이 영화에는 이상사회, 또는 낙원을 갈망하는 젊은이의 낭만적인 모험과 사회학적 통찰이 잘 버무려져 있다. 19세기 이전의 서구 유럽에는 유토피아 사회에 관해 저술한 책들(토마스 모어의 「유토피아」, 프랜시스 베이컨의 「신아틀란티스」 등)이 많았다면, 20세기부터는 계몽적 합리성의 폐해에 대한 역사적 경험을 통해 디스토피아적 상상력이 표출되는 경

1) 김용규, 「철학카페에서 문학읽기」, 웅진, 2006, pp.213-215에서 요약적으로 인용.

향이 강해져 왔다. 이런 맥락에서 〈비치〉는 유토피아가 왜 불가능한 것인지 보여 주면서도, 여전히 유토피아를 꿈꾸는 사람들의 원초적 소망을 대리 충족시켜 주고 있다. "사람들 사이에 섬이 있"고, "그 섬에 가고 싶다"면, 대니 보일의 〈비치〉는 사람들이 모르는 섬, 몰라야만 가능한 해변, 그러나 여전히 사람들로 이루어질 수밖에 없는 '불가능한 낙원'에 대해 이야기한다. 이제 이 영화를 따라서 유토피아에 대한 추구와 그 붕괴(혹은 부재)에 관한 이야기를 시작해 보자.

2. 지구를 '여행/관광'하는 기술

영화 〈비치〉는 주인공 리처드(레오나르도 디카프리오)의 독백으로 시작된다. 리처드는 좀 더 위험한 것을 찾아 태국 '방콕'에 온 미국인 관광객이다. 그는 "열여덟 시간이나 비행기를 타고 와 호텔 수영장에서 할리우드 영화나 즐기는" 평범한 여행자는 아니다. 그는 스스로를 "남들은 아름답고 자극적인 것을 찾아다니는 동안 무언가 좀 더 위험한 것을 찾아다닌다."고 소개한다. '독사 피'를 마셔 보지 않겠느냐는 호객꾼의 제안에 그는 고개를 가로저어 보지만 "다른 미국인들처럼 안전하게 집으로 돌아가기를 원하느냐?"는 말에 독사의 피를 마시러 간다. 독사의 피 자체에 호기심이 생겼다기보다는, 수많은 미국 관광객들처럼 여겨지는 게 싫었던 것일까? 그렇다면, 여느 관광객들처럼 되는 게 싫다는 뜻이다. 리처드는 그 자신도 관광을 와 있으면서도 다른 관광객들을 혐오한다.

호텔에서 스펙터클적 영상이나 즐기는 사람들을 보며 리처드는 이렇게 말한다. "관광객들 중에는 한심한 사람들이 많다. 아늑한 호텔에서 고작 TV나 보자고 수천 마일을 날아왔단 말인가, 기껏 저러자고 여행을 왔다는 말인가?" 바닷가에 누워 마사지를 받는 서양인 관광객들을 징그러운 벌레 보듯 하는 리처드. 그는 자신의 출신과 배경이 중요한 것이 아니라 위험을 찾아다니는 사람이라는 것으로 자신의 정체성을 삼는다. 그러나 무언가를 경험하고 그 실체를 파악하여 그것을 내 것, 나의 경험으로 만들려는 주체 중심적 욕동이 리처드에게는 분명히 도사리고 있다.

그래도 리처드는 다른 관광객들과는 다르다. 비일상적인 것, 위험하지만 낯선 것을 찾는다는 점에서 그렇다. 그렇다면 그는 익스트림을 맛보기 위해 혈안이 된 아드레날린 중독자일 뿐인가? 그가 다른 나라에 온 것은 일상과는 다른 그 무엇을 찾기 위해서다. 사실 위험 그 자체가 그의 목표는 아니다. 만일 그랬다면 리처드는 해변을 찾아내자마자 다시 권태로워졌을 것이며, 금세 그곳을 떠나려 했을 것이다. 위험은 '다른 것'을 찾는 과정에서 마주치게 되는 요소일 뿐이다. 바깥, 다른 곳과 '너머'를 탐하려면 어떤 식으로든 이쪽과 저쪽의 경계를 만나지 않을 수 없다. 그것이 어떤 경계들을 넘보며, 위험과 스릴로 자신을 몰아가게 되는 이유다.

더불어 리처드가 얻고자 한 것은 새로운 구경이 아니라 새로운 경험, 일상적인 것과는 다른 감각과 경험을 제공해 줄 수 있는 것을 찾고 있다. 그것은 지금 그가 살고 있는 세상과는 다른 세계, 관광객들이 없는, 지금 여기와는 다른 사회 관계망으로 이루어진 사회를 찾아내고 싶은 갈망이 있다는 것과 같다. 리처드가 원하는 '경험'이란 구경의 차원이 아니라 새로운 사회관계 속으로 들어가고 싶은 열망이다. 비록 그 자신이 그 점을 뚜렷이 의식하지는 못하고 있다 할지라도 그렇다.

낯선 것을 찾는다는 것은, 이국적인 것을 찾는다는 것이고, 위험한 것을 찾는다는 뜻이다. 매력적이자 위험한 것, 따라서 그가 위험을 즐긴다는 것은 이국적인 것(엑조티카)이자 아름다운 것(에로티카)을 찾아다니는 젊은이라는 것을 의미한다. 하지만 이는 모든 여행객들의 바람이 아니던가. 여행지의 환경과 경험이 자신이 떠나온 일상적 환경과 완벽하게 똑같다면 구태여 왜 여행을 떠나겠는가? 그러나 이 문제는 결코 단순한 문제가 아니다. 우리 시대에 진정한 의미의 여행을 하기란 결코 쉬운 일이 아니기 때문이다. 여행 대신 관광이, 모험 대신 구경이 그 자리를 대체해 버렸고, 우리에게 관광과 구경을 즐기라(사라!)고 강제하고 있다. 이 시대에 의미 있는 여행을 하기 위해서는 무엇이 관광이고 어떤 것이 여행인지 구분할 줄 알아야 하리라.

라틴어 모험(adventura)이라는 말은 원래 "자연스럽게 일어나는 일"을 뜻했다고 하지만, 우리 시대에 이르러 모험이라는 말은 통상 누군가가 우리에게 판매할 목적으로 만든 특별한 경험을 뜻하게 되었다. 오늘날 그 어느 시대보다 많은 사람들이 '여행'을 하지만 그들은 여행자가 아니다. 여행 수단의 발전으로 여행에 드는 비용이 낮아졌고, 더욱 먼 곳으로의 여행은 수월해졌다. 그러나 요즘 여행의 경험들은 얄팍하고, 인위적이며, 산만하다는 것이 다니엘 부어스틴의 지적이다.

진짜 여행이란 건강과 생명의 위협을 초래할 수 있는 것이어야 했으며, 출발했던 곳으로 같은 모습으로는 결코 돌아올 수 없는 것이어야 했다. 여행이란 시작되면서부터 여행자의 신체와 사유에 다양한 벡터들을 끌어들이게 마련이고, 따라서 여행이 진행되어 감에 따라 여행자의 시선과 관점은 바뀌게 된다. 따라서 여행을 통해 아무것도 배우지 못한 사람이 아니라면 여행은 출발한 상태 그대로 돌아올 수가 없어야 한다. 만일 그렇지 않다면 그 사람에게 여행은 아무런 변화를 일으키지 못했으므로 그 여행은 실패한 셈이 된다.[2] 따라서 여행에서 마주치게 되는 우발성과 위험을 겪어 내지 못한다면 그것은 여행이 아니라 관광일 뿐이고 하나의 구경이 되고 만다.

영어 단어인 '여행(travel)'은 원래 고통을 뜻하는 트라베일(traveil)이었다가 나중에는 여행, 트래블(travel)이 되었다. 본래의 여행이란 뭔가 고통스럽고, 노동이 필요하고 골치 아픈 일을 하는 것을 의미했다. 하지만 이와 대비되는 하나의 단어가 생겨났는데, 그것은 관광객(tourist)이란 단어였다. 영어 사전은 관광객이란 단어를 "즐거운 여행을 하는 사람" 혹은 "특히 즐기기 위한 여행을 하는 사람"이라고 정의하고 있다. 그렇다면, 여행자는 일을 하는 사람이고 관광객은 즐거움을 찾는 사람이다. 여행자는 모험과 경험을 열정적으로 추구한다. 반면에 관광객은 수동적이고 즐거운 일만 일어나기를 기대하며 구경거리를 보러(sight-seeing) 다닌다. 여행자들은 능동적이었지만 현대 여행자들은 수동적이며 본래의 여행은 과격한 스포츠였지만, 오늘날 여행은 구경하는 스포츠가 되어 버렸다. 그렇게 여행자(traveler)는 감소했고 관광객(tourist)은 증가했다.[3] 그렇다, 우리 시대의 여행이란 진정한 의미의 여행이 아니라 관광, 그것도 관광 상품이 되어 버린 것이다.

이렇듯 관광(객)이 되어 버린 여행(자들)에 염증을 느끼는 리처드에게 하나의 사건이 일어난다. (여행자들에게는 언제나 사건이 일어난다. 사건이 일어나지 않으면 그것은 여행이 아니다) 하릴없이 호텔방에 누워 있던 그에게 한 명의 광인이 나타난다. "세상을 더럽히는 돼지들과 기생충들 다 죽어 버려라."면서 '대피(Daffy)'가 등장하는 것이다. 대피는 옆 방의 창 너머로 리처드에게 대마초를 권하며, '그 비치(the Beach)'가 얼마나 황홀하고 아름다운 곳인지 횡설수설, 인간들이 얼마나 기생충 같은 존재인지, 열정

2) 이진경 외 지음, 「이것은 애니메이션이 아니다」, 문학과 경계사, 2002, p.18 요약적으로 인용.
3) 다니엘 부어스틴, 정태철 옮김, 「이미지와 환상」, 사계절, 2004, pp.121-170 요약적으로 인용.

에 가득차 꿈꾸는 듯한 어조와 과격한 혐오감을 번갈아 표현하며 말한다. 대피가 말하는 '그 해변'은 일반인의 출입이 금지된 섬 안에 있으며, 병풍처럼 암벽으로 둘러싸인 섬의 중앙에 마치 호수처럼 아름답고 아늑한 해변이 펼쳐진 곳이다. 그 해변의 존재는 비밀에 부쳐져 있고, 그래서 사람들은 알지 못하며, 아무나 들어갈 수 있는 그런 곳이 아니다.

다음 날 리처드는 대피가 그려 준 그 '해변'의 지도를 건네받게 되지만, 대피는 자기 방에서 손목을 긋고 처참하게 자살해 버린 뒤였다. 태국 경찰로부터 간단한 조사를 받고 나온 그는 이제 옆방의 프랑스 관광객 커플인 에티엔(Etienne)과 프랑소아즈(Francoise)에게 그 섬을 찾아가자고 제의한다. 프랑소아즈 커플은 동행을 수락하고 이제 그들은 낙원을 찾아 모험을 함께하는 일행이 된다. 리처드가 에티엔과 프랑소아즈에게 해변을 찾아가자고 제안하는 동기는 명확치 않다. 지도에 그려진 섬을 찾는 모험을 하고 싶기도 했겠지만 무엇보다 복도에서 마주쳤던 프랑소아즈에게 매력을 느꼈고, 어떤 식으로든 그녀와 함께 있고 싶었기 때문이라는 것이 암시되고 있다. 섬을 찾아 그들과 동행하는 리처드는 계속해서 프랑소아즈를 훔쳐보며, 그녀를 매력적으로 느낀다.

여러 교통수단을 번갈아 타고 그들은 지도에 그려진 섬 가까이 접근한다. 해변과 가까운 섬에서 하루 묵던 중 옆 방갈로의 '새미 일행'이 리처드에게 감추어졌다는 섬의 이야기를 들려주며 그런 곳이 있다면 꼭 찾아가 보고 싶다고 말한다. 그러나 리처드는 자신들이 그곳을 찾아가는 중이라는 말은 하지 않는다. 대신 그다음 날 해변의 지도를 한 장 그려 그들의 문틈으로 밀어넣어 주고는 섬을 찾아 떠난다.

그들 셋은 헤엄을 쳐 어렵사리 그 섬에 도착한다. 그 섬의 밀림 지역을 통과한 후 대마초가 지천으로 널려진 곳을 발견해 환호작약하던 그들은 곧 그 대마초 밭이 자연적인 소산물이 아니라, 태국의 갱들이 기르고 관리하는 구역임을 알게 된다. 가까스로 그들로부터 피한 리처드 일행은 또 다른 장애물인 폭포에 도달해 갈등하지만, 용감하게 혹은 무모하게 뛰어내려 결국 그들이 찾고자 갈망했던 낙원인 '그 해변(the Beach)'에 도달한다.

3. 낙원의 조건들: 금지와 욕망

어렵사리 찾아내 도착한 섬의 '해변'은 대피의 말처럼 뛰어난 경치를 갖춘, 낙원이라고 해도 손색이 없을 곳이었다. 그러나 진정한 낙원은 멋진 풍광으로만 구성될 수 없다. 생각해 보면, 그런 것이다. 만일 낙원이 진짜 낙원이 될 수 있으려면 풍경과 기후, 자연적 조건 외에도 그곳을 낙원으로 받아들이며 향유해 줄 '사람들'이 있어야 한다. 말하자면 낙원에는, 혹은 낙원에도 '사람들'이 있어야 하는 것이다. 아니, 낙원이야말로 사람이 모여 있어야 낙원이 될 수도 있다. 그래서일까? 그 낙원 같은 섬에도 사람들이 살고 있었다. 리처드처럼 무언가 낯선 것과 새로운 곳을 열망해 그곳을 찾아낸 사람들로 구성된 공동체가 있었던 것이다. 섬 해변의 공동체 사람들은 세계 여러 나라의 사람과 인종들로 구성된 코스모폴리탄, 리버럴한 사람들이었고, 평화적으로 지내고 있는 사람들이었다.

그들의 특징은 무엇보다 선별된 소수의 사람들이라는 것이다. 선별되었다 함은 일반 관광객들과 달리 위험과 모험을 무릅쓰고 그곳에 왔다는 점에서 낙원에 대한 강한 열망을 소유한 사람이거나 낙원을 위해 위험의 문턱도 넘어설 수도 있는 사람이라는 것을 이미 증명한 사람들이다. 따라서 좋은 공동체를 이룰 수 있는 공통의 기호(嗜好)와 취향이 형성되어 있음을 의미하기도 하며, 그런 만큼 새로운 스타일의 공동체가 형성될 수 있는 가능성도 높다. 폭포에서 아래로 뛰어내린 그들을 구경하고 있던 '키티'가 리처드 일행을 해변의 공동체로 안내한다. 리처드는 에티엔과 프랑소아즈와 함께, 섬의 지도 이야기를 아무에게도 하지 않았다는 조건으로 해변 공동체의 일원으로 편입된다. 해변 공동체의 리더인 '살(Sal)'이 대피가 그려 준 지도를 불태우며 리처드 일행을 승낙하자, 모두들 환영한다. 리처드 일행도 기꺼이 그 해변 공동체의 생활, 낙원에서의 나날에 동참한다.

이곳의 사람들은 빨래하고, 집도 짓고 정원을 가꾸는 노동도 하기는 하지만, 대체로 함께 어울려 여러 가지 놀이를 하면서 즐거운 나날을 보내는 것으로 보인다. 식사거리를 마련하기 위해 물고기를 잡기도 하지만 모든 것이 즐거운 놀이가 될 수 있는 것이 해변의 특징이다. 그들은 가족처럼 지내고 있으며, 구경하고 떠나 버리는 여행객 집단이 아니라 눌러앉아 자유롭고 평화로운 생활을 하는 정착민들이다. 자급자족하며 가끔씩 문명 세계로 나가, 길렀던 대마초를 팔아 필요한 물품이나 식량들을 구입해 온다. 모두가 화목하고 나날이 즐거우며 아무런 문제도 없다. 단 한 가지만 빼고 말이다.

리처드는 말한다. "모든 것이 진실로 낙원다웠다. 단 하나만 제외하고… 욕망은 욕망이라는 것. 태양도 조수의 물살도 식힐 수 없는 게 욕망이다." 리처드는 프랑소아즈를 목 마른 눈길로 바라보며 그녀를 욕망한다. 그러나 그녀는 에티엔의 여자다. 키티는 프랑소아즈가 프랑스 여자인데다, 에티엔의 여자친구이므로 해변이나 즐기고 잡념은 그만두라고 충고하지만, 욕망이란 본디 마음대로 조절할 수 있는 것이 아니다. 그렇다, 낙원에서도 '번뇌'가 있다. 그것은 '욕망' 때문이다.

이 말을 달리 표현해 보자. 리처드는 프랑소와즈를 원하나 금지가 그것을 가로막고 있다. 무언가를 금지하기 때문에 욕망이 생겨나는 것인지, 금지 때문에 욕망하게 되는 것인지는 설명하기 어려운 바, 금지와 욕망은 상황에 따라 그 모습과 자리를 바꾼다. 금지가 욕망을 더 부추기고, 금지된 대상을 더욱 크게 보이게 하는 것도 분명하며, 욕망이 강할수록 더 많은 금지의 표지들과 마주치게 되는 것도 사실이다.

여기서 드러나는 섬 공동체의 제도가 하나 있음을 알게 된다. 해변 공동체의 커플 제도가 그것인데, 이들이 아무리 대마초를 담배 피우듯 하며 섬 안에서 자유를 구가하고 있더라도, 한 사람과만 연인 관계를 맺는다는 섬 밖의 일부일처제 관습을 따르고 있다는 사실이다. 이 점은 리처드뿐만 아니라 살과 그녀의 남자친구 '벅스'와의 관계에서도 드러난다. 하지만 공동체의 규약이 이 뿐만은 아니다. 그 어떤 이상적인 공동체도 사회를 이루고 있는 한, 개인의 자유로운 욕망을 제약하는 제도가 있게 마련이다. 사람이 모이면 사회가 되고 사회는 어떤 식으로든 규약성을 전제할 수밖에 없다.

원시사회에서도 각 문화권마다 특정한 '금지'들이 있었다. 오늘날의 사회에서는 그 금지들을 법과 제도가 대치한다. 따라서 금지란 곧 법이라 보아도 무방하다. 그러나 새로운 것을 경험하려면 금지와 법을 위반하지 않을 수 없다. 새로운 것이란, 기존 사회의 틀 안에 있지 않은 것을 의미하기 때문이다. 법이나 금기를 위반하는 것, 그것은 위험한 일이다. 이때 위험은 두 곳에서 찾아온다. 하나는 법 안의 사람들로부터 범법자로 규정되어 처벌될 수 있는 가능성이고, 다른 하나는 법 밖에 있는 또 다른 이들이 무법적으로 나를 위해하려 들 수 있는 위험성이다. 이들이 해변을 찾아올 때 대마초 재배지에서 맞닥뜨렸던 위험은 후자에 속한다.

대마초를 경작하는 집단은 법의 감시를 피해 불법적으로 대마초를 재배하고 있다. 만일 그들의 대마초 재배 사실이 폭로될 위기에 처한다면, 그들이 법적으로 대응하려 들지는 않을 것이다. 이것은 곧 해변 공동체의 안위가 외부로부터 위협을 받는다는 것이며 이 공동체가 외부와의 관계망 속에서 존립하고 있다는 성격을 생각하게 한다. "우리 공동체의 생명은 비밀"이라는 '살'의 말에 따르자면, 비밀이 이 낙원의 기본 존립 요건인데, 섬의 존재가 비밀에 붙여졌다는 것, 외부인들에게 비밀일 때에만 그곳이 존립 가능하므로 그 공동체와 외부의 관계는 '비-관계'(관계-아님)가 아니라 '무-관계'(관계-없음)라는 관계를 가진다.

더 충격적인 것은, 무엇보다 이러한 사실이 낙원이라는 공동체가 논리적으로 성립 불가능하다는 것을 알려 준다. 낙원의 조건은 무제한의 자유이므로, 법의 바깥에 존립해야 자유로울 수 있는 공동체가 성립 가능한데, 공동체 내부에서 법이 생겨나고, 공동체의 유지에 법이 필요할 뿐만 아니라, 그들이 외부 사회와 법의 바깥에 있다는 바로 그 사실이 그들 낙원을 가장 위협하는 요소가 된다. 위협을 받고 있는 곳은 그곳이 더 이상 낙원일 수 없다는 사실을 말해 준다. 이런 점에서 해변 공동체와 그 섬에서 대마초를 경작하는 집단 사이에는 의외로 공통점이 많다. 둘 다 일반인에게 알려져서는 안 된다는 비밀 공동체라는 점, 그와 더불어 법의 밖에 위치해 있다는 점이다. 법 바깥에 위치하는 일탈자 무리라는 점에서 둘은 닮았고 공통분모를 가지고 있다. 그렇기 때문에 이들이 당분간 서로 허용하고 묵인하면서 지낼 수 있었던 것이다.

해변 공동체가 법 밖에 있다는 점은 좀처럼 드러나지 않는 것처럼 보이지만, 영화 안에서 공동체 내부의 최소 규칙만 노출되어 그렇게 보일 뿐이다. 예를 들어 그들은 구성원 가운데 한 사람이 부상을 당하자, 섬의 위치를 노출할 수 없기 때문에 그들을 공동체 밖으로 내버린다. 이것이 현실 사회의 어떤 법조항의 위반인가는 중요치 않다. 그들은 자신들의 공동체를 유지하기 위해 인간성과 인륜성에 위배되는 짓을 하고 있기 때문이다. 그것은 법조항을 위반하는 것보다 더 끔찍한 일이다. 또 하나는 이들 공동체가 법조항들이나 법의 구속을 피해 서로 돕고 협력하여 살기 좋은 곳을 만들어 놓고 그것을 누리려는 사람들의 집합이기 때문이다. 가장 좋은 것을 누리기 위해 가장 끔찍한 일을 저질러야만 하는 배리(背理). 따라서 이들의 낙원 공동체는 애초부터 모순 위에 성립되어 있으며, 이미 논리적으로 파탄이 나 있는 데도 그들은 즐거운 비명을 지르며 해변의 날들을 즐거워한다.[4]

우리의 행운아 리처드도 에티엔의 양보로 인해 프랑소아즈와 커플을 이룬다. 산호초로 아름다운 바닷가에 별빛이 내린 밤, 리처드는 프랑소아즈와 환상적인 로맨스를 즐기며, 상어와 싸워 죽이는 데도 성공하여 영웅적인 모험담을 들려주는 등 리처드에게 황홀한 나날들이 펼쳐진다. "한동안 우리의 행복은 꿈만 같았다." 한편 해변 공동체의 창립 멤버이자 여성 리더 '살'은 리처드가 프랑소아즈를 바라보는 눈길과 비슷한 눈매로 '리처드'에 대해 탐심을 품는다.

그러던 중 밖에서 식량을 구입해 와야만 하게 되자, '살'은 리처드를 지명하여 둘은 섬의 외부로 식량을 구하러 나간다. 리처드는 섬의 사람들이 외부에서 구입해 오기를 희망하는 물품들을 받아 적는다. "치약, 칫솔, 아스피린, 진통제, 탐폰, 건전지, 콘돔, 보드카, 초콜릿, 비누, 소고기 카레, 데일리 텔레그라프, 휴지, 자스민 차, 호랑이 기름, 입술기름, 차나무 오일, 표백제, 헤어컨디셔너, 스킨컨디셔너, 단 음

4) 이 영화는 역설적이게도 법과 제도가 철저한 곳이 유토피아가 아니라 인간의 휴머니티, 인간성과 도덕성이 상실된 곳은 진정한 의미의 낙원이 될 수 없음을 드러내 주고 만다. 그렇다면 흥미롭다. 인간성을 정의하고, 도덕성을 가르치는 것이야말로 이데올로기적 억압의 대표적인 장치들이기 때문이다.

식, (대마초를 피우기 위한) 담배말이 종이, 샤프론, 발한 억제제, 클린징 크림, 일회용 카메라 등등. 낙원에서도 문명의 발명품은 필요했던 것일까? 그들의 필요를 외부에서 구입해 온다는 것은 낙원이 독립적으로 유지되지 못하고 외부의 생산 메커니즘에 의존해야만 한다는 뜻이며 따라서 그들 생활의 원시성은 더 큰 즐거움을 위해 문명의 작은 필요를 참고 있었을 뿐이다. 이것은 이 공동체가 섬의 바깥 사회와 완전히 무관할 수 없고, 또 완벽히 고립되어 존재할 수 없다는 것을 의미한다. 어떤 사회도 완벽하게 고립될 수 없으며, 고립되었다는 것은 안전하다는 뜻이 아니라 도리어 위험하다는 뜻, 그럴 경우 공동체가 더 이상 유지되기 힘들다는 뜻이다.

에어컨과 차가운 맥주가 그리웠던 리처드는 그러나 도시에 나가자마자 금세 관광지의 무질서와 환락에 환멸을 느끼며 섬으로 돌아가고 싶어한다. 그런데 물품을 구입하던 리처드는 '살'과 함께 있던 중 해변을 찾아내기 전에 지도를 그려 넘겨 주었던 '새미' 일행을 만나게 되는데, 그들에게 섬의 위치를 알려 주었다는 것을 '살'에게 들키고 만다. 그러나 '살'은 섬의 존재를 노출시켰다는 사실을 묵인해 주는 대가로 리처드와 성관계를 맺자고 거래를 제안한다. 하루바삐 섬으로 돌아가고 싶던 리처드에게는 달리 거부할 수 없는 제의였고, 둘은 그렇게 하룻밤을 지내고 섬으로 돌아온다. 리처드는 "그것은 거래였다. 섹스의 대가로 살은 누구한테도 지도 얘기를 하지 않았다."고 설명한다.

여기서 살의 연애관이 엿보이는 바, 섬에 있는 '벅스'는 자신의 남자친구이며 파트너이고, 리처드와는 섹스만 한 사이일 뿐이라고 둘의 관계를 정의한다. 사랑의 감정과 성관계의 철저한 분리. 그들이 섬에서 향락을 누리는 사람이라는 걸 생각해 볼 때 납득이 가지 않는 성과 사랑의 분리주의는 아니다. 살은 리처드에게 "잠을 자 둬, 아침에 또

할지도 모르니까."라며 돌아눕는다. 이런 식이라면, 상대를 나의 즐거움을 위해 이용하고, 상대의 기분이나 인격 따위는 안중에도 없다는 말이다. 섬의 리더인 여자의 도덕성이 이러한데 이 섬의 공동체십이 제대로 작동하기는 어려워 보인다. 법 외부의 공동체 안에서 또 출현하는 법의 위반. 적어도 이 섬의 기초는 그 구성원의 인격이나 도덕에 있지 않다는 것을 알 수 있다. 그렇다면 이 섬 공동체는 무엇으로 구성되어 있는가?

이 섬의 공동체가 기초하고 있는 몇 가지 초석이 있다. 주지하다시피 첫째는 외부인들에게 그 공동체가 비밀에 부쳐져 있다는 것이다. 비밀유지라고 하는 규칙, 외부로부터 그곳을 보호하는 것은 물론, 비밀을 공유했다는 사실이 그들을 하나의 동아리로 결속해 주는 역할을 한다. 익히 알다시피 비밀을 공유한 사람들 사이에는 강한 결속력이 발생하게 마련이다. 그러나 이러한 비밀성은 낙원의 구성요건적 관점에서 아이러니다. 낙원에는 사람이 있어야 하는데, 바로 그 사람들로부터 숨겨져 있어야 하며, 사람이 오는 것이 불가능하거나 금지되어 있어야 한다는 얘기가 되는 것이다.

그곳을 유지하기 위해 외부인의 침입을 막는 것, 그를 위해 섬의 존재를 비밀로 유지하려는 것은 결국 타자를 배제하는 일이다. 자신들만의 고유성을 배타성을 통해 유지하려는 셈인데, 배타성은 이미 낙원의 속성이 아니다. 그것은 이기심이기 때문이다. 그래서 환자도 내다 버리는 것이다. 환자를 내다 버리는 이 잔혹함. 그것은 낙원의 유지를 위한 냉혹함이며 그런 곳은 더 이상 낙원일 수 없다. 그러므로 이들이 은밀히 누리는 것은 자기들의 특권, 비밀 장소를 누린다는 특권 의식이다. 다른 이들과 스스로를 구별하고 분리시켜 특권층이 되(려)는 심리와 한 치도 다를 바 없다.

이들은 인간들과 사회로부터 떨어져나와 자신들만의 낙원에 머무르는 것처럼 보이지만, 여전히 문명의 이기를 이용하며, 생존에 대한 욕구와 필요(wants and needs)에 목말라 있고, 남녀 간에 뒤엉킨 욕망들, 항상 자연적 위험으로부터 노출되어 있으며, 외부인들로부터 발각될 위험, 새로운 사람들이 자신을 찾아와 더 이상 비밀유지가 폭로될 위험, 옆 마약 재배 집단과의 문제 등 언제나 긴장 속에 놓여 있다. 이런 공동체가 낙원일 수는 없는 노릇이다. 그것은 비밀로 간신히 유지되고 있는 휴양지일 뿐이며 언젠가 탄로나 일반인에게 주목받게 될 순간을 기다리고 있는, 감춰진 관광지일 뿐이다. 미국의 사회운동가 헬레나 노르베리 호지(Helena Norberg-Hodge) 여사의 「오래된 미래」가 출판되자 티베트의 '라다크' 마을이 (순례지의 외관을 띤) 또 다른 관광지가 되어 버렸듯이 말이다.[5)]

4. 벌거벗은 생명: 주권자와 전체주의

이미 보았듯, 이들의 해변은 소수의 무리가 스스로를 눈 속여 만들어 낸 또 다른 휴양지였을 뿐, 진정한 낙원은 되지 못했다. 그리고 이제 그 사실을 그들 모두에게 드러내 주기 위해 하나의 작은 사건이 일어난다. 물고기 사냥을 하던 스웨덴인 일행 중 두 사람이 상어에 다리를 물려 심하게 다친다. 심한 부상을 입은 '스텐'이 곧바로 죽어 버리

5) 사정이 이러한데, 우리들이 책과 TV에서 보게 되는 원시의 순수성을 가진 것처럼 소개되는 마을과 공동체들이 미디어에서 소개받는 그대로일 것이라고 상상하는 것은 대단히 위험할 것이다. 만일 그 마을이 그대로 유지되기를 원한다면 그곳에 가지 말거나 혹은 알리지 않는 것이 상책이다.
영화 〈비치〉의 촬영지였던 태국의 피피 섬도 영화 때문에 더욱 유명한 관광지가 되었고, 지금은 리처드가 혐오했던 그 관광객들로 문전성시를 이루는 명소가 되었다. 〈비치〉를 본 후 이곳을 찾아가려는 사람이 있다면, 실제의 피피 섬에서 영화 속 풍광을 기대하는 일은 몹시 위험하다는 것을 일러둔다. 실제의 섬과 영화 속 섬의 차이에서 환멸 그 자체를 맛볼 작정이 아니라면 말이다. 그러나 영화 속에서 본 낙원의 이미지를 현실에서 구경하려다가 영화 속에서 보았던 낙원 이미지의 '부재'를 확인하는 것이야말로 어쩌면 이 영화의 주제를 직접 체험하는 방법 가운데 하나가 될 수 있음도 알려 둔다.

자, 그들은 스텐을 매장해 주고 애도하며, 잠시 동안 우울한 시간을 보낸다. 하지만 곧바로 놀이와 쾌락으로 돌아간다. 아무도 그의 죽음을 진정으로 애도하는 이는 없는 것 같다. 부상을 당한 나머지 한 사람 '크리스토'는 고통에 울부짖는다. 그러나 치료가 쉽지 않다. 그를 외부로 데리고 나가려 하니 섬의 정체가 비밀에 부쳐지기 어렵고, 의사를 데리고 오려 해도 섬의 위치가 탄로나게 된다. 크리스토는 그들 숙소에서 고통에 울부짖으며 방치되는데, 고통을 바라보기 싫어하는 그들은 결국 크리스토를 숙소와 해변으로부터 멀리 떨어진 숲속에 내다 버린다. 죽음, 고통, 죽어 가는 사람을 보는 사람들의 공포, 그리고 추방. 그것은 인간 실존의 비의지적인 것들로부터 도망치려는 비겁한 행동이다. 살아 있으며 상처로 고통받아 울부짖는 인간 생명체를 공동체 밖으로 추방하는 것과 살인의 차이는 과연 무엇일까?

이로써 이들 공동체의 속성이 결정적으로 드러난다. 그들은 상호 존중하는 평화로운 공동체 구성원들 같았지만 자신들의 공동체를 유지하고 자신들의 쾌락을 누리는 일에 방해가 되는 것이라면 그 어떤 것도 서슴지 않고 실행하는 것이다. 당연한 일일지도 모른다. 그런 것들을 누리기 위해 멀리 남의 나라까지 와 비밀의 섬에서 시간을 보내며 즐기고 있는 것이니 말이다. 그렇게 그들은 장기간의 관광객일 뿐, 그 어떤 새로운 공동체 구성원도 아님이 드러나기 시작한다. 숲속으로 버림받은 크리스토의 곁을 지키는 건 에티엔 혼자일 뿐, 아무도 그의 안위에 대해 신경쓰지 않는다. 그를 바깥으로 내다 버리고, 그를 잊고, 놀이와 쾌락으로 돌아가 비치 발리볼을 하는 것이다. 하지만 그런 악몽을 잊을 수 없는 리처드는 다시금 대피의 자살에 관한 꿈을 꾼다.

그러던 중 리처드가 그려 준 지도를 가지고 그 섬으로 들어오려는 새미 일행들이 섬에서 관측된다. 사람들이 자꾸 들어오게 되면 섬 안의 대마초 경작 갱들이 이 섬의 공동체를 허락하면서 내세웠던 "더 이상의 사람은 안 된다."는 조건을 어기게 되는 것이다. 이로써 이들 공동체의 안위는 스스로 유지되고 있는 것이 아니라 더 강력한 힘을 지닌 다른 공동체의 암묵적 용인에 의해 겨우 유지되고 있음이 드러난다. 이로 인해 리처드는 '살'로부터 공동체에서 추방된다. 섬을 찾아서 바다를 건너오려는 그들을 감시하고 그들이 도착하면 지도를 압수하라는 임무 때문이라고는 하지만, 이것은 지도자에 의한 임의적 추방이다. 추방이라기보다는 '내다 버림'이다. 이 공동체에서는 끝없이 '벌거벗은 생명들'이 발생한다. 부상당해 버림받은 크리스토, 섬의 비밀유지 규칙을 준수하지 못해 공동체 밖으로 밀려난 '리처드' 등등. 벌거벗은 생명들, 배제된 상태로 포함되어 있는 존재들, 포함되어 있지만 모두가 잠재적으로 배제된 존재들.

이제 리처드는 공동체의 무리로부터 떨어져 혼자서 야외 생활을 하게 된다. 그는 그것을 '언덕 위의 생활'이라고 부른다. 설상가상 '살'과의 동침을 알게 된 프랑소아즈마저 그를 찾아와 자신에게 거짓말을 했다며 절교를 선언한다. '살'이 리처드와의 성관계를 폭로하고, 공동체 구성원으로부터 그를 고립시킨 것이다. 이제 혼자가 된 리처드는 대마초 경작 갱들의 뒤를 밟으며 혼자만의 게임을 즐긴다. 마치 컴퓨터 게임처럼 홀로 상상의 놀이로 그들을 뒤쫓는 게임. 여기서 리처드가 몰두해 오던 또 하나의 세계가 드러난다. 새로운 경험을 원하던 리처드가 게임 보이였다는 것은 놀랍지 않다. 게임이야말로 현실과는 다른 가상의 현실감을 제공해 주는 장르이기 때문이다. 이것이 이 영화에 대마초와 게임 보이가 병치되어 나오는 이유이기도 하다. 대마초와 게임은 둘 다 강력한 중독성을 가지고 있으며, 이곳의 현실감을 없애주고 특정의 다른 세계로 몰입하게 해 주는 기제들이다.

그는 외따로 떨어진 이 상황을 게임으로 파악하고 급기야 이 모든 상황과 사람들이 연결되어 있다고 느끼며 그 모든 고리에는 '대피'라는 한 사람이 도사리고 있다고 파악한다. 리처드는 피칠갑으로 가득한 대피의 호텔방에서 대피와 함께 섬으로 건너오려는 관광객들을 향해 기관총을 무차별 난사하는 망상을 한다. 리처드의 상상 속에서 대피와 리처드는 또 하나의 공동체를 이룬다. 이들 둘이 짝패인 이유는 그 해변이 유토피아가 아니라는 것, 그 유토피아의 허구성과 불가능성을 안 사람이라는 것 때문이다. 즉 유토피아의 불가능성을 공유하는 상상 속의 공동체인 셈이다. 리처드는 추방되고 나서야 비로소 대피의 광증과 절망을 이해하게 되었다. 이 낙원 구성의 가장 중요한 조건인 사람들이 기실은 기생충이자, 암이며, 돼지 같은 족속일 뿐임을 알게 된 '대피'는 사람들을 혐오하고, 욕하며 끝내 자기 자신을 삭제해 버렸던 것이다.

그것은 단지 섬으로부터 추방된 대피에 대한 뒤늦은 공감이 아니라 대피가 알았던 그것, 이 섬과 해변 사람들의 실체를 알게 되었기 때문이다. 그가 그토록 혐오했던 관광객뿐만 아니라 인간 자체가 바이러스이자 암이고 돼지 같은 족속이라는 것, 섬 사람들 역시 그들과 다를 바 없으며, 아니 그들보다 더욱 선별된 이기주의적 집단의 구성원일 뿐임을 알게 된 것이다. 그들은 섬의 외부인(관광객, 다리를 다친 크리스토, 그리고 공동체 바깥의 리처드)들에 대해서는 매우 차갑고 냉혹한 사람들일 뿐이었다. 결국 대피가 리처드에게 알려 준 진실이란 그토록 혐오하던 그들이 바로 너라는 것, 다름 아닌 내가 그 관광객 무리의 일원이자 지구 공동체에 암처럼 기생하는 존재일 뿐이라는 걸 알게 되는 것이다.

리처드는 갱들의 뒤를 쫓아다니며 그들이 잠든 틈을 타 소총을 탈취하여 그들에게 총부리를 겨누어 보기도 하며, 그들의 머리 수건을 풀어내 자기 머리에 두르는 등, 대피처럼 광인이 되어 간다. 자신을 혐오하는 것이자, 자기 꿈의 환멸과 조우하는 시간, 유토피아는 원천적으로 불가능하다는 논리적 딜레마에 갇혀 버린 채 서서히 미쳐 가는 중이다. 한편, 뗏목을 만들어 섬에 도착한 새미 일행은 대마초 밭을 발견해 춤추며 환호성을 지르다가 그만 갱들에게 발각되어 그들 네 명 모두 무참히 죽고 만다. 이제 섬은 낙원이 아니라 순식간에 학살과 무법의 천지로 돌변한다. 섬의 풍경은 이제 더 이상 아름답지 않다.

해변 공동체의 6주년을 기념하는 날 밤, 음악을 틀어 놓고 춤을 추는 그들 무리는 무질서한 모습으로 환락에 탐닉하는 관광지의 관광객들과 별로 다르지 않아 보인다. 이들 공동체에게로 갱들이 총을 쏘아 대며 찾아온다. 섬을 떠나라며 위협하는 갱들에게 '살'은 이곳이 우리의 안식처이자 집이기 때문에 못 떠난다고 맞선다. '살'이 리처드가 지도를 복사해 퍼뜨렸음을 모두에게 폭로하자 갱의 두목은 권총에 한 발의 탄알을 채운 뒤, 리처드를 처형하라고 살에게 권총을 건네준다. 살은 공동체의 몰락 위기 앞에서 리처드에게 총을 겨누고는 끝내 방아쇠를 당긴다. 그러나 그 총은 비어 있는 총이었다. 리처드는 총구 앞에서 기괴한 폭소를 터뜨리고, '살'은 당황한다. 그리고 순식간에 그들은 모두 공포에 질려 떨며 숙소를 떠나 버린다. 그 아름답던 해변 공동체는 이로써 산산이 흩어져 버리게 되었다. 살이 방아쇠를 당기는 순간 낙원은 붕괴한다. 아니, 이미 붕괴했던 공동체의 구조가 드러난다. 더 나아가 애초부터 존재하지 않았던 낙원의 환상이 찢어져 나간다. 그 순간 그곳은 지옥이다. 외관과 허울 속에서 아름답던 유토피아의 추악한 실체가 극단적으로 드러나는 순간.

리처드는 총에 맞지도 않았는데, '살'이 그를 쏜 것만으로도 공동체는 왜 몰락하는가? 그 공동체 유지를 위해서라면 그들 중 누구라도 바로 그처럼 일시에 제거당할 수 있다는 것을 목도했기 때문이다. 이로써 그들 공동체는 그들 구성원으로 이루어진 것이 아니라, 공동체 유지를 위한 구성 요소였을 뿐임을 알게 된다. 자유로운 개인들의 모임이 공동체를 이루는 것이 아니라 오로지 전체를 위해 개인들이 존재하게 되는 상황, 그것의 이름을 역사는 '전체주의'라고 부른다. 해변 공동체라는 형식을 유지하기 위해서는 그 누구라도 처형될 수 있다는 것. 그 어떤 사회보다 자유롭고 평화로워 보였던 그들 사회의 본질은, 기실 그 어떤 사회보다 끔찍했던 전체주의 사회였다. 그곳이 아름답고 평화로워 보였고, 낙원처럼 보였기 때문에 그 사회의 본모습이 드러나는 순간은 더욱 끔찍하다. 그리고 다시 한 번 끔찍한 것은 우리들이 살고 있는 사회 역시 이런 원리 위에 존립하고 있다는 것이다.

이들 공동체가 몰락한 것은 갱들 때문이 아니다. 이들 공동체가 매우 자기기만적인 착각 상태였을 뿐임을, 그들이 팔자 좋은 관광객에 불과했음을 알려 주었을 뿐이다. 그들은 빈 총으로 그들 공동체가 얼마나 허약한 조건 위에서 자신들 스스로를 속이고 있었는가를 보여준 것뿐이다. 여기서 기묘한 역전이 발생한다. 대마초를 키워 팔아 가족들에게 돈을 보낸다는 갱 우두머리의 일장 설교에서 낙원의 구성원들과 갱들의 자리가 바뀌기 때문이다. 갱들은 열심히 일을 하는 노동자이고 가장의 모습이라도 가지고 있었다면, 이들은 전체주의 사회의 구성원들이자 그 사회의 본질을 통찰하지 못한 채 가상 낙원에서 자기기만적 쾌락에만 열중하던 "돼지이자 암적인 존재들"이었을 뿐이다. 이는 리처드가 자신에게 총을 겨누고 방아쇠를 당기려고 하는 살에게 퍼붓는 대사를 통해서도 드러난다. "이것은 밖으로 추방당한 크리스토와도 다르고, 학살당한 네 명의 경우와도 달라. 이건 모든 사람이 보게 돼. 방아쇠를 당기면 진짜 끝장이야. 진짜 비밀이 뭔지 모두 보게 될 거야."

여기서 리처드가 말하는 "진짜 비밀"이란 바로 이런 것이다. 이 공동체가 비밀의 공동체로 존재하기 위해서 그들 모두를 잠재적인 호모 사케르(Homo Sacer) 상태로 만들어 두고 있다는 것, 다음번 희생자가 내가 아니라고 안도하기에는 구성원으로서 나의 존재 위상이 근본적으로 벌거벗은 상태에 처해 있음을 알게 된다는 것이다. 그것은 폭력적인 지도자 '살'의 몰락이자 해변 공동체의 몰락이다. 여기서 '살'은 지도자이기는 하지만 통치하지는 않는 상징적인 존재, 혹은 공동체의 창립 멤버로서의 작은 권리만을 누렸던 것으로 보였던 것이 실상이 아니라는 점이 확연해진다. 새로운 사람의 공동체 편입을 결정하고, 외부로 함께 나갈 동반자를 지명하며, 추방을 명령하고, 공동체를 위해 누군가에게 총을 쏠 수 있는 힘을 가진 사람, 역사는 그런 사람을 총통(Führer)이나 독재자라고 불렀다. 전체주의 사회란 바로 전체 구성원이 그 지도자 한 사람을 위해 존재하는 사회이다. 그리고 다른 누구라도 공동체 바깥으로 추방할 수 있는 생사여탈권을 가진 사람 그 사람만이 주권자이고 나머지는 모두 벌거벗은 생명이다.

섬을 건너 사회로 돌아가는 그들 무리는 좋은 경험을 한 사람들이 아니라 한 무리의 보트 피플에 지나지 않아 보인다. 섬을 빠져나가는 난민들의 형상, 그들은 낙원이라는 판타지 안에 거주하다 재난을 만나 현실로 돌아올 수밖에 없는 자들의 형상이다. 이들은 그토록 위험한 섬에서 그토록 안락한 시간을 보내왔던 것이다. 섬을 떠나는 그들 무리의 뒤로 비치는 섬의 풍경은 이제 악몽처럼 보이고, 기괴한 암벽들의 나열 혹은 동굴처럼 어둡고 음침하며 무서운 자연환경으로만 보인다.

5. 에필로그: 시간 속의 공동체

영화가 끝났다. 마지막 남은 에필로그 장면은 미국으로 돌아와 일상에 복귀한 리처드를 보여 주며 몇 마디의 독백으로 끝을 맺는다. 그러나 이 영화 전체를 통틀어 가장 아름다운 장면이 펼쳐진다. 인터넷 카페에 들어와 낯선 타인들의 무리 속에서 E메일을 확인하던 리처드는 'fs'라는 발신자가 보내온 '비치 라이프'라는 제목의 첨부된 파일을 발견하고는 놀라움에 그것을 클릭한다. 섬 사람들의 즐겁고 행복했던 한 장의 사진이 펼쳐진다. 해변에서 함께 즐거워하며 행복했던 사람들이 모습이 담겨 있는 사진. 그 사진 하단에는 프랑소아즈의 이름이 필체로 쓰여져 있다. 좋았던 순간을 함께 누렸던 프랑소아즈로부터 보내진 것이었다. 이것이 이 영화의 엔딩 신이자 백미라고 보아야 한다. 과거는 미화되기 마련이라고 말했던 사람은 누구였던가! 그 끔찍했던 허위적 공동생활, 그러나 그것은 다시 아름답게 보인다. 흘러가 버린 시간은 도달할 수 없기 때문이다. 그것은 이미 현실이 아니기 때문이다. 유토피아가 어딘가에 있을지도 모를 '너머'의 이상향이라면, 지나가 버린 시절은 이제는 돌아갈 수 없는 저 뒤편의 시간대이고 지금의 현실이 아니라는 점에서 둘은 모두 아름답게 느껴질 수밖에 없다. "왜냐하면 참된 낙원이란 일단 잃어버린 낙원이기 때문이다."[6] 낙원은 사라지고 사진 한 장만이 남았지만, 낙원은 바로 그 사진 속에 있다.

성숙해진 리처드는 말한다. "나는 낙원이 여전히 존재한다고 믿지만 찾는다고 발견되는 곳이 아님을 안다. 실존하지 않기 때문이다. 당신이 낙원이라고 느끼는 그곳이 바로 낙원이다. 만약 그런 순간을 만

6) 마르셀 프루스트, 김창석 옮김, 「잃어버린 시간을 찾아서」 11권, 국일미디어, 1998, p.255.

난다면 그 순간은 영원히 기억된다."라고. 리처드는 알게 된 것이다. 낙원이란 어떤 공간적 장소도 아니며, 어떤 공동체도 아니고, 어떤 짜릿한 경험을 안겨다 줄 수 있는 모험이나 경험이 아니라는 것을… 그렇다면 리처드의 이 말은 그저 개인이 그렇게 낙원을 느끼면 그곳이 낙원이라는 흔한 격언 한 구절로 이 모든 이야기를 끝맺으려는 것일까? 그럴 수는 없다. 그것은 그의 짧은 말 속에 암시적으로 숨겨져 있다. 다시 질문해 보자. 그렇다면 리처드가 찾아 헤매었던 파라다이스는 어디에 있는 것일까? 그는 새로운 여행을 떠나 이번에는 실패하지 않을 수 있는 공동체를 찾아내야 하는 것일까? 영화를 충분히 따라온 관객들이라면 그런 생각을 할 수 없다. 낙원은 끝내 펼쳐진 한 장의 사진 속에만 있는 것이기 때문이다. 그것은 지나가 버린 순간, 모순과 부조리로 가득했고, 그것을 알지도 못했지만 즐거웠던 그 한순간, 시간 속에만 존재했던 공동체, 그리고 지금도 시간 속에서 존재하는 공동체이기 때문이다.

여기서 프랑소아즈와 리처드가 나누었던 평행우주론의 이야기나, 별을 찍던 날 밤의 망원경 속 그들의 모습이 중요해진다. 어딘가 존재할지도 모르는 나와 똑같은 행성 속에 또 다른 나. 그것을 확인할 수는 없지만 그들은 그런 이야기를 나누며 그 순간을 함께 지냈다. 그들이 공간적으로 찾아내려던 공동체는 이제 시간 속으로 옮겨졌다. 유토피아가 좋은 곳이지만 없는 곳이라면, 과거는 지금은 없는 것이기 때문에 그리운 것이라는 점에서 유토피아와 조건이 별로 다르지 않아 보인다. 그러나 흘러가 버린 시간은 모두 소용없는 것이며 존재하지 않는 것일까? 그것은 오로지 기억 속에서만 애타게 회상될 수 있을 뿐인가? 그럴지도 모른다. 인간은 아직 시간에 대해 정의할 수 없기 때문에 지나가 버린 시간이 여전히 존재한다(잠재적 공존)는 주장을 입증하지 못한다.

인류가 아직도 풀지 못한 과제인 '시간'에 관해 논할 만한 역량이 필자에게는 없고, 베르그송의 '순수지속'에 관해서도 알지 못한다. 플라톤과 아우구스티누스의 상기, 더불어 프루스트를 설명하는 일은 지금 이곳에서 다룰 일은 아닌 것으로 보인다. 여기서는 다만 이렇게 정리하도록 하자. 지나가 버린 것이 단지 지금 물리적으로 감촉할 수 없는 것이기 때문에 없는 것이라면, 그의 존재론은 지극히 물질적인 것이라는 점, 그리고 현재라는 시간이란 고작 아직 오지 않은 시간과 이미 흘러가 버린 시간 속 찰나일 뿐이라는 점을 기억하는 사람이라면 과거 역시 사라지고 없다고 말해서는 안 된다는 것 말이다. 그것이 한때 있었다는 것을 내가 기억하고 있다는 것, 그리고 그때 내가 거기에 있었다는 사실 만큼은 그 누구도 지울 수 없는 것이기 때문이다. 더불어 그 지난 과거가 현재에 현전하며, 미래가 오늘에 이루어지듯이 시간의 역설은 아직 우리의 이해 밖에서 우리의 상상력을 자극한다. 마치 유토피아에 대한 갈망이 그렇듯이….

유쾌한 범죄자들의 은유 전쟁

―범죄의 재구성

기호란 늘 무엇인가를
대신해서 존재하는 무엇이다.

1. 기법이냐 내용이냐?

시간은 좀 흘렀지만, 유쾌하고 즐거운 범죄 사기극 영화가 하나 있다. 최동훈 감독의 첫 번째 영화 〈범죄의 재구성〉(2004)이다. 최동훈 감독은 이후로도 〈타짜〉(2006), 〈도둑들〉(2012)이라는 영화를 만들어 전문 도박꾼들이나 솜씨 좋은 범죄자들의 세계를 재치 있고 맛깔스럽게 연출하는 감독으로 알려져 있다. 범죄자들을 주인공으로 삼는 것은 영화에 자주 있는 일이며, 안온한 일상을 영위하던 사람들이 범죄와 일탈의 세계로 들어가게 되는 이야기는 비일비재하다. 사건이 발생하고 긴장감이 부여되며 폭력과 액션, 추격 장면 등, 재미와 볼거리가 등장하려면 '법'과 '일상'이 깨뜨려지는 것이 유리하기 때문이다. 현실에서 직접 경험하기 어렵거나, 몸소 겪어선 안 될 사건을 가상을 통해 대리충족하려는 관객과 그것을 만족시키려는 영화 산업이 스크린에서 만나자면 그런 이야기들이 필요해진다. 이러한 차원에서 범죄극도 로맨스나 SF 히어로물과 마찬가지로 공급과 수요의 법칙이 행복하게 조우하는 또 하나의 영화 장르적 지점일 것이다.

이 영화는 음지 세계의 냉혹함을 느와르풍으로 다루는 것도 아니고, 주인공이 천신만고 끝에 누명을 벗고 평화로운 일상으로 복귀하는 서사도 아니다. 화려한 캐스팅과 볼거리라면 〈도둑들〉이 더 낫고, 전설적인 도박꾼들의 속고 속이는 싸움에서 비정한 현실의 법칙을 음미하려면 〈타짜〉가 더 낫다. 설화 속의 이야기를 21세기 서울로 옮겨 놓은 〈전우치〉의 날아다니는 상상력도 유쾌하고 발칙하기는 다른 작품에 뒤지지 않는다. 게다가 사기극 영화라면 〈스팅〉(1973)으로부터 〈오션스 일레븐〉 시리즈까지 할리우드의 범죄 사기극 영화를 빼놓을 수 없다. 그렇다면 우리는 왜 철지난 〈범죄의 재구성〉을 다시 보게 되는가? 그 이유는 이 영화가 단순 범죄극이 아니라, 사기라는 일종의 전문가적 세계를, 나아가 '말의 덫으로서의 사기'라는 현상의 핵심을 보여 주고 있다는 데서 찾을 수 있다. 〈타짜〉나 〈도둑들〉의 재미도 도저한 전문가들(?)의 세계를 그려 내고 있기 때문이라고 말해야 할 것이다. 물론 그들의 전문 기술은 사회적으로 용인되지 못하는 영역이지만, 어쨌든 극단의 구경적(究竟的) 세계 속에는 구경거리와 생각할 거리가 자못 풍부한 법이다.

범죄 서사의 연출 기법 가운데 사건의 실체를 관객/독자에게 빨리 알려서는 안 된다는 장르적 관습이 있다. 서사의 긴장감이 사라져 자칫 지루해질 수 있기 때문이다. 그래서 전통적 '범죄/탐정' 서사가 '후

던잇(Who done it?)'의 규칙을 따랐다면, 최근 영화들은 일찍 범인을 노출시키고 대신 범죄의 동기를 수수께끼로 제시하기도 한다. 박찬욱 감독의 〈올드보이〉가 아마 그 대표적 사례에 해당할 텐데, '왜'라는 보다 심층적인 이유가 서사를 지탱하는 동력이 되어 주는 것이다. 하지만 〈범죄의 재구성〉은 사건의 전말을 지연시켜 가며 극적 긴장감을 유지하거나, 깜짝 반전과 뜻밖의 결말에서 즐거움이 얻어지는 영화는 아니다.

〈범죄의 재구성〉이 사건의 순서를 뒤섞어 제시하며, 실상을 마지막에 드러내는 꼼수를 부림으로써 재미를 높여 주고 있기는 하지만, 그것이 이 영화의 핵심은 아니다. 〈범죄의 재구성〉을 처음 볼 때는, 이러한 기법들이 영화를 즐길 수 있게 하는 요소로 작용한다. 하지만 사태의 진실 알기를 원하는 욕구를 지연시키며 이야기를 계속하려는 '이야기꾼(감독)의 욕망'을 따라가기에 급급하다 보면 이 영화의 중요한 재미가 '말들의 잔치'에 있다는 사실을 놓치기 쉽다. 마치 이 영화의 감초 연기자들처럼 〈범죄의 재구성〉을 낄낄대며 즐길 수 있게 하는 것은 이들 범죄자-사기꾼들이 사용하는 말과 그 용법 때문이다. 그러니까 이 작품은 '보고 즐기는' 영화가 아니라 '듣는 이야기'에 더 가까우며, '말들을 즐기는 영화'라 할 수 있는 것이다.

은유가 시에서만 사용되는 것이라고 여겼다면, 혹은 속담이나 우화 속에서만 사용되는 기법이라고 생각했다면 〈범죄의 재구성〉을 통해 새삼 은유와 언어에 대해 생각해 볼 수 있을 것이다. 뿐만 아니라 은유를 통해 사기, 즉 속이고 속는 일이 얼마나 광범위한 현상이자, 인간 조건으로서 불가피한 일인지 떠올리게 된다. 나아가 이 영화의 편집과 제시 방법 자체가 관객을 속이는 방법과 닮아 있다는 것을 깨닫게 되면, 관객들에게 말을 건넨다는 영화 소통상의 자의식도 드러내고 있음도 발견하게 된다. 〈범죄의 재구성〉을 단지 한 편의 유쾌한 범죄극으로 보아도 되지만, 접근하기에 따라 언어의 본질과 인간의 심리, 사회의 작동 방식에 대해 생각해 볼 수 있는 계기를 제공하는 것이다.

이야기의 결말과 전달 기법을 모두 맛본 후 중요해지는 것은 이야기의 상징성과 그 의미다. 이야기 전달 방법상의 형식은 이야기 자체와 떼어 놓을 수 없는 것이기는 하되,(“작품 속에서 ‘형식’과 ‘의미’는 서로 분리된 별개의 것이 아니라 동전의 앞뒷면처럼 떨어지려야 떨어질 수 없는 동질성을 전제하면서 총체적으로 ‘의미-형식’이라는 하나의 단위를 이룬다.”) 〈범죄의 재구성〉 정도의 서술 기법은 그다지 새로운 것도 아니며, 편집상의 배치를 통해 이야기의 지루함을 덜어 주는 전략과 기술일 뿐이다. 긴장감을 유지시켜 주던 재구성 기법도 이야기가 다 서술되고 나면 별것 아닌 것으로 전락한다. 재미만 있으면 그만이고, 의미는 개인의 감상으로 대체해 버리는 경향이 강한 세태 속에서 한 편의 영화를 오래 두고 음미하기 위해 이 글은 쓰여진다.

2. 은유: 실체와 이미지 사이의 말

감독이 재구성한 범죄 이야기를 시간 순서대로 정리해 보자면 스토리는 다음과 같다. 4년 전, ‘김 선생(백윤식)’을 필두로 한 사기꾼 패거리들이 유령회사를 차려 놓고 투자자들을 상대로 사기를 쳤다. 그때 영화의 주인공인 최창혁(박신양)의 형 최창호(박신양, 1인 2역)가 사기를 당했고, 그 일로 자살을 해 버렸다. 최창혁은 ‘김 선생’ 패거리들에게 복수하기 위해 ‘휘발류(김상호)’를 통해 ‘김 선생’에게 접근하여, 한국은행을 털자면서 사기 계획을 제안한다. “청진기를 대 보니 진단이 딱 나온다."고 생각한 '김 선생'은 이 제안을 받아들이고 예전 멤버들을 하나씩 불러모아 한국은행 사기극을 실행한다.

완벽했던 그들의 계획과 연기에도 불구하고 그들이 은행을 털 시간에 최창혁이 또 다른 피해자의 부모들을 통해 제보 전화를 하는 탓에 범죄가 발각되고, 돈은 빼돌렸지만 그들 가운데 '얼매(이문식)'는 붙잡힌다. 최창혁은 자신을 도주 중 자동차 사고로 죽어 버린 것으로 꾸미고 그의 형 최창호로 위장한다. 돈을 갖고 달아나려던 '제비(박원상)'는 자신이 사기쳤던 여자가 집으로 찾아와 싸움 끝에 죽음을 당하고, 도박장을 전전하던 '휘발류'도 붙잡히고 만다. '김 선생'은 조사 끝에 최창혁의 형으로 행세하는 최창호가 사실은 최창혁이며, 형의 복수를 위해 이 모든 일을 기획했음을 알게 된다. '김 선생'은 최창혁을 찾아내 훔친 돈을 내놓으라고 협박하고 그 와중에서 '김 선생'에게 정보를 대주고 돈을 받아먹던 비리 경찰 '박 형사(조희봉)'의 총에 죽고 만다. 최창혁은 박 형사에게 뇌물을 주어 자신이 최창혁이라는 사실을 입막음하고 '김 선생'의 동거녀였던 '서인경(염정아)'과 함께 또 다른 사기를 치는 장면으로 영화는 막을 내린다.

이렇게 뼈대만 남겨 놓으면 이 이야기는 새로울 것 없는 범박한 사기 복수극이 되고 만다. 그러나 이 영화의 재미는 편집을 통한 제시 기법에만 있는 것이 아니라 등장인물들의 '말들' 속에 있고, 이들이 만나고 모여서 범죄를 계획하고 실행하는 과정 속에 펼쳐지는 은유들의 놀이에 있다. 이들이 즐겨 사용하는 은유는 그 언어를 듣는 이들에게 통찰과 감동을 이끌어 내기 위해 사용되는 시적 은유가 아님은 물론이다. 이들이 은유를 사용하는 이유와 목적은 자신들의 실체와 범죄를 감추기 위해서다. 실체를 감추면서도 사태에 관해 언급해야 할 때 '돌려 말하기'로 은유가 사용되는 것이다.

이들은 서로를 부를 때 별명(은유)으로 부른다. 본명을 언급하지 않는 것이 그들 사이의 도리라도 되는 것처럼 '김 선생, 최 선수, 구로동 샤론스톤, 제비, 휘발류' 등 별명들이 난무한다. 실제 이름인 본명을 감추고 별명으로 또 다른 이름을 삼는 일도 은유적 용법 가운데 하나임은 분명하다. 사기 치는 일을 "접시를 돌린다."라고 하고 사기를 당하는 일을 "수술 당한다."로 표현하는, 그들 사이에서는 이미 '죽어 버린 은유' 말고도 매번 상황에 맞추어 재빠르게 새로운 은유를 창안한다. 사기에 필요한 사람을 두고 "영화배우 몇 명이 필요한 건데?", "가서 딴 영화배우로 알아보죠?"라는 식이다. 50억을 "50개"라 부르고, 사기 작업에 합류했을 때의 상황을 "취직"이라거나 "이력서"로 지칭하는가 하면, 얼굴 생김새를 일컬어 "몽타주"로, 미숙한 자신의 사기 실력을 "제가 아직 레지던트 수준이라 전문의들의 도움이 조금 필요합니다." 라거나 겁을 내어 꺼리는 모양을 "에이, 추위 타시는 모양이네.", 사기의 대상인 여자를 "니 저금통 나온다."라고도 말한다. 이 외에도 일일이 열거할 수 없을 정도로 등장인물들은 은유를 자유자재로 구사하고 있다.

이들은 언제든 상대를 기만할 수 있는 준비가 되어 있고, 같은 패거리인 그들끼리도 틈만 나면 서로 속인다. 그 속임은 그들의 말들을 통해 만들어지고 지시되며, 그들의 유쾌한 사기 혹은 습관화된 거짓말은 은유를 창조하는 능력과 관계가 있다. 그렇다고 이들이 시적 영감이 충일하여 은유를 창안해 내는 것은 물론 아니다. 이들의 은유는 은어적인 성격을 갖고 있는데 그들의 직업이 남을 속이는 일이기 때문이며, 따라서 그들의 본의는 적절히 감춰져야 한다. 사기가 성공하기 위해서는 자신들의 의도와 실체, 자기의 정체가 숨겨져야 하는바, 때로 이들의 은어적 은유 혹은 은유적 은어는 상황을 인지하고 있는 자들끼리의 의사소통의 수단이 되기도 한다. '은유적 의사소통'의 기술이 이들의 전문 용법이라고 말해도 좋을 것이다. 그렇게 이들의 은유는 자신들의 계획과 의도를 감추고, 사태를 가리도록 연막을 치는 기능을 갖는다.

하지만 이들이 고작 자기들의 정체를 숨기기에 급급하고, 거짓말로 알량한 사태의 실상이나 가리려 했다면 그것을 지켜보는 사람은 물론, 그들 스스로가 그토록 즐겁고 유쾌한 이유가 설명되지 못한다. 이들은 범죄의 실행을 앞두고 초조하거나 긴장하기보다는 즐겁고 여유롭다. 심심풀이로 포커 게임을 하면서도 서로를 속이며 대체로 즐겁고, 자동차를 훔쳐 오고, 당좌수표를 구하거나 그것을 위조하는 일에도 신이 난다. 이들은 왜 그토록 시종일관 유쾌하고 즐거운가? 사기의 진정한 프로, 혹은 속이는 일의 달인이라도 된 것인가, 하루라도 사기를 치지 않으면 입안에서 가시가 돋칠 정도로 사기의 천품을 타고난 것인가? 속이는 일을 밥 먹듯 하다 보니 숫제 사기가 그들의 성격이 되어 버렸거나 아니면 소일거리 심심풀이가 되어 버린 것인가? 어쩌면 곧 벌어들이게 될 돈에 대한 기대감? 아니면 동종업자들끼리 모여 있기 때문인가. 그들은 정녕 사기만 칠 수 있다면 하루를 자족하며 지낼 수 있는 타고난 낙천주의자들처럼 보인다. 이 영화의 중요한 재미와 비밀은 이들의 유쾌함에 있을 것이 분명하다. 그것은 먼저 은유와 상관이 있고 이들 유머의 힘도 은유 능력에 달려 있다. 이들은 남을 속이는 일이 마냥 즐겁다. 그들 중 '제비'가 자신이 소개하는 "술집 여자 수술시키는 얘기"를 할 때도 모두들 좋아라 한다. 포커로 '휘발류'를 속일 때도 즐겁고, 최창혁이 '얼매'에게 자신이 형사인 것처럼 속여 넘길 때도 유쾌하다. 사기를 위한 즉흥적 연기와 은유 창안 능력은 뛰어나지만 피해자들의 고통에 대한 상상력이 빈한하기 때문일까? 하지만 아직 이들을 단죄하기는 이르다. 피해자의 고통에 무심한 것이 그들의 즐거운 사기 행각에 일조하고 있기는 하지만, 도덕적으로 무감한 사람이 되어야만 유쾌해질 수 있을 리는 없다. 이 질문에 대한 답을 하기 위해서는 은유라는 개념을 경유해야만 할 것 같다.

은유란 무엇인가. 주지하다시피 은유의 기본 공식은 'A는 B이다.'이다. 은유가 성립하기 위해서는 두 개의 요소, 원관념(A)와 보조관념(B)이 필요하다. '내 마음은 호수다.'에서, 내 마음(A)가 원관념이고 '호수'(B)가 내 마음의 상태를 지시하는 보조관념이다. 하지만 은유의 두 요소(A와 B)는 그렇게 명백하지 못하다. 보이지 않는 내 마음이 '호수'로 인해 지시되고 표현되었지만, 사실상 '내 마음'(A)은 비-가시적인 것이며 정확히 포착할 수도 없고 가변적 · 일시적인 어떤 상태이다. 그것을 보조관념 '호수'가 지시하고 고정시켜 가시적이고 확정적인 것으로 만들어 전달한다. 이때 보조관념만이 분명하고 말로 표현된 상태이며, A는 그 말(B)이 아니라면 확정될 수 없는 것이다. 따라서 은유는 두 요소(A와 B)로 성립하는 것이기는 하지만, 그 실체에 있어서는 아무것도 확증될 수 없는 언어 사용법인 것이다. 만일 은유가 정확하지 않을 때 혹은 의도적으로 거짓 은유를 사용했을 때 은유에 의해 지시된 원관념과 실체는 완전히 다른 것이나 믿을 수 없는 것, 실체와 다른 무엇으로, '참'과는 다른 곳으로 유도될 수밖에 없다.

또한 은유에는 A와 B라는 두 가지 요소만이 필요한 것이 아니다. 은유가 발화되고 소통되기 위해서는 A와 B 이외에 그 둘을 연결시켜 줄 수 있는 어떤 유사성, 그것의 닮음을 추론할 수 있게 하는 논리적 체계나 사회 언어망의 관습적 약호가 필요하다. 그렇기 때문에 시인들이 자신만의 새로운 은유를 창안했을 때 재빨리 이해하기 쉽지 않은 것이며, 그것을 이해했을 때 우리의 인식이 확장되고 감각이 새로워지는 것도 이 때문이다. 은유를 통해 우리는 단지 단어 하나를 새롭게 익힌 것이 아니라 은유 안에 함께 전제되는 은유 체계에 대한 감각과 이해도 익히게 되는 셈이다. 그리하여 은유를 창조하고 그것을 이해하는 능력은 원관념과 보조관념에 대한 연결 관계뿐만 아니라 새롭게 전개되는 상황에 대한 이해력이 필요하게 된다. 이것이 스스로를 일컬어 "내가 머리 쓰는 사람이지 힘 쓰는 사람이에요?"라고 말하는 '얼매'의 대사처럼 사기꾼으로서의 자부심이 표현될 수 있는 이유이기도 하다.

이렇게 은유는 보조관념을 통해 원관념을 지시하지만, 원관념의 비가시성과 불확정성으로 인해 위험 속에 머물게 된다. 은유(隱喩)란 문자 그대로 '숨겨진 비유'이고, 무언가 '숨겨졌다'는 말은 드러나고 보여진 것과 실체 사이의 어떤 간격이 있다는 뜻이다. 일반적으로 은유란 진정으로 말하고 싶은 실체(원관념)를 보다 잘 지시하기 위해 동원되는 수사법이다. 은유가 직접적으로 지시하기 힘든, 그리고 친숙해져버린 사물이나 상황을 새롭게 지시하기 위해 다른 것으로 돌려 말하는 기법임은 널리 알려져 있다.[1] 그러나 은유는 실체를 은폐하고 외관을 말과 이미지로 감추고 기만하는 데 사용될 수 있다. 실체와 외관 그리고 그 사이를 메우고 있는 '말'(은유), 이렇게 세 가지 요소가 은유라는 언어 현상에 개입해 있는 것이다. 사물(실체)과 외관(보여지는 것) 사이를 매개하는 말. 말은 분명 실체가 아니다. 말은 실체를 전달하고 소개하며 지시하는 데 이용되는 도구-수단이며, 실체와 외관 사이를

1) 은유는 문학언어, 특히 시적인 언어의 대표적인 특징이다. 시적인 은유, 좋은 은유가 은어나 나쁜 은유와 다른 점이 있다면 본뜻의 감춤/드러남을 통해 본래의 뜻에 대한 이해를 증폭시키고 사물과 세계를 새롭게 수용하도록 인도한다는 점일 것이다. 좋은 은유는 외관에 가려져 보이지 않는 사태의 진실로 우리를 인도하고, 현상 너머를 지시하는 사다리 역할을 한다. 은유가 감동과 놀라움을 주는 것은 비가시적이며 무연한 것으로 생각되던 서로 다른 두 세계를 연결시켜 우리의 시선과 세계를 확장시켜 주기 때문이다. 하지만 말로 이루어진 은유는 실체를 대리하면서 사태를 은폐하고 호도하며 우리의 시선을 다른 곳으로 유도하는 역할을 할 수 있다.

연결해 준다.

그러므로 은유란 진실을 은폐하거나 거꾸로 진실을 탈은폐시키는 역할을 할 수 있는 언어이다. 전자는 말로 실체를 가리우는 경우이며, 후자는 은유로 사물에 대한 새로운 측면을 인식하도록 하는 경우다. 두 경우 모두에서 은유는 비밀과 진실에 사용될 수 있는 용법이며, 실체와 외관 사이를 연결하는 '사이-언어'이다. 실체와 말 사이의 간격을 악의적으로 이용하려 할 때, 실체를 덮고 사태를 모호하게 하는 데 사용되는 언어 운용법은 저 플라톤의 '시인 추방론'을 곧바로 연상케 한다. 플라톤이 자신의 저서 「공화국」에서 시인들이 참과 진실인 이데아와 그것을 모방한 실제 사물, 그리고 시인은 그 사물과 행동을 모방하기 때문에 이미 진리로부터 3단계나 떨어져 있으므로 신뢰할 수 없다고 말한 것이 떠오르는 것이다. 문학작품이 허구로 진실을 포착하기도 하며, 미적인 가상이 도리어 실재를 지시할 수 있다고 보는 관점과 달리, 이런 맥락에서 '말'과 '언어'는 진실을 호도하기 쉬운 도구일 뿐이다.

그런데 이렇게 생각하고 보면, 은유만이 그런 것이 아니라 인간이 사용하는 말과 글을 포함한 '언어 자체'가 그렇다는 데 생각이 미치게 된다. 그렇다, 말은 분명 실재가 아니다. 헤겔이 말했듯, 본질적인 사물 앞에서 그 사물의 이름은 비본질적이다. 그것은 실재와 우리 사이에 있는 '무엇인가'이다. 글로 된 문서나 '증명서' 역시 하나의 말('참'이라고 보증해 주는 실체의 대리물)이라는 점에서는 차이가 없다. 이들 유쾌한 사기꾼 무리들이 검찰청의 검사라고 내보이는 검사증(檢査證)이나, 위조해 낸 당좌수표 역시 그런 언어(사회적 약호로서의 증명)의 일종이다. 인간의 소통 구조, 그리고 인간의 말과 언어는 그러한 취약성을 안고 있다. 진리와 실체로 인도하고 소개하는 역할을 하며, 살아 있는 관계를 맺도록 할 뿐만 아니라 신념과 열망을 표현해 주는 그 '말'이, 동시에 불완전하고 실체가 아니라는 속성 때문에 사기와 왜곡이 발생하고, 그리하여 오해와 불신이 생겨나기도 하는 것이다.

위에서 밝힌 것처럼 우리는 은유 그리고 '말'이란 본디 실체(진실)와 보이는 것(외관) 사이를 매개하는 '사이-간격'에 위치해 있음을 보았다. 그러니까, 이들은 직접 실체를 당장 그 자리에서 확인할 수 없는 시간-공간 사이에, 그리고 실체와 외관(그들에게 그렇게 보이고 있는 像) 사이를 말로 메우는 사람들이다. 이 빈 공간에 자신들의 거짓 이미지를 세우고, 그것으로 다른 이들을 속여 넘기는 데서 즐거움을 누리는 사람들이 바로 이들이다. 그렇게 연결되어야 하는 빈 지점, 빈 공간 사이를 말로, 은유로 메우며 순간순간 자유롭게 유랑하는 자들이 어찌 유쾌하지 않을 수 있단 말인가? 그들은 매여 있어야 할 규범도 없고, 복무해야 하는 규칙 같은 것들도 없다. 인간 사회와 언어의 본질이 그렇다면, 그 간격을 개인적인 이득을 위해 즐겁게 말과 언변과 연기로 메우는 존재들, 그들이 바로 사기꾼이다. 따라서 은유를 전문적으로 사용하는 시인이 사기꾼인 것이 아니라 실체와 외관의 간격을 말이나 이미지로 채우는 모든 사람들도 사기꾼과 동일한 위상에 놓여 있는 셈이다. 물론 여기에는 시인 또한 예외가 될 수 없으며, 남에게 말로 지식과 진리를 전달하는 사람들도 예외가 아니다. 그렇게 보자면 인간들의 모든 언어 활동, 즉 말은 그 실체와의 거리에서 거짓된 말과 진실된 말이 결정된다고 할 수 있다. 실제를 지시한다고 하면서 그 사이 공간을 독점적으로 전유하고는 왜곡된 이미지를 보여 주고 그 사이에서 이익을 취하는 수많은 무리들….

이렇게 실체와 외관 사이의 거리를 이들은 말로 메운다. 그것이 이들이 사용하는 은유의 용법이다. 이 '간격'과 '사이'를 메우고 전달되는 말이 실체와 다르다는 것을 인지하기 전까지, 그것이 드러나기 전까지 이들의 말이 거짓말이라는 인식을 확보할 수 없다. 이들의 말은 거짓이고 부풀려진 말이며 유혹과 기만의 의도를 가진 말이지만, 아직은 실체를 확인할 수 없는 말, 그럴듯하게 들리는 말, 그런 것처럼 '보이고 또 들리는' 말이다. 그렇게 인간의 언어와 사회 소통 구조의 간격에서 은유의 놀이로 자신들의 이득을 취하며 즐거워하는 사람들, 그들이 바로 사기꾼들이다. 하지만 언어를 사용하는 인간이라면, 이러한 소통 구조 안에서 살아갈 수밖에 없는 사람들이라면 누가 자신들은 항상 진실만을 말한다고 단언할 수 있으랴. 어쩌면 진실한 담화를 추구하는 사람일수록, 그리고 스스로 진실하다고 여기는 사람들일수록 자신을 가장 많이 속이는 자이고, 그리하여 자기 자신에게 철저하게 속고 있는 사람인지도 모른다. "진리언표적 인간은 그 자신, 일차적인 거짓의 역량이며, 이것은 다른 것들을 통해 발전된다."(질 들뢰즈) 혹은 "강박적인 신경증자는 진리를 가장하여 거짓말을 한다. 사실적인 정확성의 수준에서 그의 말은 언제나 진리인 반면, 그는 이러한 사실적인 정확성을 그의 욕망에 관한 진리를 숨기기 위해 사용한다."(슬라보예 지젝)

3. Homo Mendax: 거짓말하는 인간

우리는 지금까지 이들에 대한 윤리적 판단을 미루어 왔다. 말의 본래 성격이 실체를 직접 지시할 수 없다고 해서, 사기로 즐거워한다고 해서, 이들이 남을 속이고 그것으로 이득을 취하는 거짓말쟁이 사기꾼이라는 사실에 면죄부가 발부될 수는 없을 것이다. 영화가 아무리 그들 사기에 정당성과 개연성, 그리고 예술성(기예)까지 부여하더라도 도덕적 판단을 피할 수는 없다. 두말할 것도 없이 이들은 법적으로 범죄자이고, 법을 동원하기 이전에 도덕적으로 타락한 사기꾼들이다. 그러나 이들을 좀 더 정확히 단죄하기 위해서는 '사기'가 무엇인지 이들의 사기 행각을 통해 생각해 볼 필요가 있겠다.

먼저, '김 선생'이 금융회사 직원들을 상대로 강연을 하고 있는 장면. 그는 이라크에 대한 경제제재가 풀리면 이라크 화폐인 '디나르'가 100만 원은 할 거라며 장당 3천 5백 원에 사다가 22만 원에 팔아먹는 것이 사기의 본질이라고 이야기하고 있다. 그가 사기 예방법을 가르치고 있는 것인지, 사기의 기술을 전수하고 있는 것인지 잘 알 수는 없으되, 어쨌든 남들은 잘 모르는 정보로 탐심을 자극하는 일이 사기라고 말하고 있으며, 똑똑하고 세상 돌아가는 사정에 밝은(혹은 밝다고 생각하는) 사람일수록 이런 사기에 잘 걸려든다고 가르치고 있다.

'얼매'라 불리우는 이경복은 대치동 은행에서 5백만 원을 찾아 나오는 아주머니에게 은행직원인 것처럼 다가가, 백만 원짜리 묶음 가운데 두 개가 90만 원짜리 묶음이니 다른 창구에서 다시 돈을 받으라고 하고는 500만 원을 건네받아 사라진다. 피해자가 손해보지 않으려는 심리와 그럴듯해 보이는 상황을 연출함으로써 아주머니를 속여 넘기는 것이다. 이들 무리 가운데 '휘발류'는 이들과는 조금 다른 사기꾼이다. 그는 문서를 위조하는 기술자로서, 말보다는 인쇄 기술을 이용해 가짜 문서를 만들어 내는 위조범이다. '말'이 아니라 '문서'를 위조하는 기술로 가짜를 진짜처럼 보이도록 한다는 점에서 이들과 동종업자임은 틀림없다. '제비'는 그 스스로가 자랑하듯 "돈은 좀 있는데 외롭고 쓸쓸한 여자"들에게 접근하여 환심을 사고는 그 여자들로부터 돈을 갈취한다. 서인경 역시 그와 크게 다르지 않다. '제비'나 '서인경'은 사람의 마음을 사로잡아 등쳐먹는 스타일의 사기꾼이지만, 사랑을 이용하는 것도 결국 다른 이에게 마음(신뢰)을 얻어내는 작업이라는 점에서는 같은 거짓말이고 사기이다.

최창혁과 서인경의 첫 만남에서 발생하는 '와인 담화'를 살펴보자. 일상적 담화처럼 들리는 이 대화는 최창혁의 천부적 사기꾼 기질과 더불어 '사기'의 본질을 보여 준다. 서인경이 "와인 같은 거, 먹을 줄은 알죠?"라며 무시하듯 말을 건네자 최창혁은 유창한 '썰'을 풀어낸다.

최창혁: "흐흥 와인, 우린 또 와인 좋아하지. 그런데, 칠레 건 안 보이네?"

서인경: "칠레 와인이 좋아요?"

최창혁: "아니 뭐, 프랑스 거 못 먹는 건 아닌데, 그 2차 대전 때 독일놈들이 프랑스를 완전히 쑥대밭으로 만들어 놨잖아요. 사람이 얼마나 많이 죽었겠어? 근데 포도밭은 남아나겠냐구. 오리지널은 그냥 다 타 없어졌지. 그러구 나서 다시 심었는데 뭐 포도 자라는 데 하루 이틀 걸리나? 근데 칠레에는 오리지널이 남아 있다 이거죠. 잘 모르는 사람들이 프랑스 와인, 프랑스 와인 찾더라고. 이거 바가지 좀 썼겠는데?"

서인경: "내가 산 거 아니에요."

최창혁: "아니 그리고, 와인을 이렇게 두는 사람들이 어디 있어? 이거 제정신이야?"

서인경: "왜요? 이뻐서 난 좋은데."

최창혁: "아, 여기다 불 환하게 켜 놓고 이거 이거 얼마나 뜨뜻해? 이거 다 썩었어 썩었어."

서인경: "정말요?"

최창혁: "이게 도대체 뭐하는 플레이냐구? 와인은 온도가 얼마나 중

요한데, 사람하고 똑같아요. 사람 여기 차지? 자, 이런데 차다구. 이런데 살짝 따뜻하고, 이런 데는 또 더 뜨뜻해요. 뭐 이런 데는 뭐 얘기할 것도 없구. 그런데 이름이 뭐라고?"

서인경: "아유, 순 사기꾼 아냐?"

최창혁: "김 선생은 언제 오나?"

와인을 둘러싸고 벌어지는 이 대화에서 서인경은 자신도 모르게 최창혁의 말에 말려든다. 어쩌면 와인에 관한 최창혁의 말에 어느 정도는 사실이 포함되어 있을지도 모른다. 하지만 더 중요한 것은 그의 말이 사실이냐 거짓이냐가 아니라 그 말이 그럴듯하게 들린다는 것, 서인경이 순간 최창혁의 말을 믿기 시작하고 그 말에 빠져들게 된다는 점에 있다. 최창혁의 말투와 언변, 그가 정신없이 늘어놓는 지금 당장은 확인할 수 없는 정보들, 거기에 자신의 관심사나 걱정, 즉 욕망이 섞이면 이제 그 말을 듣고 믿게 된다. 자기도 모르는 사이에 그의 말을 믿어 버리게 된 것, 적어도 그 말을 솔깃하게 듣게 되는 것이다. 그의 이야기를 듣다 보면 자신도 모르게 상황에 빠져 사태의 진실을 보지 못하게 되고, 그래서 그가 원하는 대로 행동하게 되는 것, 이것이 사기를 둘러싼 심리적 전개의 전모이다.

서인경이 최창혁의 여관방에서 팬티만 입은 채 추는 춤 또한 서인경이 행하는 사기의 본질을 보여 준다. 남자의 눈앞에서 적당히 노출된 옷을 입고 유혹적인 춤을 추며 자신의 육체를 흔들어 보이는 일. 그것은 서인경 편에서는 자신을 상대방의 욕망의 대상으로 구성하는 일이자, 상대방으로부터 무언가를 얻어내기 위한 의도된 행동-연출이다. 물론 최창혁은 기꺼이 그녀를 욕망한다. 그 순간, 두 사람 사이에는 묘한 거래가 성립한다. 욕망하고, 욕망을 불러일으키고, 또 욕망의 대상으로부터 무언가를 욕망하는, 기묘한 주고-받기의 관계가 성립된다. 그러나 욕망의 대상이 되어 주고, 나를 욕망의 대상으로 삼은 사람으로부터 내가 바라는 것을 얻어내는 주고-받기는 인간의 일반적 교환 행위에 해당한다.

그러므로 속고 속는 일이 현실적으로 발생하기 이전에 이미 어떠한 심리적 거래 행위가 먼저 성립돼 있다. 사기 역시 이러한 심리적 교환 관계가 형성되지 않으면 실행되기 어렵다. 즉, 속는 자는 속이(려)는 대상에게 말과 외관으로 일정한 믿음을 형성하고, 그가 말하거나 줄 것으로 기대되는, 보상에 대한 기대를 갖게 된다. 그리고 그 기대를 충족시키기 위해 행동에 들어가는 것이다. '얼매'의 "사기란 털어먹을 놈이 테이블에 앉아 있으면 끝난 거"라는 말은 속는 자가 이미 욕망의 구조 안에 나포되어 있음을 의미하는 것이다. 그래서 사기를 당한 사람들은 종종 사기를 당하기 전에 먼저 자기 자신에게 속았다고 말하게 되는 것이리라. 다른 이의 말을 통해, 욕망에 눈이 어두워 마땅히 보아야 할 것을 보지 못하는 상태, 그리스 사람들은 이를 '미망(아테)'이라 불렀다.

카메라는 최창혁의 시선으로, 춤추는 서인경을 한동안 보여 준다. 남자의 눈앞에서 자기 신체를 드러내 보이며 흔듦으로써 욕망을 만들어 내는 일, 그것은 상대의 시선 앞에서 그의 욕망을 부추기려는 많은 이들이 구사하는 유혹의 코스워크다. 오늘날 그것은 사기와 유혹, 기만이나 현혹이라기보다는 당연한 일이자 도리어 귀여운 일로 치부될 수도 있다. 상대가 나를 욕망하고 있다는 신호를 보내오는 것이기 때문이다. 이것은 동물의 경우도 마찬가지이며, 상대에게 잘 보이기 위해서 적당한 연출을 하는 것은 도리어 '예의'라고 간주되기도 한다. 설혹 상대에 대한 진정한 마음이 없다 하더라도, 적당한 옷차림이나 몸가짐을 취하면 그것이 텅 빈 제스처라 할지라도 이미 상대를 배려하고 있는 것이기 때문에 어떤 점에서는 진정성을 갖추었다고도 말할 수 있게 되는 것이다. 관심도 없으면서 상대의 안부를 묻는 말은 사실상 텅 빈 말이지만, 그 텅 빈 말은 적어도 '나는 당신과 잘 지내고 싶습니다.'라는 언표에 해당한다.

그렇다면, 예의나 허례허식의 문제도 사기의 문제와 결코 다른 문제가 아니다. 다시 말해 진정한 실체와 속 내용, 마음과 형식이 일치하지 않는 모든 곳에는 이미 거짓과 기만이 자리잡게 되는 것이며, 그것이 진실인지 아닌지 좀처럼 확인되기 어렵다. 거짓은 본디 이렇게 진실과 항상 짝을 이루고 있으며 대체로 진실과 섞여 있어 판별이 쉽지 않다. 하나의 말이 진정인지, 실체와 과연 일치하는 것인지 확인할 수 있는 시간이 도래하기까지 진실과 거짓은 그렇게 모호한 곳에 거주하며 진실이 결정되는 시간을 기다리고 있다고 말할 수밖에 없다. 만일 '사기'에 좋은 점이 하나 있다면, 진실과 허위가 멀지 않은 시간에 드러날 수 있다는 점일 것이다.

그럴싸하게 말을 하여 외관과 이미지를 보여 주고 욕망의 장에 빠뜨리는 것, 그것이 사기의 본질이다. 하지만 이런 미끼(헛것)를 보며 행동을 하는 것이 인간의 본성이고, 이것이 없었다면 인간 사회는 오늘날과는 사뭇 그 풍경이 매우 달랐을 것이다. 특히 상품 판매와 소비 영역이 그것을 잘 가르쳐 준다. '호갱'(이른바 '호구 고객님')이란 신조어도 바로 이러한 사태의 일반화 경향을 지칭하는 말일 것이다. TV 채널의 홈쇼핑 광고를 비롯한 모든 소비촉진 활동을 생각해 보라. 거기에도 이미 사기의 구조가 자리잡고 있다. 무언가를 보여 주고 말을 통해 그것을 욕망하도록 하는 일. 그것은 인간 사회의 모든 관계들의 패턴이다.

누군가의 말이 솔깃했다는 것은 그의 말이나 그의 '보여 줌'이 나의 욕망을 자극했다는 것이며, 그것이 바로 사기의 핵심이다. 비가시적 의도(원관념)는 감추고 가시적인 상황을 거짓으로 연출(보조관념)하여 상대를 속이는 것. 본 뜻(의도)은 감춘 채 얼마나 그럴싸한 상황을 보여주어 상대를 속이느냐에 따라 사기의 성공 여부는 물론 사기의 경지가 결정된다. 자기 속내와 욕망, 의도는 감추고 그럴듯한 상황을 연출하느냐가 결국 사기의 핵심이다. 의도나 실체(원하는 것)와 보이는 것 사이의 위배와 간격. 그렇다면 그것은 일상적으로 발생하는 문제다. 감출 것은 감추고 알릴 것은 알리는 것이 PR의 정신이며, 상품 광고 역시 약점은 감추고 장점은 과장하여 드러낸다. 너무나 일상적으로 일어나기 때문에 비난하기 쉽지 않은 '사기'가 상품 유통 세계의 법칙이라고 말해도 될 정도이다.

이렇게 생각하면 사기라는 현상은 대단히 광범위한 인간 사회의 원리다. 그렇다면 우리 사회의 문화는 사기에 대해서는 무척 관대한 사회이거나, 법의 허용 한도 내에서 발생하는 사기는 용인되는 사회라고 말해도 된다. 문제는 법 외에는 이런 사기를 비난할 사회적 근거가 희박해지고 심지어 '허락된 사기'를 통해 목적을 잘 달성하면 유능한 사람으로 취급되는 사회구조와 문화 속에서 사기의 일상화는 더 이상 단죄하기 어렵다. 모든 포장이 일단 그러하며, 과일상자 위에 보기 좋고 큰 것들이 올라가고 자잘한 것들은 안 보이는 아래 쪽에 놓이는 것을 생각해 보자. 그리하여 이들 사기꾼 무리가 이토록 즐거운 이유는 법은 자신들을 잡아넣을 수 있지만, 양심과 도덕적 차원에서 자신들을 탓할 수 있는 사람들이 아무도 없다는 것을 알기 때문인지도 모른다. 법의 바깥으로 나가 있을 수는 없었지만, 적어도 사회의 도덕률 앞에서는 자유로울 수 있었던 삶이 이들 유쾌함의 또 다른 이유일 것이다. 영화 〈도둑들〉에서 그것은 "도둑인데, 그게 어때서?"라고 말하는 장면으로 나타난다. 누가 이들을 욕할 것인가. 세상이 사기의 법칙으로 이루어져 있고, 또 작동하고 있다면 이들처럼 남을 속인다는 일에 대한 자의식이 없는 편이 차라리 편리할 것 아닌가. 인간은 거짓말하는 존재이고, 또 속는 존재일 수밖에 없기 때문이다.

주인공 최창혁이 내레이션으로 전해 주는 사기에 대해 들어 보자. 어느 신문 파는 사람이 500명이 한꺼번에 사기를 당했다면서 신문을 사라고 해 최창혁은 신문을 샀단다. 그런데 신문 어디에도 그런 소식이 없기에 찾아가서 따진다. 그러자 신문팔이는 사기를 당한 사람이 501명으로 늘었다고 답했다 한다. "사기란 것이 이렇게 쉬운 거거든." 이는 설혹 믿기 힘든 내용일지라도 그의 말을 듣고 한 번 믿어 보거나 확인해 보려는 욕망을 가지는 순간 그는 이미 사기를 당한 것이라는, 사기라는 게 별것 아니라는 말이다. 속이려는 의도를 가진 자의 말을 듣는 순간부터 그는 사기의 진입로에 서 있다고 말해도 과언이 아닐 것이다. 그러니 속이려는 의도를 가진 자로부터 속지 않는 방법은 없다.

"탐욕스런 사람, 세상을 모르는 사람, 세상을 너무 잘 아는 사람 모두 다 우리를 만날 수 있다.", "사기는 테크닉이 아니다. 심리전이다. 상대가 무엇을 좋아하는지 무엇을 두려워하는지 알면 게임 끝이다."라는 서인경의 말에서 키워드는 두 개다. '욕망'과 '두려움.' 상대의 욕망이 무엇인지 안다면 상대를 유혹할 수 있고, 상대가 두려워하는 것을 안다면 그를 조종할 수 있게 될 것이기 때문이다. 따라서 욕망과 공포를 통해 상대를 속일 수 있고, 이용할 수 있다. 이 영화대로 말하자면, 말과 외관으로 상대방을 낚는 것이다. 인간은 외부의 사태를 감각적으로 인지하여 그것을 말과 정보로 바꾸는 존재이기 때문이다. 상대방의 욕망과 공포를 이용하여 말로 상대의 믿음을 얻어낸 다음

나의 이익을 채우는 것, 이쯤 되면 사기란 인간 행위의 모든 영역에서 다반사로 일어나고 있고, 일어날 수밖에 없는 행동이라는 데 생각이 곧 미치게 된다.

그러고 보면 사기(속임, 기만)란 인류의 역사만큼이나 오래된 것이다. 「창세기」에 등장하는 아담과 이브의 에덴동산 추방의 원인을 잠깐 생각해 보자. 거기에는 '뱀'이라는 기만자가 등장해 이브가 '금지된 과일'을 취식하도록 유혹한다. 몇 마디의 말로 이브에게 욕망을 불러일으키고, 눈에 보이는 과일과 사태의 진실을 혼동하게 만든다. 말과 이미지에 의해 불러일으켜진 욕망, 눈에 보이는 것과 실체 사이의 거리. 그렇게 인류는 처음부터 사태의 진실을 파악할 수 있는 눈을 갖지 못했다. 인류 최초의 사기 피해자들인 이들은 금지의 이유, 위반의 결과 등에 관해 전혀 알지 못한 것으로 보인다. 하지만 '몰랐다'는 변명은 법 앞에서 결코 통하지 않으며, '모른다'는 것은 원죄 이전 인간의 본성이다. 보이는 것과 실체 사이의 간극에 빠져드는 것, 그것이 범죄의 시작이고, 그 간격 사이에 빠지도록 만드는 것, 그것이 사기이고 기만이며, 거짓이다.

이제 우리는 사기가 특정 집단의, 특정인들만의 범죄가 아니라 우리 생활과 일상, 모든 인간 행위와 인간관계에서 전방위적으로 발생하고 있다는 것을 알게 된다. 외관과 실체를 말로 가리우고, 말로 욕망을 자극해 상대의 행위를 유발하고 그것으로 자기의 필요를 채우는 것, 그게 사기의 핵심이고 본질이자 원리이다. 그것이 법의 테두리 밖에서 벌어지면 범법이고, 허용 범위 내에 있으면 호구지책이 된다. 법 안에서 벌어지는 사기, 그것은 우리들이 아주 잘 알고 있는 일상적 사기이며, 우리들이 종종 행하는 사기, 어떤 이들에게는 하나의 룰이 되어 버린 사기다. 이런 사기는 특히 남녀 관계에서도 자주 발생하는 것으로, 상대의 마음을 훔치고 내버리는 행위와 같다. 누군가의 마음에 들기 위해 자신이 아닌 것으로 꾸미고 그의 눈에 들어 그에게 접근하고 그를 차 버리는 것, 그것이 사기, 기만의 본질이 아닌가? 그러하다면 인간으로부터 사기와 기만을 근절하는 일은 불가능하다. 이것이 감독이 유쾌한 사기극을 통해 보여 주는 인간의 본모습이고, 사회의 숙명이다. 사기를 치거나 혹은 당하거나.

4. 거짓을 만들 수 있는 역량으로서의 사기, 그리고 영화

사기는 거짓이기 때문에 사기의 문제는 곧 '진실'과 '허위'의 문제이며, 또한 '앎'과 '모름'의 문제이기 때문에 인식의 문제에 다른 것이 아니다. 사기는 곧 '앎-지식'의 문제이다. '아는 것이 힘이다.'라는 공식구를 성립시키려는 듯, 이 앎의 정도는 곧바로 힘의 서열로 이어진다. 지식과 권력이라는 낯익은 테마도 사기의 문제와 결코 동떨어져 있지 않다. 서인경의 "사기는 테크닉이 아니다. 심리전이다. 그 사람이 뭘 원하는지, 뭘 두려워하는지 알면 게임 끝이다."라는 말에서 강조되어야 할 것은 상대가 뭘 원하는지(욕망), 뭘 두려워하는지(공포) 만이 아니다. 방점은 '알면'에도 찍혀야 한다. 상대의 심리를 아는 것, 상대의 욕망과 공포에 대해 '아는 것'이 관건이다. 그러므로 사기는 철저히 앎과 인식의 문제인 것이다.

사기극을 연출하는 상황에서 이들이 가진 '앎'의 성격은, 외관과 실체 사이의 다름(차이)을 아는 앎이며, 그것을 모르는 자들에 비해 풍부한 앎을 소유하는 데 있고, 그 지식의 위치를 누리는 데서 오는 희열도 있다. 쉽게 말해 그것이 가짜(허위)라는 걸 아는 데서 오는 앎이다. 그것은 그들에게 일단은 자유와 여유를 가능케 한다. 이 '자유' 때문에 그들은 즐거워 보이고, 또 실제로 즐겁다. 그러나 이들 웃음 뒤에는 분명 자기 조소와 냉소가 자리잡고 있다. '얼매'의 대사, "인생 뭐 있어요? 부조리." 자신들이 실체와 외관 사이의 간격을 이용해 먹는 자들이라는 것, 또는 실체와 외관의 차이 자체를 만들어 내는 자임도 알고 있기 때문에 발생하는 자기 조롱이다. 그러므로 그들의 앎은 이중적이다. 실체와 외관 사이의 다름을 아는 지식과 그것을 자신이 악용하고 있다는 것도 아는 것, 그렇게 이들은 적어도 메타인지적 앎, '자기 지식'을 가지고 있다. 사기꾼으로서의 자의식과 자부심이 얼크러지는 것도 여기서 발생하며, 사기에 대한 자존심도 여기서 연유한다. 그렇게 이들의 사기는 이미 심리극이자 나아가 사기의 경지와 기예를 운운하는 사기의 미학으로까지 치닫는다.

그들의 결말이 비극적인 것은 법의 작동과 집행 때문이 아니다. 자기들보다 더 고수가 창조한 상황에 그들이 속아넘어갔기 때문이다. '얼매'가 체포된 것은 결국 최창혁이 일이 틀어지도록 미리 제보했기 때문이며, 병원에서의 탈출 역시 최 반장이 꾸며낸 상황에 속아서 '휘발류'에게 형사 일행을 안내하는 역할을 하게 되었다. '김 선생'은 부동산 사기를 통해서 최창혁에게 속았다는 자존심과 재산을 복구하려 하지만, 한 번 더 속을 뿐이다. 땅을 사려는 것처럼 보인 것도 최창혁이 꾸며낸 연기였다. 그것은 '김 선생'이 이미 믿을 수 없게 되어 버린 최창혁을 만만히 보고 최창혁에게 한 방 먹이고 돈을 되찾으려 했기 때문인데, '김 선생'은 "똑똑한 사람일수록 이런 사기에 잘 걸려든다."는 자신이 언급한 사기의 핵심을 놓치고 있다. 스스로가 가장 똑똑하고 사기의 달인이라고 하는 맹목에 빠져 있기 때문이다. "그놈이 이 땅 안 사면 우린 완전히 덤태기 쓴다."는 서 사장의 조언에도 불구하고 그는 "나 김 선생이야, 내가 청진기 대면 진단 딱 나와."라는 '김 선생'의 대답을 보면 그는 이미 자기 자신을 정확히 인식하지 못하고 있다. 이 순간 '김 선생'은 자신도 속을 수 있다는 지식을 잃어버리고 있는 것이다. 사기가 일어나기 위해서는 항상 이렇게 맹목에 빠진 사람이 필요하다.

그렇게 〈범죄의 재구성〉은 많이 아는 자가 승리하는 사회의 일반 법칙을 보여 주고 있다. 정보 부자와 빈자 사이에 발생하는 힘 관계를 생각하게 해 주는 것이다. 전문 지식뿐만 아니라 사태의 핵심과 본질을 누가 더 정확히 꿰뚫어 보고 있는가, 배후의 논리와 작동의 메커니즘을 누가 더 적확하게 깨닫고 있는가는 사기로 가득한 이 세상에서 살아남는 법을 말하고 있는 셈이 된다. 이 영화는 사기를 치는 자가 정보의 부자이고, 속이려면 앎에서 강자가 되어야 한다는 논리를 완성시키고 있으며, 많이 아는 자가 승리한다는 것을 보여 주고 있다.

이런 점에서 이들 '선수 집단' 중 '휘발류'가 제일 낮은 위치를 차지하는 것이 당연하다. 다른 이들은 상황을 창조하는데 비해 '휘발류'는 물건을 위조하기 때문이다. '휘발류'는 가짜를 만들어 내는 기술이 있지만 그것이 아무리 고난도의 것이라 하더라도 그가 창조하는 것은 결국 물건이지 상황 자체는 아니다. '휘발류'는 상황을 창조하는 사기극에 조연으로 출연할 수 있지만 스스로 그러한 상황을 창조해 낼 능력은 없다. '휘발류'가 그토록 '김 선생'을 존경하는 이유도 그것 때문일 것이다. '휘발류'는 위조 기술자이기 때문에 상황 자체를 바꾸는 법을 모른다. '얼매'와 '제비'는 '휘발류'의 그러한 점을 잘 알고 있기 때문에 카드를 바꿔치기하여 '휘발류'를 속인다. 그들이 포커판에서 '휘발류'를 속이는 이유는 상황 조작의 능력이 없는, 상대적으로 순진한 '휘발류'를 우롱함으로써 사기(앎)에 관해 우월한 자기들의 위치와 상황 창조 능력, 사기의 기술을 향유하는 것이 즐겁기 때문이다. 그렇게 그들은 사기라는 범죄를 즐기기 위해서 하는 것처럼 보인다. 이들이 그처럼 사기를 저지르면서 즐거워하고 유쾌한 영혼으로 그려지는 것도 그러한 이유 때문이다.

'휘발류'가 포커 도박에 몰입하는 이유도 여기서 멀지 않다. 사기가 속내를 보이지 않고 겉으로 드러난 것을 교묘히 포장해 상대를 속이는 기술이라면 포커 게임 또한 이와 유사하다. 표정을 감추는 얼굴을 '포커 페이스'라고 부르거니와, 포커 게임의 묘미는 드러난 카드와 감추어진 카드 사이의 관계를 추측하고 상상하면서 그 관계에 자신의 기대를 거는 것에 있다. 도박이나 사기는 모두 이 기대에 돈을 건다는 공통점이 있다. 포커의 카드가 모두 드러나면 게임이 되질 않는데 이는 속임이 도박의 본질인 것과 같다. 상황을 조작해 상대를 속이는 기술로서의 사기를 흠모하는 그가 이처럼 보이는 것과 보이지 않는 것 사이에서 발생하는 포커 게임에 몰두하는 것은 자연스러운 일이다. 드러난 것과 감춰진 것이 다른 것이 사기라면 도박 역시 사기와 일종의 친연성을 갖고 있다고 말해야 한다. 그것이 이들이 그토록 유쾌한 또 하나의 이유다. 그들은 '놀고' 있기 때문이다. 보이는 것(외관)과 안 보이는 것(실체), 즉 가시성과 비가시성의 놀이에 참여하는 게임의 주체들이 즐겁지 않다면 도리어 이상한 일일 것이다.

'휘발류' 다음의 약자는 '제비'다. 그의 주특기는 그의 별명이 가르쳐 주고 있듯이 여자들로 하여금 남자가 자신을 정말로 사랑하고 있다는 착각에 빠지도록 조작하는 기술이다. 이것은 상대가 자신을 사랑하고 있다고 믿게 만드는 사기술이다. 그러한 착각을 위해서 그에게 필요한 것은 상황과 언변, 환심을 살 수 있는 선물 따위다. 이것 역시 상황을 조작하는 기술이기는 하지만, 상황 전체를 창조하는 것이라기보다는 자기 연출을 통해 상대의 착각을 유도하는 기술로서 상황 전체를 조작하는 기술에 비해 단순하고 쉬운 기술이다. '제비'는 자기의 마음을 감추고 상대를 속일 줄만 알지, 상황 전체를 조절하며 상대의 심리를 읽어 내는 기술이 부족하다.

이 영화에서 범죄자들이 그토록 유쾌한 마지막 이유는 사태의 진실을 알지 못하는 자들에 비해 이들이 앎에서 오는 힘을 느끼고 그것을 향유하고 있기 때문이다. 이들 무리 가운데 가장 진지하고 상대적으로 유쾌하지 못한 자가 '휘발류'라는 것은 그래서이다. 그는 무리들 가운데 은유 구사 능력이 가장 적고, 사태의 진실을 알기 위해 몰두한다. 이를테면 자기들끼리 포커를 쳤을 때 '제비'가 자신을 속였는지를 도주의 와중에서도 캐물을 만큼 '진실 찾기'에 몰두하고 있다. 진실을 찾으려는 자는 이미 상황에 나포돼 있는, 결국 약자이다.

사태의 진실을 안다는 문제, 즉 정보의 확인이라는 측면에서 보자면 가장 하수가 바로 이들을 잡으려고 쫓아다니는 '최 반장'이다. 그는 범죄의 사실을 파헤침으로써 사건의 전말을 보고해야 하는 자이며, 범죄의 원인자들을 포획하는 일을 업무로 맡은 자이다. 범죄의 근원(동기와 전말)을 알아내야만 하는 것이다. 그래서 이런 범죄극에서 경찰이나 형사는 결국 수동자가 될 수밖에 없다. 경찰은 범죄가 일어난 다음에 등장하며, 사건이 종료된 후에야 활동을 시작한다. 법의 집행과 정의의 실행이라는 차원에서는 가장 힘이 있으면서도 앎의 차원에서는 진실의 피라미드의 가장 하층에 있는 사람이 경찰 최 반장이다. 영화의 끝에서도 최 반장은 사태의 진실을 모른 채, 죽어 버린 '김 선생' 하나로 만족하며 사건을 마무리한다. 사건을 수사해 진실에 도달해야 할 경찰이 가장 정보 빈자에 위치에 놓이게 된다. '김 선생'이 왜 죽었으며, 그를 쏜 김 형사는 왜 '김 선생'을 쏘았고, 최창호가 최창혁이란 사실 등 자신 눈앞에 보이는 현상 뒤에 실체가 무엇인지 알 수 없다.

이에 반해 범죄자들은 범법을 저지르고 경찰에 쫓기는 대신, 범죄를 계획하고 실행한다는 면에서 능동자이다. 그는 수수께끼를 만드는 자이며, 사태의 원인을 생산한 원동자이자, 사건의 진실을 모두 알고 있다는 점에서 진실의 담지자다. 이것이 이러한 영화에서 범죄자들이 매력적으로 보이는 이유 중의 하나이기도 하다. 경찰이 주인공인 영화에서 악당과 범죄자는 파렴치하고 왜곡된 인물로 그려지지만, 범죄자가 주인공의 자리를 차지하면 경찰은 언제나 사태의 진실을 파악하지 못하고 쩔쩔매며, 뒤늦게 겨우 사태의 진실을 파악하는 자에 불과하게 그려질 수밖에 없다. 이 영화의 최후 승자가 최창혁이 되는 것은 자연스럽다. 왜냐하면 이 모든 상황 속에서 가장 정보의 부자이고, 모든 일을 기획한 자이며, 거짓을 만들어 낼 수 있는 역량을 소유한 힘의 우위를 가지고 있기 때문이다. 그리고 서인경이 살아남는 것은 그 최고 강자의 욕망의 대상이 되어 있기 때문이다.

이처럼 사기 현상에서 역설적인 현상 하나를 발견하게 되는데, 그것은 속이는 자가 가장 많은 진실을 알고 있다는 것이다. 상대를 속이기 위해서는 속는 자보다 많은 지식을 갖고 있어야 가능하다. 그럴듯한 외관이나 상황을 창조해 내기 위해서는 속는 자보다 정보와 지식이 풍부해야 하며 그것을 순간적으로 다룰 줄 알아야 함은 물론이다. 속이는 자가 속는 자보다 외관과 실체의 차이에 대해서도 더 풍부한 정보를 가지고 있다. 속는 자의 의도나 생각, 무엇보다 그의 욕망에 대해 더 많은 앎을 소유하고 있는 것이다. 따라서 우리는 사기라는 사태에 관한 한, 속이는 자가 진실의 담지자라고 말할 수밖에 없다. 범죄를 기획하고 실행한 자가 가장 여유로운 자가 되는 역설. 심지어 사기가 끝났을 때조차도, 사기꾼은 허위로 사기에 도사린 진실을 가르치고 보여 주는 사람들이라고 말할 수 있다.

이렇게 사기는 앎의 문제이고, 앎은 권력문제, 그리고 이러한 '말=사기=앎'의 문제는 진실 찾기와 관련하여 이야기 현상의 본원적인 현상이다. 진실과 앎의 변형태로서의 사기. 그러나 이 간극과 틈이 없다면 인간의 예술과 문화도 가능하지 않았을 것이다. 참과 진리가 오래전에 정립되어 그것에 의해 우리 삶은 이미 완전해졌을 것이기 때문이다. 그리고 이러한 간극과 틈에서 하나의 가상이 만들어질 수도 있게 된다. 거짓과 허구를 만들어 낼 수 있는 역량으로서의 영화 예술 역시 이런 토대 위에서 가능하다.

생각해 보자. 보여진 것들을 종합하여 보이지 않는 것을 찾도록 유도하는 편집, 그것이 바로 영화다. 그것이 바로 '재구성'이다. 사실 모든 영화, 그리고 이야기는 재구성이고 재매개다. 하나의 언어와 보이는 단편들을 재구성, 재배열하여 하나의 완성된 이야기로 수용하는 것, 그것은 또한 '이야기하기'의 기술이다. 이 영화는 그렇게 말을 바꿈에 따라 하나의 이야기가 얼마나 달라질 수 있는지를 가르쳐 주려고 의도한 것만 같다. 만일 말을 그럴듯하게 배열함으로써 별것도 아닌 이야기에 몰입할 수 있었다면, 우리는 실체의 보잘것없음에 기만당했다고 말할 수 있지 않을까? 그러나 극이나 이야기는 원래 실제가 아니라 말과 이야기 속에서만 현전하는 하나의 가상이 아니던가? 그렇다면 현실에서 잃어버린 것이 없을 뿐만 아니라, 도리어 속는 즐거움을 누렸기 때문에 그는 뛰어난 이야기꾼(사기꾼)인 셈이고, 즐겁게 해 주었다는 측면에서 도리어 권장되는 기술이라고 말할 수밖에 없는가? 그런 것 같다. 사기는 거짓이기 때문에 결정되는 것이 아니라, 그것에 동의하고 참가하는 자들의 편에서도 결정될 수 있는 것이라는 불가피한 결론에 우리는 도달하게 된다. 다시 한 번 사회적으로 합의

된 약속에 의해 즐거움과 사기가 결정될 수밖에 없게 된다.

관객이 반전이 있는 영화를 좋아하는 이유 가운데 하나는 바로 이러한 앎, 정보와 관련이 있다. 영화를 보면서 몰랐던 자의 위치에서 사태의 결말과 진실을 아는 자로의 변환을 즐길 수 있게 해 주기 때문이다. 또한 극중 인물들에 비해 관객들은 우월한 위치를 점하게 된다. 그런 정보 관계로 앎과 인식에서 비롯되는 힘의 우위를 일시적이나마 맛볼 수 있기 때문이다. 그래도 우리는 무언가 개운치 않은 찜찜함이 남는다. 그것은 어쩌면 이 영화에서 기대할 수 없는 것인지도 모른다. 들뢰즈는 자신의 저서 「시네마2 시간-이미지」에서 다음과 같이 말했다. "영화는 세계를 찍을 것이 아니라 우리의 유일한 관계인 이 세계에 대한 믿음을 찍어야만 한다. 사람들은 종종 영화적 환상의 본성에 대해 자문하고는 했다. 우리에게 다시 세계에 대한 믿음을 주는 것, 이것이 바로 현대영화의 힘이다.(나쁜 영화가 되기를 그칠 때 말이다) 기독교인이건 무신론자이건 우리는 우리의 보편적인 정신분열증 속에서 이 세계를 믿어야 할 이유를 필요로 한다. 이것은 믿음 그 자체의 개종이라 할 수 있는 것이다." 그리고 거짓을 만들 수 있는 역량으로서의 영화적 힘에 대한 믿음은 일차적으로 영화를 통해 어떤 진실을 찾고 싶은 관객들의 몫이 되어야 할 것이다.

참고문헌

가라타니 고진, 「세계 공화국으로」, 도서출판b, 2007.
가라타니 고진, 「일본 근대문학의 기원」, 도서출판b, 2010.
게오르그 짐멜, 「짐멜의 모더니티 읽기」, 새물결, 2005.
글렌 예페스, 「우리는 매트릭스 안에 살고 있나」, 2003.
기 드보르, 「스펙터클의 사회」, 현실문화연구, 1996.
김복래, 「파리의 보헤미안과 댄디들」, 새문사, 2010.
김상환 외, 「라깡의 재탄생」, 창작과 비평사, 2002.
김용규, 「데칼로그」, 바다출판사, 2002.
김용규, 「영화관 옆 철학카페」, 이론과 실천, 2002.
김용규, 「철학카페에서 문학 읽기」, 웅진, 2006.
김용규, 「타르코프스키는 이렇게 말했다」, 이론과 실천, 2004.
김용석, 「서사철학」, 휴머니스트, 2009.
니콜러스 로일, 「자크 데리다의 유령들」, 앨피, 2007.
다니엘 부어스틴, 「이미지와 환상」, 사계절, 2004.
들뢰즈 가타리, 「소수집단의 문학을 위하여」, 문학과 지성사, 1997.
라이프니츠, 「변신론」, 아카넷, 2014.
마셜 맥루언, 「미디어의 이해」, 민음사, 2002.
엠마누엘 레비나스, 「존재에서 존재자로」, 민음사, 2003.
엠마누엘 레비나스, 「존재와 다르게 본질의 저편」, 인간사랑, 2010.
르네 지라르, 「낭만적 거짓과 소설적 진실」, 한길사, 2001.
마누엘 데란다, 「강도의 과학과 잠재성의 철학」, 그린비, 2009.
마르셀 프루스트, 「잃어버린 시간을 찾아서」 11권, 국일미디어, 1998.
미셸 푸코, 「감시와 처벌」, 나남, 2020.
미셸 푸코, 「담론의 질서」, 새길, 2011.
미셸 푸코, 「말과 사물」, 민음사, 2012.
미셸 푸코, 「지식의 고고학」, 민음사, 2000.
발터 벤야민, 「기술복제 시대의 예술작품」, 도서출판 길, 2007.
발터 벤야민, 「언어 일반과 인간의 언어에 대하여」, 도서출판 길, 2008.
브루스 핑크, 「라캉과 정신의학」, 민음사, 2002.
브루스 핑크, 「라캉의 주체」, 도서출판b, 2010.
브루스 핑크, 「에크리 읽기」, 도서출판b, 2007.
서동욱, 「들뢰즈의 철학」, 민음사, 2002.
서동욱, 「차이와 타자」, 문학과 지성사, 2001.
쇠렌 키에르케고르, 「불안의 개념」, 한길사, 1999.
쇠렌 키에르케고르, 「이것이냐 저것이냐」, 다산글방, 2008.
쇠렌 키에르케고르, 「죽음에 이르는 병」, 한길사, 2007.
슬라보예 지젝 외, 「매트릭스로 철학하기」, 한문화, 2003.
슬라보예 지젝, 「까다로운 주체」, 도서출판b, 2005.
슬라보예 지젝, 「믿음에 대하여」, 동문선, 2003.
슬라보예 지젝, 「부정적인 것과 함께 머물기」, 도서출판b, 2007.
슬라보예 지젝, 「이데올로기라는 숭고한 대상」, 인간사랑, 2002.
슬라보예 지젝, 「HOW TO READ 라캉」, 웅진지식하우스, 2007.
슬라보예 지젝, 「항상 라캉에 대해 알고 싶었지만 감히 히치콕에게 물어보지 못한 모든 것」, 새물결, 2001.
슬라보예 지젝, 「향락의 전이」, 인간사랑, 2002.
슬라보예 지젝, 「환상의 돌림병」, 인간사랑, 2002.
아즈마 히로키, 「동물화하는 포스트모던」, 문학동네, 2007.
안네마리 피퍼, 「선과 악 그 하나의 뿌리를 찾아서」, 이끌리오, 2002.
알랭 바디우, 「들뢰즈 존재의 함성」, 이학사, 2001.

알랭 바디우, 「사도 바울」, 새물결, 2008.
알랭 바디우, 「윤리학」, 동문선, 2001.
알랭 바디우, 「조건들」, 새물결, 2006.
알렌카 주판치치, 「실재의 윤리: 칸트와 라캉」, 도서출판b, 2004.
얀 소냐바르그, 「들뢰즈 초월론적 경험론」, 그린비, 2016.
이정우 외, 「철학으로 매트릭스 읽기」, 이룸, 2003.
이정우, 「개념 뿌리들」, 그린비, 2012.
이진경 외, 「이것은 애니메이션이 아니다」, 문학과 경계사, 2002.
이진경, 「노마디즘1 · 2」, 휴머니스트, 2002.
자끄 데리다, 「그라마톨로지」, 민음사, 2010.
자끄 데리다, 「글쓰기와 차이」, 동문선, 2001.
자끄 데리다, 「에쁘롱」, 동문선, 1998.
자끄 데리다, 「환대에 대하여」, 동문선, 2004.
자크 라캉, 「세미나 11권」, 새물결, 2008.
자크 랑시에르, 「감성의 분할」, 도서출판b, 2008.
자크 랑시에르, 「미학 안의 불편함」, 인간사랑, 2008.
자크 랑시에르, 「이미지의 운명」, 현실문화, 2004.
장-뤽 낭시, 「나를 만지지 말라」,문학과 지성사, 2015.
장-뤽 낭시 외, 「숭고에 대하여」,문학과 지성사, 2005.
장-뤽 낭시, 「코르푸스」, 문학과 지성사, 2012.
정기철, 「상징, 은유 그리고 이야기」, 문예출판사, 2002.
조르조 아감벤, 「남겨진 시간」, 코나투스, 2008.
조르조 아감벤, 「목적 없는 수단」, 난장, 2009.
조르조 아감벤, 「아우슈비츠의 남은 자들」, 새물결, 2012.
조르조 아감벤, 「예외상태」, 새물결, 2009.
조르조 아감벤, 「왕국과 영광」, 새물결, 2016.
조르조 아감벤, 「호모 사케르」, 새물결, 2008.
조성훈, 「들뢰즈의 잠재론」, 갈무리, 2010.
조정환, 「예술인간의 탄생」, 갈무리, 2015.
지그문트 프로이트, 「꼬마 한스와 도라」, 열린 책들, 2004.
지그문트 프로이트, 「늑대인간」, 열린 책들, 2004.
지그문트 프로이트, 「성욕에 관한 세편의 에세이」, 열린 책들, 2004.
지그문트 프로이트, 「종교의 기원」, 열린 책들, 2004.
지그문트 프로이트, 「히스테리 연구」, 열린 책들, 2004.
질 들뢰즈, 「들뢰즈가 만든 철학사」, 이학사, 2007.
질 들뢰즈, 「스피노자의 철학」, 민음사, 2001.
질 들뢰즈, 「시네마1 · 2」, 시각과 언어, 2002.
질 들뢰즈, 「안티오이디푸스: 자본주의와 정신분열증」, 민음사, 2014.
질 들뢰즈, 「주름」, 민음사, 2004.
질 들뢰즈, 「차이와 반복」, 민음사, 2004.
질 들뢰즈, 「프루스트와 기호들」, 민음사, 2004.
펠릭스 가타리, 「카오스모제」, 동문선, 2003.
폴 리쾨르, 「번역론」, 철학과 현실사, 2006.
폴 리쾨르, 「시간과 이야기 1 · 2 · 3」, 문학과 지성사, 1999.
폴 리쾨르, 「악의 상징」, 문학과 지성사, 1999.
폴 리쾨르, 「역사와 진리」, 솔로몬, 2002.
폴 리쾨르, 「타자로서의 자기 자신」, 동문선, 2006.
프리히드리히 니체, 「짜라투스트라는 이렇게 말했다」, 2003.
네이버 영화(본문 사진)